BASTEI
LÜBBE

Gregg Olsen

Die Mutter, die niemand kannte

Ins Deutsche übertragen
von Lothar Woicke

TRUE CRIME
Der wahre Kriminalfall

BASTEI LÜBBE

BASTEI LÜBBE TASCHENBUCH
Band 13 926

Erste Auflage: Januar 1998

Deutsche Lizenausgabe 1998 by
Bastei-Verlag Gustav H. Lübbe GmbH & Co.,
Bergisch Gladbach
Originaltitel: Mockingbird
Lektorat: Dr. Edgar Bracht
Titelbild: Mauritius-Bildagentur
Umschlaggestaltung: QuadroGrafik, Bensberg
Satz: KCS, Buchholz/Hamburg
Druck und Verarbeitung:
Brodard & Taupin, La Flèche, Frankreich
Printed in France
ISBN 3-404-13926-7

Der Preis dieses Bandes versteht sich einschließlich der gesetzlichen Mehrwertsteuer

Prolog

Wie ein Drahtnagel die Maisdose, so durchschneiden diese Töne die Luft, lassen sich nicht ignorieren. Über das Feld mit dem verdorrten Wintergras klingt die Melodie eines Singvogels. Ist es eine Nachtigall? Eine Taube? Die Töne wehen über die silbergrünen, beerenbeladenen Wacholdersträucher, die den Friedhof als Windschutz umgeben. Das einsame Lied übertönt sogar den Verkehrslärm vom Highway. Es ist eine liebliche, mitreißende Weise. Doch es ist weder eine rotflügelige Amsel noch eine Wiesenlerche. Es ist ein Mockingbird, der Staatsvogel von Texas, die Spottdrossel, und sie sitzt auf einem Pfosten des Stacheldrahtzaunes, während sie den Gesang anderer Vögel so überzeugend nachahmt.

Sie kann hervorragend täuschen.

Der meist ländliche Texas-Panhandle ist flach und in keiner Weise bemerkenswert. Keine berühmten Restaurants, keine aufsehenerregenden Naturwunder, die einen Besucher zu Entzücken hinreißen könnten, wollen einem einfallen. ›Trübe‹ und ›melancholisch‹, das sind die Beschreibungen, die mit schmal zusammengepreßten Lippen und sorgenvollem Lächeln gegeben werden. Im Winter hüllt sich die Landschaft in Braun- und Grautöne, darüber scheint der Himmel wie eine Persenning gespannt. Die kahlen Bäume wirken wie Skelette. Nur die stählernen Linien der Eisenbahnschienen nach Atcheson, Topeka und Santa Fe unterbrechen die immer gleichen Farben, genau wie die schwarzen Spuren alter Buschbrände.

Wenn der Wind heftiger wird, verziehen die Menschen das Gesicht, blinzeln und scheinen sich vor der Außenwelt in sich selbst zurückzuziehen. Manchmal sogar vor anderen Leuten. Es ist eine Gegend reich an Einsamkeit.

Eine Frau beklagt sich, daß sie nie zu jemandem nach Hause eingeladen worden wäre, obwohl sie doch schon seit zehn Jahren in Hereford wohnte. »Ich bin noch immer eine Außenseiterin«, meinte sie, während sie geistesabwesend mit einem Stift auf die Schreibtischplatte klopfte. »Wenn man nicht hier geboren ist – und keine Eltern hat, die ebenfalls hier geboren wurden –, dann bleibt man immer ein Zugereister.«

Eine andere Frau, die hundert Meilen weiter nördlich in Dumas lebte, beschrieb ihre Gefühle ähnlich. »Bis zu einem bestimmten Punkt sind die Leute hier freundlich – doch wenn man sie näher kennenlernen möchte, dann blocken sie ab.«

Die Isolation, die Verödung bewirken hier im Panhandle eine ganz eigene Form von Einsamkeit.

Futtersilos greifen in den dunklen texanischen Himmel über Dumas, Moore County, dem Ort, in dem fast dreizehntausend hart arbeitende Menschen leben. In Dumas wohnte auch Tanya Thaxton Reid, bis ihr Mann, der als Fleischverkäufer gearbeitet hatte, begann, die Karriereleiter nach oben zu steigen. Und obwohl sie auch in vielen anderen Orten wohnten, blieb Dumas doch stets für Tanya die Heimat.

Einst hatten Bodenschätze und Ölfunde die Stadt zum industriellen Mittelpunkt werden lassen und viele Menschen hierhergelockt; später hatte Dumas sich zu einem Zentrum der fleischverarbeitenden Industrie entwickelt. Wie ein wogendes Meer erscheinen die Massen der schwarzweißen und braunen Rinder, die die Weiden nördlich der Stadt entlang des Highway 287 füllen, bis sie in die blutbespritzten Schlachthäuser gebracht werden.

Dumas im Norden und Hereford im Süden sind jeweils rund fünfzig Meilen von Amarillo entfernt, der größten Stadt der Region.

Zu jener Zeit lebten Tanya und Jim Reid in Illinois, und als ihre Tochter Morgan Renee sechs Wochen alt war, brachten sie sie nach Dumas, um sie der Verwandtschaft vorzuführen. Dies war eine Tradition in der Familie der Thaxtons; das neue Baby wurde bewundert, lächelnd betrachtete man den Familienzuwachs und versuchte Ähnlichkeiten festzustellen. Da John und Wanda Thaxton vier erwachsene Töchter hatten, hatte es schon etliche solcher Zusammenkünfte in ihrem bescheidenen Heim gegeben. Auch das erstgeborene Kind der Reids, die damals zweieinhalbjährige Carolyn, war auf diese Weise präsentiert worden.

Da es ein angenehm warmer Frühsommertag war, veranstaltete man im hinteren Patio ein Barbecue. Während die Männer sich um den Grill versammelt hatten, saßen die Frauen beisammen und tauschten Neuigkeiten aus.

Beverly Kay war die älteste der Schwestern, ihr folgten Rodena und Leslie; Tanya war die jüngste. Beverly Kay wiegte die von Blähungen geplagte und unruhige Morgan; das Baby war gerade erst aus dem Schlaf erwacht. Sie hatte ihre Wange gegen das Köpfchen des Babys gelegt, dann lehnte sie sich plötzlich ein Stück zurück, um den Kopf der Kleinen besser betrachten zu können. Es schien überhaupt keine feste Knochenstruktur vorhanden zu sein, das Köpfchen war viel zu weich. Sie sagte nichts, obwohl diese Entdeckung ihr einen Schrecken einjagte.

Später, als sie allein mit ihrer Mutter im Patio war, brachte Beverly Kay das Gespräch darauf, ob dies vielleicht ein Geburtsschaden sein könnte, und Wanda antwortete, daß sie sich diese Frage auch schon gestellt hätte.

»Aber sag nichts«, warnte Wanda sie. »Die Ärzte sind sich des Problems bewußt. Mach Tanya gegenüber keine Bemerkung.«

Als Tanya ein paar Monate später anrief, am 10. August 1983, hatte sie schreckliche Neuigkeiten. Morgan hatte einen Anfall von Apnoe gehabt; so nannten die Ärzte den plötzlichen Atemstillstand. Und obwohl Tanya durch Mund-zu-Mund-Beatmung das Schlimmste hatte vermeiden können, bestand immer noch große Gefahr. Man hatte die Kleine im Krankenhaus allen möglichen Tests unterzogen, dennoch konnte niemand sagen, was der Grund dafür sein könnte, warum sie plötzlich zu atmen aufgehört hatte. Tanya erzählte ihrer Mutter, die Ärzte in Illinois hätten behauptet, Morgan sei gerade noch einmal dem plötzlichen Kindstod entgangen.

Es sollte weitere Anfälle, weitere solcher meist tränenreicher Anrufe geben.

Dann gab es endlich eine gute Neuigkeit.

Wanda und John Thaxton freuten sich, als Tanya ihnen mitteilte, daß sie in den Panhandle zurückkehren würden, nachdem sie zweieinhalb Jahre lang in einer Vorstadt Chicagos gelebt hatten. Jim war in die Swift-Fabrik in Hereford versetzt worden.

Irgendwann zwischen Thanksgiving und Weihnachten würden sie wieder in Dumas sein.

Tanya und die Kinder wohnten zunächst in Tanyas Elternhaus, während Jim seine Arbeit als Assistant General Manager in Hereford aufnahm. In der Verwandtschaft wurde bezweifelt, ob sich diese Versetzung wirklich so gut auf Jims Karriere auswirken würde, denn es gab Gerüchte, daß man die Fabrik in Hereford schließen und alle Angestellten entlassen würde. Die Thaxtons beteiligten sich nicht an diesem Geschwätz, sondern wiesen darauf hin, daß Tanya und Jim jetzt vor allem Unterstützung und Hoffnung brauchten statt Schwarzseherei und Zweifeln.

Die kleine Morgan war vorsichtshalber mit einem Warngerät ausgestattet worden, das sofort Alarm gab, wenn ihr Atem für einige Sekunden aussetzte. Dieses Warngerät war mit einem Babyintercom im Elternschlafzimmer verbunden.

Es gab oft Alarm, aber Tanya erzählte ihren Verwandten, daß die Ärzte ihr geraten hatten, stets ein paar Sekunden zu warten, bevor sie nach dem Kind schaute, denn gewöhnlich hatte die Kleine dann wieder bereits von allein angefangen zu atmen.

»Das ist halt etwas, womit wir leben müssen«, erklärte Tanya so nüchtern, als wäre das Kreuz, das sie zu tragen hatte, nicht schlimmer als das einer Mutter, der es nicht gelang, den widerspenstigen Wirbel ihrer Tochter vernünftig zu kämmen. Sie sagte, die Ärzte wüßten immer noch nicht, was der Grund für diese Atemstillstände sei, daß man aber glaubte, mit zunehmenden Alter würden diese Anfälle aufhören. Bis dahin jedoch würde die Kleine immer wieder aufhören zu atmen.

Und so war es auch. Einige Wochen später, am 10. Januar 1984, rief Wanda ihre anderen Töchter an und informierte sie darüber, daß die kleine Morgan erneut einen Atemstillstand erlitten hätte. Gott sei Dank hatte Tanya rechtzeitig Hilfe holen können, und das Baby sei mit Blaulicht ins Dumas Memorial gebracht worden.

Irgend etwas Schreckliches passiert mit diesem Baby, hatte Beverly Kay damals gedacht. Aber was? Sie war erleichtert, als sie hörte, daß man die Kleine in Houston untersuchen würde. Aber auch Tanya tat ihr schrecklich leid. Nicht nur, daß Tanya in ständiger Angst und Sorge lebte; nun steckten ihre Schwester und ihr Schwager auch noch mitten in den Vorbereitungen für den Umzug nach Hereford. Natürlich bot Beverly Kay sofort ihre Hilfe beim Umzug an.

Als sie das nächste Mal mit Tanya telefonierte, erzählte sie ihrer Schwester, daß sie deren Sorge gut nachempfinden könnte. Beverly Kays älteste Tochter, Joanna, hatte ebenfalls einmal gesundheitliche Probleme gehabt, deren Ursache die Ärzte nicht hätten klären können. Beverly Kay, die als medizinisch-technische Assistentin in der Notaufnahme gearbeitet hatte, war der Meinung gewesen, daß Joannas Probleme auf eine Milch-Allergie zurückzuführen seien, doch einer der Ärzte hatte das für unsinnig erklärt.

»Es ist entsetzlich frustrierend, wenn dein Arzt etwas behauptet und dein Mutterinstinkt dir sagt, daß er unrecht hat«, sagte sie zu Tanya. »Dieser Arzt wollte mir weismachen, daß so kleine Babys noch keine Allergien hätten, aber ich wußte, daß das nicht stimmte.« Als sie dann begann, Joanna mit einer auf Soja basierenden Diät zu ernähren, ging es Joanna sofort besser.

Manchmal weiß man als Mutter einfach, was am besten ist, hatte sie gedacht.

Ohne Zweifel war dies eine hübsche Gegend, eines der besten Wohnviertel in Hereford. Die meist verklinkerten Häuser waren noch recht neu, und Jim und Tanya Reid bezogen eins davon in der Pecan Street 140. Sobald sie konnte, verließ Beverly Kay ihr Haus in Follett, einem winzigen Nest im nordöstlichen Panhandle, und kam nach Hereford, um sich beim Einzug nützlich zu machen. Tanya hatte genug mit Morgan und Carolyn zu tun. Sie war gerade erst mit dem Baby aus Houston zurückgekehrt, wo man im Texas Children's Hospital die üblichen Tests mit dem üblichen Ergebnis vorgenommen hatte: Niemand schien in der Lage zu sein, der Kleinen zu helfen.

Beverly Kay erzählte später, daß ihre Mutter sie gebeten hatte, beim Umzug zu helfen, da Wanda Angst gehabt hatte, der Kleinen nicht helfen zu können, wenn es zu einem Atemstillstand käme. Beverly Kay jedoch kannte sich aufgrund ihrer Ausbildung mit Wiederbelebungsmaßnahmen aus.

Da die Möbel noch nicht angekommen waren, mußte die Familie zwei Nächte im Hotel verbringen. Trotz aller Sorgen um das Baby war Tanya gutgelaunt, und auch Jim schien froh zu sein, daß Beverly Kay da war, denn es gab Probleme in der Fabrik, um die er sich kümmern mußte. Als die Männer der Umzugsfirma schließlich ankamen, mußten alle darüber lachen, daß man selbst die Mülltonne des alten Hauses ordentlich verpackt hatte – samt Inhalt.

Beverly Kay blieb eine Woche und versuchte dabei, Tanya so viele Aufgaben wie möglich abzunehmen. Sie stand früh auf, um das Baby zu füttern und ihm mit dem Fläschchen seine Medizin zu geben, damit Tanya länger schlafen konnte. In dieser Woche blieb die Kleine von Erstickungsanfällen verschont. Freitag nacht jedoch war Morgan sehr unruhig, wachte immer wieder auf und wurde von Tanya und ihrer Schwester versorgt, bis sie wieder einschlief.

Bevor Beverly Kay am Samstag nach Hause fuhr, zog sie das Baby noch an. Stets trug die Kleine zu große Kleidung, damit sie besser mit dem Kopf durchpaßte, der für ihr Alter zu groß war. Beverly Kay schmuste mit der Kleinen, und Morgan, die auf dem Boden lag, lachte fröhlich. Dieses Bild war es, das Beverly Kay später in ihrer Erinnerung zu bewahren suchte.

»Sie hatten sich schon ganz gut eingelebt«, erzählte sie später. »Und wir hofften, daß sich nun alles zum Besseren entwickeln würde.«

Tanyas Stimme klang zittrig, als sie ihre große Schwester anrief. Beverly Kay fühlte, wie ihr die Tränen kamen, als sie erfuhr, daß Morgan ins Northwest Texas Hospital in Amarillo gebracht worden war. Es war am späten Nachmittag am 7. Februar 1984.

»Wir warten auf Mutter und Daddy. Morgan stirbt. Sie hatte heute nachmittag schon wieder einen Anfall.« Tanyas Stimme klang bedrückt und tränenerstickt; ganz anders als sonst redete sie nicht im Maschinengewehrtempo. »Der Arzt sagt, der Hirntod sei bereits eingetreten. Ich wußte gleich, daß es diesmal irgendwie anders war, daß sie es nicht überleben würde. Ich konnte diesmal nicht wie sonst Luft in ihre Lungen bekommen.«

Nicht wie sonst.

Beverly Kay begann zu weinen. Die arme Kleine! Seit sie wenige Monate alt gewesen war, hatte sie immer wieder ins Krankenhaus gebracht werden müssen. Beverly Kay hatte mit ihrer Schwester mitgelitten, sich immer wieder gefragt, warum denn niemand dem Baby helfen konnte.

Innerhalb kürzester Zeit war die ganze Familie alarmiert. John und Wanda, die sich auf einer Geschäftsreise befunden hatten, fuhren auf kürzestem Weg nach Amarillo. Rodena und Leslie eilten aus Artesia, New Mexico, und Dallas herbei. Sie alle wollten da sein, um Tanya, Jim und die kleine Carolyn zu trösten.

Doch noch klammerte sich Morgans kleiner Körper ans Leben. Das Baby kämpfte weiter um Atem, obwohl die Ärzte das Beatmungsgerät bereits abgestellt hatten, und dieser schreckliche Kampf dauerte die ganze Nacht hindurch bis in den Vormittag. Tanyas ganze Familie war gekommen, um von der Kleinen Abschied zu nehmen, und alle weinten, als Carolyn ihrer kleinen Schwester ein letztes Lebewohl wünschte.

Am Tag der Beerdigung, am 10. Februar, stand im *Hereford Brand* Morgans unauffällige Todesanzeige. Das Haus der Reids in der Pecan Street war leer und dunkel. Da die Reids erst seit einer Woche dort wohnten, ahnten die meisten Nachbarn nichts von der Tragödie.

Verwandte und Freunde nahmen an dem traurigen Defilee vorbei an Morgans offenem Sarg teil. Einige fanden, daß sie wie ein ›wunderschönes, wächsernes Püppchen‹ aussah; alle waren sich einig, was für eine schreckliche Tragödie es war.

Laut Autopsie war sie den plötzlichen Kindstod gestorben. Der Autopsiebericht sagte jedoch im Grunde nichts aus, denn er ließ noch viel zu viele Fragen offen.

Morgan fand ihre letzte Ruhestätte in den Northlawn Memorial Gardens, vier Meilen nördlich der Stadt. Obwohl es mitten im Winter und das Gras braun und verdorrt war, ließen die bunten Plastikblumen auf all den Gräbern den Friedhof nicht so trist erscheinen. Selbst von hier aus konnte man die Futtersilos erkennen, und der Geruch von Rinderdung hing in der Luft.

Die Thaxtons formten mit ausgestreckten Armen einen Kreis um die trauernde Mutter. Es war der schlimmste Tag im Leben von ihnen allen. Tanya, die zitterte und deren Augen vom Weinen verquollen waren, konnte sich kaum noch aufrecht halten.

Später sollte Morgans Grab einen Stein erhalten, auf dem neben einem Teddybären-Relief ihr Geburts- und ihr Sterbedatum eingraviert waren: der 17. Mai 1983 und der 8. Februar 1984. Obwohl sie nur so kurze Zeit gelebt hatte, würde Morgan niemals vergessen werden.

BUCH EINS

IOWA

1

Tanya Reid unterschied sich nicht von den meisten anderen Frauen, sie war weder häßlich noch schön. Sie gehörte zu jenem Typ Menschen, an die man sich später nie so recht erinnern kann. Sie ließ ihre braunen Haare stets so schneiden, daß sie ohne großen Aufwand frisiert werden konnten, und mit den ausgetretenen Turnschuhen und dem Auto mit den Kindersitzen und dem Spielzeug erschien sie als genau das, was sie auch war: eine vielbeschäftigte Ehefrau und liebevolle Mutter.

Dabei konnte Tanya, wenn sie sich zurechtmachte, durchaus gut aussehen, und als sie von Amarillo nach Des Moines, Iowa, flog, um ihren Mann zu besuchen, hatte sie sich besonders viel Mühe mit ihrem Aussehen gegeben.

Wieder einmal mußten die Reids umziehen. In den vergangenen drei Jahren seit dem Tod ihres Babys waren sie von Hereford wieder nach Chicago gezogen, dann erneut nach Texas zurückgekommen, wenn auch nach Amarillo. Inzwischen hatten sie genug Routine: Während Jim allein vorausfuhr, bot Tanya das Haus über Makler an und packte alles für den Umzug ein.

Es war die letzte Maiwoche 1987.

Jim war erneut von seiner Firma versetzt worden. Tanya war nicht besonders glücklich über den Umzug, weil sie lieber in der Nähe ihrer Eltern geblieben wäre, Jim war regelrecht verbittert. Man hatte ihm schon in Texas das Gehalt gekürzt und ihm eine weniger verantwortungsvolle Tätigkeit gegeben. Was mochte da in Iowa auf ihn warten, vor allem, da man ihm bereits mitgeteilt hatte, daß er auch abends würde arbeiten müssen. Aber welche Wahl hatte er schon? Er konnte es sich nicht leisten, die Krankenversicherung für seine Kinder zu verlieren.

Tanya war nach Iowa gekommen, um eine passende Unterkunft für die Familie zu suchen, die inzwischen um den zweijährigen Brandon Michael erweitert war, um sich um eine gute Schule zu kümmern und um einen Arzt, der den Jungen überwachen konnte. Denn auch Michael hatte schon wiederholt unter Atemstillständen gelitten sowie unter Anfällen, deren Ursache ungeklärt war.

Am Vormittag des 28. Mai hatten Tanya und Jim einen Termin bei Dr. Thomas Kelly, einem Kinder-Neurologen. Der Arzt, ein freundlicher Mann mit einer sanften Stimme, hörte sich aufmerksam Morgans traurige Geschichte an. Tanya erklärte, die Autopsie hätte ergeben, daß Morgan am Fragile-X-Syndrom gelitten hatte, einem genetischen Defekt, der meistens mit einer Verzögerung der motorischen und geistigen Entwicklung einhergeht, hauptsächlich jedoch bei Jungen vorkommt. Tanya erzählte auch, daß sie eine Zeitlang befürchtet hatte, Überträgerin dieses Defekts zu sein, daß jedoch alle Tests negativ ausgefallen seien. Und obwohl der Neurologe ihre Information interessant fand, so war ihm dennoch kein Beispiel bekannt, bei dem eine Verbindung zwischen dem Fragile-X-Syndrom und plötzlichem Kindstod vermutet worden wäre.

Beide Eltern befürchteten, daß Michael die gleichen Probleme haben könnte wie seine Schwester, die fünfzehn Monate vor seiner Geburt gestorben war.

Tanya bestritt die Unterhaltung fast allein. Sie ratterte die Daten und Bezeichnungen der Untersuchungen herunter, die man an ihrem Sohn vorgenommen hatte, und sie berichtete von all dem in einer sehr klaren, gegliederten Form, so daß Nachfragen nicht nötig waren, und sie ließ einfließen, daß sie früher als Krankenschwester gearbeitet hätte.

Doch unter all den schrecklichen Informationen gab es auch eine gute. Seit einiger Zeit hatte Michael nicht mehr unter Atemstillstand gelitten, und seit April brauchte er auch keine Medikamente mehr. Das Atemstillstandswarngerät hatte man seit Dezember nicht mehr gebraucht.

Dr. Kelly hatte sich Notizen gemacht und teilte nun den

Reids mit, daß er sich selbstverständlich um die neurologischen Störungen bei ihrem Sohn kümmern werde. Als normaler Kinderarzt empfahl er ihnen Dr. Leonard Gangeness, einen sehr beliebten Arzt, der kurz vor dem Ruhestand war.

Während Jim arbeitete, begab Tanya sich auf die Suche nach einer Wohnung. Da der Verkauf des Hauses in Amarillo mit einem finanziellen Verlust für die Reids verbunden war, konnten sie sich ein neues Haus nicht leisten, und so entschieden sie sich für eine Wohnung in Urbandale, einem Vorort von Des Moines. Die Siedlung zog sich einen Hang hinauf, und die Häuser, die jeweils zu sechst eine Einheit bildeten, waren in Beige und Grau gehalten und mit dunklem Holz abgesetzt. Jede Wohnung verfügte über zwei Ebenen, hatte einen Balkon und einen Patio und war mit Teppichboden ausgestattet.

Tanya gefiel es, daß Nottingham Square so nahe an der Grundschule lag und daß es hier viele junge Familien mit Kindern zu geben schien. Allerdings hatten sie vor, sobald sie es sich leisten konnten, in eins der geräumigeren Häuser hier umzuziehen, aber das eilte nicht, da sie sowieso nicht vorhatten, lange in Des Moines, Iowa, zu bleiben.

Am 27. Juni, noch bevor sie nach Iowa aufbrachen, brachte Tanya ihren Sohn in die Kinderklinik in Amarillo. Er hatte nicht nur eine Halsentzündung, sondern auch eine seiner Zehen war infiziert. Tanya erzählte dem Arzt, ihr kleiner Junge hätte sich ›den Fuß gestoßen‹. Der Fußnagel wurde entfernt, und gegen die Infektion wurden Antibiotika verschrieben.

Tanya Thaxton Reid hatte ihren Eltern und ihren Schwestern immer sehr nahegestanden, und ihre Mutter war nicht sehr glücklich darüber, daß ihre Tochter schon wieder umziehen mußte. Schließlich war Tanya ihre Jüngste, und sie hätte sie gern weiter in ihrer Nähe gehabt. Es war so angenehm gewesen, morgens zum Frühstück bei den Reids vorbeizuschauen, was kein Problem war, da sich die Zentrale von Johns Firma in Amarillo befand. Nun, in Zukunft würde es kein gemeinsames Frühstück mehr geben. Zwar verstand jeder, daß Jim wegen seines Jobs fort mußte, aber niemand war glücklich deswegen.

Iowa schien ihnen eine Million Meilen entfernt zu sein.

»Es hat mir wirklich nicht besonders viel ausgemacht, nach Iowa zu ziehen«, sagte Tanya später. »Die Stadt war groß, und ich konnte dort meine Ausbildung fortsetzen. Natürlich habe ich meine Familie vermißt, aber wir konnten uns doch jederzeit gegenseitig besuchen.«

Jim flog nach Texas zurück, um zusammen mit seiner Frau und den Kindern nach Norden zu fahren. Carolyn und Michael saßen abwechselnd bei ihrem Vater und ihrer Mutter, denn Tanya fuhr ihren eigenen Wagen, einen 85er Cutclass Ciera; Jim hatte an seinem Pickup einen Bootsanhänger samt Boot. Während Michael sehr ruhig war, plapperte Carolyn ununterbrochen während der ganzen Fahrt.

Am ersten Juli zogen die Reids in das Apartment 122 in der Canterbury Road 7400. Zwei Tage später, am Spätnachmittag, brachte Tanya ihren Sohn in die Notaufnahme des Iowa Methodist Medical Center. Der Kleine hatte seit dem Morgen hohes Fieber, Dr. Gangeness hatte fast vierzig Grad gemessen. Tanya erzählte dem Personal von den Atemstillständen ihres Sohnes und welche Angst sie hatte, daß ihm etwas Schlimmes passieren könnte. Michael hatte nicht essen wollen, und er hatte sich übergeben. Nun untersuchte ein junger Assistenzarzt namens Robert Colman den Jungen. Blutuntersuchungen wurden angeordnet, die Brust wurde geröntgt, der Urin analysiert; alles in allem wurde der Kleine einer gründlichen Überprüfung unterzogen. Bis auf den entzündeten Zeh und das Fieber war er gesund. Und er schlief auch gut in dieser Nacht.

Den vierten Juli verbrachten Tanya und ihr Sohn im Krankenhaus. Da Michael immer noch nicht aß, hing er weiter am Tropf. Spät am Nachmittag mußte er sich erneut übergeben, doch wieder schlief er gut in der Nacht.

Der nächste Tag war eine Wiederholung des vergangenen, auch wenn es Tanya gelang, ihren Sohn dazu zu bewegen, etwas feste Nahrung zu sich zu nehmen.

Am dritten Tag seines Krankenhausaufenthalts hatte sich die Temperatur des Jungen normalisiert, genau wie die Anzahl der weißen Blutkörperchen. Michael wurde entlassen. Tanya trug ihren Sohn. Man hatte ihr eine Flasche Amoxillin mitgegeben und einen Zettel mit der Telefonnummer Dr. Gangeness', damit sie in den nächsten Tagen einen Termin für eine Kontrolluntersuchung mit ihm ausmachte.

Tanya war es noch nie leichtgefallen, neue Freunde zu gewinnen, und so verbrachte sie den größten Teil ihrer Zeit allein in der Wohnung. Natürlich hatte sie die Kinder, und nach der Arbeit kam Jim nach Hause, aber für jemanden, der so gern redete wie Tanya, mußte es unerträglich sein, keine erwachsenen Zuhörer zu haben.

Sie telefonierte häufig mit ihrer Mutter und ihren Schwestern, aber auch das konnte die Langeweile nur bis zu einem bestimmten Punkt vertreiben. Tanya brauchte neue Freunde. Und sie würde welche finden, schließlich war ihr das schon früher gelungen.

Eine Möglichkeit, Leute kennenzulernen, war es, sich am Swimmingpool am Nottingham Square aufzuhalten und sich mit anderen Müttern zu unterhalten, doch Tanyas Bemühungen zeigten keinen Erfolg. Sie versuchte sich mit Frauen anzufreunden, die ihr eigenes Leben, ihre eigenen Freunde hatten. Keine hatte Zeit für die redselige junge Frau aus dem Panhandle.

2

Nicht zum ersten Mal war Tanya die ›neue Mutter‹, diejenige, deren Haus das letzte war, an dem das ›Zu-verkaufen‹-Schild verschwand, und sie kannte die Einsamkeit und Isolation, der man ausgesetzt war, wenn man als letzter in eine Siedlung zog.

Natürlich waren die Nachbarn freundlich, aber nicht besonders erpicht darauf, engeren Kontakt zu den neuen Mitbewohnern aufzubauen. Für Tanya bedeutete es schon den Höhepunkt eines Tages, wenn sie sich einmal am Briefkasten kurz unterhielt oder unbemerkt jemandem zuwinkte, dessen Garagentor sich gerade öffnete oder schloß. Taschenbücher oder Talkshows im Fernsehen waren kein Ersatz für die Gesellschaft eines Erwachsenen, und Tanya wollte sich mit einem solchen Leben nicht zufriedengeben, konnte es nicht.

Und darauf zu warten, daß Jim nach Hause kam und ihr von seiner Arbeit in der Fabrik erzählte, war ungefähr so aufregend, wie zu beobachten, daß Eisklümpchen gefroren. Sie liebte ihren Mann, oder wenigstens behauptete sie das anderen gegenüber. Aber Jim war ruhig, und Tanya mußte ständig reden.

Sie begab sich auf die Jagd nach einer neuen Freundin. Doch hier in Des Moines mußte sie mehr noch als anderswo ganz bei Null anfangen. Sie kannte überhaupt niemanden. »Ich hatte keinen Menschen«, sagte Tanya Jahre später. »Keine Freunde, nichts.«

Wie so viele Frauen, zu denen Tanya sich hingezogen fühlte, war auch Staci Sue Mullins eine ›Frau in Weiß‹ – eine Pflegehelferin. Die geschiedene Mutter dreier Söhne und einer Tochter hatte beschlossen, daß sie nicht länger bereit war, ein großes Haus zu versorgen und die Knochenarbeit im Garten zu leisten, und so hatte sie sich eins der Reihenhäuser am Nottingham Square gekauft.

Staci und Tanya lernten sich wie die meisten Mütter kennen – über ihre Kinder. Da Carolyn und Stacis Tochter im gleichen Alter waren, würden sie im Herbst dieselbe Klasse in der Clive Elementary School besuchen. Tanya floß fast über vor Begeisterung, daß die beiden Mädchen zusammensein würden. Und weil die Mädchen auch noch so nah beieinander wohnten, würden sie doch ganz bestimmt Freundinnen werden.

Staci gab Tanya eine knappe Übersicht über ihr Leben und ihre Arbeit als Schwester. Und sie erzählte auch von der größten Tragödie in ihrem Leben – ihr Sohn Steven war bei einem Flugzeugabsturz ums Leben gekommen. Tanya jedoch schien eher darauf bedacht, mitfühlend zu wirken, als daß sie tatsächlich zugehört hätte. Es schien, daß sie sich bemühte, auch wirklich einen guten Eindruck zu machen.

Dann schwätzte Tanya über ihr Leben, die Gesundheit ihres Sohnes, den Job ihres Mannes, wie es war, neu in der Stadt zu sein. Sie war für Stacis Geschmack ein bißchen zu offen, zu vertraulich. Sie versuchte ihr eine Vertrautheit aufzudrängen, die sich normalerweise über Monate hinweg entwickelt, manchmal sogar Jahre braucht.

»Ich kann gern auf Ihre Tochter aufpassen, wenn Sie mal weggehen und irgendwas erledigen wollen. Sie können sie beruhigt bei mir lassen. Wenn Sie irgend etwas brauchen, rufen Sie mich einfach an – und schon bin ich da!«

Dieses Angebot verschreckte Staci – schließlich hatte sie diese Frau doch gerade erst kennengelernt. Ganz bestimmt würde sie ihre Tochter nicht bei jemandem lassen, der ihr vollkommen unbekannt war. Tanya Reid hatte ihr Angebot bestimmt ernst gemeint, aber sie würde nicht darauf zurückkommen, solange sie es vermeiden konnte.

Doch schon nach wenigen Tagen fragte Tanya ganz

ungeniert Staci, ob diese auf Carolyn und Michael aufpassen könnte – und es ärgerte Staci.

»Immer war sie es, die wollte, daß *ich* auf ihre Kinder aufpasse, und ich wurde das Gefühl nicht los, daß sie mich ausnutzte«, erinnerte sich Staci Jahre später.

Jim Reid, Tanyas Mann, war nicht besonders groß. Er hatte eine Brille und trug stets Cowboystiefel, und für jemanden, der sein Geld damit verdiente, daß er etwas verkaufen wollte, zeigte er ein merkwürdig zurückhaltendes Benehmen. Er machte wenig Eindruck auf andere, wenn überhaupt. Staci Mullins begegnete Tanyas Ehemann ein einziges Mal in diesem Sommer – am Pool, als er auf seine Kinder aufpaßte. Man merkte ihm an, daß sie ihm viel bedeuteten, auch wenn Tanya behauptet hatte, daß er seine Zeit fast nie mit ihnen verbrachte. Später hatte Staci Mühe, sich ein klares Bild von diesem Mann in Erinnerung zu rufen.

»Er war unglaublich ruhig«, erzählte sie, während sie nach Eigenschaften suchte, wie sie ihn hätte beschreiben können.

Die Einladung zu einer Modenschau mit anschließendem Essen im Country Club, die Tanya von der Frau von Jims Chef erhalten hatte, erwies sich als großer Reinfall. Tanya hatte gehofft, möglichst viele Leute kennenzulernen, und sie hatte Staci so lange bedrängt, bis diese eingewilligt hatte mitzukommen.

Niemand war daran interessiert, die beiden Frauen kennenzulernen, alle schlossen sie aus. Tanya und Staci schauten sich die Modenschau an, aßen etwas und verschwanden dann. Tanya fuhr.

Während sie nach Nottingham Square zurückkehrten, wandte sich die Unterhaltung persönlicheren Themen zu. Staci erzählte von ihrem Sohn, der zu jenen zweihundertachtundvierzig jungen Soldaten gehörte, die alle damals gestorben waren, als eine Militärmaschine bei Gander, Neufundland, abgestürzt war. Er war nur einundzwanzig geworden, hatte bald entlassen werden sollen und vorgehabt, aufs College zu gehen und zu heiraten.

»Ich hatte früher immer geglaubt, daß ich sterben würde, wenn einem meiner Kinder etwas passierte«, erzählte Staci unter Tränen. »Aber ich bin nicht gestorben.«

Auch Tanya begann zu weinen. Sie langte in ihre Tasche und zog ein Foto von Morgan hervor. »Mein Baby ist am plötzlichen Kindstod gestorben, kurz bevor sie neun Monate wurde.« Und dann erzählte sie die ganze traurige Geschichte ihres kleinen Mädchens, das so gräßlich gelitten hatte und nicht gerettet werden konnte, dessen Leben um so viel kürzer war als das von Stacis Sohn.

Staci schob ihren eigenen Kummer beiseite und versuchte Tanya zu trösten. »Ich weiß, wie Sie sich fühlen müssen ...«

»Aber sie war doch nur ein Baby, sie hat nicht mal richtig leben dürfen ...«

Später fragte Staci sich, warum Tanya ausgerechnet diesen Zeitpunkt gewählt hatte, um von Morgan zu erzählen. Warum hatte sie nichts gesagt, als sie, Staci, das erste Mal von Stevens Tod gesprochen hatte? Vielleicht hatte sie vorher nicht darüber reden wollen, weil sie sich noch nicht so gut kannten? Doch irgendwie erschien ihr das unwahrscheinlich bei einer Frau, die doch sonst alles erzählte. Reden war Tanyas Lieblingsbeschäftigung.

Staci wurde den Gedanken nicht los, daß es so etwas wie ein bizarrer Wettbewerb sein könnte. Hatte Tanya damit auftrumpfen wollen, daß ihre eigene persönliche Tragödie noch viel schlimmer gewesen war als die von Staci?

Im August sprach Tanya mit dem Direktor der Clive Elementary School darüber, ob es möglich sei, Michael eine spezielle Förderung zu Haus zukommen zu lassen, da der Junge in seiner Entwicklung nachhinken würde. Außer ›Mama‹ und ›Dada‹ spräche er kaum ein Wort. Er hatte in Amarillo speziellen Förderunterricht erhalten, und sie wollte dies in Iowa fortführen.

Der Direktor gab ihre Anfrage an Heartland weiter, eine staatliche Organisation, die sich um die häusliche Förderung von Kindern bis drei Jahren kümmerte. Martha Raney, eine der Pädagoginnen, rief an, um mit Tanya einen Termin einen Monat nach Schulanfang auszumachen, zu dem sie Mutter und Sohn kennenlernen könnte.

Wanda Ruth Thaxton war zu klug, um sich in die Angelegenheiten ihrer Töchter einzumischen. Sie war mit ihren eigenen Problemen auch stets selbst fertig geworden, also konnten ihre Töchter das auch. Aber natürlich war und blieb sie ihre Mutter, und deshalb gab es keine Zweifel daran, auf wessen Seite sie sich im Notfall stellen würde, und das wußten die Thaxton-Mädchen.

Wanda zweifelte nicht daran, daß ihre Jüngste viel lieber im Panhandle geblieben wäre. Aber Wandas Schwiegersohn hatte Karriere gemacht, und Tanya war bereit, ihrem Mann überallhin zu folgen. Seinetwegen zurückzustecken.

Dennoch empfand sie dies seit einiger Zeit als immer ermüdender. Sie beklagte sich bei ihrer Mutter, daß sie kein eigenes Leben mehr hätte. Sie war eine Gefangene ihrer Pflichten, die sie gegenüber ihrem Ehemann und ihren Kindern hatte.

Wanda drängte sie, einen Babysitter oder eine Tageshilfe zu suchen, damit Tanya mehr Zeit für sich hätte. Sie ermutigte ihre Tochter, Kurse zu besuchen, damit sie sich beruflich weiter qualifizieren konnte. Nun, und falls dies nicht möglich war, dann sollte sie sich andere Aktivitäten außer Haus suchen.

Doch als Tanya auf den Rat ihrer Mutter hörte und Staci als Babysitterin engagierte, blieb ihr um so mehr Zeit, sich um die Angelegenheiten ihres Mannes zu kümmern und Dinge zu erledigen, die ihrer Ansicht nach zu *seinen* Aufgaben gehörten, wie zum Beispiel das Öl in ihrem Wagen zu wechseln.

»Es war unglaublich, womit sie sich beschäftigte«, erklärte Wanda später, obwohl sie nie einen Zweifel daran ließ, daß sie Jim mochte. »Er hielt den Daumen auf dem Geldbeutel, kontrollierte alles im Haus, und sie war nur sein Laufbursche.«

Tanya war mit den Nerven fertig, und Wandas Meinung nach war allein Jim daran schuld. »Ich weiß nicht, ob sie dies tat, um ihm eine Freude zu bereiten oder weil sie glaubte, es sei ihre Pflicht«, sagte sie.

Als Tanya, Michael im Schlepptau, zum ersten Treffen der Brownie-Gruppe, der Mädchen-Pfadfinder im Alter zwischen acht und elf, in der Turnhalle der Clive Elementary School erschien, hatte sie einen festen Vorsatz: Sie wollte die Leiterin der Brownie-Gruppe werden, denn Staci hatte ihr erzählt, daß sich bisher keine andere Mutter hatte finden lassen, die bereit gewesen wäre, diesen Job zu übernehmen. Einige der Mütter störten sich an ihrer überschwenglichen Begeisterung, andere mochten Tanya schlicht und einfach nicht. Dennoch blieb sie die einzige Bewerberin und wurde auch gewählt.

Tanya rief die anderen Frauen an und lud sie für die kommende Woche zu sich nach Hause ein; sie brauchte ihre Hilfe dabei, daß alles gut lief. Höflich nahmen alle die Einladung an.

Dies würde die beste Brownie-Gruppe aller Zeiten werden!

An jenem Nachmittag, an dem das Treffen stattfinden sollte, begann das Telefon zu klingeln. Eine nach der anderen sagten die Mütter ab. Lediglich vier kamen. Tanya wußte, daß sie es diesmal noch schwerer haben würde, einen Platz in dieser Gemeinschaft zu erobern.

Einige der Mütter machte bald Front gegen die neue Leiterin, wollten nicht, daß ihre Kinder sich der Gruppe anschlossen. Sie kannten Tanya Reid kaum, und was sie bisher von ihr kennengelernt hatten, gefiel ihnen nicht sonderlich.

Staci jedoch sah, wie Tanya sich um die Gruppe bemühte. »Tanya wollte die beste Gruppe aufbauen. Sie wollte die Eltern beeindrucken, und sie wollte alle glauben lassen, daß sie ein unerschütterliches Selbstvertrauen hatte, doch ihre Handlungen verrieten etwas anderes. Sie bemühte sich, Freunde zu gewinnen, aber sie war irgendwie aufdringlich und redete so viel, daß andere kaum zu Wort kamen. Sobald sie auftauchte, dachte jeder: ›O Gott, da kommt ja schon wieder Tanya!‹«

Tanya strengte sich wirklich an, aber es nützte nichts, sie blieb außen vor.

Einige der Mütter pflegten sich auf einen Kaffee im Urbandale Donut Shop zu treffen, nachdem sie die Kinder in die Schule gebracht hatten. Tanya trödelte jedesmal herum und wartete offensichtlich darauf, daß man sie einlud mitzukommen.

»Wir wollten wirklich keine Snobs sein, aber wir wollten sie einfach nicht dabeihaben«, erzählte eine dieser Mütter. »Sie hätte wahrscheinlich die ganze Zeit nur über sich selbst geredet, und wir hätten uns nicht unterhalten können.«

Die Frauen gingen sogar so weit und behaupteten Tanya gegenüber, sie träfen sich nicht jeden Tag und auch nicht immer im gleichen Café. Tanya blieb also nichts anderes übrig, als allein mit Michael zu Hause zu bleiben.

Im September meldete Martha Raney sich mit einer Sprachtherapeutin, die für Heartland arbeitet, zu einem Besuch an, und wie es üblich war, fertigte sie ein Video über Michael an. Eine Woche später stattete sie dem Jungen und seiner Mutter einen zweiten Besuch ab, nochmals eine Woche später den dritten.

Am ersten Oktober zogen die Reids in eins der Reihenhäuser, ähnlich dem von Staci. Nebenan wohnte eine Krankenschwester, Debra Eskelson. Tanya war glücklich.

Am siebten Oktober traf Martha Raney sich mit Tanya in der Clive Elementary School und teilte ihr mit, daß Michael keine spezielle Förderung brauchte. Nach einer gründlichen Auswertung war man zu dem Schluß gekommen, daß Michael – außer in bezug aufs Sprechen – in der Entwicklung nicht hinter anderen Kindern seines Alters herhinkte. Motorik und soziales Verhalten waren vollkommen in Ordnung.

Also würde es keine spezielle Förderung, keine Hausbesuche mehr geben.

Tanya war unglücklich. Sie beschwerte sich bei ihren Nachbarn. Sie beschwerte sich bei ihrem Mann. Und auch Wanda jammerte sie die Ohren voll. Wieso sahen die bei Heartland eigentlich nicht, daß ihr Sohn Probleme hatte? Waren die blind? Ihr Sohn *brauchte* eine spezielle Förderung!

Jahre später, als es gar nicht mehr schlimmer werden und Tanya ihre wenigen Freunde an einer Hand abzählen konnte, erinnerte sie sich wieder an das Verhalten der Frauen in Urbandale.

»Sie hatten ständig etwas anderes zu tun. Es schien, daß man für sie nicht zählte, wenn man nicht in Iowa geboren war.«

Aber bei den Brownies bemühte sie sich weiter.

»Doch jedesmal, wenn ich die Mütter um Hilfe bat,

machten sie Ausflüchte. Niemand half mir, niemand war zur Mitarbeit bereit, sie zeigten mir gegenüber nicht einmal Freundlichkeit.«

3

Zwei Tage, nachdem Tanyas Bitte um Förderung von Heartland abgelehnt worden war, begann das Drama von neuem. Michael hörte auf zu atmen und lief blau an. Seine Mutter rief den Notarzt. Als erster war ein junger Rettungssanitäter zur Stelle, der ebenfalls am Nottingham Square wohnte

Der Notruf ging am 9. Oktober 1987 um 18 Uhr 25 ein.

»Rettungsdienst!« rief der junge Sanitäter, während er klopfte und dann die Tür öffnete. Er sah Tanya Reid, die sich über ihren Sohn gebeugt hatte und ihn beatmete. Michaels Lippen waren dunkelblau. Der junge Mann fühlte nach dem Puls und übernahm dann die Mund-zu-Mund-Beatmung.

Dreißig Sekunden später schnappte der Junge nach Luft und begann wieder zu atmen. Tanya berichtete dem Sanitäter, daß ihr Sohn allein ferngesehen hätte, und als sie ins Wohnzimmer zurückgekommen war, war er blau angelaufen. Sie erzählte auch, wie oft er schon unter Anfällen und Atemstillstand gelitten hätte, obwohl lange Zeit nichts Derartiges mehr vorgefallen sei.

»Nach den Anfällen hört er meistens auf zu atmen«, sagte sie. »Er hat bestimmt wieder einen Anfall gehabt.«

Das Blank Hospital, das zum Iowa Methodist Medical Center gehörige Kinderkrankenhaus, war eins der besten Krankenhäuser in ganz Iowa und hatte in der Kinderheilkunde einen ausgezeichneten Ruf. Und so friedlich die weitläufige, gepflegte Anlage auch wirken mochte, hinter den Mauern der Gebäude spielte sich so manche Tragödie ab.

Es war das erste von vielen Malen, daß Michael in dieses Krankenhaus eingeliefert wurde. Es bestand der Verdacht auf einen Anfall.

Am nächsten Morgen begegnete der Kinder-Neurologe Tom Kelly dem kleinen Michael zum ersten Mal. Tanya erzählte dem Arzt, daß ihr Sohn zu weinen begonnen hätte, nachdem sie sich geweigert hatte, ihm ein Plätzchen zu geben. Dr. Kelly ahnte nicht, daß Tanya dem Sanitäter eine ganz andere Geschichte aufgetischt hatte.

Der Neurologe hielt in seinem Bericht fest:

> *Die Mutter berichtete, daß der Patient aufgehört hätte zu weinen, dann sei er ganz steif geworden, hätte auf dem Rücken gelegen, die Arme hinter dem Kopf ausgestreckt, die Hände zu Fäusten verkrampft.*

Der Arzt vermutete, daß Michaels Apnoe dadurch ausgelöst wurde, daß der Junge den Atem anhielt. Er erklärte Tanya, wenn sie einen Moment abwartete, würde ihr Sohn von allein wieder anfangen zu atmen. Wenn sie zu schnell Wiederbelebungsmaßnahmen ergriff, würde dies die Situation nur verschlimmern, denn in diesem Fall könnte die Mund-zu-Mund-Beatmung den Jungen sogar daran *hindern*, genügend Sauerstoff zu bekommen. Im Glauben, eine lebensrettende Maßnahme durchzuführen, könne man jemanden, der diese Hilfe gar nicht braucht, durch Mund-zu-Mund-Beatmung ersticken.

Doch Tanya blieb uneinsichtig. Sie beharrte darauf, daß Michael nur dann wieder zu atmen begann, wenn sie selbst oder ein Rettungssanitäter ihm half.

Dr. Kelly nahm sich vor, sich mit Dr. Gangeness, dem

Kinderarzt des Jungen, zu beraten, ob man Atropin einsetzen könne, einen krampflösenden Wirkstoff, mit dem man bei Anfällen, die zu Atemstillstand führten, Erfolg gehabt hatte. Natürlich konnten künftige Anfälle bei Michael nicht ausgeschlossen werden, doch der Neurologe hielt es für ziemlich unwahrscheinlich, daß sie erneut auftraten – schließlich hatten auch die vielen Tests in all den anderen Krankenhäusern keinen Hinweis auf eine derartige Gefahr gegeben. Dr. Kelly ordnete zudem ein EEG an, doch auch dies zeigte keine Auffälligkeiten. Der Junge schien vollkommen gesund zu sein.

Was jedoch nicht in Ordnung schien, war die Beziehung zwischen Mutter und Sohn.

> *Der Patient scheint zu versuchen, seine Mutter durch sein Verhalten zu manipulieren. Sobald seine Mutter, die während seines gesamten Krankenhausaufenthalts bei ihm blieb, sich ihm gegenüber ungeduldig oder ärgerlich zeigte, begann er zu schreien, laut und durchdringend.*

Man verschrieb dem Jungen Atropin, und am 13. Oktober wurde Brandon Michael Reid entlassen, nachdem man ihn vier Tage lang im Krankenhaus behandelt hatte. Zur Nachuntersuchung hatte Dr. Kelly mit Tanya einen Termin in vier Wochen ausgemacht.

Die Krankenschwestern waren sich alle einig darüber, welches Glück der Junge hatte, eine so besorgte und engagierte Mutter zu haben. Sie hatte den Kleinen kaum eine Sekunde allein gelassen. Es war nicht das erste Mal, daß sie beobachtet hatten, wie ein Kind seine Mutter zu beeinflussen versuchte. Obwohl Tanya Reid Krankenschwester war, reagierte sie ihrem eigenen Kind gegenüber nicht so professionell-gelassen. Und es war ja auch kein Wunder, wenn ihre Nerven mitgenommen waren!

Tanya tat ihnen schrecklich leid.

An den Abenden, wenn Tanya im Krankenhaus und Jim bei der Arbeit war, paßte Staci Mullins auf Carolyn auf. Wenn Jim zu Hause war, nahm er seine Tochter ins Krankenhaus mit, damit sie ihren Bruder und ihre Mutter besuchen konnte.

Wenn es nicht wegen der beiden Kinder gewesen wäre, dann hätte Staci Tanya nur zu gern die kalte Schulter gezeigt. Jemanden wie Tanya brauchte sie wahrlich nicht in ihrem Leben; sie hatte genug Freunde und Verwandte hier. Tanya jedoch versuchte verzweifelt, Stacis Freundschaft zu gewinnen – genau wie die anderer. Es war offensichtlich, daß sie schrecklich allein war.

In ihrem Versuch, Vertrautheit zu schaffen, wurde Tanya für Stacis Geschmack viel zu vertraulich. Sie erzählte, daß sie und Jim Eheprobleme hätten, doch sie blieb merkwürdig gleichgültig, als sie berichtete, wie sehr es ihr zu schaffen machte, daß Jim zu wenig Interesse für sie zeigen würde. Sie vergoß nicht eine Träne deswegen.

Staci konnte sich des Eindrucks nicht erwehren, daß Tanyas Worte und ihr Benehmen irgendwie nicht zusammenpaßten.

Ein andermal vertraute sie Staci an, daß sie überlegte, ob sie sich scheiden lassen sollte, und es schien, als erwartete sie, daß Staci dazu Stellung bezog, doch Staci war nicht der Typ dafür.

Und während Tanya weiter und weiter über ihre Ehe redete, überlegte Staci, wie sie am besten das Thema wechseln oder sich möglichst elegant aus dem Staub machen könnte. Sie wollte all diese Dinge nicht wissen; es ging sie nichts an.

Noch Jahre später wurde Jim Reid zornig, wenn man ihm vorwarf, er hätte seine Familie vernachlässigt. »So oft war ich gar nicht fort, aber daß ich länger und härter arbeiten mußte, war der Preis für meine Beförderung. Schließlich habe ich die meiste Zeit allein das Geld nach Hause gebracht. Karrierefrauen verstehen wenigstens, wenn ihr

Mann zwölf Stunden arbeiten muß. Wem ein Acht-Stunden-Job lieber ist – bitte! Aber ich wollte mehr für meine Familie.«

Obwohl es einen Schulbus zur Clive Elementary School gab, zogen manche Mütter es vor, ihre Kinder morgens selbst zur Schule zu bringen und sie nachmittags wieder abzuholen. Nicht weil sie Bedenken wegen der Sicherheit gehabt hätten, sondern weil sie, genau wie Tanya, den ganzen Tag zu Hause waren und die kurze Fahrt ein wenig Abwechslung bot. Und für einige war es eine Chance, andere Leute zu treffen, Kontakte zu pflegen.

Es war etwas, worauf man sich freuen konnte.

Auch Tanya brachte Carolyn morgens weg und holte sie nachmittags wieder ab, und wenn sich eine Gelegenheit ergab, versuchte sie mit anderen Müttern ins Gespräch zu kommen. Meistens hatte sie Michael dabei.

Genau wie die anderen, so war auch Tanya eine vielbeschäftigte Mutter. Sie war höflich und freundlich, doch aus welchem Grund auch immer war sie in Urbandale einsamer als je zuvor. Soviel sie auch lächelte, sosehr sie sich auch bemühte, stets das Richtige zu sagen – sie blieb draußen.

4

Carolyn Reid hämmerte mit der Faust gegen die Tür und hielt den anderen Finger auf die Klingel von Staci Mullins' Haus gedrückt. Obwohl sie erst vor einigen Tagen ihren siebten Geburtstag gefeiert hatte, schien es, als trüge sie das Gewicht der ganzen Welt auf ihren Schultern. Tränen liefen ihr über die Wangen, und sie zitterte am ganzen

Körper, als Staci öffnete. Staci zog die Kleine tröstend an sich und hielt sie ganz fest. Sie ahnte, was passiert war, und es machte ihr angst.

»Es ist Michael! Es ist schlimm! Bitte, kommen Sie rüber!« flehte das Mädchen. »Meine Mom braucht Sie!«

»Einen Moment noch, Carolyn. Es wird schon nichts Schlimmes passieren!«

»Wir müssen rüber!«

Die Nachbarin versuchte Zeit zu gewinnen, denn sie hörte schon das Martinshorn.

»Hörst du nicht?« fragte sie Carolyn. »Da kommt der Rettungswagen. Beruhige dich, Carolyn. Sie werden helfen.«

Mit seinen sechsundzwanzig Jahren war Tony Collins bereits ein erfahrener Rettungssanitäter. Er arbeitete für den privat betriebenen Rettungsdienst CPA, der unter anderem für Urbandale und Clive zuständig war. Wenn ein Notruf einging, wurde auch CPA alarmiert, und oft war Tony als erster am Schauplatz.

Auch am 20. Oktober 1987 erreichte Tony als erster die angegebene Adresse, 7411 Canterbury. Tanya hatte den Notruf um 17 Uhr 51 gewählt und berichtet, daß Michael schon zum zweiten Mal in diesem Monat aufgehört hätte zu atmen. Drei Minuten, nachdem der Notruf eingegangen war, befand sich Tony bereits in dem Reihenhaus der Reids.

Tanya war im oberen Stockwerk, damit beschäftigt, Michael zu beatmen. Trotz der schrecklichen Situation herrschte keine Unordnung im Elternschlafzimmer. Das Bett war ordentlich gemacht, die Tagesdecke glattgestrichen. Ein Liebesroman auf einem der Nachttischchen zeigte an, auf welcher Seite Tanya schlief.

Tanya blickte auf und nickte dem Rettungssanitäter zu. Tony stellte seine Ausrüstung hin und eilte zu dem Patienten. Tanya fuhr fort, ihren Sohn zu beatmen.

»Nun komm schon, Kleiner, atme! Mach! Atme!« stieß sie zwischendurch hervor.

Der Sanitäter kniete sich hin und versuchte, sie beiseite zu schieben, damit er seine Arbeit machen konnte, doch Tanya ignorierte ihn.

»Entschuldigen Sie, Madam, aber Sie sind mir im Weg«, sagte er und schubste sie fort.

Als sie endlich Platz gemacht hatte und er sich um den Jungen kümmern konnte, stellte er überrascht fest, daß Michael schon wieder atmete. Der Sanitäter zählte die Atemzüge: zweiunddreißig pro Minute. Der Atem ging flach, aber regelmäßig.

Die Augen des Jungen wirkten glasig, die Pupillen waren erweitert, reagierten kaum auf Licht.

Tanya behauptete, sie hätte den Jungen leblos im Schlafzimmer gefunden. Augenblicke vorher hätte er noch gespielt und gelacht, doch als sie sich dann umgedreht hatte, hätte er ganz schlaff auf dem Bett gelegen. Die Hände waren zu Fäusten geballt. Ihr kleiner Junge hätte solche schrecklichen Anfälle schon oft gehabt. Erst vor einer Woche sei er noch wegen eines solchen Anfalls im Krankenhaus gewesen.

Tony Collins gab dem Jungen Sauerstoff, und innerhalb weniger Minuten schien es Michael schon wieder besserzugehen. Tony trug den Jungen nach unten zum Urbandale Fire-and-Rescue-Krankenwagen. Ein ›Luftkanal‹ – ein kleines Plastikgerät – wurde in Michaels Mund geschoben, um zu verhindern, daß die Zunge zurückrutschte, dann wurde der Junge an einen Monitor angeschlossen, der seine Atmung überwachte.

Michael gefiel das alles überhaupt nicht. Der Kleine schrie und schlug um sich.

Daß er schrie, sei ein gutes Zeichen, erklärte der Rettungssanitäter der Mutter. »Das bedeutet, daß er atmet.«

Staci und Carolyn kamen im gleichen Augenblick bei den Reids an, als der Krankenwagen losfuhr. In dem üblichen Schnellfeuertempo berichtete Tanya:

»Ich bin auf dem Weg ins Krankenhaus. Michael hatte zu atmen aufgehört. Oh, ich muß Jim noch anrufen«, fügte sie hinzu. »Sie nehmen Carolyn. Ich fahre mit meinem eigenen Wagen hinterher.«

»Sie können doch jetzt überhaupt nicht fahren! Kommen Sie, ich bringe Sie!«

»Nein danke, ich bin in Ordnung, ich kann fahren.«

Staci schüttelte den Kopf, als sie mit Carolyn zurück zu sich nach Hause ging. Sie verstand nicht, wie Tanya mit all dem einfach so fertig werden konnte. Sie selbst hätte nicht fahren können. Sie wäre an Tanyas Stelle ein Nervenwrack gewesen!

Zum zweiten Mal in diesem Oktober wurde Brandon Michael Reid ins Krankenhaus gebracht, und diesmal kam er auf die Kinder-Intensivstation. Die Ärzte, die ihn dort einwiesen, waren Tom Kelly und Bob Colman. Die Diagnose war dieselbe wie beim letzten Mal.

Ein weiteres EEG wurde für den nächsten Tag angeordnet. Der Junge wurde geröntgt und sein Blut untersucht. Michael sollte für vierundzwanzig Stunden an ein Überwachungsgerät angeschlossen werden, daß jede Atemunregelmäßigkeit registrieren würde.

Verständlicherweise gefiel es Michael überhaupt nicht, daß man immer wieder in seinen Körper stach, in seine Finger und Zehen und Arme, um ihm Blut abzunehmen. Er schrie und versuchte sich freizuwinden.

Röhrchen füllten sich mit dunklem Blut und wurden ins Labor gebracht. Michael schrie weiter. Seine Mutter schaute zu.

Ein Herzspezialist informierte sich über Michaels Krankenhausgeschichte und erklärte Dr. Kelly, daß er nicht an ein Herzproblem bei dem Jungen glaube. Michaels Herz sei in Ordnung.

Niemand hatte auch nur die geringste Vorstellung, was die Anfälle auslösen und den Atemstillstand bewirken könnte. Doch man begann sich Gedanken zu machen.

Am nächsten Nachmittag redete Dr. Colman noch einmal mit Tanya. Der junge Kinderarzt war neugierig, was diese Atemstillstandsepisoden und die Anfälle betraf. Er wollte mehr über das herausfinden, was mit dem Jungen passierte.

Er fragte die Mutter, ob auch schon einmal jemand außer ihr einen dieser Anfälle miterlebt hätte.

Tanya erklärte, sowohl ihre Mutter als auch ihr Mann hätten einen Anfall gesehen. Und auch ein Arzt in Naperville, Illinois, wo sie früher gelebt hatten, war Zeuge eines Anfalls geworden.

»Ich bringe Ihnen morgen Dr. Kudchadkers Telefonnummer mit«, versprach sie.

Tanya ärgerte sich, als sie am 23. Oktober erfuhr, daß Michael von der Intensivstation auf die normale Kinderstation verlegt werden würde. Sie hielt eine Krankenschwester an und sagte, sie wolle, daß ihr Sohn entlassen würde. Sie sähe nicht ein, warum man ihn auf die normale Station bringen würde. Dann könnte sie ihn auch gleich mit nach Hause nehmen.

Und während sie weiter darauf bestand, daß nichts ihrem Sohn besser helfen würde als ihre Mutterliebe, unterstützt von ihren medizinischen Kenntnissen, fuhr man im Krankenhaus fort, kritische Eintragungen über die Beziehung zwischen Mutter und Sohn in den Krankenbericht zu machen. Irgend etwas war hier nicht in Ordnung.

Eine Krankenschwester vermerkte in ihrem Bericht:

Die Beziehung zwischen Mutter und Kind scheint ungewöhnlich, d. h., sie machen den Eindruck, als würden sie einander ablehnen ...

Nachdem Michael auf die Kinderstation verlegt worden war, notierte eine andere Schwester:

Mutter wirkt besorgt und toleriert normalerweise das hyperaktive Verhalten des Patienten, manchmal jedoch ist sie verärgert über das Kind.

Als Tanya gebeten wurde, sich mit einem der Berater des Krankenhauses zu unterhalten, machte sie einen erregten Eindruck, solange über ihren Sohn und dessen Gesundheitsprobleme gesprochen wurde. Aber welche Mutter würde sich nicht dabei aufregen?

Doch als sich das Gespräch dann ihr selbst zuwandte, begann Tanya zu strahlen und entspannte sich. Und obwohl sie normalerweise die Tatsache unterschlug, daß sie keine vollexaminierte Krankenschwester war, gab sie es nun zu und erzählte, daß sie ihre weitere Ausbildung an einem College nördlich von Des Moines wieder aufgenommen hatte.

Als der Berater vorschlug, daß es nur zum Besten für die ganze Familie sein könnte, wenn sie sich einer Therapie unterzog, stimmte Tanya zu.

Sie erzählte auch von Morgans Tod, und dies brachte den Berater dazu, in seinem Bericht zu schreiben:

Ich glaube, daß sie den plötzlichen Tod ihrer Tochter noch nicht bewältigt hat.

Es war halb sechs am Nachmittag des 23. Oktobers. Tanya trat von einem Fuß auf den anderen, während sie zusah, wie ihr Sohn sein Abendessen aufaß. Wanda Thaxton war inzwischen in Des Moines eingetroffen, um ihrer Tochter zu helfen, und Tanya wollte ihren Sohn nehmen und nach Hause gehen. Sie machte eine Grimasse.

»Kann ich irgend etwas für Sie tun?« fragte eine Schwester.

Tanya schüttelte ungeduldig den Kopf und seufzte. »Ich langweile mich«, meinte sie nur.

Die Schwester erwiderte, daß einem drei Tage im Krankenhaus wirklich wie eine Ewigkeit vorkommen könnten.

Tanyas Antwort darauf war so verwunderlich, daß die Schwester sich noch Jahre später daran erinnerte.

»Ich glaube, Dr. Kelly hält mich extra hier, weil er wütend auf mich ist.«

Die Schwester wußte nicht, was sie darauf sagen sollte. Schließlich war Mrs. Reids Sohn im Krankenhaus, weil er ernsthaft krank war, und nicht, weil irgendein Doktor irgendwelche Rachegefühle gegen sie hegte!

Später an diesem Tag wurde Michael entlassen. Obwohl Dr. Kelly nicht gänzlich ausschließen konnte, daß der Junge absichtlich die Luft anhielt, zog er in Betracht, daß der Grund für Michaels Probleme in einer Durchblutungsstörung der Blutgefäße im Gehirn liegen könnte. Dies konnte zu einem ohnmachtsähnlichen Anfall mit einem ganz plötzlichen Verlust des Bewußtseins führen. Der Neurologe glaubte nicht, daß es sich um einen Krampf handelte, und sicherlich paßte der Bericht der Mutter über das, was passiert war, nicht zu der vorher gestellten Diagnose des Atemanhaltens. Tanya hielt das alles für Unsinn. Unbeirrbar und laut erzählte sie, daß ihr Sohn irgend etwas Schreckliches hätte, wahrscheinlich einen genetischen Defekt. Das gleiche wie Morgan, das, was auch ihr kleines Mädchen getötet hatte. Ganz bestimmt war es nicht der Grund für die Apnoe, daß Michael ein verzogenes Balg wäre, das den Atem anhielt, um seinen Willen durchzusetzen.

Tanya rief ihre Mutter in Dumas an, um ihrem Zorn über Dr. Kelly und seine Diagnose Luft zu machen.

»Er sagte, nach einer Weile würde Michael wieder von allein atmen. Und wie lange soll ich warten? Eine Minute vielleicht? Zwei? Oder drei? Wer kann denn schon danebensitzen und zuschauen, wie das eigene Baby blau anläuft, ohne irgendwas zu tun? Ich kann doch nicht riskieren, daß Michaels Gehirn Schaden nimmt! Er hatte einen Anfall! Er hat nicht einfach den Atem angehalten!«

Dann erzählte sie ihrer Mutter, was am 20. Oktober kurz vor dem Abendessen passiert war und daß sie gar keine andere Wahl gehabt hätte, als mit der Mund-zu-Mund-Beatmung zu beginnen. Diese Geschichte unterschied sich von der, die sie dem Rettungssanitäter erzählt hatte. Tanya behauptete, ihr Sohn hätte sich in einem Sears-Katalog Spielzeug angeschaut, als sie nach oben gegangen war, um Wäsche einzuordnen.

»Als ich wieder nach unten kam, sah ich, daß Michael in der Diele lag. Als ich ihn aufhob und dann auf dem Teppich ablegte, um ihn zu untersuchen, da atmete er nicht mehr. Ich bin zum Telefon gerannt und habe den Notruf gewählt – meinst du vielleicht, sie wären gleich rangegangen? Es mochten ungefähr vier Minuten vergangen sein, als ich mit der Wiederbelebung anfing. Nach vier Minuten treten die ersten Schäden ein. Wie lange hätte ich denn noch warten sollen? Er hätte sterben können!«

Wanda Thaxton antwortete ihrer Tochter, daß sie das einzig Richtige getan hätte. Tanya hatte das Leben ihres Sohnes gerettet. Sie selbst und auch ihre anderen drei Töchter hätten sich nicht anders verhalten.

Dr. Kelly hatte unrecht. Die Reids kamen zu dem Schluß, daß Dr. Steven Linder, ein Neurologe aus Dallas, Michaels Anfälle viel besser behandelt hatte.

5

Staci Mullins kämpfte mit der Unruhe, die sie stets empfand, wenn sie an die neuen Nachbarn aus dem Panhandle dachte. Irgend etwas stimmte nicht, und es hatte nichts damit zu tun, daß Tanya ihr auf die Nerven ging.

Irgend etwas anderes ging da vor, etwas, das mit Tanya und deren kleinem Sohn zu tun hatte.

Es gab Staci zu denken, daß Michael mit seinen zweieinhalb Jahren so gut wie gar nicht sprach. Und sie wurde das Gefühl nicht los, daß dies etwas mit der Beziehung zwischen Mutter und Sohn zu tun hatte. In Tanyas Nähe schien der kleine Junge oft wütend zu sein.

Manchmal, wenn sie ihm sagte, daß er etwas tun sollte, weigerte er sich einfach, und wenn sie ihn rief und er in die entgegengesetzte Richtung davonlief, dann wurde sie zornig.

Staci selbst hatte nie irgendwelche Probleme mit ihm. Bei ihr war er stets lieb und folgsam.

»Wenn er mit ihr zusammen war, dann weinte er die ganze Zeit und schrie. Bei mir war er so süß, hat gespielt und mit den Mädchen gelacht und gekichert.«

Sobald Tanya kam, um ihn abzuholen, brach er in Tränen aus und begann wieder zu schreien.

»Daß er nicht sprach, war ein psychologisches Problem – kein körperliches, wie Tanya behauptet hat. Er ist ja von Ohrenärzten getestet worden, und sein Hörvermögen war okay.«

Als das Martinshorn erneut erklang – gegen fünf Uhr nachmittags am 13. November 1987 –, überraschte es kaum jemanden am Nottingham Square, daß der Rettungswagen vor der Canterbury Road 7411 anhielt.

Es war Freitag nachmittag, und der kleine blonde Junge

hatte erneut aufgehört zu atmen. Staci Mullins war noch vor den Rettungssanitätern da. Tanya saß auf dem Fußboden und wiegte ihren Sohn. Der Junge war blaß, schien ansonsten aber in Ordnung zu sein. Tanya war erschöpft, wirkte aber trotz der schrecklichen Situation sehr gefaßt.

Es war Staci, die weinte, als Michael in den Krankenwagen gebracht wurde.

»Sie kümmern sich um Carolyn«, wies Tanya an. »Ich fahre im Krankenwagen mit.«

Sie erzählte den Sanitätern, daß Michael in seinem Hochstuhl herumgehampelt hatte. Sie war einen Moment hinausgegangen, und als sie zurückkam, war Michael blau angelaufen. Und wieder hatte sie ihm neues Leben eingeatmet.

An jenem Abend blieb Staci stets in der Nähe des Telefons. Tanya würde doch sicher anrufen, um zu sagen, wie es ihrem Sohn ging, oder um sich nach ihrer Tochter zu erkundigen – aber sie rief nicht an. Kein Wort, ob Carolyn die ganze Nacht bleiben konnte.

»Selbst wenn ich eins meiner Kinder bei meiner Schwester lassen mußte, habe ich doch vorher gefragt, ob sie etwas dagegen hätte. Oder sie gebeten, dem Kind Geld fürs Essen am nächsten Tag in der Schule vorzustrecken«, sagte Staci später. »So was tut man doch einfach.«

Man brachte Michael Reid in einen Raum, der speziell für Wiederbelebungsversuche ausgerüstet war, und wieder einmal verwirrte es die Ärzte, daß der Junge nach einem so lebensbedrohenden Anfall so vollkommen gesund wirkte.

»In den meisten Fällen geht es den Kindern sehr schlecht, wenn sie wiederbelebt worden sind«, erzählte Dr. Tom McAuliff, einer der Ärzte, die an diesem Tag Dienst hatten. »Sie kommen nicht fröhlich spielend bei uns herein.«

Dieser kleine Junge jedoch hatte nur eine kurze Weile vorher noch an der Schwelle zum Tod gestanden. Er hatte aufgehört zu atmen. Seine Mutter hatte Herz-Lungen-Wiederbelebung durchgeführt und ihm das Leben gerettet.

Es paßte nicht zusammen.

Und auch die Gelassenheit der Mutter verblüffte Dr. McAuliff. Obwohl sie gerade erst ihren Sohn wiederbelebt hatte, tat sie so, als würde sie das alles nicht sonderlich berühren. Als sei es etwas ganz Alltägliches – so wie Kuchenbacken oder Unkrautjäten zum Beispiel.

Was ging hier vor?

Es war ein Nachteil, daß man bei der Notaufnahme niemals die gesamte Krankengeschichte eines Patienten zur Verfügung hatte. Zwar hatte Tanya einen Überblick über die Probleme des Jungen gegeben, aber natürlich wären Michaels Krankenakten informativer gewesen.

Dr. McAuliff verfügte nicht über Michaels Krankengeschichte – aber es gab seinen Kollegen, Bob Colman.

Der neunundzwanzig Jahre alte Kinderarzt war einer der ersten gewesen, der das Münchhausen-Syndrom by Proxy in Betracht gezogen hatte, eine seltene Form der Kindesmißhandlung. Dr. Colman hatte schon einmal einen solchen Fall erlebt und war zudem mit Michael Reid vertraut. Er hatte den Jungen schon einige Male betreut, seit der Kleine das erste Mal Anfang Juli mit einem Fieber eingeliefert worden war, kurz nach dem Umzug von Amarillo.

Die beiden Ärzte besprachen das Problem während ihrer Morgenvisite: Konnte es sich in Michaels Fall um das Münchhausen-Syndrom by Proxy handeln?

Dieses Syndrom war so selten, daß die meisten Ärzte niemals einen Fall in ihrer Praxis erlebten. Außerdem wußten die meisten eh nur in groben Umrissen darüber Bescheid. MSBP-Opfer waren Kinder, deren Betreuer – also fast immer die Mütter – Krankheitssymptome produzierten, damit eine medizinische Behandlung eingeleitet wurde. Die Aufmerksamkeit, die die Täterin dabei erhält –

man betrachtet sie allgemein als die perfekte, aufopfernde Mutter –, treibt sie dazu, diesen Betrug immer und immer wieder zu wiederholen.

Einige der Kollegen hielten diese Diagnose für wahrscheinlich und schlugen vor, den Fall aufmerksamer zu beobachten. Mehr konnten sie eigentlich nicht tun, denn Nachweise sind in einem solchen Fall sehr schwierig.

Während der Tage und Wochen, die folgten, gab es weitere Krankenhausaufenthalte, und die Ärzte stritten darüber, was die Anfälle hervorrief. Die Mutter? Eine noch unerkannte Störung?

Am Anfang des darauffolgenden Monats reisten die Reids nach Dallas, um ihren Sohn von Dr. Steven Linder untersuchen zu lassen.

Wann immer Staci Mullins das Martinshorn hörte, wußte sie, daß der Krankenwagen auf dem Weg zu den Reids war. Was war nur mit Michael los? Der Junge hatte so viele Anfälle, und die Ärzte konnten ihm einfach nicht helfen. Und wieder fragte sie sich, welche Rolle Tanya bei all dem spielen mochte.

Einmal, als Carolyn mit ihrer Tochter spielte, versuchte Staci sie vorsichtig auszufragen.

»Wo warst du eigentlich? Hast du gesehen, wie Michael aufgehört hat zu atmen?«

»Nein. Mom und Michael waren in Mommys Zimmer. Michael hat geschrien und geweint, und dann hat Mommy mir zugerufen: ›Wähl die 911 und hol Staci!‹«

Das kleine Mädchen war immer unten oder draußen. Tanya war im Haus. Jim bei der Arbeit.

Was um Himmels willen tat sie dem Jungen nur an?

Der nächste Notruf kam fast einen Monat später, am 15. Dezember nachmittags um 5 Uhr 35. Michael war benommen, als die Sanitäter ihn fortbrachten, doch er schrie während der gesamten Fahrt zum Kinderkrankenhaus.

Tanya erzählte dem Personal in der Notaufnahme, daß ihr Sohn im oberen Schlafzimmer gespielt hätte, und als sie ihn entdeckte, hatte er aufgehört zu atmen. Sie hatte Mund-zu-Mund-Beatmung durchgeführt, und drei Minuten später hätte er wieder zu atmen begonnen.

Wieder zählte sie die Krankengeschichte des Jungen auf, auch daß er von Juli 1986 bis Oktober 1987 frei von Anfällen gewesen wäre. Vor zwei Wochen wären sie mit ihm in Dallas bei Dr. Linder gewesen, der vermutet hatte, daß Refluxprobleme die Atmung des Kindes behindern könnten.

Später telefonierte der diensthabende Arzt der Notaufnahme mit Dr. Kelly und sagte Tanya anschließend, daß sie in ein oder zwei Wochen einen Termin bei Dr. Kelly ausmachen sollte, notfalls auch früher.

Michael wurde um halb sieben entlassen und nach Hause geschickt.

Drei Tage nach dieser Episode besuchte ein Familienberater die Reids in ihrem Haus. Sie erzählten ihm, welchen Streß Michaels ständige Gefährdung für sie bedeutete und daß sie bereits eine Tochter verloren hatten. Jim erzählte auch, daß er mit seiner Arbeit nicht glücklich war und daß er hier viel weniger verdiente. Ihre Ehe sei ohne Probleme, aber beide seien dankbar für jede Hilfe von außen.

Folgendes notierte sich der Berater:

Es ist offensichtlich, daß James und Tanya einander und die Kinder sehr lieben. Sie sind beide sehr intelligent. Sie sind eine Familie, die aus vielem Kraft ziehen kann. Ich will mich zunächst auf Michaels Zustand konzentrieren und darauf, ob er unter dem gleichen Problem leidet wie damals Morgan.

Am vierten Januar 1988 überwies Dr. Gangeness die Reids in die namhafte Mayo-Klinik, wie es Dr. Linder empfohlen hatte. Doch nachdem sie die lange Fahrt hinter sich gebracht hatten, wartete eine Enttäuschung auf sie: Dr. Gangeness hatte lediglich einen Termin bei einem Krebsspezialisten arrangieren können, und natürlich hatte Michael keinen Krebs.

Zehn Tage später machte Tanya sich noch einmal auf den Weg, diesmal allein mit Michael. Doch auch der Neurologe konnte nichts Ungewöhnliches bei Michael feststellen. Tanya war frustriert. Sie beharrte darauf, daß ihr Sohn schwer krank sei.

Einige Tage nach dem zweiten Besuch in der Mayo-Klinik wurde der Rettungswagen erneut zu den Reids gerufen. Es war der 19. Januar 1988, 20 Uhr 35. Tanya hatte ihren Sohn wiederbelebt, der anschließend ins Kinderkrankenhaus gebracht wurde, wo er drei Tage blieb.

Es war doppelt traurig, denn es geschah genau an Jims siebenunddreißigstem Geburtstag. Und obwohl es schon so spät war, war Jim immer noch in seinem Büro.

6

Brandon Michael Reid war ein niedlicher kleiner Junge mit blonden Haaren und den blauen Augen seines Vaters. Er hätte alles Glück dieser Welt verdient, doch statt dessen kämpfte er an diesem Tag, dem 7. Februar 1988, mittags um 12 Uhr 14 um sein Leben. Um Luft.

Diese Episode war völlig anders als die anderen. Sie

fing anders an und endete anders. Jim Reid war zu Hause, genoß den ruhigen Sonntag. Er war nicht draußen. Nicht bei den Nachbarn. Nicht in der Garage. Jim befand sich im Haus.

Sein Sohn und seine Frau waren oben im Elternschlafzimmer, spielten und lachten. Jim war zufrieden. So sollte es in einer glücklichen Familie zugehen. Schließlich waren nach allem, was sie durchgemacht hatten, die wenigen glücklichen Augenblicke um so kostbarer.

Dann wurde es still, so, als hätte man mit einer Fernbedienung plötzlich den Fernseher ausgestellt. Es war eine schwere, belastende Stille.

Tanya begann zu rufen, und Jim stürmte nach oben.

»Jim! Komm schnell! Michael hat wieder einen Anfall!«

Jim rannte ins Schlafzimmer. Michael lag auf dem Bett, still und verschwitzt. Tanya kauerte über ihm und führte Mund-zu-Mund-Beatmung durch.

»Hast du den Rettungsdienst angerufen?«

Tanya hatte.

Jim überprüfte den Herzschlag seines Jungen und betrachtete das bläuliche Gesicht, suchte nach einem Zeichen, daß alles wieder gut werden würde. Und eine Minute später, noch bevor der Rettungswagen eintraf, hatte Michael wieder zu atmen begonnen.

Und hätte Jim es nicht besser gewußt, er hätte geschworen, daß der Junge außer sich vor Wut war.

Michael trat um sich und schrie zum Gotterbarmen, als er in die Notaufnahme des Kinderkrankenhauses gebracht wurde. Dr. Robert Colman und Dr. Anne Zoucha kannten den Jungen und seine Mutter, wußten, wie es weitergehen würde.

Doch dieses Mal war alles anders.

Die Krankenschwester Callie Sandhurst schaute zu, wie der Junge in einen der Untersuchungsräume gebracht wurde. Michael schrie wie am Spieß. Später sollte Callie die Szene so beschreiben: »Er war nicht zu beruhigen ... Und egal, was man versuchte, er hörte nicht auf. Er war fast schon hysterisch.«

Forschend betrachtete die Krankenschwester seine Mutter.

Tanya Reid war nicht sehr groß, hatte die Haare ordentlich gekämmt und trug zu ihren Jeans einen einfachen Pullover. Ganz ruhig stand sie neben Dr. Colman und Dr. Zoucha und berichtete, was passiert war.

Die ganze Szene wirkte recht merkwürdig auf Schwester Callie, die glaubte, daß nach siebzehn Jahren Arbeit im Krankenhaus nichts mehr sie erschüttern könnte.

Irgend etwas stimmte hier nicht.

»Wenn es mein Kind gewesen wäre, das so gebrüllt hätte, dann hätte ich niemals so reagieren können: dastehen und diese ellenlange Liste von Anfällen, Behandlungen und Diagnosen mit all den korrekten Fachausdrücken aufzählen können«, meinte sie später.

Tanya schien von Michaels Brüllen völlig ungerührt zu bleiben. Nicht einmal trat sie zu ihm, um ihn zu beruhigen.

Später war keine Krankenschwester in der Lage, sich genauer an Jim Reid zu erinnern. Sie wußten, daß er dabeigewesen war, aber er hatte sich im Hintergrund gehalten und alles seiner Frau überlassen.

Ein dramatischer Wendepunkt trat ein, als Dr. Zoucha aus der Notaufnahme stürmte und die Krankenblätter auf die Theke knallte. Niemand war ein solches Verhalten von der sonst so ruhigen Kinderärztin gewöhnt. Sie war unglaublich wütend, und was sie sagte, war zutiefst schockierend:

»Verdammt, sie ersticken das Kind!«

Und obwohl auch Dr. Colman von ihrem Verhalten verblüfft war, nickte er zustimmend – schließlich hatte er denselben Verdacht.

»Ja«, antwortete er. »Das darf so nicht mehr weitergehen.«

Man rief beim Iowa Department of Human Services an und bat darum, einen Ermittlungsbeamten vom Jugendschutz ins Krankenhaus zu schicken. Bei einem in die Notaufnahme eingelieferten kleinen Patienten bestünde Verdacht auf eine seltene Form von Kindesmißhandlung; die vermutliche Täterin sei die Mutter. Beide Kinderärzte glaubten, daß hier ein Fall des Münchhausen-Syndroms by Proxy vorläge. Wegen ihres Verlangens nach Aufmerksamkeit und Lob, vor allem vom medizinischen Personal, führe sie Erstickungsanfälle bei ihrem Sohn herbei.

Schwester Callie war entsetzt, aber auch fasziniert. Sie hatte noch nie zuvor einen MSBP-Fall erlebt. Die erfahrene Schwester betrachtete den kleinen Patienten und dessen Mutter forschend. Niemand wurde leichtfertig der Kindesmißhandlung beschuldigt, und um eine Anzeige zu untermauern, brauchte man Details. Es war wichtig, Verdachtsmomente schriftlich festzuhalten.

Neben Michaels nicht enden wollendem Geschrei war noch etwas anderes auffällig: Michael hatte vier Kratzer auf der Wange, als wäre jemand mit den Fingernägeln darüber gegangen. Zwei davon waren so tief, daß sie geblutet hatten. Weil die Kratzer so klein waren, vermutete Callie, daß sie von dem Kind selbst stammten.

Darüber hinaus war sein linkes unteres Lid gerötet, als wäre es gequetscht oder geprellt worden.

Tanya Reid, immer noch völlig ungerührt von dem Verhalten ihres Sohnes, trat auf die Krankenschwester zu und hielt ihr den rechten Zeigefinger hin. Auch dort war ein Kratzer zu erkennen; das Nagelbett blutete leicht. »Ich habe mir den Finger verletzt«, sagte Tanya. »Kann ich ein Pflaster haben?«

Als der Ermittlungsbeamte eintraf, war Michael bereits auf Station verlegt worden. Investigator Mark Gillespie war so schnell wie möglich gekommen. Er unterhielt sich zunächst mit Dr. Zoucha, die ihm eine Übersicht über die medizinische Geschichte des kleinen Patienten gab. Sie berichtete, daß Michael schon öfter in dieses Krankenhaus gebracht worden wäre, das letzte Mal vor drei Wochen.

Sie erzählte dem Beamten auch von den Kratzern bei Michael und seiner Mutter; ihrer Ansicht nach hatte Michael versucht, sich dagegen zu wehren, daß seine Mutter ihn erstickte. Offiziell sei Michael zur Beobachtung auf die Station gelegt worden, der eigentliche Grund sei jedoch, ihn zu schützen.

Auf lange Sicht bliebe sicher nichts anders übrig, als ihn zu Pflegeeltern zu geben.

»Ich habe nicht den geringsten Zweifel daran, daß die Mutter versucht, den Jungen zu ersticken, und daß das Kind in ernsthafter Gefahr ist«, schloß sie.

Bevor er mit den Reids sprach, die nicht die geringste Ahnung hatten, welche Vorwürfe gegen sie erhoben wurden, unterhielt sich Mark Gillespie noch mit Dr. Robert Colman, dem sympathischen jungen Kinderarzt, dem man seine Liebe zu Kindern deutlich anmerkte.

Dr. Colman berichtete ihm einiges über den Hintergrund der Reids, daß sie häufig umgezogen seien und Michael immer wieder in andere Krankenhäuser zu Tests gebracht worden sei, zuletzt in die Mayo-Klinik; dort hätte man weitergehende Untersuchungen mit der Begründung verweigert, das Kind sei vollkommen gesund.

Mark Gillespie machte sich Notizen, und er ließ sich auch über MSBP aufklären, denn er wußte nicht allzuviel darüber. Dann wurde es Zeit, den Reids gegenüberzutreten.

Es war inzwischen vier Uhr nachmittags, und Michael hatte sich so weit beruhigt, daß er vermutlich bald einschlafen würde. Jim Reid war allein, hörte verblüfft und schweigend zu, als der Beamte sich vorstellte und erklärte, weshalb er gekommen sei. Er war schockiert und entrüstet.

Das konnte doch nur ein Irrtum sein!

Sofort rief er Tanya an, die mit Carolyn nach Hause gefahren war, um sich umzuziehen. »Tanya, hier ist ein Mann, der mit uns reden möchte. Wir werden beschuldigt, daß wir Michael wiederholt zu ersticken versucht haben!«

Tanya begann zu zittern und sagte ihrem Mann, daß sie sofort ins Krankenhaus kommen würde. Sie konnte einfach nicht fassen, was man ihnen vorwarf.

»Ich war völlig mit den Nerven am Ende«, erklärte sie später. »Ich war wütend und hatte Angst.«

Tanya ließ Carolyn bei Staci und fuhr ins Krankenhaus. Sie setzte sich neben Jim, gemeinsam wandten sie sich dem Beamten zu.

Sie könne alles erklären.

Das Gespräch dauerte eine Dreiviertelstunde.

»Wir wußten überhaupt nicht, was das alles sollte«, sagte Tanya später. »Wir hatten doch nichts zu verbergen, und deshalb haben wir auch ganz offen mit dem Mann gesprochen. Ich habe ihm erzählt, daß ich unheimlich wütend war, und er meinte, er könne mich verstehen. Es war entsetzlich für uns.«

Tanya rief ihre Schwester Rodena an, um ihr von den Anschuldigungen zu erzählen und damit Rodena ihr half, einen guten Anwalt zu finden. Tanya war erregt, zeigte sich aber sicher, daß ihre Unschuld sich bald erweisen würde.

Die Thaxtons erkundigten sich bei einer Anwältin in Dallas, und diese empfahl ihnen Bill Kutmus, einen Kollegen, der sich in Des Moines einen Namen gemacht hatte.

Tanya versuchte außerdem, Unterstützung bei VOCAL zu finden, einer Organisation, die Hilfe für Eltern bot, die man fälschlicherweise der Kindesmißhandlung beschuldigt hatte. Tanya erklärte, daß sie das Opfer einer Art Hexenjagd wäre. Doch da noch keine weiteren Schritte von den Behörden eingeleitet worden waren, sah man sich bei VOCAL nicht in der Lage, etwas zu unternehmen.

Auch Jim Reid war sicher, daß seine Frau bald von allen Vorwürfen reingewaschen würde. Er hatte nicht den geringsten Zweifel daran, daß sie eine aufopferungsvolle Mutter sei.

»Sie achtete immer darauf, daß die Kinder sauber und gut angezogen waren und wie sie sich benahmen. Sie hat versucht, ihnen beizubringen, was falsch und was richtig ist, und sich viel mit ihnen beschäftigt.«

7

Polk County, Iowa, hatte eine ausgesprochene fortschrittliche Gesetzgebung, was Kindesmißhandlung betraf. Während anderenorts über Kindesmißhandlung und -vernachlässigung immer noch bei den eh schon überlasteten Jugendgerichten entschieden wurde, hatten solche Fälle bei den Strafgerichten in Polk County oberste Priorität.

Sicherlich hat das Polk Couty Child Abuse Trauma Team, das mit seiner Arbeit oftmals Neuland betrat, eine entscheidende Rolle in diesem Fall gespielt, der später die Aufmerksamkeit der gesamten Nation erregte.

Jan Buck, Jugendrichterin am Polk County Juvenile Court, war eine brillante, beeindruckende Frau, die es sich zum Ziel gemacht hatte, gefährdeten Kindern allen Schutz zukommen zu lassen, den der Staat ihnen bieten konnte.

Sie war ursprünglich Lehrerin gewesen und hatte nach dem frühen Tod ihres Mannes begonnen, Jura zu studieren. Nach dem Examen hatte sie als Verteidigerin für Jugendliche gearbeitet und sich durch ihren scharfen Verstand und ihre sachliche Art hervorgetan. Zwei Jahre später war sie zum Jugendgericht gewechselt, und ihr Interesse konzentrierte sich bald auf Fälle von Kindesmißhandlung und -mißbrauch. Als Richterin konnte sie dafür sorgen, daß gequälte Kinder unter den Schutz des Staates gestellt wurden.

Volle Unterstützung fand Jan Buck bei Paul Houston, Ex-Cop und inzwischen Leiter der Kriminalpolizei von Polk County. Auch er war fest entschlossen, die Rate der Verbrechen gegen Kinder zu senken und den Opfern zu helfen.

»Ich habe schon oft Tiere gesehen, die besser behandelt wurden als manche dieser Kinder«, sagte er.

Paul und Jan hatten ein Konzept entwickelt, zu dem vor allem schnelleres Eingreifen und gründliche Ermittlungen gehörten. Viel zu oft ließ die Polizei die Nachforschungen bei ›häuslichen Problemen‹ schleifen, um sich um andere Verbrechen zu kümmern. 1985 gründeten Jan und Paul STAT, Severe Trauma Assessment Team, eine Gruppe, die aus Ärzten, Sozialarbeitern und Juristen bestand. Wurde ein Verdacht auf Kindesmißhandlung gemeldet, so mußte innerhalb von dreißig Minuten ein Mitarbeiter zur Stelle sein, egal, ob Tag oder Nacht, ob während der Woche oder am Wochenende, um mit den Ermittlungen zu beginnen. Dieses schnelle Eingreifen hatte schon oft zu Geständnissen geführt; außerdem konnten Beweise auf diese Art besser gesichert werden.

Den Anstoß dazu hatte der Fall eines kleinen Jungen

namens Jonathan gegeben. Der Junge war an einem Freitagnachmittag mit schweren Verbrennungen in die Notaufnahme eingeliefert worden. Und obwohl man Jugendschutz-Ermittler gerufen hatte, hatte die Polizei keine Ermittlungen aufgenommen. Jan Buck war entsetzt gewesen, als sie den Krankenbericht las und Aufnahmen sah, die man im Krankenhaus von Jonathans fürchterlichen Verletzungen gemacht hatte. Jan hatte Paul Houston sofort angerufen.

Die beiden fanden heraus, daß die Polizei gezögert hatte, Nachforschungen anzustellen – es sei doch eh ein Fall für den Jugendgerichtshof gewesen. Und außerdem hätte der Junge kein Wort gesagt. Es war viel zu spät für Jan und Paul, genügend Beweise für eine Anklage zu sammeln. Jonathan war nach Hause entlassen worden – nur um erneut mißhandelt zu werden, und diesmal so schlimm, daß er fast daran starb. Doch nun würden die Mutter des Jungen und ihr Freund ins Gefängnis wandern.

Für Jan und Paul stand fest, daß es keine weiteren Fälle dieser Art geben durfte.

Während der nächsten drei Jahre erhob die Staatsanwaltschaft von Polk County in siebenundvierzig Fällen von Kindesmißhandlung Anklage, unterstützt vom Trauma Team und einem neuen Gesetz, durch das Kindesmißhandlung von einem bloßen Vergehen zu einem Verbrechen erklärt wurde.

Paul und Jan waren ein erfolgreiches Team. Wann immer es nötig war, jemandem eine Information zu entlocken, gab sie sich mütterlich, erzählte von den Erfahrungen mit ihren eigenen Kindern. Oder Paul spielte den bösen Cop – Hauptsache, es half ihnen, die Wahrheit zu entdecken. Und je mehr Erfahrung sie gewannen, desto besser ergänzten sie sich.

»Wir wußten meistens, ob wir unterbrechen oder statt dessen besser zuhören mußten«, sagte Jan.

Im Lauf der Untersuchungen von rund vierhundert Fällen wurden sie mit allen Varianten von Kindesmißhandlungen vertraut. Bald konnten sie ebensogut wie ein Arzt Brüche auf Röntgenbildern erkennen.

Wenn in einem Fall, um den sich Sozialarbeiter gekümmert hatten, die Grenze zum Verbrechen überschritten wurde, dann wurde Melodee Hanes dafür zuständig, die Assistentin des Leitenden Staatsanwaltes von Polk County.

Diese drei, die sich dem Schutz gefährdeter Kinder verschrieben hatten, sollten sich mit dem Fall von Michael Reid beschäftigen, einem Fall, wie sie ihn bisher noch nicht erlebt hatten. Sicherlich wirkten viele andere Fälle nach außenhin tausendmal entsetzlicher. Gequälte Söhne. Sexuell mißbrauchte Töchter. Verstümmelte Babys. Dies waren gräßliche Dinge, ohne Zweifel, die häufig vorkamen und von daher bekannt waren. Doch so etwas wie den Fall des kleinen Jungen aus Urbandale hatten die drei noch nicht erlebt.

Staci Mullins mußte zur Seite springen, als Tanya Reid in ihr Haus stürmte. Es war deutlich, daß irgend etwas passiert sein mußte. Tanya redete ohne Punkt und Komma. Sie war nicht nur gekommen, um Carolyn abzuholen, sie hatte auch häßliche Neuigkeiten.

»Die-im-Krankenhaus-behaupten-ich-hätte-Michael-mißhandelt-können-Sie-sich-das-vorstellen?-Ich-soll-meinen-Sohn-mißhandelt-haben?-Ich-werde-sie-wegen-Verleumdung-anzeigen-Ich-habe-meinen-Kindern-niemals-weh-getan!-Sie-beschuldigen-mich-des-versuchten-Mordes!-Sie-werden-für-mich-aussagen-Staci!«

Sie redete noch eine Weile in dem Tempo weiter, bevor sie sich selbst eingestehen mußte, daß Staci gar nicht daran dachte, zu ihrer, Tanyas, Verteidigung in den Zeugenstand zu gehen. Staci konnte sich später nicht mehr daran erinnern, wie genau sie ihre Ablehnung formuliert hatte, aber Tanya hatte verstanden.

»Ich machte ihr klar, daß ich nicht für sie aussagen würde, weil ich mich doch selbst schon oft gefragt hatte, was los war – mit Michael, der nicht sprach, und ihren Eheproblemen mit Jim … Das sollte nicht heißen, daß ich sie für schuldig hielt, nur, daß ich meine eigenen Fragen zu all diesen Vorfällen hatte.«

Tanya verstummte, packte Carolyn an der Hand und ging. Und weckte neue Fragen in Staci. Irgend etwas an Tanyas Verhalten war merkwürdig. Sie war nicht wütend, sie schien ganz von Aufregung erfüllt zu sein.

Dies verwirrte Staci mehr als die Anschuldigungen, die man gegen ihre Nachbarin vorgebracht hatte.

»Es kam mir vor, als fände sie das alles richtig aufregend. Sie hat geredet, geredet, geredet, mir alles haargenau geschildert. Aber sie hat nicht eine Träne vergossen.«

8

Tanya hatte nur wenig geschlafen, als sie am Montag morgen erwachte. Ihre Füße fühlten sich schwer wie Blei an, als sie über den Flur ins Kinderzimmer ging. Das Bett ihres Sohnes war unberührt. Leer. Kalt. Michael war immer noch im Krankenhaus.

Tanya kehrte zu ihrem Mann zurück und drückte seine Hand. Auch Jim hatte kaum geschlafen. Keiner von ihnen beiden konnte begreifen, was passiert war, warum man so häßliche Beschuldigungen gegen sie erhob.

Andere Mütter hätten in einer solchen Situation hysterisch reagiert, sich bei einer Freundin ausgeweint. Tanya brach nicht zusammen. Das konnte sie sich gar nicht leisten. Sie mußte an Carolyn denken. Und an die Mädchen in ihrer Pfadfindergruppe.

Und außerdem gab es eh keine Freundin, an die sie sich hätte wenden können – wie üblich.

Und während ihr Sohn in seinem Krankenhausbettchen lag und die Gerüchteküche brodelte – Kindesmißbrauch, und stellt euch vor, eine *Krankenschwester*! –, machte Tanya sich fertig, zog sich an und fuhr zum Krankenhaus. Von Michaels Krankenbett rief sie die Mütter an, um ihnen mitzuteilen: keine Brownies-Treffen diese Woche.

»Tut mir leid, aber wir haben einen Notfall in der Familie.«

Anschließend rief sie in der Clive Elementary School an. »Ich will doch nicht, daß eins der Mädchen auf dem Bürgersteig steht und darauf wartet, daß jemand sie nach Hause bringt, nicht wahr?« sagte sie der Sekretärin.

Schließlich verließen sich die anderen Mütter auf sie, und sie wollte sich nicht nachsagen lassen, daß sie sich nicht richtig um ihren Job gekümmert hätte.

Am Vormittag des 8. Februar informierte Mark Gillespie Richterin Jan Buck über einen ungewöhnlichen Fall von Kindesmißhandlung. Das Opfer war ein Kleinkind aus Urbandale, das schon mehrmals wegen Atemstillstands ins Kinderkrankenhaus eingeliefert worden war.

Die Ärzte glaubten, daß die Mutter ihren Sohn absichtlich am Atmen hinderte, um sich nach erfolgter ›Rettung‹ in ihrer Anerkennung sonnen zu können, um von ihnen Unterstützung und Aufmerksamkeit zu bekommen. Sie waren sich ziemlich sicher, daß es sich in diesem Fall um das Münchhausen-Syndrom by Proxy handelte.

Der Name der Mutter war Tanya Reid.

Jan Buck kannte diese Bezeichnung von vielen Tagungen über Kindesmißhandlungen, an denen sie teilgenommen hatte, aber ihr selbst war ein solcher Fall bisher noch nicht untergekommen. Und sie kannte auch niemanden, der schon einmal damit zu tun gehabt hatte.

Mit ruhiger Stimme erstattete Mark Gillespie seinen Bericht, zählte auf, welche Punkte zu dem Verdacht beigetragen hatten, daß die Mutter die Täterin sei: die Atemstillstände ohne erkennbaren Grund, das häufige Alarmieren des Notdienstes, die Vertrautheit des medizinischen Personals mit dem Jungen, die Überzeugung der Ärzte, daß so viele Anzeichen in diesem Fall auf MSBP hindeuteten.

Er erzählte weiter, daß er mehrere Aufnahmen von den Kratzern auf Michaels Wange gemacht hatte, daß er, leider, von Tanyas Finger kein Bild hätte.

Das anschließende Gespräch mit den Eltern hatte er auf Band aufgenommen. Erst den Ehemann, dann Mann und Frau zusammen. Sie zeigten sich kooperativ und beharrten darauf, daß sie ihrem Sohn nichts Böses angetan hatten – er litt an einem Anfallsleiden. Sie zählten auf, in welchen Krankenhäusern er schon behandelt worden war.

Die Reids schienen so aufrichtig, so eifrig, ihre Unschuld zu beweisen, wären sogar bereit, sich an einen Lügendetektor anschließen zu lassen. Tanya Reid hatte selbst angeboten, sich von einem Psychologen testen zu lassen, um zu beweisen, daß sie eine gute Mutter war.

Die Reids wollten ihren Sohn nur wieder zu Hause haben.

Bevor er das Krankenhaus verlassen hatte, hatte Mark Gillespie noch Dr. Gangeness zu erreichen versucht, den Kinderarzt des Jungen, doch der Arzt befand sich in Ferien. Sein Partner, Dr. Kenneth Talcott, mußte zugeben, daß er nur ungenau über Michael Reid informiert war, konnte sich aber daran erinnern, daß der Neurologe Tom Kelly einmal erwähnt hatte, daß die Möglichkeit von MSBP bestünde. Eine andere Erklärung könne natürlich sein, daß Tanya Reid aus den Schuldgefühlen heraus, die sie wegen Morgans Tod empfand, schon bei ganz harmlosen Atempausen überreagierte

Nun, was auch immer der Fall sein mochte, der Arzt räumte ein, daß irgend etwas die Reids quälte.

»Es scheint tatsächlich ein Problem in der Beziehung zwischen Mutter und Sohn zu bestehen«, sagte er und bezog sich dabei auf ›verwirrende medizinische und häusliche Sachverhalte‹.

Als letzter hatte Dr. Colman sich geäußert. Er betonte noch einmal, daß die Eltern sich mehrfach nicht an die ärztlichen Ratschläge gehalten und um unnötige medizinische Behandlung für ihren Sohn gebeten hätten – anderswo schien man das inzwischen auch begriffen zu haben.

»In der Mayo-Klinik hat man ihm nicht einmal Blut abnehmen wollen – weil alles mit dem Jungen in Ordnung war«, erzählte er.

Der junge Arzt war außerdem besorgt über die möglichen Langzeitwirkungen, die die vielen Behandlungen und Krankenhausaufenthalte zeigen könnten; vielleicht war dies mit ein Grund dafür, daß Michael in seiner Entwicklung zurücklag.

Jan Buck hatte Mark Gillespie mehr als angespannt zugehört. Sie war entsetzt von der Vorstellung, daß eine Mutter vorsätzlich das Leben ihres Kindes in Gefahr brachte, um einen für sie angenehmen Effekt zu produzieren. Aber sie wußte auch, wie schwierig es war, einen solchen Sachverhalt nachzuweisen. Vermutlich würde es ein reiner Indizienfall. Schließlich gab es keine für jedermann sofort erkennbaren äußeren Verletzungen.

Sie machte sich auf den Weg zu Paul Houston.

Mehr als zwei Stunden weiter östlich, in Iowa City, lebte Randall Alexander, ein Mann mit etlichen akademischen Graden, Mitglied unter anderem in der International Society for the Prevention of Child Abuse and Neglect –

und einer der führenden Experten in Iowa für Kindesmißhandlungen. Und seit langem schon hatte ihn ganz besonders das Münchhausen-Syndrom by Proxy interessiert.

Als man sich telefonisch um Hilfe im Fall Reid an ihn wandte, war sein Interesse geweckt. Was er über Tanya Reid erfuhr, schien typisch für einen klassischen Fall dieser Art zu sein. Ihr persönlicher Hintergrund, ihr Beruf, ihre Beziehung zu ihrem Ehemann, all dies waren charakteristische Hinweise.

Aber es würde nicht leicht sein, Fakten zusammenzutragen. Das ganze verwirrende Netz aus den jeweiligen Umständen, den medizinischen Berichten und dem Verhalten der Mutter mußte entwirrt werden.

Und auch eine Warnung sprach Randy Alexander aus, dieselbe Warnung, die er jedem gab, der sich daranmachte, einen Fall von vermutetem MSBP nachzugehen:

»Es wird Sie auffressen. Sie werden darin versinken, denn es ist wie ein schwarzes Loch, das alles in sich hineinzieht. Am Ende werden Sie das Gefühl haben, daß Sie durch eine Mangel gedreht worden sind.«

Es waren die Worte eines Propheten.

9

Dienstag vormittag, am 9. Februar, suchte Mark Gillespie Tanya Reid im Krankenzimmer ihres Sohnes auf und fragte sie, ob sie und ihr Mann sich um ein Uhr im Jugendgericht bei Jan Buck und Paul Houston einfinden konnten. Tanyas Stimmung hatte sich seit dem ersten Gespräch vor zwei Tagen sichtlich gehoben. Sie sah überhaupt kein Problem darin, zu diesem Termin zu kommen. Sie nickte eifrig. Sie wollte, daß dieses Mißverständnis sich aufklärte. Deshalb hatten sie sich auch einen Anwalt genommen.

»Wir werden alles tun, was in unserer Macht steht«, erklärte sie. »Wir wollen doch nur, daß unser Sohn wieder nach Hause kommt.«

Eine Viertelstunde nach der festgesetzten Zeit erschienen die Reids, begleitet von einem Armani-gekleideten Anwalt namens Bill Kutmus. Es war mehr als ungewöhnlich, einen Anwalt mit einem solchen Ruf wie Kutmus und mit solchen Honorarforderungen in so einem Fall zu beauftragen. Mochte er von der Statur her eher klein sein, so war er doch in seinem Beruf einer der Größten. Manche hielten Bill Kutmus für den besten Strafverteidiger Iowas überhaupt. Er war ein sehr überzeugender Mann, der, was er begann, auch erfolgreich durchführte – sei es eine Bootsfahrt auf dem Amazonas, eine Safari in Afrika oder ein Fall vor Gericht.

Und dieser Mann erschien nun in einem unbedeutenden Jugendgericht, engagiert von Zugereisten aus dem Panhandle.

Bill Kutmus wirkte aufgebracht und machte keinen Hehl daraus, daß ihm dies alles Ungelegenheiten bereitete.

Er erklärte Jan Buck und Paul Houston, daß es keine weiteren Gespräche mit seinen Klienten geben würde.

»Die Reids haben bereits alles, was zu sagen ist, bei jenem Gespräch mit dem Ermittler vom Jugendschutz gesagt. Sie haben ein Band von dieser Unterhaltung. Das wird Ihnen genügen müssen.«

Dann riet er den Reids, sofort zu gehen.

Tanya jedoch sprang auf. »Er hat recht, es ist alles auf Band«, platzte sie heraus. »Ich habe dem Ermittler von all den Anfällen bereits …«

Der verärgerte Anwalt wollte sie unterbrechen, doch Tanya redete weiter. Sie versuchte doch nur zu helfen. Jim Reid sagte nichts. Es saß einfach da, im Hintergrund, und schwieg.

»In Illinois wurde mein Sohn zu …«

Bill Kutmus drängte sie zur Tür.

»... und in Texas ...«

Schließlich waren die drei draußen, und Jan und Paul schüttelten den Kopf über das, was sie gerade miterlebt hatten.

»Sie hätte sich um Kopf und Kragen geredet, wenn Kutmus nicht dabeigewesen wäre«, meinte Jan. »Wir hätten sie den ganzen Tag am Reden halten können.«

Sie gingen nach oben, um sich das Band anzuhören.

Jan und Paul beugten sich beide vor, während das Band lief und sie den Stimmen von Jim und Tanya Reid lauschten. Immer wieder war im Hintergrund das Geschrei des kleinen Jungen zu hören. Obwohl Mark Gillespie darum gebeten hatte, zunächst allein mit Mr. Reid sprechen zu können, mischte Tanya sich immer wieder ein, wenn ihr Mann eine Antwort nicht wußte.

Jim Reid berichtete ausführlich über die medizinische Geschichte seines Sohnes und seiner Tochter Morgan, die an plötzlichem Kindstod gestorben war. So viele Male hatte auch Michael unter Atemstillstand gelitten, so daß Wiederbelebung nötig wurde. Das erste Mal war dies passiert, als der Kleine einen Monat alt war.

Mit Tanyas Hilfe listete Jim auf, welche Medikamente man seinem Sohn gegeben hatte, um diese Anfälle zu unterdrücken. Phenobarbital, Tegretol, Dilantin. In Iowa hatte er Atropin bekommen, als Dr. Kelly Atempausen als mögliche Erklärung für die Anfälle in Erwägung zog.

Mark Gillespie fragte Jim Reid, ob er jemals bei einem dieser Anfälle anwesend gewesen sei.

Jim verneinte.

Jan und Paul begriffen sofort, welche Bedeutung diese Aussage haben konnte, und machten sich Notizen.

Jim wies jedoch darauf hin, daß sowohl Wanda Thaxton, Tanyas Mutter, als auch Dr. Kudchadker, ein Arzt in Woodridge, Zeuge eines solchen Anfalls gewesen seien.

Er erzählte auch von Michaels letztem Anfall – nach dem der Jugendschutz eingeschaltet worden war.

»Ich kam nach oben und sah, daß Michael ohnmächtig auf dem Bett lag, ganz blau im Gesicht … Er atmete nicht mehr.«

Er erzählte, daß er Tanya gefragt hätte, ob sie schon den Rettungsdienst verständigt hätte. Zu dem Zeitpunkt führte sie Mund-zu-Mund-Beatmung bei Michael durch. Eine Minute später hatte der Junge wieder geatmet. Dann seien auch schon die Sanitäter eingetroffen.

»Sie waren nicht das erste Mal bei uns zu Hause, weil dieses Problem schon öfter aufgetreten ist.«

Dann kam Tanya dran. Sie sprach so schnell, daß der Stenograf später Schwierigkeiten hatte, alles korrekt zu notieren; einige Passagen blieben offen.

Bevor der Alptraum an jenem Morgen begann, hatte Michael bäuchlings auf dem Bett seiner Eltern gelegen und gespielt.

»Dann fing er ziemlich laut an zu schreien, und ich drehte mich um, um zu sehen, was los war. Er zuckte, die Arme und die Beine von sich ausgestreckt. Ich packte seine Hände, damit er sich nicht am Kopf verletzen konnte, und da hörte er auf zu atmen und wurde ganz schlaff.«

Sie informierte den Rettungsdienst, dann rief sie ihren Mann.

Dann begann sie, die Anfälle ihres Sohnes zu beschreiben. Sie sagte, daß sie normalerweise tagsüber oder am frühen Abend auftraten, meistens, nachdem Michael geschlafen hatte.

An dieser Stelle schob Tanya ein, daß ihre Tochter Carolyn gerade nach unten gegangen sei, um die Post zu holen.

Paul Houston machte sich im Geist eine Notiz: *Postholen? Am Sonntag? Hatten sie das am Samstag vergessen, oder war es eine Lüge?*

Tanya fuhr fort, daß Michael keine ›schlimmeren

Anfälle‹ in der Zeit zwischen Juli 1986 und Oktober 1987 erlitten hatte. Seit Oktober 1987 waren wieder ungefähr ein halbes Dutzend aufgetreten, normalerweise während des Tages.

»Mein Mann arbeitet tagsüber. Es passiert immer nachmittags. Manchmal auch an den Wochenenden, wenn mein Mann zu Hause war.«

Als das Gespräch zu Ende ging, klang Tanyas Stimme ärgerlicher. Sie wollte ihren Sohn mit nach Hause nehmen. Jim Reid schien von all dem nur verwirrt zu sein. Er wollte wissen, ob sie Michael nach einer Beobachtungszeit von vierundzwanzig Stunden nach Hause holen könnten.

»Ich meine, stehen wir denn unter dem Verdacht, daß wir unserem Kind etwas angetan haben könnten?«

Mark Gillespie wurde von dieser Frage überrascht und stammelte eine Antwort.

»Hm, ich weiß nicht ... Ich meine, ich habe nicht wegen der Gründe nachgeforscht. Schließlich ist es medizinisch ...«

Tanya mischte sich ein, erschütterte die beiden Zuhörer mit ihrer Bemerkung: »Seine Krankengeschichte ist kein Grund, ihn hierzubehalten, denn es wird bestimmt zwei oder drei Wochen dauern, bis er wieder einen Anfall hat.«

Der Junge war nicht in akuter Gefahr. Er würde in allernächster Zukunft keinen Anfall haben.

Genau das hatte sie auch Dr. Colman erzählt.

»Ich habe ihm gesagt, er würde keinen weiteren Anfall bekommen, und trotzdem wollten sie ihn dabehalten.«

Die Reids waren der Meinung, daß Ärzte, die nicht glaubten, daß Michael etwas fehle, sich nicht um ihn kümmern sollten. Sie hätten ihn noch nicht einmal untersucht, erklärte Tanya. »Warum soll er hierbleiben, wenn ich mich zu Hause genausogut um ihn kümmern kann wie sie hier?«

Damit war das Band zu Ende.

Wie genau es gemeint war, das konnten Jan und Paul

natürlich nicht sagen, aber sie hatten beide ein paarmal den kleinen Michael während des Gesprächs im Hintergrund sagen hören: »Mom, geh weg!«

»Mom, geh weg!«

Der für Urbandale zuständige Police Detective Doug Hobart hatte noch nie in seinem Leben vom Münchhausen-Syndrom by Proxy gehört, aber er ließ sich gern aufklären. Er hatte selbst zwei kleine Kinder und nicht das geringste Mitleid mit Leuten, die ihre Kinder in irgendeiner Form mißhandelten.

Als erstes unterhielt er sich mit den Rettungssanitätern.

Obwohl die Sanitäter wußten, daß ihre Eintragungen im Fahrtenbuch notfalls auch vor Gericht verwendet werden konnten, waren ihre Bemerkungen oft ziemlich flapsig, eher dazu gedacht, die Kollegen der folgenden Schicht zu informieren, als hochoffizielle Eintragungen.

Auch Tony Collins hatte noch nie von MSBP gehört, aber er erzählte Detective Hobart, daß auch er sich schon seine Gedanken wegen der Notrufe zu den Reids gemacht hatte. Vor allem diese eine Begebenheit war ihm so merkwürdig erschienen, daß er sie nicht vergessen hatte. Tanya hatte die Mund-zu-Mund-Beatmung fortgeführt, obwohl er ihr gesagt hatte, daß sie aufhören solle.

»Ich fand es komisch, daß alles im Zimmer so unberührt und ordentlich wirkte. Sie sagte mir nicht, wo sie ihn gefunden hatte, so daß ich glauben mußte, es wäre in jenem Raum passiert. Ich kann mich daran erinnern, daß alle Kissen glattgestrichen waren.«

Gemeinsam gingen sie die Eintragungen im Fahrtenbuch durch.

Die erste Eintragung, Michael Reid betreffend, die am 9. Oktober gemacht worden war, gab ihnen noch keinen Hinweis.

... Kind atmet nicht ... in Ambulanz gebracht ... IV-Katheter angelegt ...

Tony erinnerte sich daran, wie er am 13. November 1987 seinen Dienst angetreten und die Eintragungen der vergangenen Nacht durchgelesen hatte. Eine Kollegin, die in die Canterbury Road 7411 gerufen worden war, hatte geschrieben:

Vermutung – Patient leidet unter Zuständen von Atemanhalten, wobei durch Einfluß des Vagus ein Atemstillstand erzeugt wird.

Er zeigte Detective Hobart, welchen Kommentar er daneben gekritzelt hatte: *Bullshit!*

»Er hat schon so viele Anfälle gehabt; sie haben nichts mit einem Einfluß des Vagus zu tun. Wenn das der Fall ist, wird man ohnmächtig, aber das hat nichts mit den Atemwegen zu tun, sondern mit dem Herzen. Und das ist bei Michael nicht der Fall.«

Am 15. Dezember hatte Tony selbst geschrieben:

... Kind atmet nicht. Ich habe den Jungen schon zweimal zuvor versorgt. Jedesmal, wenn der Junge einen Anfall hat, führt die Mutter Mund-zu-Mund-Beatmung durch ...

Auch das war Tony merkwürdig vorgekommen.

»Man hört bei einem Anfall nicht einfach auf zu atmen«, erzählte er dem Detective. »Die meisten Eltern, deren Kinder unter Anfällen leiden, werden vom Kinderarzt genau instruiert. Wenn das Kind Asthma hat, lernen sie, was sie im Notfall tun müssen. Wenn es Diabetes hat, gibt man ihm eine Spritze.«

Die Tatsache, daß Tanya Reid Krankenschwester war,

paßte irgendwie nicht mit dem zusammen, was im Obergeschoß ihres Hauses zu passieren pflegte. So oft, wie Michael schon unter Anfällen gelitten hatte, hätte sie wissen sollen, was zu tun war.

»Man muß aufpassen, daß sich die Kinder nicht verletzen, weil sie um sich schlagen. Der Anfall geht vorüber. Aber sie hören dabei nicht auf zu atmen! Sie hätte das auch wissen sollen ... ›So ist er immer nach einem Anfall‹, hat sie gesagt. Er bekam Dilantin, und das heißt, daß es eigentlich gar keine Anfälle hätte geben dürfen, solange die richtige Dosierung eingehalten wurde.«

Folgendes hatte ein anderer Sanitäter am 19. Januar 1988 vermerkt:

> *... Canterbury Road 7411 ... Rat mal, Tony, wen wir abgeholt haben! Michael Reid. Bin froh, daß ich ihn ohne Probleme versorgen konnte ...*

Am 7. Februar 1988 hatte ein anderer Kollege eingetragen:

> *... Kind atmet nicht. Derselbe Junge, zu dem wir schon öfter gerufen wurden ...*

Tony wiederholte, was ihm bereits vorher aufgefallen war: Die Notrufe kamen immer nur dienstags und freitags. Dafür mußte es doch einen Grund geben, oder?

»Ich weiß nicht, wie die Schichten ihres Mannes sind. Ob er nur freitags und dienstags abends arbeitet?«

10

Die Mitarbeiter des Trauma Teams wußten, daß Eile not tat. Jeder von ihnen kannte einen besonderen Fall, an den er sich nicht gern erinnerte – Fälle, in denen Kinder nach Hause geschickt worden waren, nur um erneut mißhandelt oder gar getötet zu werden. Als Jan Buck und Paul Houston sich mit den Kinderärzten des Krankenhauses zu einer Besprechung trafen, hatten sie versucht, so viele Beweise wie möglich gegen jene Frau zusammenzutragen, die so beharrlich von sich selbst behauptete, eine perfekte Mutter zu sein.

Sie alle wußten, daß Äußerlichkeiten täuschen konnten, doch war Tanya Reid wirklich fähig, ihrem Sohn etwas so Schreckliches anzutun?

Tanya Reid und ihre Kinder wirkten nett und gepflegt. Tanya machte einen aufrichtigen Eindruck und schien sehr um ihren kleinen Jungen besorgt zu sein. Sie und ihr Ehemann hatten bei der ersten Befragung fest zusammengehalten. Beide waren nicht davon abgewichen, daß die Anschuldigungen falsch waren.

Sie liebten Michael. Er war niemals mißhandelt worden.

Paul hatte sich mit den Rettungssanitätern unterhalten, und erneut wies Tony Collins darauf hin, daß sich eine beunruhigende Regelmäßigkeit bei den Notrufen zeigte. Er wies auch darauf hin, daß der Vater niemals anwesend war. Paul wollte mehr über jenen Vorfall wissen, der Tony als so merkwürdig erschienen war: daß der Junge so problemlos geatmet hatte, als er ihn übernahm. Was, wie Tony erklärte, absolut nicht normal war.

Paul Houston beschloß zu beantragen, daß das Fahrtenbuch der Sanitäter als Beweismittel zugelassen wurde.

Er hatte sich auch mit Carolyn Reid in deren Schule unterhalten. Obwohl das Mädchen sich geweigert hatte, über seinen Bruder zu reden, hatte sie doch erzählt, daß sie niemals einen Anfall von Anfang an miterlebt hatte. Bei Michaels letztem Anfall war sie unten im Haus gewesen – nicht draußen am Briefkasten, wie ihre Mutter behauptet hatte.

Nimm die Tochter als Zeugin!

Dann telefonierte Jan Buck mit Dr. Kudchadker, dem Kinderarzt, der laut Tanya einen der Anfälle bezeugen könne. Der Arzt erzählte, daß er sowohl Morgan als auch Michael Reid oft behandelt, jedoch niemals einen Anfall von Anfang an miterlebt habe.

Kinderarzt ist ein Zeuge für uns, nicht für die Verteidigung!

Schließlich rief Jan Wanda Thaxton an, Tanyas Mutter, die laut Tanya ebenfalls Zeugin eines Anfalls gewesen sei. Wenn es tatsächlich so war – unabhängig davon, wie man die Aussage einer so nahen Verwandten bewertete –, dann konnte es kritisch werden.

Obwohl Wanda Thaxton nicht erfreut über den Anruf war und nur wenig Information preisgab, beharrte sie darauf, daß sie sowohl bei Morgan als auch bei Michael Anfälle miterlebt hätte.

Sie erinnerte sich vor allem an einen besonders schweren Anfall, den ihr Enkel vor zwei Jahren in Chicago erlitten hatte, doch als Jan um eine genauere Beschreibung des Vorfalls bat, wich Wanda aus.

Sie könne sich nicht an Einzelheiten erinnern, es sei schon so lange her.

Schließlich erzählte sie der Jugendrichterin, daß Tanya dem Baby gerade die Windeln gewechselt hatte, sie selbst aber nicht ständig im Kinderzimmer gewesen sei. Tanya hätte gerufen, daß sie schnell kommen solle, und als Wanda ins Kinderzimmer lief, hatte Michael schlaff dagelegen und nicht mehr geatmet. Sie hätte den Rettungsdienst gerufen.

Jan fragte, ob Wanda den Anfall von Anfang an erlebt hätte.

»Nun – das habe ich nicht.«

Danach unterhielten sie sich noch ein wenig, und bevor Jan das Gespräch beendete, stellte sie diese so wichtige Frage ein weiteres Mal.

Und obwohl Wanda wissen mußte, welche Bedeutung ihre Antwort für Jan haben mußte, wich sie nicht von dem ab, was sie vorher gesagt hatte.

Streich Mrs. Thaxton von der Liste der Zeugen, die Tanyas Version unterstützen könnte, daß auch andere die Anfälle miterlebt hätten!

Die Ärzte, die sich nun zu der Besprechung versammelt hatten, waren geteilter Meinung. Die jüngeren, angeführt von Dr. Colman und Dr. Zoucha, glaubten fest daran, daß die Umstände in Michaels Fall eindeutig auf Münchhausen hinwiesen. Die älteren hielten Münchhausen zwar auch für möglich, fanden aber, daß es nicht genug Gründe gäbe, ein Anfallsleiden völlig auszuschließen.

Dr. Colman erzählte seinen Kollegen, wie er während seines praktischen Jahres zum ersten Mal mit MSBP konfrontiert worden war. Jener Fall gleiche dem Michael Reids auf verblüffende Weise. Jenes Kind pflegte auch stets zu Hause aufzuhören zu atmen, lief blau an und wurde ins Krankenhaus gebracht. Den Ärzten gelang es nicht, einen Grund dafür zu finden – was ihnen schließlich verdächtig vorkam.

»Niemand konnte verstehen, warum dieses Kind nicht mehr atmete und wieso die Mutter so beharrlich darauf bestand, daß ständig neue Untersuchungen gemacht wurden. Sämtliche Fachärzte wurden hinzugezogen, alle möglichen Tests wurden vorgenommen.«

Und so wurde der Junge von Kardiologen und Neurologen untersucht, wurde geröntgt, eine Kernspintomographie vorgenommen – alles ohne Ergebnis.

»Alles war völlig normal. Aber die Mutter wollte nicht,

daß das Kind entlassen würde, sie wollte, daß es im Krankenhaus blieb.«

Man beschloß, der Mutter eine Falle zu stellen. Eine Videokamera wurde versteckt im Zimmer des Jungen angebracht. Die Krankenschwestern wurden eingeweiht, und obwohl man ihnen einschärfte, besonders wachsam zu sein, sollten sie der Mutter eine gewisse Freiheit geben. Man hatte der Mutter erzählt, daß ihr Sohn am nächsten Tag entlassen würde.

»Absichtlich hatten verschiedene Leute zu ihr gesagt, daß man nichts machen könne – schließlich hätte das Kind im Krankenhaus noch nie einen Atemstillstand gehabt. Die Mutter wirkte frustriert, und später in der Nacht ertappte man sie dabei, wie sie dem Kind ein Kissen auf das Gesicht drückte. Danach hat sie alles zugegeben.«

Auch in anderen Krankenhäusern hatte man Videoüberwachung zugelassen, doch die Ärzte und Verwaltungsangestellten des Blank Memorial weigerten sich – und somit war man in einer Sackgasse gelandet.

Es gab nicht genug Beweise, um den Jungen aus der Obhut seiner Eltern zu nehmen. Weitere Beobachtung und weitere Untersuchungen wurden vorgeschlagen, doch im Grunde überraschte es niemanden, daß auch sie nur zeigten, daß dem Jungen nichts fehlte. Michael wurde nach Hause entlassen. Die Eltern erklärten, sie wollten den Jungen in Iowa City untersuchen lassen.

Aber damit war der Fall natürlich noch lange nicht abgeschlossen. Paul Houston und Jan Buck hatten gerade erst begonnen. Sie wollten nun versuchen, sämtliche Krankenberichte über Morgan und Michael Reid zu bekommen.

Ann Zoucha schickte Jan einen Brief, in dem die Ärztin ihre Meinung wiederholte, daß Michael ein MSBP-Opfer war. Sie hielt auch die Diagnose Dr. Steven Linders, des Neurologen aus Dallas, für falsch, daß gastroösophagealer Reflux der Grund für jene Anfälle sei, die Michael so oft in die Notaufnahme gebracht hatten.

»Die Kratzer, die ich auf dem Gesicht des Jungen und am Finger seiner Mutter bemerkt habe, sind für mich ein Anzeichen dafür, daß zwischen ihnen ein Kampf stattgefunden hat.«

Und sie führte weiter aus, daß eine Trennung von Mutter und Sohn die einzig verläßliche Möglichkeit sei, die Vermutung auf MSBP zu überprüfen. Wenn die Anfälle aufhörten, dann war der Verdacht auf Kindesmißhandlung gerechtfertigt.

Paul Houston, der sonst immer so freundlich war, konnte sich bitteren Spott nicht versagen, als er auf die Informationen schaute, die sich auf seinem Schreibtisch stapelten.

»Welche Krankheit tritt nur an bestimmten Tagen und dann wiederum zu bestimmten Zeiten auf?«

Die Daten, die sie aus den Berichten der Sanitäter bekommen hatten, zeigten ein eindeutiges Muster: Tanya Reids Sohn hatte seine Anfälle immer nur dienstags und freitags. Die einzige Ausnahme war der letzte Anfall, der an einem Sonntag stattgefunden hatte.

Freitag, 9. Oktober 1987 – 18 Uhr 25
Dienstag, 20. Oktober 1987 – 17 Uhr 51
Freitag, 13. November 1987 – 17 Uhr 18
Dienstag, 15. Dezember 1987 – 17 Uhr
Dienstag, 19. Januar 1988 – 20 Uhr 35
Sonntag, 7. Februar 1988 – 12 Uhr 14

Auch die Übereinstimmung der Tageszeiten war verdächtig. Die meisten Vorfälle hatten zwischen 17 und 18 Uhr 30 stattgefunden, die beiden Ausnahmen waren die letzten zwei Anfälle: 20 Uhr 35 und 12 Uhr 14.

Jan und er fragten sich bang, ob die Mutter wieder zuschlagen würde. Andererseits schien es unwahrscheinlich. Man hatte sie der Kindesmißhandlung beschuldigt, und sie hatte behauptet, unschuldig zu sein. Es machte keinen Sinn, wenn eine Frau, die schon unter Verdacht stand, das Risiko eingehen würde, sich schnappen zu lassen.

Ein Satz, den Tony Collins gesagt hatte, fiel Paul wieder ein.

»Ich weiß nicht, wie die Schichten ihres Mannes sind. Er war niemals dabei …«

Inzwischen kannte Paul die Antwort: Jim Reid überwachte die Nachtschicht.

11

Für alles gab es ein erstes Mal.

Es war jedoch schon so lange her, und es war nicht in Iowa passiert. Tanya Reid war nicht dumm. Sie konnte die Parallelen sehen zwischen dem, was damals passiert war, und den Vorfällen der letzten Zeit. Es war purer Zufall, würde sie behaupten, nicht mehr. Aber ein Zufall von der Art, daß er so verdreht und häßlich interpretiert werden konnte, daß ein Schatten auf den guten Namen ihrer Familie fiel und ihre gesamte Zukunft zerstört werden könnte.

Ihr Mann, ihre Schwestern, ihre Eltern schlossen sich zu ihrem Schutz zusammen.

Tanya hatte nichts Böses getan.

Detective Hobart bat seine Kollegen, ihn sofort zu benachrichtigen, wenn ein Rettungswagen zum Haus der Reids gerufen würde. Am Dienstag, dem 1. März 1988, hörte man knisternd im Polizeifunk eine Stimme.

»Kind hat aufgehört zu atmen … Canterbury Road 7411 …«

Mehr brauchte der Detective nicht zu hören. Er hatte sich Tanyas Adresse eingeprägt, und er kam noch vor dem Rettungswagen am Nottingham Square an. Zwei Polizisten ließen ihn ins Haus.

»Die Mutter ist oben.«

Tanya saß im Elternschlafzimmer auf dem Boden und hielt ihren Sohn. Michael wimmerte und schwitzte so sehr, daß ihm das Haar am Kopf klebte. Tanya blickte auf. Verdutzt betrachtete sie den Fremden.

»Ich kenne Sie nicht«, sagte sie.

Doug Hobart fand diese Bemerkung merkwürdig – schließlich waren sie hier nicht auf einer Party, dies war ein Notfall!

Er zeigte ihr seine Dienstmarke und beugte sich zu Michael hinunter, der atmete, aber blaß und schwach war. Zu erschöpft, um auch nur die Arme zu heben.

»Ich war gerade in der Gegend und dachte, ich könnte vielleicht helfen«, sagte er.

»Oh, diese Anfälle kommen ständig vor«, meinte Tanya ruhig. »Wir sind daran gewöhnt. Wir werden jetzt ins Krankenhaus fahren und alles wieder in Ordnung bringen lassen.«

Lieber Himmel, wenn das mein Kind wäre, dann wäre ich schon längst auf die Straße gerannt, dem Rettungswagen entgegen!

Tanya erzählte, daß ihr Sohn draußen mit anderen Kindern gespielt hätte. Er war hingefallen, hatte sich schmutzig gemacht und zu weinen begonnen. Sie wollte ihm ein Pflaster aufs Knie kleben und seine Windeln wechseln. Sie hatte ihn nach oben gebracht und ihn auf den Boden gelegt, um ihn sauberzumachen.

Jahre später schilderte Tanya die Szene so:

»Ich legte ihn auf den Boden, um ihm die Hose zu wechseln, und er wurde unruhig, weil er das nicht mochte. Er dachte, wenn ich ihn ausziehe, müßte er ins Bett, und das paßte ihm nicht. Er wehrte sich, doch plötzlich hörte er auf.

Weil ich eine Windel aus dem Karton nehmen wollte, ließ ich ihn für einen Moment aus den Augen.«

Der Detective bemerkte einen Kratzer auf Michaels Knie. Vielleicht stimmte ihre Geschichte doch?

Tanya sagte, nachdem sie ihn drei Minuten von Mund zu Mund beatmet hatte, hätte er wieder begonnen zu atmen.

Wieder einmal war Tony Collins der Sanitäter, der gerade Dienst hatte. Himmel, wie er diese Notrufe zum Nottingham Square haßte! Er fand Tanya und den Detective oben im Schlafzimmer. Tanya wiegte ihren Sohn in den Armen und erzählte ihre Geschichte. Dann berichtete sie Tony, daß Michael Dilantin nahm und seine tägliche Dosis schon bekommen hatte.

»Aber nichts hilft ihm.«

Sie wickelte ihren Sohn in eine Decke und trug das weinende Kind nach unten. Um den Rettungswagen mit seinem flackernden Blaulicht hatte sich eine neugierige Menge versammelt. Über Michaels Gesicht wurde eine Sauerstoffmaske gehalten.

»Wollen Sie wieder ins Methodist Center, Tanya?«

»Um Himmels willen, bloß nicht!« kam die scharfe Antwort.

Sowohl Tony Collins als auch Detective Hobart hatten das Gefühl, daß Tanya den Ärzten und Schwestern des Blank Children's Hospital ausweichen wollte. Warum sonst wollte sie ihren Sohn nicht ins beste Kinderkrankenhaus der Stadt bringen?

Immer noch verärgert, rief Hobart Paul Houston an und erzählte ihm, was bei den Reids passiert war und daß Tanya und Michael auf dem Weg ins Mercy Hospital waren.

»Das alles war wie ein gesellschaftliches Ereignis für sie«, erinnerte sich Detective Hobard.

Die Mitarbeiter des Trauma Teams waren sich darin einig, daß ihnen die Zeit davonlief.

»Wir mußten unbedingt dafür sorgen, daß das Kind von ihr wegkam, bevor sie es umbrachte, denn das würde unweigerlich geschehen«, erzählte Detective Hobard später. »Er wurde älter, stärker, und er fing an, um sein Leben zu kämpfen.«

Als es Abend wurde, waren alle Beteiligten alarmiert. Dr. Zoucha hatte mit Dr. Heberer telefoniert, dem diensthabenden Arzt in der Notaufnahme des Mercy Hospital, und ihm von dem Verdacht gegen Tanya Reid erzählt. Dr. Heberer erwiderte, daß der Junge sich nicht mehr im Krankenhaus befände. Obwohl ein Kollege die Einweisung angeordnet hatte, hatte Dr. Gangeness telefonisch die Entlassung des Kleinen verfügt, nachdem der Dienst jenes Kollegen beendet war.

Tanya Reid hatte einer Krankenschwester erklärt, daß es ihrem Sohn wieder gutginge und sie ihn nach Hause brächte.

12

An jenem Tag, als Paul Houston sie anrief und mit dem Fall der kleinen Hannah King vertraut machte, wußte Melodee Hanes mit absoluter Sicherheit, was fortan das wichtigste Ziel in ihrem Leben sein sollte. Das fünf Monate alte Baby hatte Knochenbrüche und Bißwunden am ganzen Körper. Himmel, die Kleine war genauso alt wie Melodees eigenes Baby! Als Melodee den armen geschundenen Körper sah, hätte sie die Kleine am liebsten in die Arme genommen und zu sich nach Hause gebracht.

Melodee vertrat die Anklage gegen David King, den Vater des Babys. Und in einem gewagten Manöver wandte sie ein neues Gesetz des Staates Iowa an, das das Wissen der Mutter um die Kindesmißhandlung juristisch auf die gleiche Schuldstufe stellte wie die Tat selbst. Und obwohl Onalissa King ihr Kind niemals selbst direkt verletzt hatte, wurde sie für schuldig befunden und zu einer Gefängnisstrafe verurteilt.

Melodee Hanes hatte damit ein Zeichen gegen all jene gesetzt, die Kindesmißhandlungen stillschweigend duldeten und nichts dagegen unternahmen.

In Polk County würde man keine Milde zeigen – weder gegenüber demjenigen, der ein Kind mißhandelte, noch gegenüber dem, der einfach wegschaute.

Und im Zentrum des Kampfes gegen Kindesmißhandlung stand eine ebenso kluge wie schöne Frau. Wann immer das Trauma Team sie brauchte, war sie zur Stelle.

Die Büros der Staatsanwaltschaft von Polk County befanden sich im vierten Stock des imposanten Gerichtsgebäudes in Des Moines. Paul Houston hastete die glatten Stufen hinauf. Er wollte mit Melodee Hanes sprechen.

»Ich glaube, ich habe etwas für Sie«, begann er. »Haben Sie schon einmal etwas vom Münchhausen-Syndrom by Proxy gehört?«

Melodee hatte nicht. »Münch-was?« fragte sie lachend. »Das hört sich an wie ein deutscher Nachtisch.«

Paul Houston schüttelte den Kopf. »Mel, es ist eine ziemlich makabre Form der Kindesmißhandlung, und wir haben einen solchen Fall in Urbandale.«

Während Paul ihr die ganze Geschichte der Reids erzählte, hörte Melodee gebannt zu. Sie beide hatten schon in vielen Fällen zusammengearbeitet, aber sie wußte sofort, daß dies ein Fall war, den man mit nichts vergleichen konnte.

Was sie jedoch nicht ahnte, war, daß dieser Fall ihr ganzes Leben verändern sollte.

Bitten um Beihilfe wurden an die entsprechenden Krankenhäuser in Illionis und Texas geschickt. Die

Behörde von Polk County hatte außerhalb von Iowa keine rechtliche Handhabe. Wenn die Krankenhäuser nicht freiwillig mitarbeiteten, dann mußten sie den zeitintensiveren Weg wählen und die entsprechenden Behörden in den anderen Staaten um Amtshilfe bitten.

Doch während der nächsten Tage ging eine große Anzahl von medizinischen Berichten bei der Staatsanwaltschaft von Polk County ein.

Melodee Hanes war zwar nicht eitel, dennoch war ihr ihr Aussehen wichtig. Ihre grünen Augen waren so groß, daß sie das ganze Gesicht zu beherrschen schienen; sie sah so gut aus, daß viele glaubten, eine Frau wie sie könne weder klug noch hart sein.

Sie ist so verdammt schön, daß sie gar nichts im Oberstübchen haben kann!

Doch wer den Fehler machte, Melodee Hanes zu unterschätzen, wurde schnell eines Besseren belehrt. Sie hatte Mühe, sich selbst zu beweisen.

Melodee, die eigentlich Ballettänzerin hatte werden wollen, kam erst über große Umwege zur Juristerei. Eine Verletzung beendete ihre Tanzkarriere, und sie kehrte nach Hause zurück, wurde dick, deprimiert und war von Selbstmitleid erfüllt.

Ihrer Schwester gelang es, sie zu einem Studium zu überreden. Während Melodee plante, Ballett als Hauptfach an der Universität von Utah zu belegen und ihren Abschluß darin zu machen, versuchte ihr Vater, ein Rechtsanwalt, sie für seine Arbeit zu interessieren.

Doch erst eine ganze Weile später, als eigentlich niemand in ihrer Familie mehr damit gerechnet hatte, beschloß Melodee, Juristin zu werden.

Melodee kam nach Iowa zurück und begann, in Des Moines an der Drake University zu studieren, die auch ihr Vater schon besucht hatte. Er unterstützte sie, und während des harten Studiums erwies sich die eiserne Disziplin, die sie sich während ihrer Ballettjahre angeeignet hatte, als wertvolle Hilfe.

»Damals habe ich gelernt, einen Fall von Anfang bis zum Ende durchzuarbeiten. Man darf sich nicht ablenken lassen, dann wird man jemand, der aus der Masse herausragt.«

Doch ganz so einfach war das Leben doch nicht für Melodee Hanes – sie erlebte ihren Gutteil an Tragödien. 1980, noch am Anfang ihres Studiums, ereignete sich etwas Schreckliches: Ihre Mutter, die schon seit langem unter psychischen Problemen gelitten hatte, beging Selbstmord.

Im Jahr darauf ereigneten sich kurz hintereinander zwei weitere Tragödien. Ein Mann, mit dem sie befreundet gewesen war, starb an Lungenentzündung. Ein Kommilitone, mit dem sie eng zusammengearbeitet hatte, brachte sich um.

Ein halbes Jahr später trat Joe Kirk in Melodees Leben. Er war smart, gutaussehend und witzig, und er wurde ihr bester Freund in einer Zeit, als sie einen Freund mehr als alles andere brauchte. Doch als sie sich dann zum ersten Mal richtig verabredeten, wußte Melodee, daß sie Joe Kirk heiraten würde. Und das tat sie auch – neun Monate später.

Und während ihr Privatleben glücklich war, fühlte sie sich in der angesehenen Kanzlei, in der sie arbeitete, nicht richtig wohl. Ihr fehlte die Herausforderung.

1986 begann sie in der für Schwerverbrechen zuständigen Abteilung der Behörde für Anklagevertretung von Polk County zu arbeiten.

Nichts beeinflußte sie mehr als die Geburt ihrer Tochter. Nichts hatte sie mehr verändert, ihre Wahrnehmung verschärft, ihr Mitleid vertieft.

Im Jahr darauf gehörte Melodee zu den treibenden Kräften des Trauma Teams.

13

Paul Houston erhielt eine Kopie des Autopsieberichtes von Morgan Renee Reid vom Northwest Texas Hospital in Amarillo. Es war der 7. März 1988. Paul riß den Umschlag ungeduldig auf. Wut zeichnete sich auf seinem Gesicht ab, als ihm einer der Befunde des Pathologen Jan Birkett ins Auge sprang: akutes subdurales Hämatom. Doch dazu wollte der letzte Satz des Berichts überhaupt nicht passen: *Keine Anzeichen für Kindesmißhandlung*.

Paul rannte die Treppe hinauf zu Jan Bucks Büro, schwenkte den Bericht in der Hand.

»Schauen Sie sich das an – Sie werden es nicht glauben!«

Die Richterin las den Bericht und nickte, dann griff sie zum Telefon und hinterließ eine Nachricht für Medical Examiner Tom Bennett, den staatlichen medizinischen Gutachter und Leichenbeschauer. Er sollte sich so schnell wie möglich mit ihr in Verbindung setzen, um sich diesen Autopsiebericht anzusehen.

Paul rief Melodee Hanes an und erzählte ihr die Neuigkeit. Sie stimmte zu, daß es nun von allerhöchster Wichtigkeit war, das Kind aus dem Haus der Reids zu holen, bevor Tanya erneut versuchen konnte, das Kind zu ersticken. Niemand wollte, daß die Staatsanwaltschaft schließlich einen Mord verfolgen mußte.

Der Autopsiebericht stand in deutlichem Widerspruch zu der Schlußbehauptung, daß keine Mißhandlung vorgelegen hätte. Akute subdurale Hämatome konnten bei einem Baby nur durch äußere Einwirkung entstehen, und da keine Verletzungen vorgelegen hatten, kam für das Trauma Team nur ein Verbrechen in Frage.

Am nächsten Morgen wurde dies offiziell von Dr. Bennett bestätigt. Da es keine Kopfverletzungen gegeben hatte, schien hier das Shaken oder Slammed Baby Syndrom vorzuliegen. SBS bedeutet, daß durch sehr heftiges Schütteln oder Schläge auf Kopf oder Nacken des Kindes kleine Blutgefäße reißen und sich Blut unterhalb der Dura, der harten Hirnhaut, sammelt.

In dem Bericht aus Texas war vermerkt, daß fünfzehn Kubikzentimeter geronnenen Blutes im subduralen Bereich jeweils seitlich über dem hinteren Teil des Großhirns gefunden worden waren.

»Das ist verdammt viel«, sagte Dr. Bennett später. »Schon kleinere Mengen sind nicht als normal zu betrachten, aber fünfzehn Kubikzentimeter sind eine beträchtliche Menge Blut. Das ist etwas mehr als ein Eßlöffel voll, genug, um Druck auf das Gehirn auszuüben und jene lebenswichtigen Zentren zu blockieren, die für die Atmung zuständig sind – was dazu führt, daß das Baby aufhört zu atmen und stirbt.«

Die Mitarbeiter des Trauma Teams wußten, daß ein Mordverdacht nur von den texanischen Behörden verfolgt werden konnte – falls man es dort für angebracht hielt, diesen Verdacht zu überprüfen.

Es war nicht einfach, aber schließlich gelang es Jan Buck doch, Jan Birkett aufzuspüren, den Pathologen, der Morgans Autopsie durchgeführt hatte. Er war aus Texas fortgezogen und praktizierte nun im Krankenhaus von Little Rock, Arkansas. Der Arzt wußte sogleich, um welchen Fall es sich handelte.

Jan wollte von ihm wissen, warum er behauptet hatte, es lägen keine Anzeichen für Kindesmißhandlung vor.

»Weil es Leute gab, die Fragen stellten.«

Er stammelte, und er konnte sich nicht mehr daran erinnern, wer es war, der nachgeforscht hatte.

»Sie haben ein subdurales Hämatom festgestellt. Warum haben Sie das nicht als Beweis für eine Kindesmißhandlung genommen?«

»Weil ich keine äußeren Verletzungen feststellen konnte.«

Jan wußte, wie vorsichtig sie fragen mußte, damit er überhaupt weiter antwortete.

»Doktor, haben Sie schon einmal vom Shaken Baby Syndrom gehört?«

Die Antwort kam schnell. »Nein.«

Das war alles, was Jan brauchte. Sie versprach dem Pathologen, daß sie ihm Literatur über SBS schicken würde, und fragte, ob sie ihn noch einmal anrufen dürfte, nachdem er sich kundig gemacht hatte.

»Ich möchte wissen, ob Sie glauben, daß das, was in der Literatur über SBS berichtet wird, auf Ihren Autopsiebericht zutrifft.«

Dr. Birkett stimmte zu.

Ein paar Tage später rief er Jan an und sagte ruhig: »Es sieht so aus, als ob es zuträfe.«

Am Mittwoch des 16. März trafen sich die Kinderärzte des Blank Children's Hospital erneut zu einer Beratung. Ärzte und Mitarbeiter des Trauma Teams diskutierten über das auffällige Muster von Michaels Anfällen und das bei Morgan Reid festgestellte subdurale Hämatom. Diesmal waren sich alle einig, daß Michael Reid sich in akuter Gefahr befand. Alle Umstände deuteten auf ein Münchhausen-Syndrom by Proxy hin. Michael sollte den Reids fortgenommen werden.

»Und was ist mit Carolyn?« wollte einer der Ärzte wissen.

Ein Kollege meinte, man brauche sich keine Sorgen zu machen.

»Das Mädchen ist alt genug, um zu reden, deshalb ist sie sicher.«

Paul Houston überließ ihnen eine Kopie der Aufstellung, die er und Jan über Michaels Anfälle angefertigt hatten. Das Muster dieser Episoden verfolgte die Mitarbeiter des Trauma Teams auf quälende Weise.

Mit einer richterlichen Anordnung, die das elterliche Sorgerecht außer Kraft setzte und die Einweisung des Kindes in eine geeignete Einrichtung vorsah, fuhren Jan, Paul und die Jugendgerichtsbeamtin Rhonda Heyer zum Tageszentrum für Kinder, die eine Sonderbetreuung brauchten. Brandon Michael Reid sollte unter die Vormundschaft des Department of Human Services gestellt und später in Pflege gegeben werden.

Jan Buck hatte das Gefühl, daß sie es gerade noch rechtzeitig geschafft hatten.

Sie und Paul hatten schon oft Kinder von ihren Eltern wegholen müssen, doch stets empfand sie ein leichtes Unbehagen. Mit Recht. Sie waren bedroht und beschimpft worden; einmal hatte man Paul sogar von der Treppe gestoßen. Doch bei Michael Reid gab es keine Probleme. Der Kleine blieb ganz ruhig.

Als Paul anschließend Jim Reid in der Fabrik anrief, sagte der Vater des Jungen wenig, außer daß er seinen Anwalt benachrichtigen würde.

»Wollen Sie Ihre Frau anrufen, oder soll ich es tun?«

»Das werde ich tun«, antwortete Jim, dann legte er auf.

Bevor Michael zu einer Pflegefamilie in Des Moines gebracht wurde, brachte man ihn für eine Nacht zur Beobachtung ins Krankenhaus. Doch dem Jungen ging es hervorragend.

Um nach Hause zu kommen, mußte Melodee Hanes am Nottingham Square vorbeifahren. Es gab keinen anderen Weg. Die Staatsanwältin ertappte sich dabei, wie sie unwillkürlich verlangsamte, als sie an den Wohnungen und Reihenhäusern vorbeifuhr. Sie hatte schon zu überlegen begonnen, wie sie ihre Anklage gegen Tanya Reid aufbauen konnte. Es war ihre Aufgabe, die Fakten zu sammeln, die Anklage zu formulieren und ihren Verdacht vor einer Jury zu beweisen.

Es war nicht ihre Aufgabe, Sinn in den Handlungen der vermutlichen Täterin zu finden. Und dennoch machte sie sich Gedanken über Tanya. Was mochte zu diesen Verbrechen geführt haben? War irgend etwas mit Tanya passiert? Was mochte die Leiterin der Pfadfindergruppe, die Krankenschwester, die perfekte Mutter dazu gebracht haben, das Undenkbare zu tun?

BUCH ZWEI

TEXAS

14

Ding Dong Daddy from Dumas
You ought to see me do my stuff
I'm a Ping Pong Papa from Pitchfork Prairie
You ought to see me strut
I'm a Ding Dong Daddy …

Denjenigen, die den Panhandle nur so schnell wie möglich durchqueren wollen, um woanders hinzukommen, erscheinen die Städte dort völlig austauschbar. Dumas jedoch fällt heraus – wenn auch nur aus dem einen Grund, daß es in Phil Baxters klassischem Country Song verewigt wurde. Alle in Dumas kennen den Text dieses Liedes, *ihres* Liedes.

Das Moore County Courthouse hätte ein wenig neue Farbe vertragen können, wirkte ansonsten aber gepflegt, was dem Stolz der Bürger zu verdanken war. Dieser Stolz hielt die Leute in der Stadt auch davon ab, sich öfter an andere Orte zu begeben. Sie hatten hier doch alles, was sie brauchten.

In den Fünfzigern war Dumas eine ›Boomtown‹ gewesen, hatte wie ein Magnet die Menschen angezogen. Arbeit verhieß Erfolg. Während seiner Glanzzeit gehörte Moore County zu den fünf texanischen Counties mit dem höchsten Familieneinkommen. Öl und Viehwirtschaft lockten die Menschen hierher. Neue Jobs schienen nur so aus dem Boden zu sprießen.

Wanda Thaxtons Schwester hatte während des Booms in Dumas gelebt und Wanda und John Thaxton eingeladen, mit ihren zwei kleinen Töchtern in die Stadt zu kommen und sich umzusehen. Die Thaxtons nahmen glücklich an; sie fanden, daß es an der Zeit für sie sei, irgendwo Wurzeln zu schlagen. John Thaxton hatte keine Lust mehr, weiterhin ein Nomadenleben als Bauarbeiter zu führen, wie er es seit seiner Entlassung aus der Armee getan hatte.

Die Häuser in der Cedar Street waren weder besonders modern noch sehr groß. Die meisten wurden bei jedem Kind ein Stück erweitert.

Die Thaxtons lernten sich kennen, als Johnny, wie Wanda ihn nannte, noch in der Army war. Es war nicht zu übersehen, daß er von der schönen jungen Frau mit dem herrlichen rotbraunen Haar und den dunklen Augen völlig hingerissen war. Er war ein stämmiger Mann mit sandfarbenem Haar.

Als sie sich 1953 in Dumas niederließen und mit der Abfindung von der Army das Haus Nr. 218 in der Cedar Street kauften, hatten sie bereits zwei Töchter: Beverly Kay und Rodena. John nahm einen Job beim Southwestern Public Service an, der örtlichen Elektrizitätsgesellschaft, und Wanda blieb zu Hause und kümmerte sich um die Mädchen. Und obwohl sie sich nur selten beklagte, war sie doch recht einsam.

Sie blieb noch öfter allein, als John aus finanziellen Gründen gezwungen war, eine zweite Stelle in einem Bauunternehmen anzunehmen. Es war der erste, aber nicht der letzte Nebenjob, den John haben sollte.

»Es mußte so vieles bezahlt werden«, erzählte Wanda später. »Arztrechnungen, die Mädchen hatten Wünsche: Rollschuhe, Petticoats und andere Sachen … John hatte zwei Stellen, damit ich zu Hause bei den Kindern bleiben konnte.«

Beverly Kay, die 1949 geboren wurde, war die älteste. Sie fühlte sich zur Kunst und Schriftstellerei hingezogen und ließ sich als Krankenschwester ausbilden. Sie war die typische ältere Schwester: unabhängig, besorgt und Beschützerin ihrer jüngeren Schwestern.

Rodena, zwei Jahre später geboren, war die einzige Blonde mit blauen Augen in der Familie. In der Schule glänzte sie, nicht nur, weil sie ungewöhnlich klug war, sondern auch in der Schulband. Wanda hielt sie für viel gefühlvoller als die anderen Mädchen. Rodena war, wie die anderen auch, ausgesprochen loyal ihrer Familie gegenüber.

Leslie wurde 1953 geboren. Sie war die Schönheit der Familie, das Abbild ihrer Mutter. Zu Hause jedoch war Leslie eher ein ›Lausbub‹ und liebte es, ihrer Familie Streiche zu spielen. Doch je älter sie wurde, desto ruhiger wurde sie auch. Ihre Schwestern hielten Leslie für den aufopfernden Typ: Wann immer jemand Hilfe brauchte, kümmerte sie sich um ihn. Das bedeutete jedoch auch, daß man sie leicht ausnutzen konnte.

Am 19. Oktober 1957 wurde Tanya Leigh Thaxton im Dumas Memorial Hospital geboren. Ihren dunklen Augen und der dunklen Haut hatte sie den Spitznamen ›Tonto‹ zu verdanken, den sie auch später nicht loswurde. Die achtjährige Beverly Kay war von ihrer neuesten Schwester sofort fasziniert. »Sie war wie eine lebende Puppe für mich«, sagte sie später.

Ein paar Monate nach Tanyas Geburt mußte Wanda mit einer Blinddarmentzündung ins Krankenhaus, so daß ihr Mann und die älteste Tochter das Baby versorgen mußten. Und da Wanda auch nach der Operation noch viel Erholung nötig hatte und John Nachtschicht hatte und erst nach Mitternacht nach Hause kam, blieb die ganze Verantwortung für das Baby an Beverly Kay hängen.

In den folgenden Jahren hatte Wanda Thaxton immer wieder gesundheitliche Probleme. Sie war lange Zeit krank, als sie sich das Pfeiffersche Drüsenfieber zuzog, dem eine Hepatitis folgte und schließlich eine spinale Meningitis. Ein Jahr lang war sie ans Bett gefesselt, so daß ihr Mann und Beverly Kay die Ärmel hochkrempeln mußten. Neben seinen beiden Jobs mußte sich John Thaxton auch noch um seine Frau und seine Kinder kümmern.

Eine der frühesten Kindheitserinnerungen Tanyas war, daß ihr Vater sie ins Krankenhaus mitnahm und hochhob, damit sie ihre Mutter durch die Sichtscheibe sehen konnte.

Im Licht der Geschehnisse erscheint eine weitere Erinnerung aus der Zeit, als Tanyas Mutter im Krankenhaus lag, bedeutungsvoll. Die kleine Tanya wurde von einer Tante ins Dumas Memorial gebracht, weil eine Zyste unter ihrem Arm entfernt werden mußte. Obwohl sie es als grauenvoll empfand, als ihr die Äthermaske aufs Gesicht gedrückt wurde, hatte das Ganze doch auch etwas Angenehmes.

»Sie legten mich in Mutters Zimmer«, erinnerte Tanya sich später und lächelte dabei. »Und Mutter holte mich in ihr Bett, hielt mich stundenlang ganz fest an sich gedrückt.«

In Dumas, Texas, war nicht viel von den Entwicklungen der ›Wilden Sechziger‹ zu spüren – und den Leuten, die dort lebten, war dies nur recht. Hier war die Welt noch in Ordnung.

Wanda Thaxton hatte nichts dagegen, wenn ihre eigenen und sämtliche Kinder aus der Nachbarschaft in ihrem Haus und Garten spielten; im Gegenteil, ihr war es lieber, wenn sie stets ein wachsames Auge auf sie halten konnte, und ihr Mann war der gleichen Meinung.

Jeder kannte jeden in Dumas. Als Tanya eingeschult wurde, hatte es natürlich auch Vorteile für sie, als jüngste der Thaxton-Töchter bekannt zu sein, aber es brachte auch Vergleiche und bestimmte Erwartungen mit sich. Tanya, extrem schüchtern, war weder so hübsch und schlank wie Leslie noch so klug wie Rodena oder die geborene Anführerin wie Beverly Kay.

Innerhalb der Familie erschien es Tanya gar nicht so schlecht, die jüngste zu sein. »Weil ich das ›Baby‹ war, habe ich meistens bekommen, was ich wollte.«

Es war gut, daß Tanya ihre Schwestern hatte, denn als kleines Mädchen hatte sie nicht viele Freundinnen. Ihre Eltern pflegten zu sagen, daß es daran lag, daß sie so schüchtern war, so zurückhaltend. »Wenn sie doch nur ein bißchen mehr aus sich herausgehen würde ...«

»Ich hatte nur ein oder zwei richtig gute Freundinnen«, erzählte Tanya Jahre später. »Eine davon war Robin Leathers, neben der ich im zweiten Schuljahr saß. Bis zur sechsten Klasse blieb sie meine beste Freundin.«

Die Thaxtons gingen regelmäßig zur Kirche, und die First Baptist Church of Dumas, die nur einige Blocks entfernt war, wurde für die Mädchen zu einem zweiten Heim. Sie alle sangen im Jugendchor, und sie waren, wie ihre Mutter gern sagte, ›brave christliche Mädchen‹.

Tanya erinnerte sich später noch voller Begeisterung an jene Zeiten.

»Jedes Jahr fuhren wir in einen anderen Staat, einmal nach Spokane und einmal nach Rochester. Wir nahmen eine Woche lang an Bibelstudien teil und traten auch mit dem Chor auf.«

Es war wichtig, einmal etwas anderes zu sehen.

Selbst John Thaxton leugnete nicht, wie isoliert jene Gegend war, die er und seine Familie als Heimat betrachteten. »Denkt dran, daß wir in einem Teil der Welt leben, den andere auch nur zu betreten sich weigern. Es ist wirklich ein verlorener Landstrich.«

Wanda Ruth Thaxton war eine Perfektionistin; stets hielt sie ihre Gefühle unter Kontrolle; Tränen gehörten nicht in die Öffentlichkeit. Und die Töchter folgten ihrem Beispiel.

Eine Schwarz-Weiß-Fotografie aller vier Töchter hatte einen Ehrenplatz im Wohnzimmer der Thaxtons bekommen. Für Wanda und John blieb dieses Bild stets eine Erinnerung an die Kindheit ihrer Mädchen.

Die vier Thaxton-Töchter, alle so brav, so gehorsam.

Die drei ältesten scheinen so eng zusammenzugehören, so hübsch, wie sie sind, mit klarer Haut und einem strahlenden Lächeln. Hinter ihnen steht Tonto, fällt aus der Reihe. Sicher, sie war nicht häßlich, aber sie war und blieb anders.

15

Als Michael den Reids weggenommen wurde, weil seine Mutter unter dem Verdacht stand, ihn mißhandelt zu haben, begann Tanya unkontrolliert zu essen, alles in sich hineinzustopfen. Ihr ganzes Leben hatte sie gegen zu viele Pfunde kämpfen müssen, besonders, nachdem sie Mutter geworden war; es war ein Problem, das weder ihre Mutter noch ihre schlanken Schwestern kannten. Nach Morgans Tod war Tanya wie ein Hefekloß aufgegangen. Und nun aß Tanya wieder. Essen half ihr, sich wohl zu fühlen.

Genau wie die Unterstützung ihrer Mutter.

Tränenreich berichtete Tanya am Telefon, was passiert war, Wanda hingegen vergoß keine Tränen.

Michael war seinen Eltern fortgenommen worden? Man beschuldigte Tanya der Kindesmißhandlung?

Wanda bekam einen Wutanfall. Wie konnten diese Leute dort in Iowa nur etwas so Absurdes – etwas so *Böses* – behaupten? Kaum hatte sie aufgelegt, da buchte sie auch schon für den nächsten Tag einen Flug nach Iowa.

»Ich war wie vom Donner gerührt«, erinnerte sie sich Jahre später. »Ich konnte es einfach nicht fassen. So etwas konnte doch gar nicht passieren! Aber es war passiert.«

Tanya sollte später erzählen, daß sie nicht nur einen Schock empfand, als man Michael wegholte.

»Ich war wütend, unheimlich wütend. Ich fürchtete mich. Ich habe die gesamte Skala der Gefühle durchlebt.

Ich habe eine halbe Stunde lang geheult, nachdem Jim mich angerufen und mir gesagt hatte, sie hätten uns Michael weggenommen. Ich hatte Angst, daß wir ihn niemals mehr zurückbekommen würden.«

Obwohl Paul Houston froh darüber war, daß man den kleinen Jungen in Sicherheit gebracht hatte und die Anklageerhebung gegen Tanya Reid vorangetrieben wurde, forschte er eifrig weiter. Er hatte das Edward Hospital in Naperville, Illinois, um Morgan Reids Krankenberichte gebeten und wartete genau wie seine Kollegen schon ungeduldig darauf.

In dem Reihenhaus am Nottingham Square war dagegen die Stimmung gedämpft. Hier strebte niemand nach neuer Information. Hier stand die Familie fest zusammen im Glauben an die Unschuld der Mutter.

Jim war verbittert und verwirrt, setzte seine Hoffnung darauf, daß ihr Anwalt dieses schreckliche Mißverständnis aufklären würde, dessentwegen man ihnen ihren Sohn genommen hatte. Tanya war völlig aufgelöst, wenn sie mit ihren Schwestern telefonierte und ihnen von den Details berichtete.

Gütiger Himmel, daß man sie tatsächlich der Kindesmißhandlung verdächtigte!

Auch Wandas Zorn wuchs. Sie wurde unglaublich wütend, als Tanya ihr erzählte, daß Michael sich in der ersten Nacht, die er bei seinen Pflegeeltern verbracht hatte, in den Schlaf geweint hatte.

»Er will zurück in sein Zuhause und zu seiner Mutter! Ihn einfach irgendwelchen Fremden zu überlassen!«

Einen Tag später durften die Reids ihren Sohn kurz besuchen. Völlig aufgelöst und zitternd kehrte Tanya in ihr Haus zurück.

»Mutter, sie haben ihm eine schäbige grüne Hose und ein schäbiges altes T-Shirt angezogen! Ich glaube, sie haben ihn nicht ein Mal gebadet, seit er bei ihnen ist. Sein Haar ist ganz fettig, und unter den Fingernägeln hat er Dreck – wer weiß, wie lange schon!«

Tanya hatte ihre Kinder immer so sauber gehalten.

Tanya und ihre Mutter glaubten, daß Michael die ganze Nacht geweint hatte, weil er kein Knuddeltuch hatte und das Licht gelöscht worden war.

»Sie haben ihn einfach in den finsteren Raum gesteckt. Es muß entsetzlich für ihn gewesen sein. *Das* war Kindesmißhandlung, wenn Sie mich fragen«, sagte Wanda später.

Tanyas älteste Schwester, die nun in Hereford lebte, bot ebenfalls ihre Unterstützung an. Auch ihr wurde ganz übel, wenn sie an die Ärzte in Iowa und deren häßliche Anschuldigungen dachte. Jetzt schoben sie einfach Tanya die Schuld für die Probleme zu, die sie selbst nicht lösen konnten. War das vielleicht der Dank, den man Tanya dafür zeigte, daß sie nichts unversucht ließ, um wieder ein gesundes Kind zu haben?

In den Tagen vor der Anhörung, die beim Jugendgericht über Michaels Zukunft angesetzt war, liefen weitere Informationen beim Polk County Trauma Team ein. Randy Alexander, der Experte für Kindesmißhandlung, bestätigte Jan Buck schriftlich, daß in Michaels Fall MSBP vorlag. Er hatte nicht den geringsten Zweifel daran, daß das Leben des Jungen in Gefahr war.

Tom Bennett, staatlicher Medical Examiner in Iowa, hielt seinen Verdacht ebenfalls schriftlich fest. Er war der Überzeugung, daß Morgan Reids Tod als Verbrechen beurteilt werden mußte.

Am Tag der Anhörung, am 23. März 1988, betraten Jim und Tanya das Jugendgericht, entschlossen, darum zu kämpfen, daß Michael ihnen zurückgegeben wurde. Mark Pennington, ein gutaussehender Anwalt, stand ihnen zur

Seite. Er hatte, genau wie sein Kollege Bill Kutmus, schon viele Erfolge im Gerichtssaal erstritten.

Es gab einen persönlichen Grund, warum er sich den Reids verbunden fühlte.

Seine Tochter hatte ebenfalls unter Atemstillständen gelitten, glücklicherweise nur für kurze Zeit. Dennoch wußte er aus eigener Erfahrung, wieviel Kummer und Angst eine solche Situation mit sich bringt.

Wanda Thaxton saß im Zuschauerraum, als Mark Pennington gegen Karen Romano und Karla Fultz antrat, die eine Vertreterin des Staates, die andere damit beauftragt, die Interessen des Kindes zu wahren.

Hier wurde Wanda auch zum ersten Mal mit dem Begriff ›Münchhausen-Syndrom by Proxy‹ konfrontiert.

Nein, nichts von dem, was hier behauptet wurde, traf auf ihre Tochter zu.

Ihre Aussagen, die Unterlagen, die flehentlichen Bitten an den Richter, doch zu begreifen, daß dies alles nichts als ein schlimmes Mißverständnis war, daß Michael unter einem bisher nicht diagnostizierten Erbschaden leiden würde – nichts davon half den Reids. Es wurde entschieden, daß es am besten für das Kind sei, wenn es so lange in Pflege bliebe, bis die Angelegenheit im Rahmen einer weiteren Sorgerechtsanhörung endgültig geklärt werden könnte. Der Termin dafür wurde für den Juni festgesetzt.

Tanya erzählte ihren Angehörigen, daß sie das Gefühl gehabt hätte, ein zweites Mal ein Kind zu verlieren. Ihr Mann versuchte sie damit zu trösten, daß noch nicht endgültig über das Sorgerecht entschieden worden sei. Doch Tanya ahnte nicht, wie entschlossen eine andere Mutter war, um Leben und Gesundheit des kleinen Michael zu kämpfen. Tanya sah nur ihre eigenen Probleme, ihren eigenen Verlust.

Sie wußte nicht, daß diese andere Frau bereit war, alles zu tun, um zu verhindern, daß Tanya ihren Sohn jemals wieder in den Armen hielt.

16

Es war ausgesprochen selten, daß die Assistentin des Obersten Staatsanwalts von Polk County sich dermaßen in einen Fall kniete, der bis dahin in die Zuständigkeit des Jugendgerichts gefallen war. Doch auch der Fall von Tanya Reid war höchst ungewöhnlich – und zudem ließ Melodee Hanes sich auch nicht in das übliche Schema einer Anklagevertreterin pressen.

Was Candis Juckette, eine Rechtspflegerin, durchaus bestätigen konnte.

Candis hatte Melodee schon bei vielen anderen Fällen unterstützt und konnte den Eifer der Staatsanwältin nachvollziehen. Niemand setzte sich so engagiert wie sie ein, wenn es um Kindesmißhandlung ging. Zu jeder Tages- und Nachtzeit stand sie dem Trauma Team zur Verfügung.

Nicht nur bei den vielen Fällen, um die Melodee sich ständig zu kümmern hatte, beschritt sie bisweilen unübliche Wege, dies traf auch auf das Verhältnis zu ihren Mitarbeitern zu. Melodee wußte, wie wichtig es war, im Team zu arbeiten, und sie war die einzige, die es für selbstverständlich hielt, daß Candis mit ihr zusammen im Gericht am Tisch der Anklagevertretung saß.

Candis wußte jedoch auch, daß Melodee viele Neider hatte. »Sie hat eine tolle Karriere gemacht, sieht phantastisch aus, hat ein Haus, Kinder. Gerade viele Frauen, die mit ihr zusammenarbeiten, gönnen ihr das nicht, und deshalb benehmen sie sich ihr gegenüber ziemlich gemein. Wie oft haben sie mich schon gefragt: ›Glaubst du wirklich, daß sie so gut ist? Findest du, daß sie wirklich so gut aussieht?‹«

Bei den männlichen Kollegen lag die Sache ein wenig anders.

Sie hatten sich ihr gegenüber freundlich gezeigt – bis Melodee mehr Erfolge aufweisen konnte als sie. Als sie begann, ihre Fälle vor Gericht zu gewinnen, gab es plötzlich keine unverbindlichen Einladungen zum Lunch mehr. Melodee war von dieser Rivalität überrascht.

Einmal, am Abend, bevor ein wichtiges Verfahren beginnen sollte, rief ein Kollege bei Melodee an. Und obwohl er sie seiner Unterstützung zu versichern schien, waren seine Worte doch doppeldeutig.

»Ich wollte Ihnen nur sagen, daß mich das ganze Gerede über Sie nicht schert. Ich weiß doch, daß Sie das nicht nur wegen der Publicity machen!«

Eines Tages in jenem Frühling 1988 hielt die Staatsanwältin die Rechtspflegerin an und stellte ihr eine Frage.

»Candis, ich habe hier einen interessanten Fall, den Sie sich einmal anschauen sollten. Haben Sie schon einmal vom Münchhausen-Syndrom gehört?«

»Wovon?«

In groben Zügen berichtete Melodee von dem Fall und erklärte, welche Form von Kindesmißhandlung sich hinter diesem Begriff verbarg.

Candis war verblüfft. »So etwas kann ich mir überhaupt nicht vorstellen«, sagte sie.

Melodee, die in den Gerichtssaal mußte, drückte Candis die Unterlagen in die Hand.

»Schauen Sie sich das einmal an, und erzählen Sie mir anschließend, was Sie davon halten, ja?«

Am Ende dieses Tages hatte Candis Juckette nicht nur die Akte durchgearbeitet, sondern auch bereits einige Anrufe mit der medizinischen Bibliothek geführt. Was sie erfahren hatte, faszinierte sie und hatte den Wunsch geweckt, noch mehr darüber zu lernen. Genau wie Melodee kam sie nicht mehr von dem Fall los. Daß eine Mutter ihrem Kind so entsetzliche Sachen antun konnte, war einfach … seltsam.

Bei allen Treffen zwischen Melodee Hanes und Paul

Houston in den nächsten Wochen war auch Candis stets anwesend. Jede neue Information brachte mehr Verständnis – aber oft auch weitere Fragen.

Joe Kirk war daran gewöhnt, daß seine Frau, nachdem sie die kleine Katy längst ins Bett gebracht hatte, noch stundenlang ihre Unterlagen durcharbeitete, doch noch nie hatte ein Fall Melodee so erschüttert wie dieser. Sie vertiefte sich in alle verfügbare Literatur über das Münchhausen-Syndrom by Proxy. Selbst die trockensten medizinischen Artikel faszinierten sie.

Melodee erfuhr, daß es der Engländer Roy Meadow, Mitglied des Department of Paediatrics and Child Health der St. James Universitätsklinik von Lees, gewesen war, der 1977 als erster den Begriff ›Münchhausen-Syndrom by Proxy‹ geprägt hatte.

Das Münchhausen-Syndrom selbst – so benannt nach dem Lügenbaron, der seine Zuhörer mit den unglaublichsten Geschichten unterhielt – war zum ersten Mal 1951 beschrieben worden.

Ein Hypochonder ist jemand, der immer wieder darauf beharrt, an bestimmten Krankheiten zu leiden, ohne jedoch die entsprechenden Symptome zu zeigen. Im Gegensatz dazu erfinden Erwachsene, auf die das Münchhausen-Syndrom zutrifft, nicht nur dramatische Krankengeschichten, beschränken sich nicht allein auf die Behauptung, bestimmte Symptome zu zeigen, sondern gehen so weit – zuweilen sogar auf ziemlich schaurige Weise, – diese zu fabrizieren. Sie lassen freiwillig – fordern sie sogar – eine völlig unnötige medizinische Behandlung über sich ergehen.

In seinem Artikel von 1977, ›The Hinterland of Child Abuse‹, mit dem Dr. Meadows einen Meilenstein setzte, beschrieb der Arzt, daß Kinder, die Opfer von MSBP waren, dem Täter quasi als ›Stellvertreter‹ dienten, da nicht er selbst derjenige war, der einer überflüssigen medizinischen Behandlung unterzogen wurde.

Melodee bemühte sich, dies alles zu verstehen.

Für einige der MSBP-Täterinnen war das alles wie ein Spiel, manchmal sogar schon eine Sucht. Um zu vermeiden, daß Ärzte die Wahrheit erkannten und der Scharade ein Ende setzten, suchten sie mit den Kindern immer neue Ärzte auf. Ein Kind war von fast dreißig Ärzten behandelt worden, jede denkbare Untersuchung war durchgeführt worden. Mit den Medikamenten, die die Ärzte, die von der scheinbar so besorgten Mutter des Patienten hinters Licht geführt worden waren, verschrieben hatten, hätte man ohne Probleme die Apotheke einer Kleinstadt ausstatten können.

Wie Dr. Alexander den Mitgliedern des Trauma Teams erklärte, gab es Mütter, die Urinproben oder das Erbrochene ihres Kindes mit ihrem eigenen Blut verfälschten. Meistens stachen sie sich mit einer Nadel in den Finger und ließen das Blut in die Probe tropfen.

Andere Mütter, die den Schmerz scheuten, griffen zu einfacheren Methoden.

»Joe, kannst du dir vorstellen, daß eine Frau ein Tampon von sich in die Urinprobe ihres Kindes getaucht hat?«

Fieber wurde auf die gleiche Weise vorgetäuscht, wie jedes Schulkind sie kennt, das den Unterricht schwänzen will: Das Thermometer wurde unter heißes Wasser gehalten.

Andere Täterinnen zeigten sich wesentlich skrupelloser.

Eine Mutter hatte ihrem Kind ein giftiges Backofenreinigungsmittel auf die Haut geschmiert, um auf dem Rücken einen gräßlichen Ausschlag hervorzurufen.

Was hat sie dem Kind gesagt? Daß es eine Medizin wäre? Eine Lotion? Hat Mami ihm versprochen, daß es ihm bald bessergehen würde?

Eine andere hatte im Krankenhaus fäkalienverunreinigte Flüssigkeit in einen Infusionsschlauch gespritzt.

Dr. Alexander erzählte von einer Vierjährigen aus Iowa, die sage und schreibe dreiundachtzigmal im Krankenhaus gewesen war. Die Ärzte hatten geglaubt, sie würde an einer Immunschwäche leiden, bis man die Mutter dabei ertappt hatte, daß sie Laborproben verfälscht und ihrer Tochter Fäkalien unter die Haut gespritzt hatte.

Ein weiterer Artikel, der auf Melodees Schreibtisch landete, war von Dr. Donna A. Rosenberg verfaßt und hatte den Titel: ›Web of deceit: A Literature Review of Munchhausen Syndrome by Proxy‹. Dr. Rosenberg schrieb, daß die Sterblichkeitsrate der MSBP-Opfer bei neun Prozent läge.

Selbst wenn man die Täter warnte, rettete man damit nicht unbedingt ein Leben.

In circa zwanzig Prozent der Todesfälle hatte man die Mütter gewarnt – und das Kind war nach Hause geschickt worden, um zu sterben. Und in allen Todesfällen waren die Mütter die Täter.

Mehr als ein Drittel hatten in irgendeiner Form mit der Heilkunde zu tun, die meisten waren Krankenschwestern. So wie Tanya Reid.

Melodee las auch noch die letzten Seiten. Und jede weitere Information schien genau auf den Fall Reid zu passen. Die Väter waren oft nicht daheim, waren verreist oder arbeiteten in Nachtschicht. Viele Väter besuchten ihre Kinder niemals im Krankenhaus oder nur selten, so wie auch Jim Reid.

Eine von zehn dieser Frauen litt selbst unter dem Münchhausen-Syndrom.

Melodee schrieb eine Notiz für Paul Houston: *Gibt es diesbezüglich Informationen über Tanya Reid?*

Die Täter wurden nur selten überführt, und noch seltener legten sie ein Geständnis ab.

›Schlau‹ war das richtige Wort, um die Frauen zu

beschreiben, die nach außen hin in unheilvoller Weise das Bild der perfekten Mutter kultivierten, während sie ihre Kinder wiederholt schmerzhaften Untersuchungen und Behandlungen aussetzten.

Melodee unterstrich das Wort *schlau*.

Im Journal of Pediatrics beschrieb Dr. Carol Lynn Rosen von der Baylor University, daß es manchmal auch im Krankenhaus zu Atemstillständen kam – doch immer nur dann, wenn Mutter und Kind sich hinter einer geschlossenen Tür befanden, ein Vorhang sie vor Blicken verbarg oder wenn sie kurzfristig außerhalb der Intensivstation waren.

Dann würde die Mutter voller Panik zu den Ärzten rennen und ihnen ihr blau angelaufenes Kind zeigen.

Melodee war besonders von der berechnenden Handlungsweise der Mütter abgestoßen. Es kam ihr vor, als ob Tanya und Frauen wie sie dies alles wie eine Bühnenaufführung vor Publikum inszenierten. Woche für Woche. Episode für Episode. Hatte Tanya bei dem letzten Vorfall am 1. März nur das Risiko gereizt?

Oder hatte sie geglaubt, indem sie den Schauplatz wechselte und ihr Kind ins Mercy Hospital brachte, daß sie dort mit ihrer Show von neuem beginnen könnte?

Und obwohl es etliche detaillierte Artikel über MSBP in medizinischen Fachzeitschriften gab, war klar, daß man in Iowa mit einer Strafverfolgung Neuland betreten würde.

Es gab so gut wie keine Präzedenzfälle für Kindesmißhandlungen, die auf MSBP beruhten. Melodee und ihre Mitarbeiter arbeiteten sich durch die zwei oder drei Fälle, die sie in der Juristischen Bibliothek ausgegraben hatten. Der bemerkenswerteste war ein Mordfall aus dem Jahr 1981, den der Staat Kalifornien gegen Priscilla E. Phillips geführt hatte. Die Mutter hatte ihre beiden koreanischen Adoptivtöchter vergiftet, indem sie ihnen eine Natrium-Verbindung in die Babymilch gegeben hatte.

In einigen anderen Fällen hatte Verdacht auf MSBP

bestanden, aber es war keine Anklage erfolgt. Ein besonders erschütterndes Beispiel dafür war der Fall der New Yorkerin Marybeth Tinning, die im Verdacht stand, neun Kinder getötet zu haben. Alles deutete auf MSBP hin, doch die Staatsanwaltschaft schlug einen anderen Weg ein, um die Mutter zu verurteilen, die süchtig nach Beerdigungen war. Ein Buch über den Fall Tinning machte die Runde im Büro der Anklagevertretung von Polk County, und obwohl es schockierend war, lieferte es der Staatsanwaltschaft keine hilfreichen Anhaltspunkte.

Melodee Hanes und das Trauma Team waren letztendlich ganz auf sich allein gestellt.

17

Anfang der Siebziger kündigte John Thaxton die Stelle, die er gut achtzehn Jahre innegehabt hatte. Er war es leid, ständig Nebenjobs zu haben, und er sehnte sich danach, etwas Eigenes auf die Beine zu stellen. Und warum nicht? Er war hartnäckig und gehörte zu den Leuten, von denen man behauptete, daß sie selbst einem Eskimo Schnee verkaufen könnten. Zunächst versuchte er sich darin, Lebensversicherungen zu verkaufen, und der Erfolg ließ ihn von größeren Dingen träumen. Und obwohl Wanda ängstlich war, wagte er den Sprung.

John schloß sich mit dem Besitzer einer Apotheke zusammen, und sie gründeten eine Firma, die Medical and Surgical Supply. Während sein Partner die Bücher führte und sich um seine Apotheke kümmerte, besuchte John die Kunden: private und staatliche Kliniken, Arztpraxen. Das Gebiet, das er bereiste, umfaßte nicht nur den Panhandle, sondern auch Teile von New Mexico, Oklahoma, Kansas und Colorado. John war gut, und das

Geschäft blühte. Als ihre Jüngste in die High School kam, begann auch Wanda in der Firma mitzuarbeiten.

Medizin war zu einem Familiengeschäft geworden.

Trotz des Altersunterschieds und obwohl Beverly Kay in der Zwischenzeit geheiratet hatte, blieben sie und Tanya sich sehr nahe. Tanya besuchte ihre Schwester und ihren Schwager, Arlen Redelsperger, so oft es ging, auf der Farm in Follett, nordöstlich von Dumas. Die Schwestern ritten aus oder machten lange Spaziergänge mit dem Hund.

Ein Vorfall blieb Beverly Kay besonders im Gedächtnis. Eine Tages stöberte der Hund Wachteln auf und biß einige der Jungtiere. Tanya versuchte hysterisch, die Vogelbabys zu retten, und hatte Mühe einzusehen, daß sie den Tieren nicht half, wenn sie sie mit nach Hause nahm. Auch früher hatte Tanya schon versucht, Vogelbabys zu helfen, und Beverly Kay erinnerte sich, wie Tanya einmal ein Vogeljunges gepflegt hatte, das sie angeblich im Hof gefunden hatte, und daß ihr fast das Herz gebrochen war, als das Tier starb.

»So sind wir eben in unserer Familie, wir lieben Babys und Tiere. Versuchen immer, hilflose Wesen zu retten – junge Hunde, kleine Vögel.«

Tanya, die in ihrer Familie als Pechvogel bekannt war, hatte besonders viel Pech in ihrem ersten Jahr auf der High School.

Eines Tages, als Wanda in der Küche war und Tanya im Wohnzimmer, hörte sie plötzlich ein lautes Krachen, und als sie ins Wohnzimmer eilte, sah sie ihre Tochter bewußtlos auf dem Boden liegen. Mit dem Rettungswagen wurde Tanya ins Krankenhaus gebracht.

Als sie am nächsten Morgen aufwachte, verstand sie die ganze Aufregung nicht. Ihr ging es doch wieder gut!

Später erklärte sie, sie hätte keine Erinnerung an das, was vor ihrer Ohnmacht passiert sei.

Eine Woche später verlor sie erneut das Bewußtsein, doch diesmal kam sie nicht ins Krankenhaus, sondern wurde gründlich vom Hausarzt der Thaxtons untersucht.

Später erzählte Wanda ihren anderen Töchtern, daß die Untersuchungen lediglich eine vage Diagnose ergeben hätte – ein ›chemisches Ungleichgewicht‹ im Gehirn. Vermutlich hatte es etwas damit zu tun, daß Tanya sich in der Pubertät befand.

Danach gab es keine weiteren Ohnmachtsanfälle. Erst viel später fragte Beverly Kay sich, ob diese Ohmachtsanfälle vielleicht auf ein nicht erkanntes genetisches Leiden zurückzuführen wären – und ein Vorbote auf das waren, was so viele Jahre später passieren sollte.

Später erzählte Tanya ihren Freunden, daß ihre Jugendjahre in Dumas wie ein Bild von Norman Rockwell gewesen seien. Cheeseburger im Drive-In, Sommernachmittage auf dem Lake Meredith im Boot ihres Vaters, die allwöchentlichen Kartenspiele freitagsabends. Wenn Footballsaison war, zog sie ihre frischgebügelte Uniform an und spielte in der Band bei den Spielen der Demons.

Wenn anderen Mädchen mehr Freiheiten erlaubt wurden als den Thaxton-Töchtern – nun, das war deren Pech. John Thaxton war ein Vater, der Liebe mit Gehorsam gleichsetzte. Er tolerierte kein Benehmen, das seinen Regeln nicht entsprach. Sollten sich andere Mädchen doch mit Jungen herumtreiben – irgendwann würden sie schon dafür bezahlen.

Im Haus der Thaxtons herrschte Strenge.

Doch allen vier Töchtern gelang es, Daddys Regeln zu umgehen, irgendwie. Da John es ihnen nicht erlaubte, mehr als einmal mit demselben Jungen auszugehen, täuschten sie erfolgreich Verabredungen mit anderen Jungen vor, wenn sie sich mit ihrem jeweiligen Freund treffen wollten.

Wanda wußte davon, doch sie zog es vor wegzuschauen.

Beverly Kay erinnerte sich daran, wie die Mädchen sich an ihre Mutter zu wenden pflegten, wenn ihr Vater sich wieder einmal unbeugsam gezeigt hatte.

»Er war streng und manchmal auch unfair, und oft polterte er los, bevor er richtig begriff, worum es eigentlich ging. In solchen Fällen setzte sich Mutter als unsere Fürsprecherin ein. Wenn sie meinte, daß er zu hart wäre, sprach sie mit ihm darüber.«

Wurden Johns Regeln verletzt, so hatte dies Folgen. »Wenn es Kindesmißhandlung ist, einem Kind einen Klaps auf den Po zu geben, nun, dann sind meine Kinder alle mißhandelt worden«, sagte Wanda später.

Vielleicht, weil John Thaxton nach drei Töchtern schon ein bißchen weicher geworden war, durfte Tanya die Regeln weiter überdehnen als ihre älteren Schwestern.

»Er war sehr dominant, ein sehr strenger Dad, aber im Grunde war er butterweich«, erinnerte sie sich später. »Wenn Mutter nicht da war, konnten wir ihn so manches Mal um den Finger wickeln.«

Dennoch hatten sie genug Respekt, um meistens zu gehorchen.

»Solange ihr mein Vertrauen nicht enttäuscht, halte ich zu euch und tue alles für euch«, pflegte John ihnen zu erklären. »Solltet ihr mich jedoch einmal enttäuschen, dann wird es ziemlich schwer für euch, mein Vertrauen wieder zurückzugewinnen.«

Diejenigen, die Wanda Thaxton nicht näher kannten, hielten sie für eine Frau, die sich nicht hinter ihre Maske schauen ließ. Sie war schlank, schön und freundlich zu allen, von denen sie glaubte, sie würden genau wie sie denken. In Wirklichkeit war Wanda eine entschlossene Frau, die nur das Beste für ihre Töchter wollte. Und wenn das bedeutete, daß sie kleine Opfer bringen mußte, auch in ihrer Ehe, nun, dann tat sie das eben. Beverly Kay, Rodena, Leslie und Tanya sollten brave Mädchen werden.

Und die vier verursachten ihren Eltern auch nicht viele Kopfschmerzen. Sie waren alle gute Schülerinnen, spielten in der Schul-Band und hatten Jobs neben der Highschool. Sie hielten sich an das strikte Alkoholverbot, das ihr Vater ausgesprochen hatte.

Mit einer Freundin wie Terri Spencer war es für Tanya nicht schwer, Daddys Regeln zu umgehen. Die hübsche, manchmal allerdings auch ein bißchen wilde Blondine wurde schon bald, nachdem sie mit ihrer Familie nach Dumas gezogen war, Tanyas beste Freundin, was viel über die beiden Mädchen verriet. Tanya hatte wegen ihrer Schüchternheit Probleme, und Terri hatte Mühe, akzeptiert zu werden, so wie es in einer Kleinstadt üblich ist, wenn jemand neu dazukommt.

Terri hatte als erste in der Klasse einen eigenen Wagen, nichts Aufregendes, einen alten Maverick. Doch sobald der Wagen vor dem Haus der Thaxtons hielt, stürzte Tanya hinaus, und die beiden fuhren los, die Hauptstraße hinauf und hinunter, leisteten sich eine Cola oder hörten bei den Spencers LPs.

Wanda und John warnten ihre Tochter oft, daß Terri einen schlechten Einfluß auf sie hätte, und nach dem, was Tanya ihr erzählte, mußte Terri glauben, die Thaxtons würden die Nase über sie rümpfen, weil ihr Vater in einem Lebensmittelgeschäft arbeitete und ihre Mutter für die Moore County News Press Anzeigen annahm.

Es ärgerte sie. »Wir waren nicht reich, doch wir waren auch nicht bettelarm. Aber Wanda hat die Nase immer ein bißchen hoch getragen«, erzählte sie Jahre später. Und Terri erinnerte sich auch daran, daß Tanya sich ganz anders benahm, sobald sie außer Sichtweite ihres Zuhauses war. Die Tanya, die sie kannte, wollte vor allem Spaß haben und ausgehen, doch das konnte sie nur, wenn sie bei den Spencers übernachtete, denn Terri brauchte erst um elf zu Hause sein.

»Schon wenn sie fünf Minuten später nach Hause kam oder wenn sie irgendwo eine Cola trank, ohne Bescheid zu geben, bekam sie für die nächsten sechs Wochen Hausarrest«, berichtete Terri.

Tanya selbst hatte später eine andere Erklärung dafür, daß sie nicht über die Stränge schlug.

»Es war eine Kleinstadt, in der jeder jeden kannte. Außerdem war der Polizeichef ein guter Freund meiner Eltern. Ich konnte es mir also überhaupt nicht leisten, irgendwo Ärger zu machen.«

Dennoch gingen die Thaxtons kein Risiko ein. Immer wieder tauchten sie bei einem Tanzvergnügen oder im Kino auf, nur um nachzuprüfen, ob ihre Töchter tatsächlich da waren, wie sie behauptet hatten.

»Sie machten das nicht jedesmal«, erklärte Tanya später. »Manchmal verging ein halbes Jahr, ohne daß sie irgendwo auftauchten; wir wußten nie, wann sie kommen würden. Es war ihre Art, uns klarzumachen, daß wir besser nichts unternahmen, wovon sie nichts wußten.«

Im Dumas Memorial Hospital machte Tanya ihre erste Bekanntschaft mit der Welt des Krankenhauses, als sie zusammen mit Terri dort arbeitete, Post verteilte und den Patienten das Essen brachte.

Terri konnte sich Tanya damals überhaupt nicht als Krankenschwester vorstellen. Tanya schien das gleiche Ziel wie alle Teenager in Dumas zu haben: zu heiraten und Kinder zu kriegen.

»Sie liebte ihre kleinen Nichten und Neffen«, berichtete die Freundin. »Sie liebte sie abgöttisch.«

18

Staci Mullins war mehr als erleichtert darüber, als ihr Kontakt zu Tanya abbrach. Als Paul Houston und Detective Doug Hobart am 19. April 1988 an ihrer Tür klingelten, hatte sie Tanya schon mehrere Wochen lang nicht gesehen, auch wenn sie immer wieder an sie denken mußte. Sie hatte gewußt, daß man sie irgendwann um Auskunft bitten würde, denn Tanya hatte ihr anvertraut, daß man sie des versuchten Mordes beschuldigte.

Nachdem das Gespräch in Gang gekommen war, stellte sich heraus, daß die Nachbarin eine Menge zu erzählen hatte. Sie beschrieb, wie die junge Frau, die neu in Des Moines war, so verzweifelt versucht hatte, Freunde zu gewinnen, daß sie allen auf die Nerven gegangen war und man sich von ihr zurückgezogen hatte. Daß Tanya entschlossen gewesen war, die beste Pfadfinderführerin aller Zeiten zu werden.

Nach Stacis Aussage hatte Tanya auch behauptet, daß ihr Mann sie nicht lieben würde.

Die Beziehung zwischen Tanya und ihrem Mann war von größtem Interesse für die Mitarbeiter des Trauma Teams. In der Literatur über Münchhausen-Fälle wurde erwähnt, daß die Beziehung zwischen der Täterin und dem Ehemann die Häufigkeit und den Zeitpunkt der Episoden bestimmen konnte. Wie schwer die Eheprobleme der Reids waren, wußten sie nicht, sie wußten nur, daß es welche gab. Daran änderte auch nichts, daß Staci sich erinnerte, daß Tanya einmal erzählt hatte, sie überlegte sich, sich scheiden zu lassen, weil sie nicht länger unglücklich sein wollte.

In der Canterbury Road 7411 flossen weitere Tränen, wurde noch mehr gegessen. Tanya berichtete ihrer Familie erregt, was die Hexenjäger vom Jugendschutz sich jetzt wieder herausgenommen hätten. Sie hätten mit Verwandten telefoniert und sogar mit Leuten gesprochen, die sie, Tanya, kaum kannten, und gefragt, ob die etwas über Kindesmißhandlungen wußten. *Die Nachbarn auszufragen! In der Schule herumzuschnüffeln! Unverschämt!*

»Das Ganze ist einfach unglaublich!« wetterte Tanya.

Ihre Familie stimmte ihr zu, und alle beteten darum, daß dieser Unsinn bald aufhören würde.

Und nicht einmal schob Tanya ihrem Mann auch nur die geringste Schuld zu. Die Reids waren doch keine Verbrecher!

Welche Wellen die Nachforschungen der Behörden geschlagen hatten, begriff Tanya spätestens an dem Morgen, als sie einen Anruf aus der Zentrale der Pfadfinder bekam. Eine der Leiterinnen hatte einige Fragen bezüglich der Anschuldigungen, die wegen Michael erhoben wurden.

»Einige Eltern haben bei uns angerufen«, erklärte die Frau kühl. »Sie sind von den Behörden befragt worden und sehr besorgt deswegen. Man hat von ihnen wissen wollen, ob sie jemals irgendwelche Anzeichen von Mißhandlungen bei Ihren Kindern bemerkt hätten.«

Tanya war leichenblaß geworden. Sie leugnete alle Anschuldigungen und hängte dann auf. Empört erzählte sie Jim von dem Gespräch.

»Sie haben bei sämtlichen Eltern der Kinder aus meiner Gruppe angerufen. Sie verbreiten lauter Lügen über uns!«

»Verdammt, wir haben überhaupt nichts getan, und es ist auch keine Anklage erhoben worden«, tobte Jim. »Das ist eine Verletzung unserer Bürgerrechte!«

Wütend wählte Tanya die Nummer der American Civil

Liberties Union. Sie würde sich diese Verleumdungen nicht gefallen lassen!

»Die Frau dort meinte, daß ich allen Grund hätte, mich zu beschweren«, meinte sie später. »Es wäre eine Verletzung meiner Privatsphäre. Ich wollte die Sache weiterverfolgen, doch wie so viele Dinge in meinem Leben habe ich auch das nicht bis zum Ende durchgezogen.«

Die Literatur über MSBP-Fälle gab nur dürftig Auskunft darüber, welche Rolle Kindheitserlebnisse der Täterinnen möglicherweise spielten. Natürlich gab es überhaupt keine Entschuldigung für ein solch mörderisches Verhalten, und für die Anklagevertretungsbehörde in Polk County waren Tanya Reids Kindheit und Jugend gänzlich ohne Belang, aber Melodee persönlich war daran interessiert. Was konnte eine Mutter dazu bringen, so etwas zu tun? Gab es typische Ereignisse, die Jahre zuvor stattgefunden und den Boden für diese Taten vorbereitet hatten?

Melodee griff nach dem Telefon und rief Randy Alexander in Iowa City an.

Der Experte bestätigte ihr, daß nicht viel über die familiären Hintergründe der Täterinnen bekannt war, da diese starke Verleugnungstendenzen zu zeigen pflegten. Manche Frauen waren selbst als Kinder mißhandelt worden, aber die Rate lag nicht höher als beim Durchschnitt der Bevölkerung.

Wenn es keine selbsterlittenen Mißhandlungen waren, was war es dann, was diese Frauen dazu brachte, ihren Kindern etwas so Schreckliches anzutun?

Dr. Alexander deutete an, daß vielleicht ein Krankenhausaufenthalt das entscheidende Erlebnis gewesen war. Die Patientin war besonders umsorgt worden, hatte sich besonders geliebt gefühlt. Und nachdem sie auf den Geschmack gekommen war, hatte sie nach einer Möglichkeit gesucht, dieses Erlebnis zu wiederholen.

Eine solche Möglichkeit sahen sie darin, ihre Kinder krank zu machen.

»Sie nutzen geschickt die medizinischen Möglichkeiten aus, um ihre eigenen Bedürfnisse zu befriedigen. Sie sind von der Medizin fasziniert und wenden ihre Kenntnisse an.«

Es käme durchaus vor, erzählte der Arzt, daß die Kinder anfangs tatsächlich ein gesundheitliches Problem gehabt hätten, doch dann täuschte die Mutter immer und immer wieder diese Krankheit vor.

Und manchmal wurden die Ärzte sogar unwissentlich zu Komplizen, indem sie ›Berufsgeheimnisse‹ verrieten.

»›Mein Kind hat fürchterlich gezittert und so – könnte das ein Anfall gewesen sein?‹ Und dann erklärt der Arzt sämtliche Symptome, und die Mutter rennt zum nächsten Arzt, nun mit mehr Wissen ausgestattet, um ihn zu täuschen.«

Als Melodee aufhängte, fragte sie sich, wann Tanya Reid zum ersten Mal die Aufmerksamkeit der Ärzte genossen haben mochte. Und aus welchem Grund.

Sie machte eine Notiz für Paul, sich nach Tanyas Familiengeschichte zu erkundigen, doch das hätte sie sich sparen können. Paul hatte bereits bei Kollegen in Texas nachgefragt, und niemand wußte auch nur das geringste über Tanya Reid.

»Von der Dame haben wir noch nie im Leben gehört.«

Sicher gab es Familiengeheimnisse, aber genauso sicher würde keiner der Thaxtons etwas ausplaudern. Es schien sehr unwahrscheinlich, daß Melodee jemals etwas über Tanyas Jugend erfahren würde – und somit auch nichts von dem großen Geheimnis.

19

Es war schon lange so gewesen, viel zu lange. In den Büros der Anklagevertretung hatte man schon immer einen Unterschied zwischen ›richtigen‹ Verbrechen und ›Mädchen‹-Fällen gemacht. ›Richtige‹ Verbrechen waren Material für die Schlagzeilen, in der Regel Tötungsdelikte. ›Mädchen‹-Fälle waren Sexualverbrechen, Kindesmißhandlungen und bestimmte andere mindere Delikte. Nichts, worüber auf der Titelseite des *Des Moines Register* berichtet wurde.

Auf der Begehrlichkeitsliste der jüngeren Staatsanwälte von Polk County standen Mordfälle ganz oben – man gewann Ruhm, wenn man in einem solchen Prozeß im Gerichtssaal siegte.

In diesem Punkt unterschied Melodee Hanes sich eigentlich nicht von ihren Kollegen, aber sie hatte auch ein besonderes Interesse an ganz speziellen ›Mädchen‹-Fällen. Sie pflegte ihre Kindesmißhandlungsfälle zu gewinnen, und es dauerte nicht lange, bis Paul Houston sich bei einem solchen Verdacht direkt an sie wandte.

Mit einem dieser Prozesse schufen sie einen Präzedenzfall.

Melodee würde niemals den kleinen Jungen vergessen, der jeden Tag nach der Schule mit Handschellen an ein Bett in einem feuchten Kellerloch gefesselt wurde. Tracey Simmons war gerade erst sieben Jahre alt, doch sein Leben war bisher nur ein einziger Alptraum gewesen. Während seine Mutter so tat, als bemerkte sie nichts, verprügelte ihr Freund den Jungen, fesselte ihn mit den Armen an die Deckenrohre, so daß der Junge gestreckt dastehen mußte, und zwang ihn, Katzenfutter zu essen.

Die Mitarbeiter des Trauma Teams griffen ein, als der Junge eines Tages mit schweren Verbrennungen an den Geschlechtsteilen in die Notaufnahme eingeliefert worden war. Larry Seimer hatte sein gefesseltes Opfer mit heißem Wasser verbrüht.

Es schien ein weiterer ›Mädchen‹-Fall zu sein. Natürlich würde Larry Seimer für das bestraft werden, was er dem Jungen angetan hatte. Doch es war das Verhalten der Mutter ihrem Sohn gegenüber, was Melodee besonders abstoßend fand. Donna Simmons hatte nicht ein Mal versucht, ihren Sohn zu beschützen. Als der Verdacht der Kindesmißhandlung zum ersten Mal aufgetaucht war, hatte sie die Ermittler sogar glatt belogen.

Die Mutter hatte den Täter beschützt.

Melodee hatte argumentiert, daß Tracey Simmons' Gefangensein und die wiederholten Foltern den Tatbestand der Freiheitsberaubung erfüllten. Und wieder einmal hatten ihre Kollegen nur erstaunt die Augenbrauen hochgezogen.

Doch Melodee hatte sich vor Gericht durchgesetzt, und mit diesem Präzedenzfall war dem übrigen Land gezeigt worden, daß man es in Iowa nicht einfach hinnahm, wenn eine Mutter wegschaute. Zum ersten Mal in der Rechtsgeschichte der USA war eine Mutter wegen Freiheitsberaubung an ihrem eigenen Kind verurteilt worden. Donna Simmons und Larry Seimer waren zu lebenslangen Haftstrafen verurteilt worden, ohne die Chance auf eine vorzeitig bedingte Haftentlassung.

Einige der Kollegen jammerten und rangen die Hände – hatte Melodee Hanes all die Aufmerksamkeit nach diesem Fall wirklich verdient?

»Wie kommt es, daß sie all die besten Fälle bekommt?«

Doch sie übersahen dabei, daß Melodee nicht ›all die besten Fälle bekam‹ – sie machte aus ihren Fällen das Beste!

Melodee vertraute Tom McAuliff. Sie begegnete ihm gelegentlich, da er der Kinderarzt ihrer Tochter war, doch je mehr sie sich in den Fall Reid vertiefte, desto öfter suchte sie Kontakt zu dem jungen Arzt. Es gab keinen Zweifel daran, daß Dr. McAuliff besonders wichtig für diesen Fall war, schließlich war er derjenige, der als erster in Michaels Krankenbericht den Verdacht auf MSBP geäußert hatte.

Dr. McAuliff hatte ein schlechtes Gewissen, als Melodee ihm von Morgan, Michaels Schwester, erzählte, die ebenfalls unter Atemstillständen gelitten hatte und schließlich gestorben war. Er fand, er hätte sich stärker für Michael an jenem 13. November 1987 einsetzen sollen, als er vermutete, daß Tanya ihren Sohn mißhandelte.

Melodee konnte seine Gefühle verstehen, doch sie erinnerte ihn daran, daß man damals noch nicht genug Anhaltspunkte gehabt hätte, um die Mutter anzuklagen oder ihr das Kind wegzunehmen.

Dennoch belastete es den jungen Arzt, daß er Tanyas Täuschung nicht früher durchschaut hatte. Vielleicht hätte er dem Jungen manche Quälerei ersparen können, wenn er ihn öfter gesehen hätte.

»Ich wünschte, ich wäre sein Kinderarzt gewesen.«

Das wünschte Melodee sich auch.

Ihre vielen Diskussionen über Michael und dessen Mutter halfen Melodee, Tanyas Verhalten besser einzuordnen.

»Wenn eine Mutter Angst zeigt, egal wie, schärft dies das Wahrnehmungsvermögen der Ärzte. Sie passen besser auf. Wenn Tanya redet, gibt ihre Stimme keinen Hinweis auf das, was sie empfindet. Sie bleibt ganz gelassen.«

Er bat Melodee, sich einmal in Tanyas Situation zu versetzen.

»Wenn mein Kind wiederbelebt werden müßte, dann würde ich doch fast umkommen vor Sorge, oder? Ich würde fragen: ›Wo ist mein Kind? Was ist überhaupt los?‹ Ich würde es doch nicht einfach so wieder mit nach Hause nehmen!«

Tanya Reid hatte sich stets völlig ungerührt gezeigt.

Und er erklärte Melodee auch, wie merkwürdig die Umstände von Michaels ›Anfällen‹ wirkten.

»Sie sind zu Hause mit Ihrem Mann und Ihren beiden Kindern. Eines der Kinder gerät in eine lebensbedrohliche Situation, Sie müssen Wiederbelebungsversuche unternehmen – und Sie rufen niemanden zu Hilfe? Jeder andere wäre anschließend mit den Nerven völlig fertig, das ganze Haus befände sich in Aufregung. Nicht so bei den Reids.«

Langsam gewann dieser Fall für Melodee Hanes feste Umrisse. Doch sie brauchte noch viel mehr Hinweise, bedeutend mehr als bei einem Fall, in dem es um deutlich sichtbare Verletzungen ging. Sie fragte sich, ob sie jemals genug Beweise haben würde, um formelle Anklage wegen Kindesmißhandlung vor einem Geschworenengericht zu erheben.

Detective Hobart machte einen weiteren Besuch in der Nachbarschaft am Nottingham Square. Er wollte mit Debra Eskelson sprechen, doch als er sie nicht zu Hause antraf, suchte er sie auf ihrer Arbeitsstelle auf. Debra arbeitete als Hebamme im Iowa Methodist. Es war der 14. April 1988.

Die vierzigjährige Mutter zweier Töchter antwortete nur zögernd. Sie konnte sich nicht vorstellen, daß jemand seinem Kind so etwas antat.

»Und was ist, wenn Sie sich irren?« fragte sie.

»Das versuchen wir zu vermeiden.«

Das Bild, das Debra von den Reids zeichnete, war das einer ganz normalen Familie. Ja, sie wußte davon, daß der kleine Michael manchmal unter Anfällen litt und dann zu atmen aufhörte.

»Tanya hat mir erzählt, daß er vorher ganz still wird und sich zurückzieht, so wie eine alte Katze zum Sterben.«

Nachdem man Michael in Pflege gegeben hatte, hatte

Tanya ihr von den Beschuldigungen erzählt, und noch vor zwei Tagen hatten die beiden Frauen sich wieder unterhalten. Eine Bemerkung war Debra jedoch als merkwürdig im Gedächtnis hängengeblieben.

»Sie sollte Ihre Töchter warnen«, hatte Tanya gesagt. »Es könnte sein, daß Carolyn plötzlich nicht mehr da ist.«

Was sie damit meinte, hatte Debra wissen wollen.

»Bevor sie mir Carolyn auch noch wegnehmen, schicke ich sie nach Texas zu meiner Schwester.«

Der Detective zog die Augenbrauen hoch und bat Debra, ihn zu benachrichtigen, falls sie merkte, daß die Reids ausziehen wollten. Sie versprach es ihm.

Die glückliche Familie hatte sich an dem Tag aufzulösen begonnen, als Michael aus dem Tageszentrum in Urbandale geholt wurde. Eine Zeitlang hatte die Fassade sich noch aufrechterhalten lassen, doch dann begann sie zu bröckeln. Und nun war die ganze Familie auseinandergebrochen.

Nur Tanya war in Iowa geblieben.

Carolyn lebte nun bei ihrer Tante Rodena in Garland, Texas. Rodena hatte das Mädchen bereitwillig aufgenommen, als Tanya ihr erklärte, daß der Druck auf Carolyn in der Schule zu groß geworden sei.

Jim Reid wollte aus Iowa fort. Mitte Mai trat er seine neue Stelle an. Er war nun Vizepräsident bei einer kleinen Firma in Grenada, Mississippi. Und obwohl der Titel beeindruckend klang, war die Bezahlung bescheiden: Jim verdiente nur noch fünfhundertsechzig Dollar die Woche. Für einen Mann, der im Jahr mehr als sechzigtausend Dollar verdient hatte und laut seiner Frau glaubte, mit Geld alles kaufen zu können, war dies eine Strafe.

Als Rhonda Heyer vom Polk County Jugendgericht mit ihm nach der Anhörung gesprochen hatte, hatte sie den Eindruck gehabt, daß seine Gefühle zwiespältig seien.

»Es fällt mir schwer zu glauben, daß dies alles wirklich passiert ist«, hatte er gesagt. »Aber ich bin nicht davon überzeugt, daß sie es getan hat.« Dennoch hatte er geäußert, daß seine Frau eine Therapie brauchte. Er und Tanya hätten sogar überlegt, ob sie sich hypnotisieren lassen sollte, damit die Wahrheit ans Tageslicht kam.

Jim plante, seine Familie wieder zusammenzuführen. Er schlug vor, daß Michael zu Beverly Kay und ihrem Mann in Pflege gegeben würde, während Tanya und Carolyn bei den Thaxtons in Dumas leben sollten. Er selbst wolle in Grenada bleiben und seinen Sohn zweimal im Monat besuchen.

Die Möglichkeit, Michael bei Pflegeeltern in Grenada unterzubringen, lehnte er ab. Der Ort war zu klein. Er wollte nicht, daß alle Bescheid wußten.

20

Als Mitte der Siebziger ein Schädlingsbekämpfungsflugzeug versehentlich seine Ladung über Dumas versprüht hatte, begannen die Trauerweiden in der Stadt zu verdorren. John Thaxton beschloß eines Tages, die sterbende Weide vor seinem Haus, an der so viele schöne Erinnerungen hingen, zu fällen. Er war mit Tanya allein, weil Wanda gerade Rodena und ihr neugeborenes Baby besuchte.

Als er merkte, daß er kein Gas mehr hatte, bediente er sich an dem Vorrat des freundlichen jungen Mannes, der nebenan eingezogen war. Er wollte ihm das Gas später ersetzen.

Doch James Reid war an diesem Tag ausnahmsweise zu Hause und kam heraus, um nachzuschauen, was John Thaxton und dessen jüngste Tochter da machten. John blickte ziemlich dumm drein, als er ertappt wurde, doch Jim lachte nur und half ihnen.

Tanyas erster Eindruck von dem Mann, den sie später heiraten sollte, war nicht besonders vorteilhaft.

»Anfangs mochte ich ihn nicht einmal. Er gab sich ziemlich kühl und rauchte, was ich nicht tat. Pfui Teufel!«

Jim hatte sich mit Wanda und John Thaxton angefreundet, bevor deren Tochter auch nur auf die Idee kam, mit ihm auszugehen.

Weil Wanda der junge Mann, der neu in Dumas war, leid tat, lud sie ihn zum Thanksgiving-Essen ein. Darauf folgten Einladungen zu Weihnachten und Silvester.

Er ist älter und schon ziemlich erwachsen, dachte sie, als sie endlich seinem hartnäckigen Bitten nachgab und sich mit ihm verabredete. Außerdem waren nicht mehr viele junge Männer in Dumas, unter denen man hätte wählen können. All die netten Jungen, die Tanya gekannt hatte, waren inzwischen auf dem College, und die meisten würden nicht mehr zurückkommen.

Es dauerte nicht mehr lange, bis Tanya regelmäßig mit ihrem Nachbarn ausging.

Jim Reid war ehrgeizig. Er war nicht sehr groß und bestimmt nicht der Typ, der aus einer Menge herausragte. Er gab auch nicht viel von seinen Gefühlen preis.

Doch Jim war aus dem Nichts gekommen und hatte sich bis ins Management seiner Firma hochgearbeitet. Er war in Clovis, New Mexico, aufgewachsen, und schon während seiner Schulzeit hatte er angefangen, für Swift zu arbeiten. Er hatte einen akademischen Abschluß an einer kleinen Staatsuniversität gemacht und war dann nach Texas versetzt worden, wo er in der Fabrik nördlich von Dumas arbeitete, und er hatte sich das Haus neben den Thaxtons gekauft.

Er sprach nur selten über seine Familie, die weiter in New Mexico lebte.

»Wahrscheinlich, weil er in so ärmlichen Verhältnissen aufgewachsen ist«, meinte Tanya Jahre später. »Ich war in ihrem Haus, und sie waren wirklich sehr, sehr arm. Jim hatte so nicht leben wollen.«

Die Freundschaft mit Terri litt darunter, als Tanya begann, mit Jim auszugehen. Doppelverabredungen waren nicht möglich, denn Jim war älter, hatte einen guten Job und sichtlich kein Interesse daran, sich in einem der Teenagertreffs mit Schülern aus der letzten High-School-Klasse zu treffen.

Als Tanya anfing, von Heirat zu reden, war Terri nicht überrascht. Schließlich war bisher jeder Freund der Mädchen als potentieller Ehekandidat betrachtet worden. Aber irgend etwas an Jim störte Terri. Sie glaubte nicht, daß ihm wirklich so viel an Tanya lag. Er schien sich ihr gegenüber so gleichgültig zu benehmen, und das machte Terri Sorgen.

»Tanya, bist du dir wirklich ganz sicher? Schließlich ist er doch ein gutes Stück älter als du.«

Doch Tanya schwor hoch und heilig, daß Jim die große Liebe ihres Lebens sei.

Terri jedoch war immer noch nicht überzeugt. Sie glaubte, daß Tanya irgendwann doch einen Rückzieher machen würde.

»Na ja, er war wohl so etwas wie eine Vaterfigur«, meinte sie später. »Tanya glaubte, daß er das Mittel war, um von zu Hause wegzukommen. Und außerdem war er der einzige, bei dem ihre Eltern nichts dagegen hatten, daß sie sich mit ihm verabredete.«

Das Frühjahr 1976 war ein wichtiger Zeitpunkt im Leben von Tanya Thaxton. Sie bereitete sich auf ihren Abschluß an der Dumas High School vor und hatte sich bereits zur Ausbildung an der Schwesternschule des Dumas Memorial angemeldet. Und sie gab ihre Verlobung bekannt; im November sollte geheiratet werden. John und Wanda Thaxton waren entzückt. Jim war ihr Traum-Schwiegersohn.

Einen Monat vor ihrer Hochzeit bekam Tanya eine Stelle als Pflegerin im Krankenhaus. Sie hatte vor, ihre Ausbildung zur vollexaminierten Krankenschwester an der Northwest Texas University in Canyon, südlich von Amarillo, fortzusetzen.

Terri hatte mit ihrem Verdacht recht gehabt. Auch Tanya selbst hatte Zweifel daran, ob es richtig sei, Jim zu heiraten. Sie sprach mit ihrer Mutter darüber, doch Wanda beruhigte sie, jede junge Braut sei nervös, das ginge vorüber. Tanya jedoch blieb bei ihrer Meinung. Einmal erklärte sie ihrer Mutter rundheraus, daß sie Jim nicht heiraten würde.

Sie war fest entschlossen, dies auch Jim zu sagen.

Doch kurz vorher fuhr sie noch mit ihrer Mutter nach Amarillo, um Möbel anzuschauen. Halbherzig suchte sie sich ein Eßzimmer mit passendem Geschirrschrank im frühamerikanischen Stil aus. Nun, diese Möbel würden sowieso nie ihr Eßzimmer verschönern, da sie Jim ja nicht heiraten würde.

An dem Tag, als Tanya sich endgültig dazu durchgerungen hatte, die Verlobung zu lösen, ging sie zu Jim zum Abendessen hinüber.

Doch Jim hatte eine große Überraschung für sie: Er hatte die Eßzimmermöbel gekauft, und sie waren bereits geliefert worden.

Tanya wußte nicht, ob sie glücklich oder wütend sein sollte. Sie wußte ganz genau, warum Jim das getan hatte.

»Um mir die Möglichkeit zu nehmen, die Hochzeit abzusagen«, erklärte sie viele Jahre später. »Denn sonst hätte ich ihm den Laufpaß gegeben, und das wußte er.«

Verwandte und Freunde waren anwesend, als Tanya Leigh Thaxton und James Lee Reid sich am 25. November 1977 in der First Baptist Church von Dumas das Jawort gaben. Die Braut trug ein hübsches weißes Kleid mit langer Schleppe, das aus einem Brautmodengeschäft in Amarillo stammte; der Bräutigam war in einen Smoking gekleidet, eine rote Rose steckte im Knopfloch.

Alle waren sich einig, die beiden seien das ideale Paar.

Die Flitterwochen wollten sie auf Padre Island, einer Insel im Golf von Texas, verbringen. Ein paar Tage in der Sonne, dann würden sie wieder arbeiten müssen und anfangen, ihre Zukunft zu planen, die natürlich auch Kinder umfaßte.

Tanya hatte ihre Zweifel verdrängt und schien sehr glücklich.

John Thaxton war froh, daß seine Tochter die Heirat hinter sich gebracht hatte. Nun brauchte er sich keine Sorgen mehr zu machen, daß sie in Schwierigkeiten geraten könnte.

»Meine Frau und ich waren glücklich, als Tanya endlich verheiratet war«, sagte John Thaxton viele Jahre später. »Ich hatte mir immer Sorgen um meine Mädchen gemacht. Alle Jungen waren meine Feinde gewesen, denn sie standen dem entgegen, was ich mir für meine Töchter wünschte. Erst als alle verheiratet waren, fand ich meinen Frieden.«

Eigentlich wäre es der Alptraum eines jeden Schwiegersohns gewesen – die Schwiegermutter wohnte nebenan. Die Thaxtons waren sich dessen bewußt, und sie taten ihr Bestes, um sich nicht aufzudrängen, nachdem Tanya ins Nachbarhaus gezogen war. Die letzte der Thaxton-Töchter war aus dem Nest geflogen, und John und Wanda konnten nun einen neuen Lebensabschnitt beginnen. Vielleicht würden sie ein wenig reisen, mehr von ihrem Land sehen – und natürlich die Enkelkinder besuchen.

»Ich war früher doch auch nicht einfach so bei Jim hereingeschneit – warum sollte ich es jetzt tun?« fragte Wanda später. »Aber mißverstehen Sie mich nicht. Das soll nicht heißen, daß wir sie gemieden hätten.«

John Thaxton stellte fest, daß seine Beziehung zu seinem neuen Schwiegersohn nicht so eng war wie zu den anderen. Jim war völlig auf seine Arbeit konzentriert, hatte wenig Zeit.

Tanya und ihre Mutter trafen sich, nachdem sie die Hausarbeit und ihre Einkäufe erledigt hatten, doch Wanda ging stets wieder, bevor Jim von der Arbeit nach Hause kam. Schließlich hat er nicht uns, sondern unsere Tochter geheiratet, pflegte sie Freunden zu erklären. An den Wochenenden jedoch trafen sie sie manchmal zum Frühstück oder Abendessen bei den Thaxtons.

Beverly Kay drückte es später so aus: »Wir stehen uns alle sehr nahe, aber wir erdrücken uns nicht. Wir lieben uns, aber wir respektieren einander. Jede von uns hat ihr eigenes Leben, aber wir bleiben einander verbunden, weil wir Schwestern sind.«

Tanya erzählte ihrer Mutter, was Wanda schon wußte: daß Jim den Daumen aufs Geld hielt. Einmal wollte sich Tanya in Dumas eine Bluse für dreißig Dollar kaufen, doch Jim lehnte ab – und drehte sich um, um sich selbst zwei Anzüge für vierhundert Dollar zu leisten.

Tanya fand es auch ungerecht, daß er ihr pro Woche nur fünf Dollar Taschengeld zugestand, während er selbst sich zehn Dollar gönnte. Wenn sie mehr Geld wollte, müßte sie dafür arbeiten gehen.

Jahre später konnte Jim sich nicht mehr an jenen Vorfall mit der Bluse erinnern, aber er wies die Behauptung seiner Frau zurück, daß er ein selbstsüchtiger Geizhals wäre. Erfolg, das wußte er, war das Ergebnis von Ehrgeiz und harter Arbeit. Und für ihn bedeutete Erfolg Geld.

»Ja, Geld war sehr wichtig für mich«, gab er zu. »Ich wuchs in einer Familie auf, wo ich pro Jahr zwei Hosen bekam, die dann aufgetragen werden mußten. Wir hatten nur uns selbst und unsere Liebe.«

Auch sonst war Tanya nicht unbedingt mit ihrer Ehe zufrieden. *Warum hat sich alles so entwickeln müssen?*

»Ich hatte einen dominierenden Vater, und dann habe ich einen Mann geheiratet, der ebenfalls dominierend war. Ich hatte geglaubt, wenn ich erst mal verheiratet wäre, hätte ich mehr Freiheit. Wir hatten deshalb anfangs Probleme. Wenn Jim mir etwas verbieten wollte, dann habe ich gesagt: ›Hey, ich bin eine erwachsene Frau, und ich kann tun, was ich will.‹«

Die beiden verhielten sich völlig unterschiedlich, wenn es ein Problem gab. Jim zog sich in ein irritierendes Schweigen zurück, das Tanya nur noch mehr provozierte.

»Wenn wir gestritten haben, dann bin ich explodiert – und danach war alles wieder gut. Jim dagegen verschließt sich wie eine Muschel, wartet, bis er nicht mehr wütend ist, und dann erst sagt er was. Mich macht das aber nur noch mehr verrückt.«

Man betrachtete Tanya Reid im Dumas Memorial als fähige Kraft und war überzeugt, daß sie die weitere Ausbildung ohne Probleme schaffen würde. Sie war klug, begierig, mehr zu lernen, und erledigte alles, was man ihr auftrug. Als eine spezielle Schulung angeboten wurde, weil man knapp an Personal war, meldete Tanya sich sofort.

Eines Nachts wurde einer der Nachbarn der Thaxtons mit dem Rettungswagen ins Krankenhaus gebracht, und Tanya, die diese Schulung gerade abgeschlossen hatte, fuhr in der Ambulanz mit. Sie kannte Buck Milligan seit ihrer Kindheit.

Als sie zurückkam, erzählte sie ihrer Mutter unter Tränen: »Er hat immer wieder zu mir gesagt: ›Tonto, wir schaffen es nicht mehr‹, und ich habe ihn beruhigt: ›Doch, Buck, wir schaffen es!‹«

Doch sie hatte gewußt, daß der alte Mann nicht überleben würde. Kurz nachdem er ins Krankenhaus eingeliefert worden war, starb er. Tanya war untröstlich.

»Sie hatte diesen Mann gemocht und ihn ihr ganzes Leben lang gekannt«, erinnerte Wanda sich. »Und nun mußte sie ihn zum Sterben ins Krankenhaus bringen. Sie wußte, daß er nicht überleben würde.«

21

Melodee hatte schon befürchtet, daß Dr. Steven Linder, jener Neurologe, der Michael behandelt hatte, ihr nicht weiterhelfen würde. Denn obwohl alles auf das Gegenteil hindeutete, blieb der Arzt aus Texas bei seiner Diagnose.

Tanya Reid konnte keine Münchhausen-Täterin sein – Michael hatte ein Anfallsleiden.

Melodee, Ray Blase, der Leiter des Jugendgerichts von Polk County, Karla Fultz, die vom Gericht bestellte Prozeßvertreterin für den kleinen Jungen, und natürlich auch Mark Pennington, Tanyas Anwalt, flogen an einem sonnigen Maitag nach Dallas, um die Aussage des Neurologen auf Video aufzunehmen. Sie alle waren gut miteinander bekannt. Karla und Mark hatten zeitweilig zusammen für die Staatsanwaltschaft gearbeitet, Ray und Melodee hatten zusammen in Drake studiert.

Es war auf den ersten Blick offensichtlich, daß Dr. Linder ein erfolgreicher Mann war. Die Einrichtung der Praxis war geschmackvoll und teuer. Als der etwas kurzatmige, um die Taille schon ein wenig schwammig gewordene Arzt den Besprechungsraum betrat, kam er gleich zur Sache. Schließlich war er ein vielbeschäftigter Mann.

Er trat für Tanya Reid ein.

Er erklärte auf Mark Penningtons Fragen, daß er es für möglich hielt, daß Michael Reid von einem seltenen Anfallsleiden gequält würde.

Das Ergebnis einer Schlafüberwachung wurde diskutiert. Bei dem Jungen hatte sich eine anormale Aktivität der Gehirnwellen gezeigt – ein möglicher Hinweis auf ein Anfallsleiden.

Dr. Linder zeigte auf, daß die medikamentöse Behandlung der Anfälle Erfolg gezeigt hätte.

Daß die Mutter dem Jungen ein Kissen aufs Gesicht drückte, war nicht die einzige Erklärungsmöglichkeit, und Dr. Linder führte sie alle auf.

Tests hatten ergeben, daß der Junge ein Reflux-Problem hatte – Magenflüssigkeit floß in die Speiseröhre.

Tests hatten ergeben, daß die Hirnventrikel vergrößert waren.

Für alle diese Probleme konnte doch wohl nicht allein die Mutter verantwortlich sein, nicht wahr?

Melodees entwaffnendes Lächeln verblaßte, als sie die Befragung begann.

»Doktor, es stimmt doch, daß das Münchhausen-Syndrom by Proxy sehr selten vorkommt, nicht wahr?«

»Das ist korrekt.«

»Und Sie behaupten auch nicht, daß Sie Münchhausen als möglichen Grund für Michaels Anfälle völlig ausschließen können?«

»Nein.«

Die Tatsache, daß Steven Linder MSBP nicht völlig ausschließen konnte, genügte Melodee. Sie hatte weit mehr als ein Dutzend Ärzte, die davon überzeugt waren, daß MSBP der Grund für Michaels Atemstillstand war; die Verteidigung hatte einen Arzt, der zwar nicht glaubte, daß MSBP der Grund war, dies jedoch nicht völlig von der Hand weisen konnte.

»Nein, ausschließen kann man es nicht.«

Dr. Linder formulierte gegen Ende des Gesprächs noch einmal seine Einwände und Bedenken.

Er war der Meinung, daß die Reids aus dem Haus am Nottingham Square ausziehen sollten; vielleicht reagierte der Junge auf irgend etwas dort allergisch.

»Es gibt so vieles an dem Fall, was man nicht nachvollziehen kann. Warum hatte der Junge sechzehn Monate lang überhaupt keinen Anfall? Das macht doch keinen Sinn, wenn es Münchhausen wäre! Und warum hat die älteste Schwester nie unter dem Münchhausen-Syndrom gelitten oder wie immer es heißt? Warum nur die beiden anderen?«

Um zwanzig vor vier wurde die Kamera abgestellt, und man verabschiedete sich. Das nächste Mal würde man sich vor Gericht wiedersehen.

Falls Tanya der Prozeß gemacht würde.

Melodee fragte sich, wie Tanya es bloß schaffte, stets die gleiche Geschichte zu erzählen und nichts durcheinanderzubringen. Doch dann fand sie heraus, daß das nicht stimmte.

Bei ihrer ersten Begegnung mit Dr. Kelly hatte Tanya erzählt, ihr Sohn sei anderthalb Jahre anfallsfrei gewesen, und Dr. Linder hatte das gleiche behauptet.

Doch die Krankenberichte aus dem Northwest Texas Hospital in Amarillo sagten etwas anderes. Der kleine Junge hatte zwar keinen Atemstillstand erlitten, aber er hatte trotzdem ins Krankenhaus gebracht werden müssen. Am 26. November 1986 war er ins Northwest Texas Hospital eingeliefert worden, weil er sich am Vormittag mehrmals übergeben hatte. Die Diagnose lautete auf Medikamentenvergiftung, verursacht durch eine zu hohe Dosis Tegretol. Drei Tage später wurde Michael wieder entlassen.

Der Arzt hatte schriftlich festgehalten:

Die Thaxton-Schwestern, von links nach rechts:
Rodena, Tanya, Beverly Kay, und Leslie.

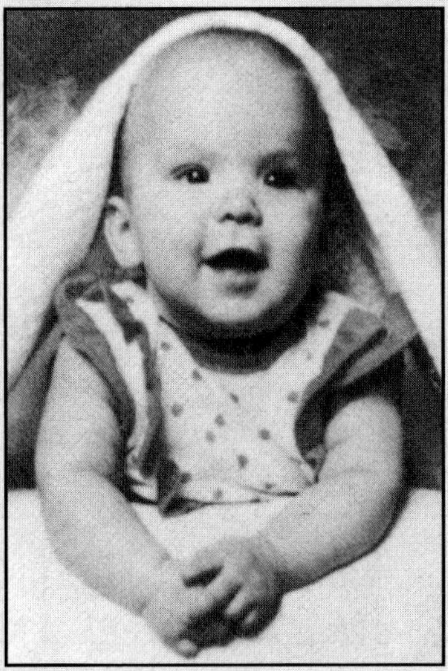

Morgan Renee Reid
im Alter von
neun Monaten,
kurz vor ihrem Tod.

Tanya Thaxton
als High Shool Senior.

Tanya Thaxton
als Krankenschwester.

In der Cedar Street in Dumas, Texas, wuchs Tanya auf.

John und Wanda Thaxton,
Tanyas Eltern.

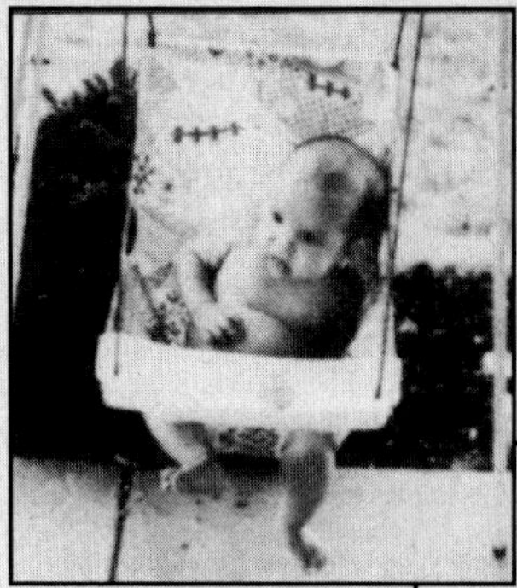

Morgan auf der Schaukel

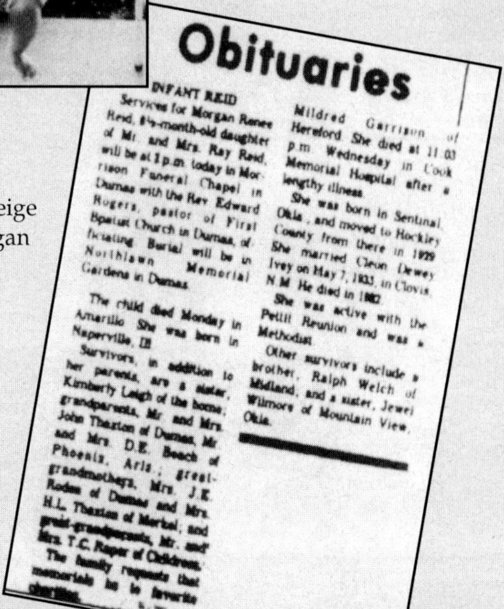

Obituaries

INFANT REID

Services for Morgan Renee Reid, 8½-month-old daughter of Mr. and Mrs. Ray Reid, will be at 1 p.m. today in Morrison Funeral Chapel in Dumas with the Rev. Edward Rogers, pastor of First Baptist Church in Dumas, officiating. Burial will be in Northlawn Memorial Gardens in Dumas.

The child died Monday in Amarillo. She was born in Naperville, Ill.

Survivors, in addition to her parents, are a sister, Kimberly Leigh of the home; grandparents, Mr. and Mrs. John Thaxton of Dumas, Mr. and Mrs. D.E. Beach of Phoenix, Ariz.; great-grandmothers, Mrs. J.E. Rodes of Dumas and Mrs. H.L. Thaxton of Merkel; and great-grandparents, Mr. and Mrs. T.C. Roper of Childress.

The family requests that memorials be to favorite charities.

Mildred Garrison of Hereford. She died at 11:03 p.m. Wednesday in Cook Memorial Hospital after a lengthy illness.

She was born in Sentinal, Okla., and moved to Hockley County from there in 1929. She married Cleon Dewey Ivey on May 7, 1933, in Clovis, N.M. He died in 1982.

She was active with the Petitt Reunion and was a Methodist.

Other survivors include a brother, Ralph Welch of Midland, and a sister, Jewel Wilmore of Mountain View, Okla.

Die Todesanzeige für Morgan

Morgans Grabstein

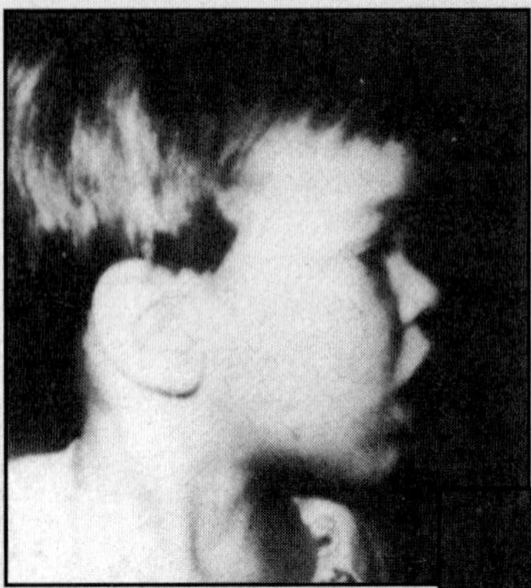

Die Kratzspuren auf Michael Brandons Gesicht wurden von Mark Gillespie dokumentiert.

Ermittler Paul Houston vom Polk County Trauma Team spielte eine zentrale Rolle bei der Anklage gegen Tanya Reid.

Dr. Randy Alexander, Experte für Straftaten gegen Kinder.

Melodee Hanes enthüllte im Prozeß
ein dunkles Geheimnis aus Tanyas Vergangenheit.

Melodee Hanes und ihre Tochter nach einer Aufführung des ›Nußknacker‹-Balletts.

Tanya Thaxton Reid kurz nach dem Gerichtstermin vom 8. Februar 1995.

Carolyn Reid spielt mit einer 3-D-Brille.

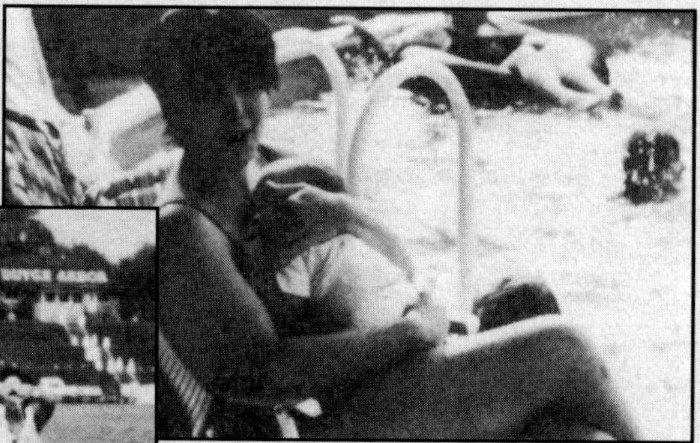

Tanya mit ihrem Baby Morgan
am Swimming-pool.

Tanya beim Wasserski.

Hereford, Texas

Tanya Reid auf dem Weg
zum Gerichtssaal

Chefankläger
Roland Saul

»... die Medikamente sollen abgesetzt werden, weil dies schon das zweite Mal ist, daß es eine Panne bei der Medikation gegeben hat ...«

Aber das war nicht alles. Es gab eine zweite Einlieferung ins Krankenhaus, am 14. April 1987. Wieder hatte Michael sich erbrochen und litt unter Dehydration. Er war zu dem Zeitpunkt dreiundzwanzig Monate alt.

Ein Telefongespräch mit Dr. William McCue in Amarillo brachte weitere beunruhigende Informationen zutage. Dr. McCue in Amarillo war damals besorgt gewesen, sehr besorgt sogar. Er hatte sich mit Dr. Linder in Verbindung gesetzt und den Kollegen erklärt, daß die Medikamente nicht für Michaels Anfälle geeignet wären. Dr. Linder war jedoch anderer Meinung.

Im Krankenbericht war Michaels Zustand beschrieben:

Es handelt sich um ein gutentwickeltes, weißes männliches Kind, das unter starkem Medikamenteneinfluß steht und starke Schmerzen zu haben scheint. Wirkt lethargisch und teilnahmslos.

Dr. McCue sagte Dr. Linder, daß das Tegretol nicht korrekt dosiert würde.

Melodee Hanes lehnte sich in ihrem Stuhl zurück. Ihr war schlecht, und ihr war der Appetit auf ihr Mittagessen gründlich vergangen. Tanya Reids kleiner Sohn hatte soviel erleiden müssen.

Als Melodee die Gesprächsprotokolle, die Paul Houston und Doug Hobart angefertigt hatten, durchlas, beschloß sie, sich noch einmal selbst mit Cindy Erquhart zu unterhalten, einer Krankenschwester am Blank Children's Hospital, die Tanya Reid bei mindestens fünf Episoden begegnet war.

Nurse Erquhart arbeitete seit 1980 im Kinderkrankenhaus. Sie war selbst auch Mutter, eine sanfte Frau mit einem fröhlichen Lachen. Sie begegnete der Staatsanwältin ganz unbefangen, denn sie hatte Melodee im Fernsehen gesehen und wußte, daß die Staatsanwältin Kinder genauso liebte wie sie selbst.

Das, was sie erzählte, fügte dem Puzzle ein weiteres Teil hinzu. Es war einer jener alptraumhaften Tage in der Notaufnahme gewesen: Eine Mutter war bei einem Verkehrsunfall getötet worden, ihre beiden Kinder kämpften ums Überleben. Ein anderes Kind wurde mit einem Anfall eingeliefert. Und dann kam noch Michael Reid dazu, der nach einem Atemstillstand mit dem Rettungswagen ins Krankenhaus gebracht wurde. Cindy Erquhart, die sonst auf der Station im dritten Stock arbeitete, war zur Unterstützung in die Notaufnahme gerufen worden.

Sie hatte sich um das fünfzehn Monate alte Baby, das ebenfalls einen Anfall erlitten hatte, gekümmert und sollte die Kleine nun auf die Station bringen. Auf ihrem Weg nach oben sah sie Tanya, die im Schneidersitz auf einer fahrbaren Trage hockte, ihren Sohn, der an einen Herz-Monitor angeschlossen war, auf dem Schoß. Sie erkannte Tanya sofort, schließlich war ihr Sohn schon so oft hier im Krankenhaus gewesen.

Tanya lächelte sie glücklich an und sagte Hallo.

Weshalb war sie glücklich?

Cindy fand das Benehmen der Mutter erschütternd. Wieso hockte Tanya auf der Trage und ... und präsentierte ihren Sohn auf solche Weise?

»Es war ein unglaublicher Kontrast zu der Familie des kleinen Mädchens. Die Eltern machten sich fürchterliche Sorgen wegen des Anfalls der Kleinen. Es war ein Gegensatz wie Tag und Nacht.«

Melodee, die aus der Literatur wußte, daß die Täterinnen sich in der Umgebung eines Krankenhauses ausgesprochen wohl fühlten, forschte weiter. Sicher konnte die Schwester ihr noch mehr erzählen.

Cindy erinnerte sich daran, wie Tanya den Kleinen einmal im Schwesternzimmer gelassen hatte, während sie etwas essen gehen wollte.

»Als sie zurückkam, bog er sich in seinem Hochstuhl zurück und versuchte, aus dem Stuhl zu kommen. Er bekam einen Wutanfall, und sie hob ihn heraus und nahm ihn mit aufs Zimmer.«

Es passierte in dem Augenblick, als er seine Mutter sah.

Staci Mullins hatte den Mitarbeitern des Trauma Teams etwas Ähnliches erzählt. Wenn der Junge seine Mutter sah, war er in die entgegengesetzte Richtung davongerannt.

Nurse Erquhart erinnerte sich auch an eine Bemerkung der Mutter, die ihr damals schon ausgesprochen merkwürdig vorgekommen war.

»Ich hörte sie sagen, daß sie mit dem Jungen viel lieber auf der Intensivstation wäre als bei uns auf der normalen Station.«

Melodee runzelte die Stirn. Welche Mutter, die alle ihre Sinne beisammen hatte, würde ihr Kind lieber auf der Intensivstation sehen?

»Ich denke, daß sie glaubte, dort würde sie mehr Aufmerksamkeit bekommen, mehr Lob«, sagte die Krankenschwester.

Nach ihren Gesprächen mit Randy Alexander zeigte Melodee sich nicht davon überrascht, daß der vom Gericht zugelassene Psychologe, Todd Hines, Tanya Reid für vollkommen normal erklärt hatte. Randy hatte ihr schon erzählt, daß Münchhausen-Täterinnen nicht psychisch krank wären.

»Es ist ein abweichendes Verhalten, wie bei anderen Verbrechern auch«, hatte der Arzt erklärt. »Soweit wir wissen, liegt den Taten keine psychische Störung zugrunde.«

Das war für Laien nicht leicht zu verstehen. Die meisten Leute, die von einem MSBP-Fall erfuhren, waren einer Meinung:

»Mein Gott, die muß krank sein! Absolut verrückt!«

Tanya war nicht krank. Sie litt nicht am Münchhausen-Syndrom by Proxy. Sie *verübte* es.

»Das wäre, als würde jemand behaupten, er litte an Diebstählen«, hatte der Arzt ausgedrückt. Und auch Michael Reid litt nicht an MSBP – er war ein *Opfer* davon.

22

Tanya war ihrem Mann nicht gleichgültig, wie Terri wiederholt behauptet hatte. Schließlich hatte er sie doch geheiratet, oder? Er war nur zunehmend frustriert davon, wie seine Ehe sich entwickelte.

Später gab er zu, daß es Probleme gegeben hatte. Er hatte versucht, Tanya ein guter Ehemann zu sein, ein guter Liebhaber und Ernährer. Doch Tanya gegenüber schien er auf verlorenem Posten zu stehen.

»Ich glaube nicht, daß es irgendeinem Menschen auf dieser Welt hätte gelingen können, ihre Bedürfnisse zu stillen, seien es die körperlichen oder emotionalen«, gestand er.

Tanya arbeitete weiter im Krankenhaus, besuchte daneben ihre Weiterbildungskurse, doch es überraschte niemanden, als sie erklärte, daß sie und ihr Mann ernsthaft daran dächten, eine Familie zu gründen. Mit einem Kind mußten sie sich jedoch wegen des Hauses etwas einfallen lassen, denn mit nur einem Ofen war es zu kalt für ein Baby.

Doch dann passierte etwas Überraschendes. Im Januar 1979 kündigte Tanya im Krankenhaus und nahm statt dessen in derselben Fabrik wie Jim eine Stelle in der Fleischverarbeitung an. Morgens verließ sie gemeinsam mit Jim das Haus, doch während ihre Schicht um halb drei zu Ende war, kam Jim erst später nach Hause.

Tanya verdiente gut, rund sieben Dollar die Stunde, fast dreimal soviel wie im Krankenhaus. Dennoch konnte niemand ihre Entscheidung verstehen, schließlich wußten alle, wie sehr sie an der Arbeit im Krankenhaus gehangen und sich gewünscht hatte, alle Examen abzulegen.

Weihnachten 1979 machten die Reids sich gegenseitig ein besonderes Geschenk: Von nun an wollten sie auf Verhütung verzichten. Als Tanya bereits im folgenden Monat schwanger wurde, hätten sie nicht glücklicher sein können. Tanya wünschte sich nichts so sehr wie ein eigenes Baby.

Die Reids kauften ein neues Haus und zogen in eine Gegend, wo hauptsächlich junge Familien wohnten. Dieses neue Haus war schöner und größer, ein weiterer Schritt die Leiter hinauf. Doch sie wohnten immer noch so nahe bei den Thaxtons, vielleicht eine Meile entfernt, daß Tanya sie besuchen konnte, wann immer sie wollte, aber dennoch weit genug weg, daß Tanya das Gefühl hatte, ein ganz eigenes Reich zu haben.

Wanda sah den Umzug mit gemischten Gefühlen.

Im August 1980, als Tanya hochschwanger war, verfing sie sich in der Fabrik mit einem Absatz in der Treppe und fiel die fünf Stufen hinunter. Obwohl ihr nichts Ernsthaftes passiert zu sein schien, informierte ihr Vorarbeiter sofort Jim.

Nach diesem Vorfall hörte Tanya zu arbeiten auf und wartete auf das Baby. Und wartete.

Zwei Wochen nach dem errechneten Datum wurden die Wehen eingeleitet, und am 15. Oktober 1980 brachte

Tanya ihre Tochter Carolyn Leigh im Dumas Memorial zur Welt.

Sie wollten weitere Kinder haben. Dies war nur der Anfang. Tanya hatte ein neues Haus, ein neues Baby, und ihre Eltern lebten nur ein Stück entfernt. Das Leben in Dumas würde für Carolyn genauso wundervoll sein, wie es für ihre Mutter gewesen war. Tanya nahm ihre Ausbildung wieder auf, und Jim schien sich zu einem liebevollen, begeisterten Vater zu entwickeln.

»Nicht jeder Mann hätte sich um ein neugeborenes Baby gekümmert, während seine Frau weiter ihre Ausbildung machte«, sagte Tanya Jahre später. »Damals in Dumas war alles in Ordnung.«

Damals in Dumas war alles in Ordnung. Das hatte Tanya sich eingeredet. Das erzählte sie allen. In Wirklichkeit jedoch war ihre Ehe ein ständiges Auf und Ab. Von den guten Zeiten erzählte man, hielt sie auf Fotos fest. Wenn schlechte Zeiten kamen – und vor allem, wie schlecht diese waren –, verbarg man es vor Wanda und John. Laut Jim war Tanya ein Mensch, der sich nach außen hin glücklich zeigte, obwohl sie es gar nicht war.

Wahrscheinlich war das schon immer so gewesen.

Daß Tanya nicht glücklich war, mochte vor allem an ihrer Eifersucht liegen. Sie war eifersüchtig, weil sie nicht die Lieblingstochter ihres Vaters war – das war Leslie. Sie war eifersüchtig, weil Jim ein so enges Verhältnis zu seiner Schwester hatte. Tanya wollte Jim auch nicht mit Kollegen und seinen Freunden teilen.

Tanya wollte alles ganz für sich allein, und als sie das nicht bekam, sagte sie Jim, daß sie sich scheiden lassen würde.

»Ja, sie drohte, mich zu verlassen, als Carolyn noch ein Baby war … Sie sagte, ich wäre unerträglich. Wissen Sie, wenn es Carolyn nicht gegeben hätte, dann wäre auch all das andere nicht passiert. Dann hätte *ich* sie schon längst verlassen. Aber ich liebte Carolyn so sehr, daß ich es nicht ertragen hätte, ohne sie zu sein. Doch heute kann ich sagen, wenn ich klug gewesen wäre, dann hätte ich Tanya gehen lassen.«

Statt dessen versuchte Jim durchzuhalten. Eines Abends kam er von der Arbeit mit der Neuigkeit zurück, daß man ihn nach Chicago versetzt hätte. Er und seine Frau waren sich einig, daß dieser Umzug nicht nur Jims Karriere guttun würde, sondern auch ihrer Ehe. Doch für die Thaxtons war es ein Schock, und ihnen blieb nicht viel Zeit, sich daran zu gewöhnen. Jim flog schon einige Tage später nach Chicago, Tanya jedoch blieb noch ein paar Monate, um das Haus zu verkaufen und den Umzug zu organisieren.

Widerstrebend zwangen die Thaxtons sich, gute Miene zu machen. »Sie wäre bestimmt gern in Dumas geblieben«, sagte Wanda später. »Aber für ein Kleinstadtmädchen wie sie war es natürlich auch aufregend, in die große Stadt zu ziehen – selbst wenn sie gern in der Nähe von Mama und Daddy geblieben wäre.«

23

Es war klar, daß es nicht zur Anklageerhebung kommen würde, sollte Michael Reid auch bei seinen Pflegeeltern einen Anfall bekommen. Melodee Hanes stand in engem Kontakt zu den Mitarbeitern des Jugendgerichts, die die Aufsicht über den Jungen hatten. Sie würde sofort benachrichtigt werden, sollte es einen medizinischen Notfall geben.

Aber es gab keinen.

Anfangs hatte Michael noch Alpträume, aber sie verschwanden, je besser er sich bei seinen Pflegeeltern eingewöhnte. Er spielte glücklich und aß besser. Er lernte, eine Toilette zu benutzen.

Die Pflegemutter berichtete, daß Michael es nicht mochte, wenn man sein Gesicht berührte.

Diese Bemerkung verfolgte Melodee. Sie dachte an die Kratzer auf seiner Wange. Er hatte versucht, sich gegen etwas zu wehren. Eine Hand über seinem Gesicht? Ein Kissen vom Bett seiner Eltern?

Melodee hatte eine Videoaufnahme von einer Mutter gesehen, die stets ein ordentlich zusammengefaltetes Tuch in ihrer Handtasche gehabt hatte, das sie immer dann ihrem Kind aufs Gesicht preßte, wenn sie einen Atemstillstand herbeiführen wollte.

Was mag Tanya benutzt haben, fragte Melodee sich.

Spät im Juni 1988, nachdem man sowohl die Eltern als auch etliche Ärzte gehört hatte, traf der Jugendrichter eine harte Entscheidung. Brandon Michael Reids Sicherheit konnte nur dann gewährleistet werden, wenn er fern von seiner Mutter blieb. Der Junge würde so lange bei seinen Pflegeeltern bleiben, bis man über seine endgültige Unterbringung entschieden hatte.

Tanya vertraute einer Freundin an, daß sie dieses vernichtende Ergebnis nicht im geringsten erwartet hatte.

»Ich hatte geglaubt, daß das alles irgendwann vorbei sein würde. Ich hatte vor der Anhörung zwar nicht mehr so furchtbar viel Hoffnung, aber ich habe doch gedacht, daß Michael nach Hause zurückkäme.«

Von nun an würde ihr Sohn sein Zuhause also nur noch bei Fremden finden. Dann wurde der kleine Junge in eine andere Familie gegeben. Seine Pflegemutter war erkrankt und konnte sich nicht länger um ihn kümmern.

Für die Thaxtons war dies ein nicht enden wollender Alptraum.

Und dann kam der nächste Schlag. Falls sich nicht innerhalb der nächsten sechs Monate ein leiblicher Verwandter bereitfände, den Jungen aufzunehmen, würde Michael vom Staat Iowa zur Adoption freigegeben.

»Wir werden ihn für immer verlieren! Und dabei haben wir doch überhaupt nichts Schlimmes getan!«

Doch nur Beverly Kay und Arlen Redelsperger boten an, den Jungen zu sich nach Texas zu nehmen und sich um ihn zu kümmern, bis das ganze Mißverständnis geklärt war und er zu seiner Mutter zurückkehren konnte.

Kaum hatten die Redelspergers ihre Bereitschaft erklärt, ihren Neffen zu sich zu nehmen, hatte Beverly Kay das Gefühl, daß die Behörden von Polk County sie mit allen Mitteln davon zu überzeugen versuchten, daß Tonto eine Münchhausen-Täterin sei. Immer wieder brachte die Post ihnen weitere medizinische Artikel.

Doch diese Berichte verwirrten Tanyas Familie bloß. Niemand glaubte auch nur ein Wort davon.

»All diese Artikel sind von irgendwelchen Typen in England verfaßt worden«, erzählte Beverly Kay ihrer Mutter am Telefon. »Es sind noch nicht einmal Amerikaner!«

Doch um das zu bekommen, was sie haben wollte, beschloß Beverly Kay, das Spiel mitzuspielen. Sie mußte die Beamten, die überprüfen würden, ob sie als Pflegeeltern geeignet seien, überzeugen, daß ihr lediglich die Interessen des Jungen am Herzen lagen – nicht die Interessen seiner Mutter. Sie war jedoch sicher, daß sie eindeutig beweisen konnte, daß sie ihrem Neffen ein Heim bieten könnte, in dem er nicht nur geliebt wurde, sondern auch sicher war. Nicht umsonst hatte sie eine medizinische Ausbildung und arbeitete als Beraterin in Fällen von häuslicher Gewalt.

»Ich werde doch nicht zulassen, daß meinem eigen Fleisch und Blut etwas passiert!« schwor sie.

Ein weiterer Arzt, ein weiterer Zeuge.

Paul Houston, Doug Hobart und Melodee Hanes stießen bei ihren Nachforschungen auf so viele Ärzte, die sich gefragt hatten, ob bei Michaels Anfällen wirklich alles mit rechten Dingen zuging, sich aber nicht in der Lage gesehen hatten, etwas zu unternehmen. Einige wenige hatten es auch vorgezogen, wegzuschauen und den Gedanken zu verdrängen, daß eine Mutter etwas so Schreckliches tun und versuchen könnte, ihren Sohn zu ersticken.

Einer der Ärzte, der Kontakt mit den Reids gehabt hatte, war Richard Perez, und dieser junge Arzt hatte mehr getan als manche seiner Kollegen. Noch vor jenem Sonntagnachmittag, an dem Anne Zoucha wutschnaubend aus der Notaufnahme gestürmt war und Michaels Mutter den Krieg erklärt hatte, hatte er versucht, Tanya Reid zu stoppen.

Auch Richard Perez hatte den Verdacht gehabt, daß etwas Häßliches mit Michael passierte. Er hatte den Jungen bei beiden Einlieferungen im Oktober untersucht und seine Zweifel daran, ob die Diagnose, daß der Junge den Atem anhielt, korrekt war.

Er hatte sich gefragt, ob MSBP der Grund dafür sein könnte, daß der Junge mit solch beängstigender Regelmäßigkeit unter Atemstillständen litt. Daß immer nur die Mutter anwesend war, schürte seinen Verdacht.

Er sah Michael erneut, als das Kind am 19. Januar 1988 eingeliefert wurde, und er diskutierte mit Dr. Kelly die Möglichkeit von MSBP. Doch das Gespräch führte zu keinem Ergebnis, weil sie keinen Beweis hatten. Er setzte sich auch mit dem Kinderarzt des Jungen in Verbindung. Nichts geschah.

Schließlich rief er bei der Polizei von Urbandale an und fragte, ob man ihm nicht eine Aufstellung aller Notrufe, die von den Reids gekommen waren, machen könnte. Der Polizeibeamte versprach, ihn anzurufen, sobald er alle Informationen hätte.

Was der Beamte jedoch niemals tat.

Jim Reid entsprach genau dem Profil, das in der Literatur vom Ehemann einer Münchhausen-Täterin erstellt wurde. Er war ruhig und unauffällig – das Gegenteil von Tanya. Tanya war im Krankenhaus überall bekannt, doch niemand kannte Jim.

Melodee dachte oft über die Beziehung der Reids nach und ob diese eines der Rädchen war, die Tanyas unheilvolles Täuschungsspiel in Gang gesetzt hatten.

Es war offensichtlich, daß Michaels Mutter eine einsame Frau mit vielen Bedürfnissen war. Viele der befragten Zeugen erklärten, Tanya Reid gehöre zu jenen Frauen, die die ganze Hand nahmen, wenn man ihr nur den kleinen Finger bot, daß sie verzweifelt nach Gesellschaft suchte.

Es schien Melodee, als hätte Tanya einige dieser Bedürfnisse durch die zahllosen Untersuchungen Michaels bei zahllosen Ärzten befriedigt.

Randy Alexander erzählte Melodee die schreckliche Geschichte einer Frau, die ihr Kind elfmal in die Notaufnahme gebracht hatte. Mal war die Windel blutig, mal war ein Atemstillstand der Grund, gerade noch hatte das Baby vor dem plötzlichen Kindstod gerettet werden können.

Hatte nicht auch Tanya etliche Male das gleiche behauptet, wenn sie neben dem Krankenhausbett ihres Sohnes den Ärzten die medizinische Geschichte ihrer Kinder erzählt hatte?

Dr. Alexander berichtete, wie die Ärzte bei jener Mutter eine Übersicht aufgestellt hatten, an der sich ablesen ließ, daß das Kind immer dann in die Notaufnahme gebracht wurde, wenn der Vater die Stadt verlassen hatte. Kaum war die Frau im Krankenhaus, da rief sie schon ihren Mann an und bat ihn, nach Hause zurückzukehren. Sie ließ ihr Kind niemals ins Krankenhaus einweisen.

Diese Mutter hatte ihr Kind verletzt, um mehr Aufmerksamkeit von ihrem Ehemann zu bekommen, dessen schien man sich sicher. Doch ob es auch noch einen anderen Grund gab, konnte man natürlich nicht sagen. Die Mitarbeiter des Trauma Teams wußten, daß Jim Reid zwischendurch auch Nachtschicht hatte. Er war – bis auf jenen Sonntag – stets arbeiten gewesen, wenn die Notrufe eingingen. Zwar rief Tanya ihren Mann stets an, bevor sie Michael ins Krankenhaus gebracht hatte, doch sie erwartete nicht von ihm, daß er nach Hause zurückkehrte. Tanya suchte nicht seine Aufmerksamkeit, sie wollte ins Krankenhaus.

BUCH DREI

ILLINOIS

24

Nachdem der Jugendrichter entschieden hatte, daß Michael nicht mehr zu seiner Mutter zurückkehren durfte, war für einige Mitarbeiter des Trauma Teams die Arbeit beendet, nicht jedoch für Melodee Hanes und Candis Juchette. Dennoch hielten sie weiter Kontakt zu Paul Houston, und auch Jan Buck war daran interessiert, welche Fortschritte Melodee machte.

Candis hatte die Aufgabe übernommen, anhand der Arzt- und Krankenhausberichte eine verständliche Übersicht der medizinischen Geschichte beider Kinder anzufertigen. Melodee wußte, wie wichtig es war, daß die Mitglieder der Jury nicht durch die Berichte verwirrt wurden. Melodee schlug eine graphische Darstellung vor. Und obwohl die Kinder auch aus anderen Gründen behandelt worden waren, legten Melodee und Candis das Hauptgewicht auf die Atemstillstandsepisoden.

Das Ergebnis war erschreckend: Für Michael gab es achtzehn dokumentierte Episoden, für Morgan mindestens neunzehn. Bei allen siebenunddreißig Episoden war festgehalten worden, daß Mund-zu-Mund-Beatmung oder Wiederbelebungsmaßnahmen erforderlich gewesen und Rettungssanitäter gerufen worden waren. Melodees größte Hoffnung war jedoch, daß diese Übersicht zeigte, daß nur Tanya die Täterin gewesen sein konnte.

MORGAN RENEE REID
geb. 17. Mai 1983
Atemstillstandsepisoden

1. Illinois – 8. August 1983 – Montag 14:15 Uhr
   ins Edward Hospital eingeliefert, vier Tage Aufenthalt
2. Illinois – 20. August 1983 – Samstag 12:23 Uhr

vom Edward Hospital ins Children's Memorial Hospital überwiesen, 5 Tage später entlassen

3. Illinois – 8. September 1983 – Donnerstag 16:05 Uhr
in die Notaufnahme des Edward Hospital gebracht, am Nachmittag entlassen
4. Illinois – 17. September 1983 – Samstag 16:37 Uhr
in die Notaufnahme des Edward Hospital gebracht, am Nachmittag entlassen.
5. Illinois – 20 September 1983 – Dienstag 16:35 Uhr
vom Edward Hospital ins Children's Memorial Hospital überwiesen, 6 Tage später entlassen
6. Illinois – 30. September 1983 – Freitag 13:56 Uhr
in die Notaufnahme des Edward Hospital gebracht, am Nachmittag entlassen.
7. Illinois – 26. Oktober 1983 – Mittwoch 10:50 Uhr
in die Notaufnahme des Edward Hospital gebracht, am Vormittag entlassen
8. Illinois – 9. November 1983 – Mittwoch 14:22 Uhr
vom Edward Hospital ins Children's Memorial Hospital überwiesen, Episode im Krankenhaus, 6 Tage später entlassen
9. Illinois – 4. Dezember 1983 – Sonntag 14:15 Uhr
in die Notaufnahme des Edward Hospital gebracht, am Nachmittag entlassen
10. Texas – 10. Januar 1984 – Dienstag 14:00 Uhr
ins Memorial Hospital von Dumas gebracht
11. Texas – 11. Januar 1984 – Mittwoch 3:30 Uhr
Mutter bei ihrem Kind, Memorial Hospital
12. Texas – 11. Januar 1984 – Mittwoch 14:45 Uhr
Mutter bei ihrem Kind, Memorial Hospital
13. Texas – 12. Januar 1984 – Donnerstag 7:05 Uhr
Mutter bei ihrem Kind, Memorial Hospital
14. Texas – 12. Januar 1984 – Donnerstag 20:25 Uhr
Mutter badet das Baby, Memorial Hospital
15. Texas – 13. Januar 1984 – Freitag 2:05 Uhr
im Memorial Hospital

16. Texas – 14. Januar 1984 – Samstag 11:06 Uhr
im Memorial Hospital
17. Texas – 15. Januar 1984 – Sonntag 19:15 Uhr
im Memorial, Kind am nächsten Tag ins Texas Children's Hospital in Houston verlegt
18. Texas – 22. Januar 19984 – Sonntag 15:15 Uhr
Mutter allein mit Baby im Spielzimmer, Texas Children's Hospital. 4 Tage später entlassen
19. Texas – 7. Februar 1984 – Dienstag 13:05 Uhr
vom Deaf Smith Hospital, Hereford, ins Northwest Texas Hospital in Amarillo verlegt. Am nächsten Tag für tot erklärt

BRANDON MICHAEL REID
geb. 2. Mai 1985
Atemstillstandsepisoden

1. Illinois – 28. Mai 1985 – Dienstag 16:31 Uhr
ins Edward Hospital eingeliefert, 5 Tage Aufenthalt
2. Illinois – 17. Juni 1985 – Montag 15:20 Uhr
ins Edward Hospital eingeliefert, 2 Tage Aufenthalt
3. Illinois – 10. Juli 1985 – Mittwoch
drei Episoden, behandelt von Dr. Carl Hunt, ins Edward Hospital eingeliefert, dann ins Children Memorial Hospital verlegt
4. Illinois – 16. August 1985 – Freitag
Ambulanter Patient im Memorial Hospital
5. Illinois – 20. August 1985 – Dienstag
Ambulanter Patient im Children's Memorial Hospital
6. Illinois – 31. August 1985 – Samstag 19:10 Uhr
in die Notaufnahme des Edward Hospital gebracht
7. Illinois – 2. Dezember 1985 – Montag
Mutter berichtet vier Episoden in den vergangenen vier Tagen. 5 Tage Aufenthalt
8. Illinois – selbes Datum

Mutter berichtet zwei Episoden, nachdem sie Dr. Kudchadkers Praxis verlassen hat

9. Illinois – 20. Januar 1986 – Montag 21:43 Uhr
ins Edward Hospital eingeliefert, 4 Tage Aufenthalt

10. Illinois – 4. Februar 1986 – Dienstag 17:12 Uhr
ins Edward Hospital eingeliefert, 1 Tag Aufenthalt

11. Illinois – 17. April 1986 – Donnerstag 23:45 Uhr
ins Edward Hospital eingeliefert, 6 Tage Aufenthalt

12. Iowa – 9. Oktober 1987 – Freitag 18:50 Uhr
ins Blank Children's eingeliefert, 4 Tage Aufenthalt

13. Iowa – 20. Oktober 1987 – Dienstag 17:51 Uhr
ins Blank Children's eingeliefert, 3 Tage Aufenthalt

14. Iowa – 13. November 1987 – Freitag 17:26 Uhr
in die Notaufnahme des Iowa Methodist Medical Center gebracht, am gleichen Abend entlassen

15. Iowa – 15. Dezember 1987 – Dienstag 17:00 Uhr
in die Notaufnahme des Iowa Methodist Medical Center gebracht, am gleichen Abend entlassen

16. Iowa – 19. Januar 1988 – Dienstag 20:35 Uhr
ins Blank Children's eingeliefert, 3 Tage Aufenthalt

17. Iowa – 7. Februar 1988 – Sonntag 12:14 Uhr
ins Blank Children's eingeliefert, 4 Stunden später entlassen

18. Iowa – 1. März 1988 – Dienstag 17:15 Uhr
in die Notaufnahme des Mercy Hospital gebracht, am selben Abend entlassen

Nachdem Jan Buck, Paul Houston und Candis Juchette sich intensiv mit den Krankenunterlagen aus dem Edward Hospital in Naperville, Illinois, beschäftigt hatten, hatten diese schon Eselsohren bekommen, als sie auf Melodees Schreibtisch landeten.

Die Staatsanwältin holte sich einen Kaffee und setzte sich dann wieder an ihren Schreibtisch, um die Unterlagen zu studieren – und sie las mehr hinter den Zeilen als die anderen; wieder einmal schien sie einen schärferen Blick zu haben.

Die Eintragung vom 17. Juni 1985, als der gerade sechs Wochen alte Michael zum zweiten Mal wegen Atemstillstands eingeliefert wurde, weckte Melodees besondere Aufmerksamkeit. Wie üblich hatte Tanya selbst die Information geliefert.

> *... ich weckte den Patienten ... hob ihn auf ... wollte ihm die Kleidung wechseln ... er wurde schlaff und lief blau an ... schüttelte ihn ... zeigte keine Wirkung ... bat die Großmutter, den Notdienst zu alarmieren ... beatmete Mund zu Mund, bis die Sanitäter kamen ... dauerte ungefähr drei Minuten, bis er zu atmen anfing ... Dr. Kudchadker kam vorbei ... unterhielt sich lange mit mir ...*

Melodee notierte sich, daß Tanya ihren Sohn geschüttelt, er daraufhin aber trotzdem nicht angefangen hatte zu atmen. Daß Dr. Kudchadker sich so lange der Mutter gewidmet hatte, paßte auch in das MSBP-Bild. Die Mutter bekam die Aufmerksamkeit, nach der sie sich so sehr sehnte, daß sie jedes Risiko einzugehen bereit war.

Eine Eintragung vom 2. Dezember 1985, als Michael zweimal aufgehört hatte zu atmen, bestätigte Melodee weiter in ihrer Meinung. Eine Sozialarbeiterin hatte festgehalten, daß eine Schwester der Meinung war, daß Tanya Reid Unterstützung brauchte.

> *Die Mutter erzählte, daß es im Moment große Belastungen für sie gäbe. Sie seien gerade erst aus Texas hierhergezogen, hätten noch keine Freunde gefunden, die sie unterstützen könnten, die Verwandten lebten alle in Texas. Halbzeit-Job mit festen Arbeitszeiten, die fünfjährige Tochter würde die Mutter vermissen. Habe die Mutter auf Elterngruppen und andere Möglichkeiten der Hilfe hingewiesen.*

Und wieder war Tanya einsam gewesen; genau wie zu dem Zeitpunkt, als sie nach Iowa gezogen waren, hatte sie ihren Sohn nicht atmen lassen, um Anerkennung und Aufmerksamkeit zu gewinnen. Es war so offensichtlich. Tanya vermißte ihre Familie. Sie hatte nicht wieder nach Chicago ziehen wollen. Nach Morgans Tod hatte sie in Hereford gearbeitet und sich wohl gefühlt – genau wie damals, als Carolyn noch ein Baby gewesen war.

Wenn Tanya glücklich war, gab es keine Einlieferungen ins Krankenhaus. Eine Eintragung vom 4. Dezember, als Michael immer noch im Krankenhaus lag, beschrieb Tanya als hingebungsvolle Mutter.

Mutter ist erschöpft und erholt sich von einer Krankheit. Habe angeraten, daß sie nach Hause geht und schläft; sie braucht sich keine Sorgen zu machen.

Tanya, die Mutter und Märtyrerin, dachte Melodee. Wenn sie alles von sich forderte, zeigte sie den Schwestern damit, wie sehr sie ihren kleinen Jungen liebte. Daß sie sich aufopferte.

Zwei Tage später hatte die Schwester eine weitere Eintragung gemacht:

Mutter hat festgestellt ›Michael atmet heute so komisch – mal schnell, mal langsam‹.

Tanya, die Krankenschwester.

Genau eine halbe Stunde später die nächste Eintragung:

Von der Mutter ins Zimmer gerufen. Baby ist blaß, bläulich. Lippen violett – keine Atmung. Mit Mund-zu-Mund-Beatmung begonnen und sofort Arzt gerufen. Nach einigen Sekunden hat Baby die Augen geöffnet und selbst zu atmen begonnen. Immer noch blaß, aber Hautfarbe wird langsam kräftiger.

Am 21. Januar 1986, als Michael mit seinem neunten Atemstillstand ins Krankenhaus eingeliefert worden war, wurde erneut eine Eintragung über die Mutter gemacht.

Hilfe angeboten. Die Mutter des Patienten erklärte, daß nach der letzten Einlieferung ins Krankenhaus nur wenige Male kurzzeitige Atemunterbrechung eingetreten sei. Mutter hat den Monitor dicht an ihrem Bett stehen, und außer um einkaufen zu gehen, läßt sie ihr Kind nur dann allein, wenn einmal im Monat eine Krankenschwester zum Babysitten kommt. Sie sagte, sie würde große Verantwortung verspüren. ›Ich werde ihn nicht sterben lassen!‹ Erklärte außerdem, daß Sie wütend auf Gott sei, weil er ihre Tochter hat sterben lassen. Ich habe vorgeschlagen, daß sie außer an den Gruppensitzungen der vom plötzlichen Kindstod betroffenen Eltern auch an einer Therapie teilnimmt, doch Mutter meinte, daß sie dies im Moment nicht brauche. Wenn sie Hilfe nötig hätte, würde sie sich melden.

Gruppensitzungen der vom plötzlichen Kindstod betroffenen Eltern? Ob Tanya dort von Heldentum und tragischer Niederlage erzählte?

Melodee ging die Krankenberichte weiter durch. Jeder Atemstillstand war vermerkt. Jede Blutuntersuchung. Jeder genetische Test.

Der Bericht über Michaels elften Atemstillstand unterschied sich von den anderen. Einmal, weil auch Jim erwähnt wurde. Zum anderen, weil hier keine Wiederbelebung nötig gewesen war. Es schien sich eher um eine Medikamentenvergiftung zu handeln.

11 Monate alter Säugling ist mit Verdacht auf Anfall eingeliefert worden. Hatte sich versteift und war teilnahmslos. Zustand hatte zwei Tage lang geschwankt. Soll kein Phenobarbital mehr bekommen. Wird mit Dilantin und Tegretol behandelt … Vater sah, wie Kind bewußtlos wurde. Rettungs-

dienst wurde gerufen, und die Sanitäter hatten den Eindruck, als ob das Kind sich in der Phase nach einem Anfall befände …

Melodee konnte nicht weiterlesen. Mit jeder Infusion, mit jeder Untersuchung, mit jedem Medikament, das verschrieben wurde, war das Kind weiter gequält worden. Was dies alles so besonders abscheulich machte, war, daß Ärzte und Schwestern, die doch nichts anderes wollten als helfen, unwissentlich zu Helfern wurden.

Und das alles war inszeniert von der liebevollen Mutter mit der sanften Stimme, der ernsthaften Krankenschwester, der pflichtbewußten Gattin.

»Himmel hilf, was mag nur in ihrem Kopf vorgegangen sein?« fragte sich Melodee, als sie die Akte beiseite legte.

In jenen Wochen war nicht die entscheidende Frage, ob Tanya Reid wegen schwerer Kindesmißhandlung angeklagt werden sollte, sondern welche Strategie die Verteidigung wählen würde.

Melodees größte Sorge war, Tanya könnte auf Unzurechnungsfähigkeit plädieren, sich einer Behandlung unterziehen, um anschließend zu ihren Kindern zurückzukehren. Es war eine Möglichkeit, jeder Strafe zu entkommen.

Doch sie wußte natürlich auch, daß Mark Pennington damit nicht so leicht durchkommen würde. Schließlich hatte Tanyas psychologische Untersuchung gezeigt, daß keine psychische Störung vorlag.

Erst Dr. Kelly und Dr. Alexander gelang es, die Staatsanwältin zu beruhigen. Sie berichtete ihrem Mann von den Gesprächen mit den beiden.

»Sie beschreiben es als ein psychologisches Phänomen, nicht als Krankheit oder Störung. Randy drückte es so aus, daß ihr Verhalten Ähnlichkeit mit dem eines Soziopathen hätte: brutal, gewissenlos, empfindungslos – aber nicht verrückt.«

Und noch ein anderer typischer Charakterzug der Münchhausen-Täterinnen gab ihr Zuversicht. »Wer so hartnäckig jede Schuld leugnet, wird nicht zulassen, daß man ihn für unzurechnungsfähig erklärt.«

25

Zuerst hatte Tanya befürchtet, daß Woodridge, einer der zahllosen Vororte von Chicago, auch nichts anderes als eine anonyme Schlafstadt sei, doch dann gefiel es ihr dort.

Es war der Frühling 1981, sechs Jahre, bevor der Alptraum in Iowa begann.

Ihr neues Haus war weiß gestrichen und hatte schwarze Läden. Es war größer und mit mehr Annehmlichkeiten versehen als ihr Haus in der Mills Street in Dumas.

Vier Monate, nachdem sie eingezogen waren, nahm Tanya eine Halbtagsstelle am Edward Hospital in Naperville an, vier Meilen westlich von Woodridge gelegen. Es war nicht unbedingt das, was sie wollte, aber eine bessere Stelle fand sie nicht, weil ihr die Examen fehlten.

Aber es war immer noch besser, als den ganzen Tag zu Hause zu sitzen.

Lynn und Wally Jachimek lebten mit ihren beiden Kindern in der Nachbarschaft, und die beiden Familien lernten sich kennen, da die Hinterhöfe aneinander grenzten. Es dauerte nicht lange, bis die Jachimeks und die Reids sich anfreundeten. Die dreizehnjährige Susan Jachimek wurde zum Babysitter für Carolyn. Im Winter lieh man sich den Snowblower aus, im Sommer den Rasenmäher, man spielte zusammen Karten.

Und obwohl die Reids zehn Jahre jünger waren, waren sie keineswegs unkonventioneller. An den Wochenenden trug Jim seine Cowboystiefel, nicht nur aus Gewohnheit, sondern auch, weil er größer damit wirkte. Tanya hatte sicherlich ein paar Pfund mehr drauf, als ihr recht war. Sie zog sich zwar immer ordentlich an und achtete darauf, gepflegt zu wirken, aber sie zeigte keinen sonderlichen Chic.

Lynn gefiel Tanyas lebhafte Art von Anfang an, und da sie wußte, wie schwierig es war, wenn man irgendwo neu war, nahm sie die jüngere Frau unter ihre Fittiche.

Es gehörte noch ein drittes Paar zu dem kleinen Kreis, die Cariks. Die drei Paare pflegten freitagabends zusammen Karten zu spielen, aßen Pizza, tranken Bier. Und hatten Spaß.

Es war der Sommer 1982.

Die Reids waren bei den Jachimeks eingeladen, und auch Lynns Schwester und deren Ehemann waren da, und sowohl Tanya als auch Lynns Schwester hatten den Verdacht, daß sie schwanger seien. Sie beide wurden von Lynn mit einem Test versorgt, und schon kurze Zeit später stand fest, daß die Frauen mit ihren Vermutungen recht gehabt hatten.

Lynns Schwester und ihr Mann waren außer sich vor Freude.

Tanya strahlte.

Nur Jims Reaktion schien reichlich merkwürdig. Er schien überhaupt nicht erfreut zu sein.

Später widersprachen die Reids heftig, daß Jim sich das Baby nicht gewünscht hätte. »Jim ist einfach nicht der Typ, der seine Gefühle zeigt, schon gar nicht vor Fremden«, erklärte Tanya.

Doch einige Wochen später bekam Tanya Krämpfe. Sie rief ihren Arzt an, aber der riet ihr, zunächst abzuwarten.

Dann setzten die Blutungen ein. Jim war mit seiner Arbeit beschäftigt, konnte Tanya nicht viel Trost spenden, als sie das Baby verlor.

Jim war noch nicht einmal davon überzeugt, daß sie tatsächlich schwanger gewesen war. Jahre später hatte er Mühe, sich an den Vorfall überhaupt zu erinnern.

»Ich kann mich an keine wirkliche Fehlgeburt erinnern«, erklärte er. »Ich glaube, sie war überhaupt nicht schwanger. Wenn die Periode eine Woche überfällig ist und dann die Blutungen einsetzen, ist das vielleicht eine Fehlgeburt? Tanya hat sich ja noch nicht einmal im Krankenhaus untersuchen lassen.«

Als Tanya Lynn von der Fehlgeburt erzählte, schien auch sie selbst das nicht so schwerzunehmen. »Es gab keine Probleme«, erklärte sie. »Ich brauchte keine Ausschabung und keine Kürretage.«

Doch schon bald hatte Tanya wieder eine gute Nachricht. Sie war erneut schwanger!

26

»Mutter! Mutter! Ich brauche dich!«

Die morgendliche Ruhe wurde abrupt gestört, als die hochschwangere Tanya ihr Haus in der Crabtree Road 2333 betrat und nach ihrer Mutter rief. Wanda war nach Chicago gekommen, um ihrer Tochter bei dem neuen Baby zu helfen, dessen Geburt längst überfällig war.

»Der Doktor kann keine Herztöne hören! Ich muß sofort ins Krankenhaus. Die Geburt muß eingeleitet werden!«

Wanda Thaxton fiel nichts Merkwürdiges an diesen Worten auf. Auch später sah sie nicht, wie unwahrscheinlich es war, daß ein Arzt eine hochschwangere Frau, bei deren Kind sich keine Herztöne mehr feststellen ließen, nicht mit dem Krankenwagen ins Hospital bringen ließ, sondern zuließ, daß sie in ihrem eigenen Wagen erst einmal nach Hause fuhr.

Wanda war entsetzt, doch wie immer zeigte sie sich nach außen gelassen. Sie rief Jim an und besorgte einen Babysitter für Carolyn.

»Liebes, möchtest du, daß ich fahre?«

»Nein, Mutter«, antwortete Tanya. »Ich kenne den Weg besser als du!«

Wanda beobachtete die Schwestern und Ärzte, die ihre Tochter für den Kreißsaal vorbereiteten. Es war das übliche Chaos, nur Tanya erschien ganz gelassen.

Später, als Tanyas Leben sich zu einem Scherbenhaufen entwickelt hatte, erinnerte Wanda sich daran, daß damals eine Krankenschwester gekommen wäre und angedeutet hätte, daß man einen Kaiserschnitt in Betracht zöge.

Und bei dieser Geschichte blieben Wanda und ihre Tochter auch dann noch, nachdem sich keine Schwester finden ließ, die eine solche Bemerkung gemacht haben wollte. Auch der Krankenbericht beschrieb die Geburt als völlig normal. Morgans Apgar-Werte waren bestens. Und auch Tanya ging es gut.

Die Wochen und Monate nach Morgans Geburt verliefen ereignislos – bis das Baby eines Nachts, am 10. Juni 1983, zu schreien begann. Das und ein Hautausschlag auf Morgans Gesicht brachten die besorgte Mutter in Dr. Shashikant Kudchadkers Praxis.

Tanya machte sich auch Sorgen wegen der starken Koliken.

Doch nachdem der Kinderarzt die Kleine gründlich untersucht hatte, erklärte er sie für vollkommen gesund.

Der Ausschlag war nichts, worüber Tanya sich Sorgen zu machen brauchte; er würde bald wieder verschwinden. Er schlug ihr freundlich auf die Schulter und schickte die junge Mutter nach Hause.

Tanya war nicht zufrieden mit der Diagnose. Sie glaubte, daß ihr Baby ernsthafte Probleme hätte.

Das Telefon bei den Jachimeks klingelte, und als Lynn sich meldete, erklärte Tanya ihr in ihrem üblichen Tempo, daß Morgans Ausschlag sich zu verschlimmern schien.

»Lynn, irgendwas ist mit dem Baby nicht in Ordnung!«

Tanya war sicher, daß Dr. Kudchadker etwas übersehen hatte. Er hatte Morgans Probleme nicht ernst genommen.

»Könnten Sie mir einen Kinderarzt aus Ihrer Klinik empfehlen?«

Ohne zu zögern, nannte Lynn Dr. Jerry Skurka. Sie kannte ihn von ihrer Arbeit dort, außerdem war er der Kinderarzt ihres Sohnes und ihrer Tochter gewesen. Tanya hätte Glück, daß er diese Nacht Dienst hätte; sie gab ihr auch gleich die Telefonnummer.

Am nächsten Tag erfuhr Lynn, daß ihre Nachbarin das Baby ins Krankenhaus gebracht hätte, damit Dr. Skurka sich die Kleine ansehen konnte.

Der Ausschlag war nichts Schlimmes. Dr. Skurka hielt ihn für eine allergische Reaktion auf die Babymilch, die Tanya dem Baby gab. Er empfahl ein Produkt, das auf Soja basierte. Der Ausschlag verschwand.

Sie fuhren früh los, um halb sechs, weil sie einen Tag am Fox Lake nahe Woodridge verbringen wollten. Jim und Tanya hatten an ihrem Pick-up den Bootsanhänger, die Jachimeks und die Cariks folgten in einem zweiten Wagen.

Es war Samstag, der 6. August 1983.

Es war das erste Mal, daß Tanya das Baby nicht bei sich hatte, die älteren Kinder der Jachimeks und Cariks paßten auf Carolyn und Morgan auf. Es war ein wunderbarer Tag, um sich in der Sonne zu entspannen und ein kühles Bier zu trinken. Die Männer fuhren alle Wasserski, von den Frauen war Tanya die einzige.

Dennoch fiel ein Schatten auf diesen Tag. Es gab ein Problem zwischen Tanya und Jim. Jim mußte auf eine längere Geschäftsreise, und Lynn hatte den Eindruck, daß diese Reise länger als zwei oder drei Wochen dauern würde.

»Ich will mitkommen«, sagte Tanya. »Jim, ich möchte wirklich mit dir fahren.«

»Wie willst du das denn mit Morgan machen? Und Carolyn ist schließlich auch noch da.«

»Och, Jim, ich werde mich langweilen. Und du weißt, daß du mir einen Urlaub versprochen hast!«

Jim bedachte seine Frau mit einem eisigen Blick, der die Diskussion beendete.

»Du kannst nicht mitkommen!«

Tanya wirkte enttäuscht und verletzt, doch sie sagte nichts mehr vor ihren Freunden. Sie wußte, daß Jim nicht nachgeben würde.

Als die Sonne unterzugehen begann, beklagte Tanya sich, daß sie sich nicht gut fühlte und daß sie nach Hause wollte. Auf der Rückfahrt lenkte Jim den Wagen an den Straßenrand; Tanya war schlecht geworden, und sie mußte sich übergeben.

Die Jachimeks und Cariks warteten, bis es Tanya besserging. Sie meinte, daß das Rütteln im Auto ihre Übelkeit verstärkt hätte.

»Armes Mädchen, wahrscheinlich hat sie zuviel Sonne bekommen!«

Noch Jahre später konnte Lynn sich an Tanyas enttäuschtes Gesicht erinnern, als ihr Mann abgelehnt hatte, sie mitzunehmen.

»Sie hatte sich so sehr gewünscht, ihn begleiten zu können. Sie war ziemlich wütend, daß sie nicht mitkonnte.«

Zwei Tage später rief Susan Jachimek ihre Mutter in der Klinik an. Das Mädchen war so aufgeregt, daß sie keinen vernünftigen Satz hervorbrachte.

»Langsam, Mädchen, was ist los?«

Bei den Reids war etwas Schreckliches passiert. »Tanya hat Carolyn zu uns gebracht, weil das Baby aufgehört hat zu atmen. Morgan ist mit dem Rettungswagen ins Krankenhaus gebracht worden.«

Morgan Reid hatte zum ersten Mal am 8. August 1983 einen Atemstillstand, als sie gerade zwei Monate alt war. Tanya erzählte, daß sie das Baby gefüttert und auf das Bäuerchen gewartet hätte, dann wäre sie schnell die Post holen gegangen.

Als sie zurückkam, war Morgan blau angelaufen und lag reglos da. Unwillkürlich hatte sie das Kind auf die Wangen geschlagen, um eine Reaktion hervorzurufen, doch als das nichts nützte, hatte sie mit Mund-zu-Mund-Beatmung begonnen. Als Morgan erste Anzeichen von Besserung zeigte, hatte sie den Rettungsdienst alarmiert.

Als der Wagen mit Blaulicht und Sirene vor dem Haus der Reids hielt, atmete die Kleine schon wieder. Tanya hatte ihrem Baby das Leben gerettet.

Als das Kind ins Krankenhaus gebracht wurde, standen die Ärzte vor einem Rätsel. Morgan schien völlig gesund zu sein. Etliche Untersuchungen wurden angeordnet, und in den nächsten Tagen wurde Morgan auf den Kopf gestellt. Auf den Röntgenbildern konnte man einen Schatten auf der Lunge erkennen, Hinweis auf eine leichte Lungenentzündung. Sonst wurde nichts festgestellt.

Tanya bestand darauf, daß ihre Tochter ins Children's Memorial in Chicago verlegt wurde, wo die Kleine noch einmal vier Tage lang Untersuchungen über sich ergehen lassen mußte.

»Wir wollen Antworten«, sagte Tanya.

Doch sie und Jim bekamen keine. Nur, daß die Kleine fast am plötzlichen Kindstod gestorben wäre. Und das hieß, daß die Ärzte nicht wußten, was los war.

Am Montag abend kam Tanya aus dem Krankenhaus zurück und holte Carolyn bei den Jachimeks ab. Und obwohl man ihr ansah, daß sie aufgeregt war, versuchte sie, sich zu beherrschen.

Ihrem Baby würde nichts passieren. Man würde es gründlich untersuchen.

Tanya erzählte, daß es ihr gelungen war, Jim zu erreichen. Er schaffte es nicht, noch an diesem Abend nach Hause zu kommen, aber morgen würde er die Reise abbrechen und zurückkehren.

»Ich brauche ihn jetzt wirklich hier bei mir«, sagte sie.

Während der nächsten Wochen und Monate hörte Morgan immer wieder auf zu atmen. Ein weiteres Mal im August, viermal im September, einmal im Oktober …

Jedesmal rettete Tanya ihr Kind und rief dann anschließend Jim an.

Jedesmal lobte man sie dafür.

Sie erschien allen als die perfekte Mutter.

Manchmal sucht der liebe Gott die Eltern für die Babys wirklich sehr sorgfältig aus. Ein Kind, das zu atmen aufhört, und eine Mutter, die Krankenschwester ist – besser könnte es für das arme Kind nicht sein.

Wann immer die Ehefrauen der Manager aus Jims Firma sich zu einem Kaffeekränzchen trafen, stand Tanya im Mittelpunkt der Aufmerksamkeit. Stets hatte sie Morgan bei sich, die mit einem Atemstillstands-Monitor ausgerüstet war.

Und wenn sie über die Krankheiten ihrer Kinder sprachen, dann hatte keine so Schlimmes erlebt wie Tanya.

»Ich kann sie nicht einen Moment allein lassen«, erzählte Tanya.

Ihr nüchterner Ton wirkte nicht mitleidheischend, aber natürlich bemitleidete man die junge Frau, die ein solches Kreuz zu tragen hatte. Keine konnte sich vorstellen, wie es war, ein Kind mit so entsetzlichen Problemen zu haben, ein Kind, dem kein Arzt helfen konnte.

»Wie werden Sie bloß damit fertig? Das muß doch sehr schwierig sein.«

»Man muß es eben ertragen«, antwortete sie, liebkoste das Baby und begann dann erneut, ganz gelassen eine weitere der medizinischen Horrorgeschichten zu erzählen.

Die anderen Mütter hörten nur zu – was hätten sie auch sagen sollen? Wie unbedeutend wirkten ihre Geschichten von Windpocken und Mittelohrentzündungen gegen Morgans Qualen!

27

Lynn Jachimek steckte bis zum Hals in Arbeit, als Dr. Jerry Skurka zu ihr ins Labor kam, um mit ihr über Morgan und Tanya Reid zu reden. Er schien sehr besorgt zu sein. Er wollte sich nicht setzen. Nervös wanderte er im Labor auf und ab.

»Lynn, Morgan hat alle möglichen Untersuchungen ertragen müssen. Einige haben wir vorgenommen, andere sind im Children's gemacht worden. Laut sämtlichen Tests ist Morgan gesund.«

Seltsam – die grimmige Miene des Arztes paßte so gar nicht zu den guten Nachrichten.

»Lynn, wissen Sie, ob auch jemand anderer außer Tanya dabei war, wenn Morgan aufgehört hat zu atmen?«

Lynn begriff nicht, worauf der Arzt hinauswollte.

»Nein, soweit ich weiß, war höchstens Carolyn im

Haus. Doch, ein paarmal war Jim gerade bei uns. Aber warum wollen Sie das wissen?«

»Es gibt Fälle, in denen man versteckte Kameras angebracht und die Mütter dabei ertappt hat, daß sie ihren Kindern etwas angetan haben.«

Lynn war verblüfft. Sie schüttelte den Kopf.

»Bei Tanya ist das bestimmt nicht der Fall. Ich kenne sie. Sie ist meine Nachbarin. Sie würde niemals so etwas tun.«

Der Arzt konnte Lynns Reaktion verstehen, dennoch bat er sie um einen Gefallen.

»Könnten Sie ein Auge auf sie halten und mich informieren, wenn Ihnen etwas merkwürdig vorkommt?«

Lynn, der die Tränen gekommen waren, nickte.

Als sie nach Hause kam und ihrem Mann davon erzählte, brach sie erneut in Tränen aus. Die Jachimeks baten die Cariks, vorbeizukommen, und sie verglichen ihre Beobachtungen. Doch das einzige, worin sie sich einig waren, war, daß Tanya tatsächlich stets allein mit ihrem Baby gewesen war, wenn die Anfälle auftraten.

Von dem Moment an, als Dr. Skurka mit Lynn gesprochen hatte, wurde alles, was in der Crabtree Road 2333 passiert, mit anderen Augen betrachtet.

Dennoch blieb Lynn nichts anderes übrig, als weiter zu lächeln und die Freundschaft mit ihren Nachbarn fortzuführen, als ob nichts passiert wäre. Für sie selbst wäre es weniger belastend gewesen, wenn sie Tanya gemieden hätte, doch dann hätte sie keinen Kontakt mehr mit den Kindern gehabt.

Diane Carik teilte Lynns tiefe Besorgnis. Und so beschlossen die beiden Frauen, soviel Zeit mit Tanya zu verbringen, wie es eben möglich war. Sie empfanden es nicht als Nachspionieren, sie wollten nur ein Auge auf Morgan halten.

Wann immer Jim die Stadt verließ, wurde die Anspannung größer.

»Genau dann hört Morgan immer zu atmen auf«, erinnerte Lynn ihre Freundin, »wenn Jim nicht in der Stadt ist ...«

Nachdem Dianne einem befreundeten Polizisten von ihrer Sorge um Morgan erzählt hatte, ließ er ihr immer den offiziellen Bericht von dem zukommen, was im Haus der Reids passiert war, wenn wieder einmal das Martinshorn erklungen war.

»Laß es mich so ausdrücken«, meinte der Polizist. »Mrs. Reid und ihr Baby sind dem medizinischen Personal inzwischen sehr vertraut.«

Wann immer die Jachimeks und die Cariks sich trafen, kam das Thema Morgan zur Sprache. Es war vor allem Lynn, die sich wehrte, daß Tanya ihr Kind absichtlich in Gefahr brachte. Sie konnte es sich einfach nicht vorstellen.

Am Morgen des 9. November 1983 schaute Dianne Carik bei den Reids auf eine Tasse Kaffee herein. Tanya war allein und hatte Dianne gefragt, ob sie nicht kommen könnte. Das Haus der Reids machte einen gepflegten Eindruck. Alles war sauber und ordentlich. Auch den Kindern schien es gutzugehen. Morgan lachte und jauchzte, als Dianne mit ihr spielte.

Dianne hatte ein gutes Gefühl. Vielleicht gab es doch keine finsteren Taten. Alles schien so normal zu sein.

»Müssen Sie wirklich schon gehen?« fragte Tanya, als Dianne aufstand.

»Ich muß zur Arbeit.«

Der Getränkeladen, in dem Dianne arbeitete, war nur fünf Minuten zu Fuß entfernt. Später an jenem Tag hörte Dianne das Martinshorn.

»Ich wußte, wohin der Rettungswagen fuhr«, sagte sie Jahre später.

Dieser Tag war auch aus einem anderen Grund bedeutsam. Nachdem Morgan in die Notaufnahme gebracht und noch vor Mittag wieder entlassen worden war, heulte das Martinshorn ein zweites Mal auf – um 14 Uhr 20. Tanya erzählte den Sanitätern, daß sie nicht nur Mund-zu-Mund-Beatmung hätte durchführen müssen, sie hätte das Baby auch geschüttelt, um es wieder zum Atmen zu bringen.

Morgan wurde erneut ins Edward Hospital gebracht, dann aber ins Children's Memorial verlegt, wo sie zu Untersuchungen sechs Tage lang bleiben mußte.

In der Nachbarschaft schlugen die Wellen hoch. Lynn und Dianne fühlten sich ganz elend.

Und der Polizist, den Dianne kannte, hatte eine Information, bei der es den Frauen kalt über den Rücken lief:

»Sie hatten verdammte Mühe, das Baby wieder ins Leben zurückzubringen. Von Mal zu Mal scheint es länger zu dauern.«

Alle stellten sich die bange Frage, ob es irgendwann einmal nicht mehr gelingen würde, Morgan wiederzubeleben.

Natürlich wußte Tanya nicht, warum Lynn und Dianne sie so regelmäßig besuchen kamen, obwohl sie später behauptete, sie hätte den Verdacht gehabt, daß etwas im Busch gewesen wäre. Denn die beiden kamen immer nur, wenn Jim nicht da war.

»Ich dachte halt, sie glaubten, ich sei einsam, wenn Jim nicht da war. Später meinten Jim und ich beide, daß es schon ziemlich merkwürdig sei.«

28

Melodee Hanes wußte, daß sie tief würde graben müssen, tiefer als bei jedem anderen Fall zuvor. Und obwohl die Anklage wegen Kindesmißhandlung nur Michael betraf, waren die Unterlagen über Morgan extrem wichtig. Sie konnten helfen, ein ganz bestimmtes Muster aufzuzeigen.

Wenn vor Gericht nicht zugelassen wurde, daß sie Morgans Krankengeschichte als Beweis benutzen konnte, dann würde sie den Prozeß verlieren.

Um ihre Anklage zu untermauern, brauchte sie die Aussagen der Ärzte aus Chicago – jenes einen, der beide Kinder behandelt hatte, und des anderen, der nur Morgan betreut hatte. Die Staatsanwaltschaft von Polk County hatte zu Shashikar Kudchadker und Jerry Skurka Kontakt aufgenommen, und beide Ärzte hatten sich bereit erklärt, die Untersuchung zu unterstützen.

Andere Ärzte, deren Namen sich in den Krankenakten fanden, behaupteten, sie wüßten nichts. Sie könnten sich nicht an Tanya Reid oder deren Kinder erinnern.

Melodee schob dieses Widerstreben darauf, daß sie entweder ein schlechtes Gewissen hatten oder Furcht, daß man ihnen Vorwürfe machte, weil sie es hätten wissen sollen.

Und obwohl die beiden Ärzte bereit waren auszusagen, fragte Melodee sich, wie ihre Aussagen auf eine Jury wirken würden.

Denn Tanya hatte sowohl Dr. Bob Coleman als auch Mark Gillespie erzählt, daß Dr. Kudchadker in seiner Praxis Zeuge eines von Morgans Atemstillständen gewesen wäre – und daß alles auf Tonband festgehalten sei. Zwar hatte der Arzt Jan Buck telefonisch versichert, daß das nicht stimmte, aber dennoch war es wichtig, dies in einem persönlichen Gespräch zu klären.

Denn wenn dieser eine Anfall einen Zeugen hatte, dann konnte Melodee ihre Anklage vergessen.

Natürlich gab es auch die Möglichkeit, daß Wanda Thaxton, Tanyas Schwestern und ihr Mann Tanya verteidigen würden, doch in diesem Fall wußte Melodee schon, was sie sagen würde:

»Sie lieben Tanya – natürlich lieben Sie sie ...«

Melodee machte es Spaß, mitzusingen, wenn sie das Autoradio angestellt hatte, und das tat sie auch diesmal, als sie Richtung Chicago fuhr. Doch während des Fahrens schweiften ihre Gedanken ab. Zu Tanya Reid.

Als Melodee am nächsten Morgen im Wartezimmer von Dr. Kudchadkers Praxis saß, ging sie noch einmal ihre Notizen durch, obwohl sie den Inhalt fast auswendig kannte. Der Arzt ahnte nicht, wie überaus wichtig er für den Fall war. Wenn sie ihn auf ihre Seite ziehen konnte, dann war das eine gute Basis für alle weiteren Gespräche mit den Krankenhausärzten.

Der Arzt, der Michael, Morgan und Carolyn behandelt hatte, war ein kleiner, kahlköpfiger Mann mit großen Brillengläsern. Er hatte seine medizinische Ausbildung in Indien absolviert und war in den frühen Sechzigern in die USA gekommen.

Von allen Ärzten, mit denen sie über die Reid-Kinder gesprochen hatte, zeigte er die größte Ungläubigkeit.

»Wir wußten nicht, was mit den Kindern los war. Wir haben uns an Strohhalme geklammert.«

Ihm war nicht einmal der Verdacht gekommen, es könne sich um MSBP handeln.

»Dr. Kudchadker, Mrs. Reid hat viele, viele Leute getäuscht«, sagte Melodee zu ihm.

Der Arzt blinzelte und schwieg.

»Ich kann mir immer noch nicht vorstellen, daß sie ihren Kindern so etwas angetan haben könnte«, wiederholte er.

Dr. Kudchadker hatte Tanya gemocht. Er hatte ihr geglaubt. Er hatte ihr vertraut.

Melodee näherte sich der Frage, die ihr so wichtig war: Was hatte Dr. Kudchadker wirklich in seiner Praxis miterlebt? Wie würde er sich vor Gericht verhalten? Würde die Jury ihm glauben? Während sie sich dem Thema vorsichtig näherte, begriff sie, daß Dr. Kudchadker nicht der Typ war, der ›Ich allein gegen alle‹ spielen würde. Er wollte wissen, was die anderen Zeugen über Tanya Reid gesagt hatten, und er wollte wissen, worauf eine Anklage beruhen würde. Melodee versuchte ihm begreiflich zu machen, daß sie von ihm keine MSBP-Diagnose erwartete, er sollte ihr lediglich von den einzelnen Anfallsepisoden berichten.

Zusammen gingen sie die lange Liste von Morgans Anfällen durch.

Dr. Kudchadker konnte sich lebhaft an den ersten Anfall am 8. August 1983 erinnern. Man hatte ihn – und nicht Dr. Skurka – vom Krankenhaus aus angerufen und ihm mitgeteilt, daß Morgan an einem Atemstillstand gelitten hätte. Daß Tanya das Kind ins Gesicht geschlagen hätte, um eine Reaktion hervorzurufen, und daß sie Mund-zu-Mund-Beatmung durchgeführt hätte.

Dr. Kudchadker hatte die kleine Patientin im Krankenhaus besucht, wo man sie fünf Tage lang untersucht hatte – Labortests, EEG, die Brust war geröntgt, eine Computertomographie des Kopfes durchgeführt worden.

»Alle Ergebnisse waren normal«, sagte er.

Er hatte Morgan ein paarmal gesehen und auch weiterhin Berichte über sie bekommen, obwohl inzwischen Dr. Skurka ihr offizieller Kinderarzt war. Einmal war er gerade zufällig im Krankenhaus gewesen, als die Sanitäter die Kleine nach einem Anfall in die Notaufnahme brachten.

»Sie hatte ganz normal gewirkt.«

Aus den Berichten, die man ihm in die Praxis schickte,

erfuhr Dr. Kudchadker, daß weitere Anfälle gefolgt waren: am 20. August, am 8., 17., 20. und 30. September, am 27. Oktober, zwei am 9. November. Dann, am 1. Dezember 1983, brachte Tanya ihr Baby in seine Praxis, zusammen mit Carolyn, weil die beiden eine Infektion der oberen Atemwege hatten. Zu diesem Zeitpunkt standen die Reids kurz davor, nach Texas zurückzukehren.

Drei Tage später hatte Morgan ihren zehnten Anfall, und Dr. Kudchadker wurde von den Kollegen in der Notaufnahme informiert. Morgan hatte um 14 Uhr 15 aufgehört zu atmen, während sie mit ihrer Mutter allein zu Hause war, und Tanya hatte sie Mund zu Mund beatmet. Nachdem alle Untersuchungen normale Ereignisse gezeigt hatten, hatte man Morgan noch am selben Tag wieder entlassen.

Erst im Januar 1985, als die Reids nach Illinois zurückgekehrt waren, erfuhr Dr. Kudchadker, daß Morgan gestorben war. Tanya, die zu diesem Zeitpunkt mit Michael schwanger war, war mit Carolyn in die Praxis gekommen.

Melodee zog eine Kopie von Morgans Autopsiebericht aus ihrer Aktentasche und gab sie Dr. Kudchadker.

Er brauchte nicht lange, um zu demselben Schluß zu kommen. Subdurale Blutungen im Gehirn bewirkten keinen plötzlichen Kindstod.

Traurigkeit legte sich über sein Gesicht.

»Ich werde alles tun, um Ihnen zu helfen«, versprach er.

Melodee wandte sich nun Michaels Krankenberichten zu und ging Episode für Episode mit dem Kinderarzt durch.

Die erste hatte am 28. Mai 1985 um 16 Uhr 35 stattgefunden. Dr. Kudchadker erinnerte sich, daß der Junge zu atmen aufgehört und seine Mutter ihn wiederbelebt hatte. Er war mit dem Rettungswagen ins Edward Hospital gebracht worden. Sämtliche Tests hatten gezeigt, daß er gesund war.

Genau wie seine Schwester Morgan.

Er hatte dem Baby Theophyllin verschrieben, ein Stimulans. Obwohl das Medikament normalerweise in anderen Situationen verschrieben wurde, war ihm nichts anderes eingefallen, was dem Kind helfen könnte.

Die zweite Episode ereignete sich am 17. Juni um 15 Uhr 20.

Der Junge war zu diesem Zeitpunkt sechs Wochen alt. Der Atemstillstand hatte drei Minuten angedauert. Wieder hatte Tanya Mund-zu-Mund-Beatmung durchgeführt.

Der Arzt las die Eintragungen des Arztes in der Notaufnahme.

> *Hatte einen ähnlichen Anfall am 24. Mai und einen am 13. Juni, der jedoch keine Mund-zu-Mund-Beatmung erforderte. Mutter berichtet, er hätte geschlafen und sei dann aufgewacht. ... hörte für drei Minuten auf zu atmen.*

Und wieder schien das Kind normal zu sein.

Nach den Unterlagen der Staatsanwältin hatten die Episoden drei, vier und fünf alle am selben Tag stattgefunden, am 10. Juli 1985.

Es war der Tag, der Tanyas Schicksal entscheiden konnte – zumindest, was diesen Zeugen betraf.

Als Melodee ihn fragte, ob er sich an jenen Anfall in seiner Praxis erinnern könnte, nickte der Kinderarzt heftig. Er konnte sich sogar sehr gut daran erinnern.

Tanya hatte ihn früher am Vormittag angerufen. Michael hätte wieder Anfälle gehabt – *mehrere* Anfälle! –, und sie würde sich große Sorgen machen. Sie hätte Angst, obwohl keine Mund-zu-Mund-Beatmung nötig gewesen wäre. Es wurde immer schwieriger, den Jungen wieder zum Atmen zu kriegen. Der Arzt wies die Mutter an, ihren Sohn sofort in seine Praxis zu bringen.

Seine Sprechstundenhilfen hatte Dr. Kudchadker gebeten, ihm sofort Bescheid zu geben, wenn Tanya kam.

Tanya und ihr Sohn wurden in einen der Behandlungsräume geschickt, und gleich darauf kam der Kinderarzt herein.

Aufgeregt hatte Tanya sich über ihren Sohn gebeugt und machte Mund-zu-Mund-Beatmung. Ihr Sohn lag auf dem Untersuchungstisch. Seine Lippen waren dunkel.

»Helfen Sie mir, Dr. Kudchadker!«

Doch als der Arzt zum Untersuchungstisch eilte, bewegte sich der Junge. Er hatte wieder zu atmen begonnen.

Wieder hatte Mrs. Reid das Leben ihres Sohnes gerettet.

Melodee hatte sich währenddessen Notizen gemacht. Nun fehlte ihr nur noch die Antwort auf die wichtigste Frage.

»Haben Sie den Anfall von Anfang an miterlebt?«

»Nein. Nein, nein. Ich war nicht im gleichen Raum. Die Schwester kam und holte mich, und ich ging hinein. Das Kind war blau angelaufen. Sie machte Mund-zu-Mund-Beatmung. Sie hat es wiederbelebt.«

»Dann wäre es also eine Lüge, wenn Tanya Reid uns erzählen würde, daß Sie den Anfall von Anfang an miterlebt hätten?«

Dr. Kudchadker zögerte nicht mit seiner Antwort. Er nickte.

»Ja, es wäre eine Lüge.«

Jene Serie von Anfällen führte zum längsten Krankenhausaufenthalt von Tanyas Sohn, diesmal im Children's Memorial von Chicago. Dreizehn Tage lange wurde er untersucht, gepikst und mit Medikamenten behandelt, Theophyllin wurde abgesetzt, statt dessen gab man ihm ein krampflösendes Phenobarbital.

Dr. Kudchadker ging die Aufstellung weiter durch.

Episode Nr. 6 am 31. August führte ebenfalls zu einem Krankenhausaufenthalt. Dr. Kudchadker las den Bericht; die Vorgeschichte stammte wieder von Tanya Reid.

Ungefähr vor zehn Tagen, abends gegen 18 Uhr 30, nachdem er aus einem kurzen Schlaf aufgewacht war, wurden seine Lippen blau, die Stirn war weiß. Häufigkeit des Herzschlags unbekannt. Er war nicht an seinen Monitor angeschlossen. Er gab keinen Laut von sich. Wieder dauerte die Episode 30 bis 45 Sekunden. Die Mutter führte Mund-zu-Mund-Beatmung durch, und danach schrie er, als ob er Schmerzen hätte oder wütend wäre. ... Sie erwähnte, daß man die Gehirnwellen gemessen hätte; alles sei normal gewesen. Sie hatte den Eindruck, daß die geschilderten Symptome auf einen Anfall hindeuteten.

Zu diesem Zeitpunkt bekam er außer den anderen Medikamenten auch noch Dilantin.

Die Episoden 7 und 8, die sich am 2. Dezember 1985 ereigneten, waren insofern interessant, als sie auf einen Praxisbesuch folgten, bei dem Tanya dem Arzt erzählt hatte, daß ihr Sohn in den vergangenen vier Tagen vier Anfälle gehabt hätte. Er hatte außerdem leichtes Fieber und eine Infektion der oberen Atemwege. Dr. Kudchadker sagte, der Junge sei für fünf Tage ins Krankenhaus gekommen – mit noch mehr Untersuchungen, noch mehr Medikamenten.

Der 9. Vorfall passierte am 20. Januar 1986. Dr. Kudchadker hatte festgehalten, daß Tanya Mund-zu-Mund-Beatmung durchgeführt und das Leben ihres Sohnes gerettet hatte. Michael wurde zunächst in die Intensivstation eingewiesen, dann auf Station verlegt. Episode Nr. 10 ereignete sich am 4. Februar 1986 um 17 Uhr 12.

Dr. Kudchadker wies darauf hin, daß die Mutter von vier weiteren Anfällen an jenem Tag berichtet hatte; Mund-zu-Mund-Beatmung sei jedoch nur einmal nötig gewesen. Michael wurde am nächsten Tag wieder entlassen.

»Und warum blieb er nicht länger?« wollte Melodee wissen.

»Weil sich nichts feststellen ließ. Was hätten wir denn tun sollen?«

Der letzte Atemstillstand, der 11. auf Melodees Liste, ereignete sich am 11. April 1986, und er unterschied sich von den anderen. Die Umstände wiesen eigentlich auf einen Anfall hin, wie Dr. Kudchadker erzählte, aber Michael war ganz steif gewesen.

Ein weiteres Mal wurde die Medikation geändert. Phenobarbital wurde abgesetzt, Dilantin wurde weiter verschrieben, Tegretol kam dazu.

Dr. Kudchadker sagte, daß er glaubte, dieser Anfall sei die Folge davon gewesen, daß man das Phenobarbital abgesetzt hatte.

Melodee hatte noch Fragen zu einem weiteren Krankenhausaufenthalt Michaels. Der Junge schien – wie auch ein paarmal in Amarillo – einen durch Medikamentenvergiftung bedingten Anfall bekommen zu haben.

Dieser Anfall ereignete sich am 18. Mai 1986. Michael hatte Fieber, Gleichgewichtsstörungen und Koordinationsschwierigkeiten. Als Tanya den Rettungsdienst rief, gab sie an, daß der Junge Zuckungen gehabt hätte und die Extremitäten steif gewesen seien. Eine Stunde, bevor sie Hilfe rufen mußte, hatte sie ihm seine Dosis an Tegretol, Dilantin und Phenobarbital gegeben. Michael mußte zwei Tage im Edward Hospital bleiben.

Da es keinen Atemstillstand gegeben hatte, vermuteten die Ärzte, daß der Junge Probleme durch die Medikamente hatte.

Das letzte Mal sah Dr. Kudchadker den Jungen, als Michael Fieber, eine verstopfte Nase und eine Ohreninfektion hatte. Tanya Reid erzählte dem Arzt, daß sie nach Amarillo ziehen würden.

Melodee schüttelte Dr. Kudchadker die Hand, und als sie seine Praxis verließ, hatte sie keine Zweifel daran, daß er gegen die Frau aussagen würde, von der er einst geglaubt hatte, sie sei das Opfer grausamer Umstände. Er würde dies für den Jungen tun, der nicht für sich selbst sprechen konnte.

29

Es war nicht weit von Dr. Kudchadker in Naperville bis zur Dreyer Clinic in Aurora. Während der Fahrt hatte Melodee noch einmal über Tanyas Beziehung zu den beiden Kinderärzten nachgedacht. Tanya pendelte zwischen ihnen hin und her, und Melodee schien es, als wäre sie immer dann zum jeweils anderen gewechselt, wenn sie das Gefühl hatte, daß zu wenig Sorge gezeigt wurde oder die Diagnose nicht dramatisch genug war.

Anders als Dr. Kudchadker hatte Dr. Jerry Skurka nur Morgan behandelt.

Melodee mochte den Kinderarzt vom ersten Augenblick. Man merkte ihm deutlich an, daß seine Patienten für ihn stets an allererster Stelle kamen.

Dr. Skurka ließ alles stehen und liegen, als ihm die Staatsanwältin aus Iowa gemeldet wurde, und bat sie in sein Büro. Dort stellte er ihr Lynn Jachimek vor, jene frühere Nachbarin der Reids, die er am Telefon erwähnt hatte.

»Ich habe stets den Verdacht gehabt, daß da etwas nicht in Ordnung wäre«, begann er, als sie alle Platz nahmen, um zusammen die Krankenberichte durchzugehen.

Der erste Eintrag über Morgan bezog sich auf einen Besuch in seiner Praxis am 16. August 1983, acht Tage, nachdem sie zum ersten Mal einen Atemstillstand gehabt hatte.

»Die Untersuchung zeigte nichts Auffälliges«, berichtete der Arzt. »Am Tag zuvor hatte sie angeblich fünf Sekunden lang nicht geatmet, aber das kann man nicht als Atemstillstand bezeichnen.«

Dennoch wurden am nächsten Tag im Children's Memorial Morgans Lungen geröntgt. Ohne Ergebnis.

Am 20. August, als Morgan wegen ihres zweiten Atemstillstands ins Children's Memorial gebracht worden war, hatte man ihn nur telefonisch darüber informiert. Er hatte zwar Belegbetten in der Klinik, aber sie war eine Stunde entfernt, so daß er nicht selbst dorthin fahren konnte.

Mit stockender Stimme las er aus der Krankenakte vor:

Das Kind hatte auf dem Boden gelegen, und nachdem die Mutter es nicht atmend angetroffen hatte, hatte sie zu Hause Mund-zu-Mund-Beatmung durchgeführt, danach ist das Kind in die Notaufnahme gebracht worden.

Der September war ein Alptraum für Mutter und Kind gewesen. Es hatte mehr als ein halbes Dutzend kritischer Vorfälle und Arztbesuche gegeben.

Am 1. September 1983 hatte die Mutter das Kind wegen einer leichten Erkältung ins Krankenhaus gebracht. Der Arzt war der Meinung gewesen, das Kind sei gesund.

Genau eine Woche später, am 8. September 1983, lief Morgan blau an und wurde in aller Eile ins Edward Hospital gebracht. Tanya hatte den Sanitätern erzählt, daß das Baby aufgewacht war und zu atmen aufgehört hatte, nachdem sie den Raum verlassen hatte. Sie hatte Herz-Lungen-Wiederbelegung durchführt. Es war der dritte Atemstillstand des Mädchens. Dr. Skurka beriet sich mit einem Kollegen, der ihm erzählte, das Baby sei seiner Ansicht nach recht munter, und riet, sie zu entlassen. Für das Kind wurde ein Babycom zur Verfügung gestellt, und Tanya versicherte, sie würde mit Morgan zu Hause zurechtkommen. Am nächsten Tag sollte sie zu weiteren Untersuchungen noch einmal mit der Kleinen ins Krankenhaus kommen.

In Dr. Skurkas Aufzeichnungen stand, was Tanya erzählt hatte:

Als die Mutter am nächsten Tag zu mir kam, berichtete sie, daß sie das Kind einen Moment, nachdem es aufgewacht war, allein gelassen hätte, also war die Kleine offensichtlich wach. Als sie zurückkam, bemerkte sie, daß Morgan blau angelaufen war und nicht mehr atmete. Sie führte Mund-zu-Mund-Beatmung durch, dann rief sie den Rettungsdienst, und die Kleine wurde ins Krankenhaus gebracht.

Acht Tage später erlitt Morgan einen weiteren Anfall, Nr. 4, an einem Samstag um 16 Uhr 37. Dr. Skurka war nicht zu Hilfe gerufen worden, er erfuhr davon durch einen Anruf aus dem Krankenhaus. Wieder wurde das Kind entlassen und nach Hause geschickt.

Am Dienstag, dem 20. September, folgte der nächste Anfall, Nr. 5 auf Melodees Liste. Im Krankenhausbericht stand, daß Tanya Reid den Sanitätern erzählt hätte, ihre Tochter hätte aufgehört zu atmen und sei in ihren Armen ganz schlaff geworden. Morgan wurde aus dem Edward Hospital ins Children's Memorial verlegt und erst sechs Tage später wieder entlassen.

Als Tanya am 29. September ihre Tochter zu Dr. Skurka in die Klinik zur Untersuchung brachte, begann sich das Verhältnis zwischen dem Arzt und der Mutter der Patientin zu verändern. Jerry Skurka fragte sich, was wirklich passiert sein mochte.

Er erzählte Melodee, daß er mit Tanya noch einmal alle Tests und deren Ergebnisse durchgesprochen hätte. Er hatte ihr gesagt, die Möglichkeit bestünde, daß familiäre Probleme ein Grund für die Probleme des Kindes sein könnten.

»Welche zum Beispiel?« wollte die Staatsanwältin wissen.

»Nun, ich konnte mir die Anfälle des Kindes einfach nicht erklären, und die Untersuchungen verliefen alle negativ. Morgan schien vollkommen in Ordnung zu sein.«

Er hatte von Lynn Jachimek gewußt, daß es Spannungen in der Ehe gab; der Ehemann war oft abwesend, und die Häufigkeit der Anfälle nahm zu.

Am nächsten Tag, dem 30. September, wurde Dr. Skurka erneut vom Edward Hospital angerufen. Es war Tanya Reid. Morgan hatte einen weiteren Anfall gehabt – Nr. 6. Dem Baby ging es wieder gut, obwohl es eine verstopfte Nase und verkrustetes Blut darin hatte, wahrscheinlich verursacht durch die Wiederbelebungsmaßnahme. Und obwohl weiterhin Phenobarbital verordnet wurde, war Dr. Skurka von der Notwendigkeit nicht überzeugt. Seine Zweifel spiegelten sich bei seinen Eintragungen in Morgans Akte wider.

Niemand ist je Zeuge eines solchen Anfalls geworden, hatte er festgehalten.

»Es hatte mich bedenklich gestimmt, daß die Mutter bei einem Anfall immer ganz allein mit dem Kind zu Hause war«, erzählte er Melodee.

Der Oktober schien genauso weiterzugehen wie der September. Als Dr. Skurka das Baby am 6. September in seiner Praxis sah, schien es bester Gesundheit zu sein. Der Arzt überprüfte, ob Morgans Atemwege in Ordnung waren.

Auch bei einem weiteren Termin zwei Wochen später machte Morgan einen guten Eindruck.

Und dann, am 26. Oktober 1983, hörte Morgan wieder auf zu atmen und wurde um 14 Uhr 55 ins Edward Hospital gebracht. Der diensttuende Arzt in der Notaufnahme rief Dr. Skurka an, und nachdem die beiden Ärzte sich beraten hatten, wurde das Kind entlassen. Am nächsten Tag schien es wieder vollkommen in Ordnung zu sein.

Melodee wollte wissen, wie die Umstände bei jener siebten Episode gewesen seien.

»Sie hatte auf dem Boden gespielt und dann aufgehört zu atmen.«

Melodee hatte das schon so oft gehört, daß sie die Antwort eigentlich hätte kennen müssen.

»Und die Mutter hat Wiederbelebungsmaßnahmen durchgeführt?«

Dr. Skurka nickte. »Als man Morgan in die Notaufnahme brachte, machte sie bereits wieder einen normalen Eindruck.«

Es war der November, der Melodee besonders interessierte. Die Ereignisse des 9. November waren von großem Interesse für sie. Es hatte zwei Anfälle gegeben – Nr. 8 und Nr. 9 –, die medizinische Behandlung notwendig gemacht hatten.

Tanya berichtete, der erste hätte sich um 10 Uhr 50 ereignet. Am Morgen war es dem Baby noch gutgegangen. Die Kleine war gefüttert worden, hatte Phenobarbital bekommen und war dann eingeschlafen. Das Babycom hatte Alarm gegeben.

Dr. Skurka las aus einer Akte vor, welche Information ihm die Mutter gegeben hatte:

Sie hat nicht mehr geatmet, die Lippen waren blau, die Haut blaß. Die Mutter hat das Kind geschüttelt, den Rettungsdienst angerufen und dann mit der Mund-zu-Mund-Beatmung begonnen.

Tanya wurde mit Morgan nach Hause geschickt. Alles, was hatte getan werden müssen, war getan worden.

Und wieder alarmierte Tanya den Rettungsdienst, diesmal um 14 Uhr 22. Sie berichtete, Morgan hätte bis zwei Uhr geschlafen, wäre dann aufgewacht, und sie hätten zusammen gespielt. Dann jedoch hätte die Kleine Schwierigkeiten beim Atmen bekommen.

Sie zitterte leicht, darauf hat die Mutter den Rettungsdienst angerufen und Mund-zu-Mund-Beatmung durchgeführt. Die Kleine war zuerst ins Edward Hospital gebracht, dann aber ins Children's verlegt worden.

Dann ereignete sich jene Episode, die für Tanya Reid die letzte Hoffnung sein konnte zu beweisen, daß sie nicht immer nur mit dem Kind allein gewesen war, wenn ihre Kinder aufgehört hatten zu atmen.

Diese Episode war anders. Sie tauchte in mehreren Krankenhausberichten auf, ebenso in Dr. Skurkas Akte.

Konnte der Arzt Näheres zu dieser Episode berichten?

Und ob er das konnte!

Die ganze Zeit über hatte Tanya am Krankenbett Wache gehalten, nur zum Essen und Schlafen verließ sie Morgan. Sie war schon vorher im Children's Memorial gewesen und kannte sich aus. Das Baby hatte unzählige anstrengende und schmerzhafte Untersuchungen über sich ergehen lassen müssen – auf die vage Möglichkeit hin, daß sie ein seltenes Anfallsleiden haben könnte.

Kein Arzt wird es leugnen. Sie alle lieben die Herausforderung des Unerforschten, allen gefällt die Vorstellung, eine unbekannte Krankheit zu entdecken. Vielleicht, wenn Morgan einen Anfall im Krankenhaus bekäme, dann könnte man die Symptome besser beurteilen. Es gab nichts, was einen Anfall anzukündigen pflegte. Das Kind hörte einfach auf zu atmen, wenn es wach war. Normalerweise an Werktagen und dann wiederum am Nachmittag. Was konnte das sein?

Niemand bezweifelte die Beschreibungen der Mutter – immerhin war sie Krankenschwester.

Schließlich, nachdem sie ein paar Tage im Krankenhaus war, hörte Morgan auf zu atmen und lief blau an.

Dr. Skurka erzählte Melodee, wie er sich mit einem Kollegen in Verbindung gesetzt hatte, um zu erfahren, was dieser ihm sagen konnte.

»Noch kurz vorher waren rund um das Bett die Vorhänge offen gewesen, das Kind lag im Bett. Dann waren plötzlich die Vorhänge zu, und Morgan wurde in diesem Zustand gefunden.«

Die einzige Zeugin war Tanya Reid. Sie war mit ihrem

Kind allein hinter den Vorhängen gewesen. Dank ihrer Wiederbelebungsversuche hatte das Kind wieder angefangen zu atmen.

Erneut zeigte Dr. Skurka Melodee, was er in seiner Akte festgehalten hatte:

Ich wäre viel beruhigter, wenn das Kind einen Anfall gehabt hätte, wenn die Mutter nicht in der Nähe gewesen wäre. Doch bis jetzt war das noch nicht einmal der Fall …

Tanya Reid brachte Morgan am 17. November 1983 zur normalen Sechs-Monate-Untersuchung in die Praxis, nicht zur Nachuntersuchung. Das Baby war zwei Tage zuvor aus dem Krankenhaus entlassen worden.

Jerry Skurka machte sich große Sorgen um das Kind.

Er hatte lange überlegt, wie er die Mutter auf diese verwirrenden Einzelheiten ansprechen sollte: den Ablauf der Anfälle, die ansonsten gute Gesundheit des Kindes, daß auch im Krankenhaus niemand Zeuge des Anfalls gewesen war.

Morgan hatte niemals nachts einen Anfall bekommen, niemals, wenn sonst jemand zusehen konnte.

Nur wenn Mrs. Reid mit der Kleinen allein war.

Und auch Tanyas Gelassenheit erschütterte ihn. Das Kind hatte in höchster Gefahr geschwebt, hatte wiederbelebt werden müssen – und die Mutter nahm es, ohne zu murren, wieder mit nach Hause. Wenn es sein Kind gewesen wäre, hätte er darauf bestanden, daß es im Krankenhaus geblieben wäre.

Nicht so Mrs. Reid.

Melodee wußte, welche Zweifel den Arzt gequält hatten, aber er war nicht der Typ, der mit der Faust auf den Tisch hieb. Er war sich nicht hundertprozentig sicher gewesen. Natürlich hatte er in seiner Praxis schon Fälle von Kindesmißhandlungen erlebt, aber die waren klar erkennbar gewesen. Verletzungen, gebrochene Knochen, Verbrennungen … beredte Hinweise darauf, daß das Zuhause nicht immer der sicherste Ort für Kinder war.

Bei Morgan gab es keine äußerlich sichtbaren Anzeichen. Wie sollte er seinen Verdacht also beweisen? Wie konnte er all dem ein Ende setzen?

Und obwohl Morgans Akte voller Hinweise war, kannte Dr. Skurka das Münchhausen-Syndrom by Proxy nicht. Wenn überhaupt, dann wußte er nur sehr wenig darüber.

Am 23. November 1983 führte er jenes Gespräch mit Tanya, vor dem er sich so gefürchtet hatte, kämpfte darum, die richtigen Worte zu finden, während er in der umfangreichen Akte Morgans blätterte.

»Ich denke, wir haben ein Problem«, begann er.

Wenn er ihr ins Gesicht gesagt hätte, daß er fürchtete, sie würde ihr Kind ersticken, hätte er sie vermutlich verjagt.

Er versuchte, Melodee jene Unterhaltung zu beschreiben, so gut er sich daran erinnern konnte.

»Ich habe meine Besorgnis darüber ausgedrückt, daß es so viele Fragen gab, auf die wir keine Antwort wußten. Daß wir keinen medizinischen Grund für die Anfälle finden konnten, daß sie immer mit dem Kind allein war. Ich schlug ihr vor, sie sollte eine Art Therapie machen.« Vielleicht würde sie bei einem Gespräch mit dem Klinik-Psychologen enthüllen, was wirklich passierte.

Vielleicht *wollte* sie Hilfe …

Tanya Reid war verblüfft, versprach aber, mit ihrem Mann darüber zu reden. Sie würde sich wieder bei Dr. Skurka melden.

Melodee notierte sich Tanyas Reaktion: Sie war beleidigt, voller selbstgerechter Entrüstung.

Dr. Skurka sah weder Tanya noch Morgan jemals wieder.

30

Nachdem Dr. Skurka erzählte hatte, was er wußte, kam Lynn Jachimek an die Reihe. Unter Tränen erinnerte sie sich daran, wie ängstlich sie darauf gewartet hatte, ob wieder das Martinshorn zu hören war. Wie sie begonnen hatte, darauf zu achten, wo Jim sich dann jeweils befand. Und sie würde niemals vergessen, was sich an jenem Hochzeitstag der Reids ereignet hatte.

Ihren sechsten Hochzeitstag wollten die Reids mit einem Essen in einem feinen Lokal feiern. Und da Tanya für jenen Abend keine Krankenschwester als Sitter bekommen hatte, fragte sie Lynn, ob sie auf die Kinder aufpassen könnte. Lynn willigte unter der Bedingung ein, daß Tanya alles Notwendige mitbrachte und ihr für den Notfall die entsprechenden Telefonnummern daließ. Außerdem sollte Tanya ihr erklären, was Lynn machen mußte, falls Morgan einen Anfall bekam – schließlich war sie keine Kinderkrankenschwester, sondern Labortechnikerin.

»An jenem Abend drückte sie mir den Windelkarton und Morgans Flasche in die Hand, sonst nichts. Sie zeigte nichts, erklärte nichts. Gab mir keine Telefonnummer für den Notfall.«

»Hatte sie wenigstens das Babycom dabei?« wollte Melodee wissen.

Lynn schüttelte den Kopf. »Nein. Nichts.«

Lynn hatte Angst, und so hielt sie das Baby vier Stunden lang im Arm, bis die Reids zurückkamen. Das Baby war so hübsch, so klein. Es trat kein Notfall ein in jener Nacht.

Und obwohl das Unbehagen der Jachimeks Tanya gegenüber immer größer wurde, luden sie die Reids zu einem Thanksgiving-Essen ein. Ihr Sohn hatte an jenem

Abend einen Videofilm gedreht, und Lynn versprach, Melodee eine Kopie zu schicken.

Auf ihrer Rückfahrt dachte Melodee darüber nach, wie fruchtlos die Versuche Dr. Skurkas und Lynn Jachimeks gewesen waren, Tanya zu helfen. Die beiden hatten nicht gewußt, daß eine solche Taktik nichts bei Münchhausen-Täterinnen fruchtete. Wurden sie offen mit einem Verdacht konfrontiert, wechselten sie einfach den Arzt. Versuchte man sie zu trösten, spornte das ihr Verlangen nach Aufmerksamkeit nur weiter an.

Unterwegs war Melodee nicht nach fröhlicher Musik zumute. Nach dem Gespräch mit dem Kinderarzt ertrug sie höchstens noch traurige Countryballaden.

31

In Melodees winzigem Büro stapelten die Akten sich so hoch, daß wahrscheinlich ein einziger weiterer Bericht genügt hätte, um alles zum Einsturz zu bringen. Melodee sah im Geiste schon die Schlagzeilen vor sich:

Staatsanwältin von Akten erschlagen!

Aber es war alles so wichtig, es waren alles Unterlagen, die die Anklage gegen Tanya Reid stützen sollten. Und es kamen immer neue Akten und Berichte.

Unter anderem auch Tanyas Arbeitsunterlagen aus Amarillo, und sie zeigten etwas Merkwürdiges. In der Zeit vom 16. März bis zum 19. Mai – kurz vor dem Umzug nach Des Moines – hatte Tanya neunmal gefehlt, fast immer, weil Michael krank gewesen war; er hatte Fieber oder hatte sich übergeben. Ob Tanya mit allen Mitteln versucht hatte, den Umzug nach Des Moines doch noch zu vermeiden?

Ein Satz, den Tanya in ihrer Bewerbung geschrieben

hatte, fiel Melodee ins Auge: ›*Geburt eines behinderten Kindes.*‹ Seit wann war Michael behindert? War das nur ein weiterer Versuch, Mitleid und Aufmerksamkeit zu erregen? Immer wieder von neuem stellte sich in einem MSBP-Fall heraus, daß wirklich nichts so war, wie es erschien.

Obwohl es offensichtlich war, daß die Anfälle der Kinder etwas mit Jims Abwesenheit zu tun hatten, sah Melodee auch die Beziehung zwischen den einzelnen Episoden und Tanyas Arbeit.

Es hatte eine Periode von anderthalb Jahren gegeben – jene Zeit in Texas, bevor die Familie nach Des Moines gezogen war –, in der Michael keinen einzigen Atemstillstand bekommen hatte. Und obwohl Dr. Linder extrem aggressive Medikamente verordnet hatte, begann sich doch etwas ganz anderes abzuzeichnen: Wenn Tanya arbeitete, eine Stelle hatte, waren die Kinder sicher.

Als Carolyn geboren wurde, hatte Tanya gearbeitet und in der Nähe ihrer Familie gelebt. *Keine Anfälle.*

Als Morgan geboren wurde, lebten die Reids in Illinois. Tanya war einsam und ohne Arbeit gewesen.

Anfälle, die Wiederbelebung erforderlich machten.

Als Michael geboren wurde, war Tanya immer noch einsam und ohne Arbeit.

Anfälle, die Wiederbelebung erforderlich machten.

In Amarillo hatte Tanya Arbeit, lebte sie wiederum nahe bei ihrer Familie.

Keine Anfälle.

Als die Reids nach Des Moines zogen, fühlte sie sich einsam und arbeitete nicht.

Erneut hatte Michael Anfälle.

Während Melodee ihre Anklage vorbereitete, führte Paul Houston seine einsame Kampagne gegen die Behörden in Texas weiter.

Anfangs hatte er lediglich um Unterstützung für ihre Nachforschungen gebeten, und das hatte auch funktioniert.

Als der Bericht des Medical Examiner vorlag, in dem Bennett zu dem Schluß kam, daß Morgan einem Verbrechen zum Opfer gefallen war, schickte Paul sofort einen Brief und eine Kopie des Berichts an die Anklagevertretung der Deaf Smith County.

Er wartete jedoch vergeblich auf eine Antwort.

Er telefonierte mehrere Male, und schließlich sagte ihm einer der Staatsanwälte, es sei nicht sehr wahrscheinlich, daß man diesen Fall verfolgen würde – jedenfalls nicht in ihrer County.

»Wer kann denn schon mit Sicherheit sagen, wo das Baby wirklich gestorben ist oder das Verbrechen begangen wurde? Das Kind lebte jedenfalls noch, als es mit dem Krankenwagen aus unserer County nach Amarillo gebracht wurde.«

»Wer weiß schon, welchen Einfluß die Thaxtons in ihrer Gemeinde haben?« sagte Melodee. »Vielleicht kennen sie genau die richtigen Leute.«

Außerdem war ihnen natürlich auch bewußt, daß die texanischen Kollegen wahrscheinlich glaubten, sie würden irgendeinen medizinischen Humbug verzapfen. Und von ›denen dort oben in Iowa‹ wollten sie sich vielleicht auch nichts sagen lassen.

Und irgendwann kam es sogar soweit, daß man Pauls Anrufe nicht einmal mehr beantwortete. Doch Paul weigerte sich, aufzugeben. Er wandte sich an das Teys State Attorney General's Office um Hilfe; er schrieb an die Staatsanwaltschaftbüros in den benachbarten Counties. Im Attorney General's Office zeigte man sich interessiert, doch einer der Mitarbeiter erklärte Paul, daß der Zeitpunkt für eine Untersuchung denkbar schlecht sei: Es gäbe gerade große Personalumschichtungen.

»Vielleicht werden wir uns die Sache einmal näher ansehen, wenn Sie diese Frau verurteilt haben und sie ihre Strafe abgesessen hat.«

Die Thaxtons wußten, daß Tanya in einem sehr schlechten Licht erscheinen würde, wenn ein bestimmtes Ereignis aus ihrer Vergangenheit der Anklagebehörde in Iowa bekannt würde, und so beschlossen sie, nichts darüber verlauten zu lassen – schließlich waren sie überzeugt davon, daß Tanya nichts Schlimmes getan hatte. Lediglich Mark Pennington wurde von Wanda darüber informiert, und er versicherte Tanya und ihrer Familie, daß sie nichts zu befürchten hätte. Melodee Hanes würde niemals herausfinden, was vor so langer Zeit in Dumas passiert war.

Nicht in einer Million Jahren.

32

Tanya wollte nicht weg aus Texas. Nicht schon wieder. Nicht jetzt. Doch Jim, der das Gefühl hatte, daß seine Karriere in der Fabrik in Hereford stagnierte, wollte weiter auf der Leiter nach oben klettern. Und dazu mußte er fort.

Tanya, die lange darauf gewartet hatte, in ihrem Beruf Fortschritte machen zu können, hatte eine Stelle als Operationsschwester im Deaf Smith General Hospital.

»Ich hätte eigentlich nicht zu arbeiten brauchen«, sagte sie später. »Wir hatten genug Geld, wir hätten meinen Verdienst deshalb nicht nötig. Wir waren glücklich. Wir hatten keine finanziellen Probleme.«

Sie hatte besondere Bedingungen ausgehandelt, als

man ihr statt der Halbtagsstelle, die sie angestrebt hatte, eine volle Stelle anbot.

»Ich hatte unter der Bedingung zugestimmt, daß ich zu Hause bleiben konnte, wenn es an einem Tag nur wenige oder gar keine Operationen gab. Sie hatten eingewilligt. Aber ich war dennoch fast jeden Tag da.«

Tanya hatte das Gefühl, daß sie es geschafft hätte. Sie war schon lange nicht mehr so glücklich gewesen. Und nun sollten sie schon wieder fort? Nach einem halben Jahr schon wieder aus dem Haus in der Pecan Street ausziehen?

Es war einfach nicht fair!

Im August 1984 kehrten die Reids nach Woodridge zurück. Es war ein Ort, an dem sie Freunde zu haben glaubten. Ihr neues Haus am Sherman Drive 6021 war viel eindrucksvoller als das alte. Natürlich war die Verbindung zu den Jachimeks nicht mehr so eng wie früher, obwohl es niemals harte Worte, einen Streit gegeben hatte. Es lag an Morgans Tod und den mysteriösen Umständen ihrer Anfälle, daß die Jachimeks keinen großen Wert mehr auf eine Freundschaft legten.

Dennoch bemühte Lynn sich, nach außen hin freundlich zu erscheinen, obwohl sie auf Abstand hielt.

Um Carolyns willen ließen sich die Jachimeks immer wieder bei den Reids sehen. »Meine Schwester ist im Himmel«, erklärte das kleine Mädchen ihnen bei einem ihrer Besuche. »Sie ist jetzt ein Engel.«

Und obwohl Tanya erzählte, daß Carolyn unter Alpträumen leiden würde, schien es die Kleine mit Gelassenheit hinzunehmen, daß sie nun wieder ein Einzelkind war. Doch rund einen Monat nach ihrer Rückkehr nach Illinois verkündetet Tanya, daß sie wieder schwanger wäre.

Bei einem Gespräch mit Rolf Habersang, einem Arzt, der sowohl bei Morgans Tod als auch bei ihrer Autopsie anwesend war, erfuhren Melodee Hanes und Paul Houston, daß Tanya am Anfang ihrer Schwangerschaft mit Michael einige Male ohnmächtig geworden war. Dr. Habersang hatte dies erfahren, nachdem Tanya und Jim wieder aus Illinois nach Texas zurückgekehrt waren.

Und wieder gab es Einsatzberichte der Polizei und der Rettungssanitäter, doch diesmal betrafen sie Tanya.

15. Oktober 1984 – Tanya Reid wurde von den Sanitätern untersucht, weigerte sich aber, sich ins Krankenhaus bringen zu lassen. Notruf von Jim Reid um 7 Uhr 55 eingegangen.

17. Oktober 1984 – Ein Polizeibeamter wurde zum Sherman Drive geschickt. Als er klingelte, öffnete niemand. Er stieß die unverschlossene Tür auf und betrat das Haus, fand Tanya bewußtlos auf dem Boden liegend. Er alarmierte den Rettungsdienst, und Tanya wurde um 16 Uhr 10 ins Edward Hospital gebracht. Wieder hatte Jim den Notdienst angerufen.

22. Oktober 1984 – Um 10 Uhr 46 wurde Tanya ins Krankenhaus gebracht, nachdem die Sanitäter sie nach einem Ohnmachtsanfall kurz untersucht hatten. Wieder hatte Jim um Hilfe gebeten – von seinem Büro aus.

22. November 1984 – Ein Polizeibeamter war anwesend, als Tanya untersucht und wegen eines Ohnmachtsanfalls aus unbekanntem Grund ins Krankenhaus transportiert wurde. Jim hatte Tanya bewußtlos im Wohnzimmer gefunden.

Melodee erfuhr, daß es zu einem späteren Zeitpunkt in Tanyas Schwangerschaft einen weiteren Ohnmachtsanfall gegeben hatte, wenn sie auch von den näheren Umständen nichts wußte.

Eine schwangere Frau wird bewußtlos auf dem Boden liegend gefunden. Der Rettungsdienst wird alarmiert, doch wenn die Sanitäter eintreffen, geht es der Frau schon wieder besser. Was ging in dem schönen Haus am Sherman Drive vor? Waren auch die Ohnmachten nur vorgetäuscht?

Tanya bestritt dies später heftig. Schließlich hatte Jim die 911 gewählt, nicht sie selbst, wie ihre ›Verleumder‹ später behaupteten.

Außerdem gab es einen guten medizinischen Grund für ihre Ohnmachten. Sie hatte ihren Freunden und ihren Verwandten erzählt, sie litte an einer Schwangerschaftsdiabetes und müßte sechs Mahlzeiten am Tag zu sich nehmen.

»Mir war nicht schlecht. Ich war nur einfach nicht hungrig, deshalb wollte ich nicht essen. Und deswegen sei mein Blutzucker gesunken. Also mußte ich essen. Solange ich aß, ging es mir gut«, erzählte sie einer Freundin.

Jim war bei ihr und machte ihr Mut.

»Wenn es mir schlechtging, war er der netteste Mensch auf der Welt. Er war sehr liebevoll, wenn ich krank war.«

Umgekehrt war es offensichtlich nicht so. Als Jim stark erkältet war, riet sie ihm, ein heißes Bad zu nehmen, und als er das nicht tat, wurde sie sehr ärgerlich.

»Er warf mir vor, grausam zu sein«, erinnerte sie sich später.

Melodee sprach mit Randy Alexander über diese Ohnmachten, und er erklärte ihr, daß manche Münchhausen-Täterinnen zu dem einen oder anderen Zeitpunkt selbst simulierten. Offensichtlich hatte Tanya dies bei ihren Ohnmachtsanfällen getan.

Denn wie sonst sollte man sich erklären, daß Jim sie ohnmächtig vorgefunden hatte – nachdem er zu Hause angerufen, keine Antwort bekommen, seinen Arbeitsplatz verlassen hatte, mit dem Zug gefahren war, um Tanya immer noch bewußtlos vorzufinden? Und dann war sie aus der Ohnmacht erwacht, ganz plötzlich, gerade bevor die Sanitäter eintrafen? Ein merkwürdiges Timing!

Hatte Tanya dies alles inszeniert, um die Aufmerksamkeit auf sich selbst zu lenken?

Nun, Melodee wußte es nicht, und sie wollte sich über die Gründe auch kein Urteil erlauben. Sie wollte Tanya Reid wegen Kindesmißhandlung anklagen, und sie konnte ihre Anklage nicht auf einer Charakteranalyse Tanyas aufbauen, sie brauchte die Beweise der Ärzte.

Melodee Hanes war die erste, die zugab, daß sie es vielleicht manchmal übertrieb, wenn es darum ging, genügend Beweise zu sammeln. Zu Michaels Atemstillstandsanfällen gab es genügend Aussagen von Ärzten, doch wie sah es bei Morgan aus?

Auch wenn die Ärzte in Illinois im nachhinein davon überzeugt waren, daß alle Anzeichen auf MSBP hindeuteten, könnte eine Jury dies doch als unzulässigen Rückschluß von Michaels Befund auf Morgan ansehen. Melodee brauchte jemanden, der schon damals, als Morgan noch lebte, seinen Verdacht auf MSBP schriftlich festgehalten hatte.

33

Tanya wäre zufrieden gewesen, wenn sie ihr Leben lang den Ort, in dem sie geboren und aufgewachsen war, nicht hätte verlassen müssen. Laut Tanya war es einzig und allein Jim, der nie zufrieden war und durch jede neue Stelle noch ein Stück weiter nach oben wollte. Sie haßte es, wenn Jim in Gesellschaft stundenlang über seinen Aufstieg von ganz unten nach ganz oben redete.

Er vermied es jedoch, jemals über seine Probleme zu reden. Es wäre ihm peinlich gewesen, hätte man Michael bei einer Familie in Grenada, Mississippi, in Pflege gegeben – jemand aus seiner Firma hätte davon erfahren können. Und daß man seine Frau wegen Kindesmißhandlung angeklagt hatte, war noch peinlicher.

Wanda Thaxton sah ihren ehrgeizigen Schwiegersohn, wie er war.

»Ich mochte Jim, aber jemanden zu mögen heißt nicht, daß man ihm gegenüber blind ist!«

Tanya und Jim reagierten nicht anders als viele Paare, die ebenfalls ein Kind verloren hatten. Sie hörten auf, in die Kirche zu gehen, haderten mit Gott.

Doch Jim schien seinen Kummer besser verarbeitet zu haben als Tanya, die oft zusammenbrach, wenn man ihre Tochter erwähnte, die nun in Dumas begraben lag.

Die alten Gegensätze brachen wieder auf. Tanya mußte über alles reden, immer und immer wieder; Jim schwieg.

Offensichtlich brauchte Tanya mehr, als Jim ihr geben konnte.

Die Ehe der Reids schien endgültig zerrüttet zu sein, als Tanya, obwohl sie mit Michael schwanger war, Jim erklärte, daß sie genug hätte. Es langte ihr. Jim arbeitete bis zur Erschöpfung, und wenn er nach Hause kam, wollte er in Ruhe gelassen werden. Tanya jedoch wollte ausgehen, Spaß haben.

Dieses Mal wollte sie ihn endgültig verlassen, und es war ihr egal, daß Michaels Geburt kurz bevorstand.

Sie wollte fort.

Sie wollte nach Hause nach Dumas.

Als Jim ihr das verbot, schloß sie sich in ihrem Schlafzimmer ein, entschlossen, nie mehr herauszukommen. Sie hatte ihre Ehe so satt!

Anfang April waren Tanya und Carolyn eine Woche in Dumas. Tanya hatte sich zu ihren Eltern geflüchtet und ihnen erklärt, daß sie sich von Jim trennen wollte.

Ihre Eltern versprachen ihr Unterstützung, auch wenn sie nicht verbargen, daß es ihnen lieber wäre, Tanya ließe sich nicht scheiden.

Jim Reid rief seine Frau jeden Tag an, und schließlich, am 6. April, stimmte Tanya zu, wieder zu ihm zurückzukehren.

Am nächsten Tag ging bei der Polizei ein Notruf ein, der vom Sherman Drive 6021 kam. Jim Reid ließ einen Beamten um 11 Uhr 15 ein. Seine Frau lag bewußtlos auf dem Boden. Sie atmete gleichmäßig, aber sie reagierte nicht.

Als die Sanitäter kamen und neben ihr knieten, rührte sie sich und schlug die Augen auf.

Sie behauptete, sie hätte sich plötzlich schwach gefühlt und wäre dann zusammengebrochen – an mehr könnte sie sich nicht erinnern.

Jim hatte sie gefunden und die 911 gewählt.

Tanya wollte sich nicht ins Krankenhaus bringen lassen, versprach aber den Sanitätern, sie würde sich melden, falls sie das Gefühl hätte, sie brauchte Hilfe.

Am Nachmittag des 2. Mai 1985 kam Tanya mit Wehen ins Krankenhaus. Und obwohl auf seiner Geburtsurkunde der Namen Brandon Michael Reid stand, hatte Carolyn sich für Michael als Rufnamen ihres kleinen Bruders entschieden, noch während der Schwangerschaft. Tanya hatte eine Fruchtwasseruntersuchung vornehmen lassen, die keinen Hinweis auf einen Erbschaden wie das Fragile-X-Syndrom ergab; sie erfuhren dabei jedoch, daß es ein Junge werden würde.

Am Tag nach der Geburt ließ Tanya sich sterilisieren. Jim wollte keine große Familie, und Tanya erklärte allen, daß es zu riskant wäre, noch mehr Kinder zu bekommen.

»Es gibt ein bestimmtes Problem mit unseren Genen«, behauptete sie.

Vorsichtshalber gab man für Michael ein Babycom mit, und zehn Tage später sollten seine Lungen geröntgt werden. Die Ärzte wußten, daß Jim und Tanya Angst hatten, ihr Sohn könnte die gleichen Probleme bekommen wie seine Schwester, obwohl sie den Eltern erklärten, daß dies recht unwahrscheinlich war.

Denn alle Tests hatten ergeben: Das Kind war vollkommen gesund.

Als es passierte, muß es allen wie ein Alptraum erschienen sein. Jim. Wanda. Dr. Kudchadker. Vielleicht sogar Tanya.

Und wieder mußte sie einem Kind das Leben einatmen.

Am 28. Mai 1985 wurden die Rettungssanitäter zum Sherman Drive gerufen, und als sie um 16 Uhr 31 ankamen, hatte Tanya gerade die Mund-zu-Mund-Beatmung bei ihrem einen Monat alten Sohn beendet. Tanya erzählte ihnen, sie hätte gerade bei ihrem Sohn die Windeln gewechselt, als sie bemerkte, daß er zu atmen aufgehört hätte und blau angelaufen wäre. Sie hatte begonnen, ihn zu beatmen. Er hätte ein bis zwei Minuten mit dem Atmen ausgesetzt.

Im Rettungswagen wurden Mutter und Sohn in die Notaufnahme gebracht. Während der Fahrt war Michael abwechselnd gereizt und lethargisch.

Tanya jedoch blieb gelassen und erzählte immer wieder davon, sie glaube, Michael hätte genau wie Morgan einen ererbten Defekt.

Die vielen Tests, die während der nächsten fünf Tage im Krankenhaus an Michael durchgeführt wurden, gaben nicht den geringsten Hinweis darauf, was der Grund für diesen Atemstillstand hätte sein können. Dem Jungen wurde Theophyllin verschrieben.

Dr. Kudchadker war der Meinung, Michael wäre knapp dem plötzlichen Kindstod entkommen.

Tanya redete stets schneller, als ein Roadrunner laufen konnte.

Sie redete im gleichen Tempo, wenn sie anderen vom ersten Atemstillstand ihres Sohnes berichtete.

Doch inzwischen hatte sie das Szenario abgewandelt: »Als er aufwachte, legte ich ihn auf die Couch und ging in die Küche, um seine Flasche warm zu machen. Er weinte, so, wie ein Baby eben weint, wenn es gerade aufgewacht ist. Ich ging zurück und sah, wie er dalag und daß seine Lippen blau waren. Er reagierte nicht. Er atmete nicht mehr. Und weil ich ein paarmal Schwierigkeiten dabei gehabt hatte, Morgan wiederzubeleben, hatte ich Angst und rief den Rettungsdienst, dann begann ich, Michael zu beatmen. Als die Sanitäter ein paar Minuten später kamen, zeigte er bereits wieder Reaktionen.«

In ihrer Erzählung gab es nun keine Windeln mehr, die gewechselt werden mußten.

Jims Stimme klang ängstlich, und seine Schwiegereltern wußten sofort, daß er schlechte Neuigkeiten haben mußte. Michael hatte erneut einen Anfall gehabt, und Jim bat Wanda, zu kommen und Tanya zu helfen. Es war nicht der erste Hilferuf, der Wanda erreichte, aber bisher hatte immer Tanya selbst sie angerufen. Natürlich war es selbstverständlich, daß sie kam. Sie buchte sofort den nächsten Flug.

Ihre Tochter holte sie am Flughafen ab. Tanya schien ganz ruhig und gelassen zu sein, doch dann begann sie zu zittern. Wanda schloß Tanya in die Arme, als diese zu weinen begann.

»Liebes, er wird wieder in Ordnung kommen, ganz bestimmt …«, sagte sie liebevoll.

»Es war nicht einfach, sie soweit zu beruhigen, daß wir in das Krankenhaus fahren konnten, in das Michael gebracht worden war«, erinnerte Wanda sich Jahre später.

»Was konnte man schon tun, außer sie in den Arm zu nehmen und zu trösten?«

Ihre Mutter und ihre Schwestern hielten Tanya für eine ebenso gute und liebevolle Mutter, wie sie alle es selbst auch waren. Ihre Kinder waren immer sauber, die Zimmer aufgeräumt, und auf Jim wartete ein gutes Essen, wenn er nach Hause kam.

Und obwohl die gesundheitlichen Probleme von Morgan und Michael eine große Belastung für sie bedeuteten, kümmerte Tanya sich hingebungsvoll um ihre Kinder.

Wanda hatte oft genug beobachtet, wie vorsichtig Tanya ihre Kinder badete, wie sie sie in den Armen wiegte, bis sie eingeschlafen waren. Tanya legte keines der Kinder ins Bett, solange es nicht eingeschlummert war.

Wanda hatte eine ganz besondere Erinnerung an die Beziehung zwischen Tanya und ihrem Sohn.

»Liebes, er hat seine Flasche getrunken und ist satt – warum legst du ihn nicht ins Bett?« hatte sie ihre Tochter gefragt.

Tanya hat den Kopf geschüttelt. »Mutter, ich mag das … das Gefühl, daß diese Zeit nur uns beiden gehört, ihm und mir.«

Von allen Krankenhäusern, die Tanya mit ihren Kindern kennenlernte, gefiel ihr das Edward Hospital am besten.

»Die Schwestern kannten mich alle. Immer blieben sie bei mir stehen und redeten mit mir.«

Sie fühlte sich dort wie zu Hause.

In dem Sommer nach seiner Geburt wurde Michael dort ein halbes dutzend Mal eingeliefert. Insgesamt zwanzig Tage verbrachte er dort.

Es wurde zu seinem zweiten Zuhause.

34

Während Melodee Hanes, Paul Houston, Jan Buck und Candis Juckette sich im Besprechungsraum des Jugendgerichts von Polk County trafen, tobte draußen ein Gewittersturm.

Sie wollten aus sämtlichen Krankenakten Morgans eine Übersicht zusammenstellen. Die Aufgabe war schrecklich und langwierig gewesen und hatte viel Hingabe verlangt, doch sie alle hatten gewußt, wie wichtig sie war. Sie brauchten alles, was sie finden konnten, um die Anklage gegen Tanya Reid zu untermauern.

Melodee prüfte einen Stapel Berichte aus dem Dumas Memorial Hospital. Das Szenario, das diese Akten wiedergaben, war erschreckend vertraut. Und obwohl es bei der Anklage um Michael ging, war es von Bedeutung, das Muster von Morgans Anfällen deutlich zu machen.

Als Morgan am 10. Januar 1984 in die Notaufnahme gebracht worden war, war es 14 Uhr 20 gewesen. Nicht exakt der gleiche Zeitpunkt wie bei Michaels Anfällen in Iowa, aber ähnlich genug.

Wo hatte sich Jim Reid befunden?

Jim war in Hereford in der Fabrik, während Tanya mit den Mädchen bei ihren Eltern war.

In den Aufzeichnungen stand, daß der Atemstillstand des Mädchens auch angedauert hatte, nachdem die Sanitäter die Kleine in den Rettungswagen gebracht hatten. Schließlich wurde Morgan intubiert. Herzmassage wurde durchgeführt.

Dann atmete die Kleine wieder. Erst nach vier Minuten fuhr der Rettungswagen los, brachte das Baby in die Notaufnahme.

Melodee unterstrich einen Eintrag in der Krankenakte der Notaufnahme: Blutiger Schleim wurde festgestellt, als der Tubus entfernt wurde.

Sie nahm sich vor, Dr. Alexander danach zu fragen, was das bedeutete.

Die Schwestern hatten festgehalten, daß Tanya Reid stets in Zimmer 130 anwesend war. Sie fütterte ihr Baby, badete es, fragte einmal sogar eine Schwester, ob sie die Werte ihrer Tochter nehmen dürfte. Dem Kind wurde intravenös Phenobarbital zugeführt.

Apnoe-Monitor gibt Alarm um 3 Uhr 30. Patient reglos, keine Atmung ... 2 Minuten lang Sauerstoffmaske. Kind weint, wird von Mutter gehalten.

14 Uhr 45, am 11. Januar

Baby hatte gespielt und war bei seiner Mutter. Mutter bemerkte eine leichte Veränderung in der Atmung – Apnoe und kein Herzschlag. Herz-Lungen-Wiederbelebung und Sauerstoffmaske. Dr. Wright alarmiert, kam sofort. Episode dauerte ungefähr 1 1/2 Minuten.

20 Uhr 25, am 12. Januar

Mutter badete das Baby, das 60 g Möhren gegessen und Milch getrunken hatte. Mutter bemerkte, daß der Kopf nicht mehr hochgehalten wurde. Keine Atmung. Atmung mit Sauerstoff unterstützt. Baby atmet unregelmäßig. Patient zitterte, warf Kopf zurück, Rücken durchgebogen.

Der Apnoe-Alarm erklang am Morgen des 14. Januar immer und immer wieder. Ein weiterer Anfall, der fünfzehn Sekunden andauerte, wurde am nächsten Tag registriert.

Der letzte Eintrag aus Dumas war am Morgen des 16. Januar gemacht worden. Ruhiggestellt durch Phenobarbital, den Apnoe-Monitor angeschlossen, wurde das Kind samt Eltern in einem Rettungsflugzeug ins Texas Children's Hospital gebracht.

Morgan wurde am 16. Januar 1984 um 19 Uhr im Texas Children's aufgenommen. Die Mutter hielt sie in den Armen.

Paul hatte niemals ein Foto der kleinen Morgan gesehen, aber er konnte sich das Bild deutlich vorstellen: wie die Kleine im Krankenhaus in ihrem Gitterbettchen lag; nicht nur ein Apnoe-Monitor, sondern auch ein Herz-Monitor war an ihrer Brust befestigt, die sich schwach hob und senkte. Sie konnte ja noch nicht reden. Sie konnte nur still daliegen, während die Mutter ihre traurige medizinische Geschichte erzählte.

Und dann wurde sie erneut mit Nadeln gestochen, erneut wurde Blut abgenommen; Kanülen wurden in winzige Adern geschoben, weitere Untersuchungen durchgeführt. Als der Vormittag des nächsten Tages zu Ende ging, war nicht nur Morgans Brust geröntgt worden, man hatte auch ein EEG und ein EKG gemacht. Auf weiteren Röntgenaufnahmen war zu erkennen, daß die Hirnkammern erweitert waren, mit Flüssigkeit gefüllt. Oft wurden solche Vergrößerungen mit Verletzungen in Verbindung gebracht, die Sauerstoffmangel zur Folge hatten.

Eine Zwölf-Stunden-Überwachung im Schlaflabor führte lediglich zu normalen Ergebnissen. Ein Scan zeigte keine Unregelmäßigkeiten der Hirntätigkeit, eine Überprüfung des pH-Werts zeigte nichts Ungewöhnliches. Lediglich eine Magenuntersuchung ergab, daß es einen leichten Reflux in die Speiseröhre gab.

Es gab keine ernsthaften Störungen. Nichts hätte als Grund für die Atemstillstände angesehen werden können.

Und als wäre es stets mit einem Stempel aufgedruckt worden, konnte man auf allen Krankenblättern lesen: *Mutter am Bett ihres Kindes anwesend.*

Andere Einträge fielen Paul ins Auge, denn sie gaben ein Zeugnis davon, wie perfekt Tanya Reid andere täuschen konnte:

Am 18. Januar 1984 hatte eine Krankenschwester notiert:

Mutter stand am Bett, Patientin weinte. Mutter versuchte, der Patientin eine Flasche mit Wasser und Beruhigungsmitteln zu geben, die beides verweigerte. Mutter wurde ungeduldig, ballte die Hände zu Fäusten, legte eine Faust auf das Gitter des Betts und seufzte. Fuhr dann fort, das Baby zu wiegen und ihm weiter das Beruhigungsmittel einzuflößen. Patientin schlief ein, und Mutter legte sich zurück ins Bett.

Fünf Tage später wurde um die gleiche Zeit ein weiterer Vorfall notiert:

Morgan war wach und spielte im Bett, lächelte und lachte … Mutter kam vom Essen zurück, fütterte das Kind und badete es. Mutter wurde ärgerlich, weil Morgan weinte und sich immer auf den Bauch drehen wollte. Mutter schrie sie an, worauf Morgan nur noch lauter weinte, und Mutter schlug sie auf die Beine. Als sie sah, daß ich sie beobachtete, hörte sie auf zu schlagen und zu schreien und beendete das Bad. Kind ruhte sich aus. Mutter wiegte es in den Schlaf.

Paul Houston blickte auf, ein ungläubiger Ausdruck lag auf seinem Gesicht. Vor ihnen lagen die 107 Seiten von Morgans Krankenakte aus dem Texas Children's Hospital.

»Melodee, ich muß Ihnen etwas zeigen. Schauen Sie sich diesen Namen an!«

Melodee wußte sofort, was er meinte: eine Arztunterschrift lautete C. Rosen.

»Ob das möglich ist?« fragte sie.

»Sie meinen, es könnte zu weit hergeholt sein?«

Sie blickten die Papiere noch einmal durch und fanden den Namen ein weiteres Mal. Dieses Mal stand Carol Rosen da. Zwei der Artikel, die sie über MSBP gelesen hatte, waren von einer Ärztin namens Carol Rosen verfaßt worden.

»Nun, der Name wird genauso geschrieben«, stellte Paul fest. »Und beide Male handelt es sich um eine Ärztin.«

»Es gibt nur eine Möglichkeit, das herauszufinden«, meinte Melodee.

Sie brauchten nicht lange, bis sie herausgefunden hatten, daß Carol Rosen nun an der Columbia University war. Sie erhielten die Privatnummer der Ärztin, und wenig später klingelte das Telefon in einem Haus in Syosst, New York.

Als Carol Rosen sich meldete, stellte Melodee sich als Staatsanwältin von Polk County, Iowa, vor.

»Doktor Rosen, wir arbeiten zur Zeit an einem sehr ungewöhnlichen Fall. Wir haben eine Krankenakte vorliegen, wissen aber nicht, ob die ärztliche Unterschrift von Ihnen ist. Können Sie sich vielleicht an eine kleine Patientin namens Morgan Reid erinnern?«

Ein Seufzer war zu hören. »Ich werde sie niemals vergessen«, antwortete die Ärztin dann. In ihrer Stimme klang unverhüllter Ärger mit. »Ich habe über sie in meinem Artikel geschrieben. Morgan war eins der Kinder, die starben.«

35

Doch wenn man genau hinhört, kann man erkennen, daß das Lied der Spottdrossel nicht echt ist. Die Lieder, die sie anderen abgelauscht hat, tragen einen falschen Ton in sich. Sie kann nur nachsingen, was sie schon einmal gehört hat.

Ihr Wiegenlied kommt nicht aus dem Herzen.

Es war eine werdende Mutter, die als erste den Begriff Münchhausen-Syndrom by Proxy benutzte, um das zu beschreiben, was zwischen Tanya Reid und ihrem hübschen kleinen Mädchen passierte. Sie war die erste, die erkannte, daß Tanya eine Heuchlerin war.

Carol Lynn Rosen war im Mittelwesten geboren und aufgewachsen, eine gute Wissenschaftlerin und begabte Ärztin. Sie hatte sich schon während ihrer Zeit an der Baylor University einen Namen gemacht, und aus jener Zeit stammte ihr Interesse an Apnoe bei Kindern und MSBP. Sie hatte sich damals mit dem Fall zweier Kinder aus Houston beschäftigt, die immer wieder an unerklärlichen, lebensbedrohenden Atemstillständen litten. Diese Anfälle traten so häufig auf, daß kaum ein Tag verging, an dem sie nicht zu atmen aufhörten, manchmal sogar mehr als einmal. Dr. Rosen besprach den Fall mit der Mutter, einer warmherzigen, liebevollen Frau, und ein umfangreiches Untersuchungsprogramm wurde festgelegt.

Nachdem das Kind sechs Stunden lang über einen Monitor überwacht worden war, ohne daß ein Atemstillstand aufgetreten wäre, trug die Mutter das Kind aus dem Raum und verschwand außer Sicht. Fünf Minuten später hörte das Kind zu atmen auf.

Für Dr. Rosen war die Erkenntnis, daß die Mutter – die Frau eines Predigers – die Täterin war, der Schock ihres Lebens.

Dieser Fall entsetzte und interessierte sie so sehr, daß sie alles Verfügbare an Literatur über diese seltene Form der Kindesmißhandlung las. Später veröffentlichte sie dann selbst.

Und sosehr Carol Rosen auch in ihrer Arbeit aufging, so gab es in ihrem Leben inzwischen etwas anderes, etwas Neues und sehr Schönes, was ihre Gedanken erfüllte: Sie wurde Mutter.

Die Vierunddreißigjährige war im zweiten Drittel ihrer Schwangerschaft, als sie sich mit Tanya Reid traf, um über Morgans medizinische Vorgeschichte zu sprechen. Irgend etwas stimmte hier ganz und gar nicht; Ärzten in zwei

Staaten war es nicht gelungen, einen Grund für Morgans Atemstillstände zu finden.

Morgan machte einen zufriedenen Eindruck, als Carol Rosen sie untersuchte, allerdings stellte die Ärztin fest, daß die Kleine in ihrer Entwicklung zurückgeblieben war: Obwohl sie fast neun Monate alt war, konnte sie sich noch nicht ohne Hilfe aufsetzen.

Nach der Untersuchung besprach sich Dr. Rosen mit dem Arzt, der Morgans Aufnahme ins Krankenhaus veranlaßt hatte, einem Neurologen, und schlug eine polygraphische Schlafüberwachung vor, eine Art ›Rundumcheck‹, die viele Funktionen überprüft, bis ein spezielles Problem bestimmt wird. Während die Gehirnwellen aufgezeichnet werden und der Sauerstoffgehalt des Bluts bestimmt wird, läuft eine Videokamera, damit man später die medizinischen Daten mit dem äußeren Bild vergleichen kann.

Man überlegte, ob Morgans Atemstillstände durch eine Funktionsstörung im Atemzentrum des Gehirns bedingt sein könnten. Es war eine mögliche, aber auch beunruhigende Erklärung, denn es war höchst ungewöhnlich, daß die Atemstillstände immer nur dann eintraten, wenn das Kind wach war.

Und wieder einmal zeigten die umfangreichen Tests nur, daß bei Morgan alles völlig normal war.

Morgan Reids Bettchen stand in einem besonderen Raum, in den Kinder gebracht wurden, die immer noch stärkere Überwachung nötig hatten, aber nicht mehr auf der Intensivstation liegen mußten. Da hier meistens mehrere Kinder lagen und der Raum nicht so abgeschlossen war wie die Intensivstation, ging es hier manchmal recht laut und unruhig zu. Morgan hatte beinahe eine Woche in diesem Zimmer gelegen, und alle warteten fast schon ungeduldig darauf, daß irgend etwas passierte. Bisher hatte es keine weiteren Atemstillstände gegeben. Jeder Tag verlief mit der gleichen Routine. Morgens kam Tanya, und tagsüber war sie bei ihrer Tochter, hielt sie in den Armen, fütterte und badete sie, bis sie am späten Abend schließlich wieder ging.

Es war kurz nach zwei am Nachmittag des 22. Januar 1984, als Tanya erklärte, daß sie gern mit Morgan ins Spielzimmer gehen würde. Die diensthabende Stationsschwester hatte nichts dagegen. Sicher konnte ein bißchen Abwechslung nichts schaden.

Um 15 Uhr 12 kam Tanya auf die Station zurück, sie rannte und hielt ihr Baby in den Armen. Ein sehr bleiches Baby mit blauen Lippen.

»Morgan hat zu atmen aufgehört! Sie atmet nicht mehr!«

Die Schwestern reagierten schnell. Obwohl das Baby nicht atmete, war sein Herzschlag konstant. Es gab keine Zuckungen, der Körper war schlaff. Es war kein Anfall. Innerhalb von Sekunden hatten die Schwestern dem Kind reinen Sauerstoff verabreicht, und fast sofort begann Morgan zu weinen. Innerhalb von zehn Minuten hatte sie wieder Farbe im Gesicht. Dann schlief sie ein, verschwitzt und erschöpft.

Als Dr. Rosen später Fragen zu diesem Vorfall stellte, erklärte eine Schwester, daß die Mutter zwar besorgt, aber auch sehr sachlich gewirkt hätte.

Tanya erklärte, daß sie persönliche Angelegenheiten zu erledigen hätte und deshalb zurück nach Hause müßte.

Dr. Rosen war überzeugt, daß es nur eine Erklärung für das gab, was mit Tanyas Baby passiert war. Der Grund für ihre Atemstillstände war das Münchhausen-Syndrom by Proxy, kein bizarres Anfallsleiden.

»Ich hatte das gräßliche Gefühl, das alles schon einmal erlebt zu haben«, erzählte Carol Rosen der Staatsanwältin und den anderen Zuhörern.

Obwohl sie tagelang intensiv im Krankenhaus überwacht worden war, trat der einzige Atemstillstand ein, als sie mit ihrer Mutter allein war. Keine Untersuchung hatte etwas Anormales ergeben. Die Symptome, die das Kind zeigte, waren merkwürdig – Ärzte pflegen dann zu sagen: ›Einen solchen Fall habe ich noch nie gesehen.‹ Und Morgan reagierte auch nicht auf die übliche Behandlung.

Dr. Rosen teilte ihren Verdacht dem Arzt mit, der Morgan eingewiesen hatte.

»Ich erzählte ihm, daß ich glaubte, die Mutter würde die Atemstillstände verursachen. Dieser Fall zeigte zu viele Ähnlichkeiten mit jenem anderen, von dem ich Ihnen erzählt habe.«

Und auch der Neurologe war mit jenem anderen Fall vertraut. Er gab zu, daß Carol mit ihrem Verdacht recht haben könnte, doch es gäbe nicht genug Beweise. Nicht genug, um die Behörden über eine Kindesmißhandlung zu informieren, nicht genug, um Tanya Reid damit zu konfrontieren. Nur in solchen Fällen, in denen Münchhausen-Mütter auf frischer Tat ertappt worden waren, hatten sie zugegeben, die Symptome selbst herbeigeführt zu haben, ansonsten waren sie unübertroffen im Leugnen.

Der Arzt schlug eine Überwachung mit versteckter Kamera vor. Vielleicht konnte man Tanya Reid so dabei ertappen, wie sie ihr Kind erstickte, um einen Atemstillstandsanfall vorzutäuschen.

Melodee wollte wissen, warum der Verdacht auf MSBP nirgendwo schriftlich festgehalten war, wenn er doch so begründet schien.

Dr. Rosen schwieg einen Moment, dann sagte sie, da sie die nötigen Beweise nicht gehabt hätte, hätte sie Mutter und Kind noch ein wenig länger in der Klinik behalten wollen – jedoch ohne daß Tanya ahnte, daß man sie überführen wollte. Sonst wäre Tanya wahrscheinlich sofort mit ihrem Kind verschwunden und nie mehr wiedergekommen.

Carol Rosen ließ sich ihre tiefen Befürchtungen um das Leben des Babys nicht anmerken, als sie Tanya zu einem Gespräch bat. Sie drängte Tanya, das Kind zu weiteren Untersuchungen im Krankenhaus zu lassen.

»Ich denke, nur so können wir die Gründe für Morgans Probleme herausfinden.«

Tanya sträubte sich. Sie wollte nichts davon hören.

»Ich muß zurück nach Hause«, beharrte sie. »Ich kann nicht einen einzigen Tag länger bleiben.«

»Es handelt sich um ein sehr ernsthaftes Problem. Ihr Kind könnte sterben.« Doch die junge Mutter gab nicht nach. Sie gebrauchte Ausflüchte: den bevorstehenden Umzug nach Hereford, den neuen Job ihres Mannes, Versicherungsprobleme.

»Ich kann nicht bleiben. Ich muß mich um die Probleme zu Hause kümmern.«

Als Tanya nach Hause zurückkehrte, ahnte keiner ihrer Familienangehörigen, worauf Ärzte und Schwestern mit ihren Fragen abgezielt hatten. Niemandem verriet sie, was all dies implizierte.

Später jedoch sprach sie über den Vorfall im Spielzimmer, und ihre Darstellung unterschied sich von der Dr. Rosens.

»Ich war doch nicht zum ersten Mal mit Morgan dort gewesen ...« – *Sie nutzte die erstbeste Gelegenheit, um das Kind außer Sichtweite bringen zu können* – »Und als eine Krankenschwester mich fragte, ob es Zeugen gegeben hätte ...« – *Niemand sah, was passierte – wieder war die Mutter ganz allein mit dem Kind!* » ...wußte ich, daß sie mich verdächtigten, es getan zu haben! Ich hab' ihr gesagt, zwei andere Kinder seien dabeigewesen. Ich beschrieb sie ganz genau – sie hätten sie nur zu fragen brauchen. Aber die Mühe hat sich ja niemand gemacht.«

Tanya Reid erklärte später, sie sei auf Dr. Rosen und die

Schwestern ›wahnsinnig wütend‹ gewesen. »Ich wußte, daß sie mir nicht glaubten.«

Und obwohl sie so ›wahnsinnig wütend‹ gewesen sein wollte, erzählte sie niemandem, daß man sie beleidigt und verdächtigt hatte, als sie nach Hause zurückkehrte.

Dr. Rosen blieb unruhig, was Morgan betraf. Sie bat eine Schwester, bei den Reids anzurufen und sich nach dem Baby zu erkundigen. Die Schwester probierte es am 30. und 31. Januar, ohne Erfolg. Am 2. Februar gelang es ihr endlich, mit Tanya zu sprechen. Morgan ging es gut. Sie bekäme immer noch Phenobarbital, und es hatte keinen weiteren Alarm des Apnoe-Monitors gegeben.

Eine Woche später versuchte die Schwester es noch einmal. Weder am 9. noch am 10. Februar meldete sich jemand.

Am 11. Februar ging Tanya an den Apparat und erzählte der Schwester, Morgan hätte einen ganz schlimmen Anfall bekommen und sei vor drei Tagen im Northwest Texas Hospital in Amarillo gestorben.

Carol Rosen war am Boden zerstört. Sie hatte gespürt, daß Morgans Leben in Gefahr war, und sie hatte das Kind zurück ins Krankenhaus in Houston holen wollen.

Dr. Rosen erzählte, daß sie sich sofort mit der Pathologie im Northwest Texas Hospital in Verbindung gesetzt hätte. Sie wollte mit dem Pathologen sprechen, der Morgans Autopsie durchgeführt hatte.

Dr. Ian Birkett rief sie zurück.

Sie erzählte dem Arzt, daß sie glaubte, Tanya Reid hätte die Atemstillstände ihrer Tochter verursacht. Es gab keine medizinischen Gründe dafür. Morgan, sagte sie, sei ein Opfer des Münchhausen-Syndroms by Proxy.

»Glauben Sie, daß diese Informationen Ihre Untersuchungsergebnisse in einem anderen Licht erscheinen lassen könnten? Gibt es irgendeinen Hinweis darauf, daß der Tod durch äußeren Einfluß herbeigeführt worden sein könnte?«

Dr. Birkett wollte sich nicht festlegen. Er sagte, er könnte nicht sicher sein, doch die subduralen Hämatome könnten die Folge einer zu kraftvoll durchgeführten Wiederbelebung sein.

»Aber ich bin sicher!« hatte sie geantwortet. »Diese Blutungen sind nicht bei einer Wiederbelebungsmaßnahme entstanden, sondern durch Kindesmißhandlung!«

Carol telefonierte auch mit Dr. Rolf Habersang, dem Kinderarzt, der Morgan im Northwest Texas Hospital behandelt hatte, der mit dem Begriff Shaken Baby Syndrom und MSBP vertraut war. Dr. Habersang bat den Kollegen Birkett, seine Untersuchungen noch einmal zu überprüfen – so kam es zu der Bemerkung: *Kein Hinweis auf Kindesmißhandlung*.

Doch Dr. Habersang war kein Pathologe, im Gegensatz zu Dr. Birkett, dessen Aufgabe es war, zu einem abschließenden Ergebnis zu kommen.

Dr. Rosen schrieb an das Children's Memorial Hospital in Chicago und bat darum, daß man ihr Morgans Krankenunterlagen zuschickte. Sie bat auch das Edward Hospital in Naperville um Morgans Geburtsbericht.

Die Mitarbeiter des Trauma Teams waren verblüfft. Begierig hatten sie jedem Wort gelauscht. Während die Ärztin ihre Geschichte erzählt hatte, hatten sich die Teile, die sie bei ihren Nachforschungen herausgefunden hatten, zu einem Ganzen zusammengesetzt.

Der Satz ›*Kein Hinweis auf Kindesmißhandlung*‹ war in den Autopsiebericht eingefügt worden, weil Dr. Rosen ihren Verdacht geäußert hatte.

Sie hatten weitere Beweise erhalten, als sie gar nicht damit gerechnet hatten.

36

Doch die Mitarbeiter des Trauma Teams hatten noch nicht alles gehört. Und einiges von dem, was Carol Rosen noch zu erzählen hatte, weckte Wut und Ärger in ihnen.

Im Januar 1986 fuhr Carol Rosen zu einem Kinderärzte-Kongreß nach Kalifornien, um über ihre Nachforschungen und Ergebnisse einen Vortrag zu halten. Es war ihre Absicht, ihre Kollegen für dieses Problem zu sensibilisieren und darauf hinzuweisen, daß Kinder, bei denen Apnoe stets nur dann eintrat, wenn sie mit ihrer Mutter allein waren, MSBP-Opfer sein könnten. Sie selbst hatte bisher sechs solcher Patienten gesehen, drei davon waren gestorben.

Eins der Opfer war Morgan Reid gewesen.

Einen der Ärzte, die sie bei diesem Kongreß traf, kannte sie schon seit Jahren, sie hatten zusammen ihre Ausbildung gemacht. Doch dies war mehr als nur ein Treffen alter Kollegen. Dieser Arzt hatte Morgan Reid im Krankenhaus behandelt, und sie war bei ihren Nachforschungen auf seinen Namen gestoßen.

»Wissen Sie eigentlich, daß ich in meinem Artikel auch über eine Ihrer Patientinnen geschrieben habe?«

Ihr Kollege erzählte ihr, daß die Reids noch einmal nach Illinois zurückgekehrt seien und daß ihr Sohn ähnliche Anfälle hätte.

Dies war eine Information, an der Carol Rosen zu schlucken hatte.

»Ich hatte schon in Texas den Verdacht, daß die Mutter die Täterin sei, und nun gibt es ein weiteres Kind, das die gleichen Probleme hat? Das bestätigt meinen Verdacht!«

Melodee und ihre Mitarbeiter schauten sich verblüfft an.

Dr. Rosen fuhr fort:

»Und er sagte zu mir: ›Wissen Sie, wir alle bei uns im

Krankenhaus haben Ihren Artikel gelesen und uns Sorgen gemacht, daß die Mutter an allem schuld sein könnte. Wir haben aber keine Beweise. Ich behandele inzwischen den Bruder.‹«

Dr. Rosen beließ es nicht bei diesem Gespräch, sie konnte es nicht. Sie sprach mit einer der leitenden Schwestern im Children's Memorial und gab ihrer Sorge um Michael Ausdruck.

Nun, wo schon das zweite Kind betroffen ist …

»Ich erinnerte die Schwester noch einmal daran, daß diese Atemstillstände immer dann auftreten, wenn die Mutter mit dem Kind allein ist oder sich der Beobachtung entzieht. Ich machte mir sehr große Sorgen um den Jungen.«

Sie bat die Schwestern, dem behandelnden Arzt auszurichten, er möge sie anrufen – was er jedoch niemals tat.

Nachdem sie ihr Gespräch beendet hatten, war Melodee ganz sicher, daß Carol Rosen gegen Tanya Reid aussagen würde.

Melodee Hanes wollte ihre Anklagepunkte so abgesichert haben, daß sie der Verteidigung keinen Angriffspunkt boten.

Doch die Ursache für Morgans Tod blieb ein Problem.

Shaken Baby Syndrom und Münchhausen-Syndrom by Proxy paßten nicht zusammen. SBS war immer mit Wut und Unbeherrschtheit verbunden. Zum Beispiel, wenn ein Baby nicht aufhören wollte zu schreien, ließ ein Elternteil sich zu Gewalt hinreißen. Bei MSBP verursachte die Mutter Krankheitssymptome, so daß sie ständig Aufmerksamkeit bekam.

Doch in den Aufzeichnungen des Krankenhauses in Houston fanden sich Hinweise auf Unbeherrschtheit.

Die Mutter wurde ungeduldig, ballte die Hände zu Fäusten …

… die Mutter schrie sie an, worauf Morgan nur noch lauter weinte, und Mutter schlug sie auf die Beine …

Wenn Tanya ihrem Sohn keinen Keks geben wollte, machte er dann so ein Theater, daß sie glaubte, sie könnte ihn nur dann zum Schweigen bringen, wenn sie ihm ein Kissen aufs Gesicht drückte? Wenn er schmutzig und blutend ins Haus kam, drehte Tanya dann durch?

Paul Houston entdeckte einen anderen Hinweis darauf, daß Tanya absichtlich versucht hatte, einen Teil der medizinischen Vorgeschichte Morgans vor anderen Ärzten zu verbergen. Es paßte zu Dr. Alexanders Beobachtung, daß Münchhausen-Täterinnen neuen Ärzten manche Details manchmal verschweigen.

Er fand weder in den Unterlagen des Dumas Memorial noch des Texas Children's Hospital in Houston einen Hinweis darauf, daß Morgan jemals von Dr. Jerry Skurka behandelt worden war. Von jenem Arzt, den sie nie wieder mit ihrer Tochter aufgesucht hatte, nachdem er vorgeschlagen hatte, daß sie sich in Behandlung begeben sollte.

37

Niemand ahnte, welche Tragödie passieren würde, als die Reids von Illinois nach Texas zurückkamen, nach Hereford.

Wanda war froh, daß sie ihre Tochter wieder in der Nähe haben würde. Die Reids fanden ein schönes Haus in Hereford, das sie modern und gemütlich einrichteten, doch zwischen den einzelnen Möbelstücken ließen sie viel Abstand. Morgan hatte eine Lauflernhilfe, und obwohl sie kaum ihren Kopf allein hochhalten konnte, glaubte Tanya, daß ihrer Tochter das Training guttun würde.

Und obwohl das Haus so normal wirkte, wurde es zum Schauplatz tragischer, furchtbarer Ereignisse.

Die Thaxtons und Dr. Byron Wright kannten sich, seit Wanda den Arzt 1953 zum esten Mal aufgesucht hatte. Er hatte nicht nur ihren Töchtern Leslie und Tanya auf die Welt geholfen, sondern auch einigen ihrer Enkelkinder. Er war nicht nur ihr Arzt, sondern auch ein guter Freund, dem sie vertrauten.

Jahre später behaupteten Wanda und ihre Töchter immer noch, daß Dr. Wright Tanya vor ihren rachsüchtigen Verfolgern in Iowa hätte helfen können. Von Anfang an, sagten sie, hätte der Arzt aus Dumas gewußt, daß etwas mit Morgan nicht in Ordnung sei. Wanda erinnerte sich noch lebhaft an das, was der Arzt ihr an jenem Tag gesagt hatte, als man Morgan mit dem Rettungsflugzeug nach Houston gebracht hatte.

»Ich wollte Tanya und Jim nichts sagen, aber die Kleine wird es nicht schaffen.«

»Warum?«

»Schauen Sie sich Morgans Kopf an, wie er geformt ist. Ich habe schon viele solcher Babys gesehen, und nicht eins hat es geschafft.«

Wanda war nicht schockiert. Sie weinte nicht. Sie wußte, was der Arzt meinte – damals an jenem Tag, als Tanya die Kleine zum ersten Mal nach Dumas gebracht hatte, hatte sie mit Beverly Kay darüber gesprochen. Wanda versprach, ihrem Schwiegersohn und ihrer Tochter nichts zu sagen.

Dr. Wright meinte, er werde die beiden darauf vorbereiten, wenn die Zeit gekommen sei.

Doch er tat es nicht. Und als man seine Hilfe im Gerichtssaal gebraucht hätte, lebte der alte Arzt schon nicht mehr.

Die Erinnerungen an das Baby, das einfach aufgehört hatte zu atmen, würden Wanda nie verlassen. Immer noch traten ihr Tränen in die Augen, wenn sie daran dachte, wie Tanya ihr Kind ein letztes Mal in den Armen gehalten hatte.

Sie und ihr Mann hatten sich auf Geschäftsreise befunden. Sie waren gerade in einem Pflegeheim in der Nähe von Lubbock – John hatte dort geschäftlich zu tun, Wanda besuchte ihre kranke Mutter –, als man ihnen eine Nachricht von ihrem Büro in Dumas überbrachte: Morgan hatte einen schlimmen Anfall gehabt. Obwohl die Thaxtons besorgt waren, beschlossen sie, ihre Zweigstelle in Lubbock aufzusuchen, doch als sie dort ankamen, wartete bereits eine weitere Nachricht von Tanya auf sie. John und Wanda beeilten sich, alles zu erledigen, aber als sie gerade fahren wollten, wurden sie ins Büro zurückgerufen. Tanya war am Telefon.

Sie hatte denkbar schlechte Neuigkeiten. Dies war kein gewöhnlicher Anfall. Morgan lebte nur noch, weil sie an Maschinen angeschlossen war, und Dr. Habersang hatte ihr gesagt, es sei besser, wenn man die lebenserhaltenden Apparate abschaltete. Doch Tanya wollte dies nicht, bevor nicht ihre Eltern im Krankenhaus bei ihr waren.

John trat das Gaspedal bis auf den Boden durch. Er fuhr so schnell, daß Wanda sich weigerte, auf den Tacho zu schauen.

»Ich wollte gar nicht wissen, wie schnell wir fuhren. Ich wollte nur heil im Krankenhaus ankommen.«

Tanya und Jim Reid hörten zu, während Dr. Habersang ihnen erklärte, daß Morgan sich niemals mehr erholen würde. Ihre Gehirnwellen waren flach, und wahrscheinlich würde sie aufhören zu atmen, kurz nachdem man die Maschinen abgeschaltet hatte.

Die Eltern stimmten dem Arzt zu, die Maschinen wurden abgeschaltet.

Sie alle wollten Morgan noch einmal Lebewohl sagen – Mutter, Vater, Schwester, die Großeltern.

Doch ihnen blieben nicht nur ein paar Minuten – Morgan klammerte sich mit aller Kraft an ihr bißchen Leben.

Wanda würde niemals den letzten Moment vergessen, den sie mit ihrer kleinen Enkelin teilte.

»Ich berührte sie am Oberschenkel, und er war so eiskalt. Ich nahm eine Decke und deckte sie zu. Ich wußte, sie spürte es nicht mehr, aber ich konnte sie doch nicht so kalt da liegenlassen.«

Und schließlich, nach einer schier endlosen Nacht, war es vorbei. Kurz vor halb zwölf hielt Tanya ihr Baby ein letztes Mal. Morgan tat ihren letzten schwachen Atemzug. Tanya flossen die Tränen über die Wangen, als sie ihr Baby ihrem Vater reichte.

»Johnny war am Boden zerstört, und ich dachte, er würde die Kleine niemals mehr loslassen«, erinnerte Wanda sich später. »Dann verließen wir alle den Raum. Es war vorbei.«

Es war der 8. Februar 1984.

Die Großeltern beauftragten das Beerdigungsinstitut, drei nebeneinanderliegende Grabstätten zu kaufen – eine für Morgan, die anderen beiden für sich.

So würden sie alle eines Tages wieder beisammensein, erklärte John Thaxton seiner Frau.

»Morgan wird niemals mehr ganz allein sein müssen.«

Es gab keine Antworten. Stets läßt eine Diagnose auf plötzlichen Kindstod mehr Fragen offen, als sie beantwortet.

Das Leben ging weiter. Ein paar Wochen nach Morgans Tod begann Tanya wieder zu arbeiten. Sie tat es wegen Carolyn.

»Ich mußte doch an mein Kind denken ... und ich mußte mich von Morgans Tod ablenken. Ich wußte zwar, daß mir das nicht gelingen würde, aber ich mußte es wenigstens versuchen.«

Die Reids hörten auf, sonntags in die Kirche zu gehen. Tanya erklärte ihren Eltern, daß sie wütend auf Gott sei.

»Es gibt so viele Leute, die Verbrechen begehen oder unheilbar krank sind. Warum holt Gott nicht sie zu sich statt eines unschuldigen Kindes? Warum hat er das getan?«

Jahre später, als die Tränen getrocknet waren und Tanya alle wissen lassen wollte, daß Melodee Hanes sie zu Unrecht verdächtigte, erinnerte sie sich an die letzten Momente ihrer Tochter.

»Sie wachte an jenem Morgen auf und wollte nichts essen, aber es ging ihr nicht wirklich schlecht. Sie war ein bißchen gereizt. Ich hatte Carolyn in die Tagesstätte gebracht. Es muß gegen Mittag gewesen sein, als Morgan unruhig wurde. Ich wollte sie füttern und sie dann zum Schlafen hinlegen, damit sie sich ausruhen konnte. Ich setzte sie in ihre Laufhilfe, als ich die Flasche zubereiten wollte.

Als ich ging, plapperte sie vor sich hin, dann wurde es ganz still. Ich lief schnell zurück, und sie war über dem Rand der Laufhilfe zusammengesunken. Ich nahm sie raus und überprüfte, ob sie atmete, ob sie sich an irgend etwas verschluckt hatte. Ich rief den Rettungsdienst an und begann dann mit Mund-zu-Mund-Beatmung, aber ich konnte sie nicht wiederbeleben. Es dauerte ungefähr fünf bis zehn Minuten, bis die Sanitäter kamen. Die ganze Zeit habe ich sie beatmet und Herzmassage durchgeführt. Ich konnte keinen Herzschlag fühlen.«

38

Es war Hochsommer, und mit der Aussage von Carol Rosen hatte Melodee alles zusammen, was sie brauchte. Als sie ihrem Chef, der schon ein wenig ungeduldig geworden war, das Material vorlegte, stimmte er zu, daß gegen Tanya Reid Anklage wegen Kindesmißhandlung in schwerer Form erhoben werden sollte.

Es überraschte Jim Smith nicht, daß von all seinen Mitarbeitern es ausgerechnet Melodee Hanes war, die sich in diesen bizarren Fall gekniet hatte. Dennoch hätte niemand in der Staatsanwaltschaft darauf wetten wollen, daß sie diesen Fall gewann. Allein schon deshalb, weil es eine solche Gerichtsverhandlung noch nie gegeben hatte.

Detective Doug Hobart und Paul Houston beeilten sich, am Nachmittag des 10. August 1988 zum Nottingham Square zu kommen. Sie hatten einen Haftbefehl, und sie wollten nicht, daß Tanya sich auf den Rat ihres Anwalts hin selbst stellte. Sie wollten sie in Handschellen sehen, sie wollten, daß man ihr wie einem gewöhnlichen Verbrecher die Fingerabdrücke abnahm. Sie wollten, daß Morgans und Michaels Mutter die ganze Demütigung empfand, wenn man sie für das Verbrecheralbum fotografierte.

Der Zufall wollte es, daß die ganze Familie zu Hause war. Jim war von Mississippi gekommen, und auch Carolyn war zu einem Besuch da.

Und noch bevor sie ein Wort gesprochen hatten, wußte Tanya, weshalb die beiden Männer gekommen waren.

»Tanya, Sie müssen uns aufs Revier begleiten. Wir haben einen Haftbefehl gegen Sie.«

Sie fing an zu weinen, und auch bei dem Mädchen begannen die Tränen zu fließen. Carolyn klammerte sich an ihre Mutter. »Darf ich mir etwas anderes anziehen und meinen Anwalt anrufen?« fragte Tanya.

Die Männer erlaubten es ihr.

Als sie zurückkam, hatte Tanya jede Fassung verloren.

»O Carolyn, sie haben uns Michael weggenommen, und jetzt holen sie auch mich ab!«

Detective Hobart versuchte das Mädchen zu beruhigen, obwohl er wußte, daß es ihm nicht gelingen konnte, solange Tanya ihre Tochter aufstachelte.

»Paß auf, deine Mom wird wieder zu Hause sein, noch bevor heute abend deine Lieblingssendung im Fernsehen kommt.«

Sobald sie auf der Polizeistation waren, zeigte Tanya sich ruhig und höflich.

So hätte es nicht sein dürfen! Tanya war wütend. Ihr Anwalt hatte ihr versichert, daß sie die Nacht nicht auf einer Pritsche im Polk County Gefängnis zu verbringen brauchte. Noch sei sie nicht förmlich vernommen worden. Aber als sie sich weigerte, mit ihrer Unterschrift zuzustimmen, daß ihr jeglicher Kontakt, sei es schriftlich oder mündlich, zu ihrem Sohn und ihrer Tochter untersagt war, hatte sie ihr Schicksal besiegelt.

»Aber ich habe einen Gerichtsbeschluß! Der Richter hat gesagt, ich dürfte Michael sehen. Und Carolyn lebt doch gar nicht in Iowa.«

»Wenn Sie das nicht unterschreiben, kommen Sie heute nicht mehr hier raus!«

Unter Tränen bettelte sie darum, noch einmal ihren Anwalt anrufen zu dürfen, und Mark Pennington riet ihr zu unterschreiben.

Doch der Mann mit den Dokumenten kam nicht mehr zurück.

Es war schon nach Mitternacht, als Tanya in eine stickige Zelle im ersten Stock geführt wurde. Sie weinte, weil sie sicher war, daß man sie mit irgendwelchen abgebrühten Weibern zusammensperren würde, die sie verprügeln oder ihr noch Schlimmeres antun würden.

»Beruhigen Sie sich, Sie werden allein sein«, sagte die Wärterin zu ihr.

Und als man die Tür hinter ihr verschloß, war sie in der Tat allein. Tanya wollte zu ihrem Mann, ihren Kindern.

Am nächsten Tag prangte neben der Schlagzeile im *Des Moines Register* ein Bild von Tanya Reid.

MUTTER VERSUCHTE ABSICHTLICH, IHREN SOHN ZU ERSTICKEN, DAMIT SIE IHN WIEDERBELEBEN KONNTE!

Und am Tag darauf hieß es:

BIZARRER FALL VON KINDESMISSHANDLUNG FÜHRT ZU UNTERSUCHUNGEN IN TEXAS WEGEN DES TODES EINES BABYS

Am Tag von Melodee Hanes' zweiunddreißigstem Geburtstag erschien Tanya Reid zum Vorverfahren im Gericht. Tanya legte ihren Eid ab, dann erlaubte man ihr, bis zur Eröffnung des Hauptverfahrens zu ihren Eltern nach Dumas zurückzukehren. Was sicherlich als Geschenk für die eine Mutter gedacht war, verdarb der anderen den Geburtstag. Melodee hatte argumentiert, daß Tanya in Iowa bleiben sollte, um das Fluchtrisiko zu mindern, doch der Richter erlaubte Tanya, nach Hause zu gehen.

Was wäre Tanya ohne ihre Mutter gewesen? Seit Morgan gestorben war, hatte Wanda ihrer Tochter stets den Rücken gestärkt. Wenn Tanya wirklich unter diesem Syndrom litt, das Mütter dazu brachte, ihre Kinder zu verletzen, wessen Aufmerksamkeit wollte sie damit wecken? Die von Ärzten, die sie kaum kannte?

Nach Jim war Wanda stets diejenige gewesen, die sofort erfuhr, wenn es einem der Kinder schlechtging. Sie hatte die Verzweiflung ihrer Tochter zu oft miterlebt, gesehen, wie sie litt, um auch nur eine Sekunde zu glauben, die Anklage könnte stimmen.

»Sie war dabei!« sagte Tanya später. »Sie war bei einem Atemstillstand dabei. Sie hat es miterlebt. Ich habe sie immer angerufen, wenn es Michael oder Morgan schlechtging – in so einer Situation braucht man seine Mutter. Und sie ist immer gekommen. Ich wußte, ich konnte mich auf sie verlassen. Sie hat sich immer gleich ins nächste Flugzeug gesetzt.«

Tanya ging oft zu Morgans Grab, um dort zu beten und mit ihrer kleinen Tochter zu sprechen. Sie brauchte jemanden zum Reden. Wanda hatte sich um so vieles zu kümmern, und meistens beherrschte sie ein Gespräch. Tanya wollte reden. Sie wollte nicht die Meinung anderer hören. Sie brauchte ein Ventil.

Tanya erzählte von Morgans Schwester und ihrem Bruder. Wie es ihnen ging. Wo sie lebten. Wie die Familie sie vermißte.

Nicht einmal sprach sie von der Verhandlung, die ihr in Iowa bevorstand.

Wer sie sah, empfand Mitleid mit ihr.

39

Alle, die an Tanya glaubten, empfanden wieder Hoffnung. Für sie war es ein Freudentag, als Beverly Kay und Arlen Redelsperger das Sorgerecht zugesprochen wurde – sie sahen es als einen Schritt in die richtige Richtung. Es bestätigte Beverly Kay in ihrer Ansicht, daß der Richter die häßlichen Anschuldigungen gegen ihre Schwester nicht glaubte. Und warum sollte er auch? Ihre Schwester liebte ihre Kinder, war Krankenschwester geworden, um anderen zu helfen. Diese Anschuldigungen, die diese Ärzte in Iowa sich ausgedacht hatten, waren nicht nur lächerlich, sondern auch eine Beleidigung.

Sie alle waren sicher, daß die Wahrheit triumphieren und Mutter und Sohn wieder vereint werden würden. Und wenn es überhaupt noch Gerechtigkeit gab, dann würde diese übereifrige Staatsanwältin endlich und für immer auf ihren Platz verwiesen werden.

»Sie will doch nur auf meine Kosten bekannt werden«, behauptete Tanya immer wieder.

Wanda und John Thaxton glaubten unerschütterlich daran, daß ihre Tochter unschuldig war und die Anschuldigungen auf irgendwelchem dummen Psycho-Gebrabbel beruhten, das absolut keinen Sinn machte. Für niemanden.

»Wenn ich je auch nur den geringsten Verdacht gehabt hätte, daß Tanya so etwas tun könnte, dann hätte ich schneller, als Sie Luft holen können, das Sorgerecht für meine Enkelkinder beantragt ... aber wer hat denn jemals schon von einem Münchhausen-Syndrom by Proxy gehört?« fragte Wanda später.

Doch auch in Texas griffen die strikten Bedingungen, die der Richter in Iowa erlassen hatte. Tanya durfte niemals mit Michael allein gelassen werden. Nicht für eine einzige Sekunde. Wer auch immer die Treffen zwischen Mutter und Sohn überwachte, durfte sie nicht einmal allein lassen, um zur Toilette zu gehen. Es gab keine Ausnahme.

Diese Bedingungen ließen in Tanya und ihrer Familie bittere Galle aufsteigen. Die dort in Iowa taten gerade so, als sei Tanya eine Schwerverbrecherin.

Doch es war zu riskant, gegen diese Bedingungen zu verstoßen. Und so konnte sie nur warten. Auf das Verfahren. Auf die Ehrenrettung. Auf die Wiedervereinigung.

Tanya bekam eine Stelle in dem kleinen Family Medical Center Hospital in Amarillo; an den Wochenenden fuhr sie von Dumas nach Hereford, um ihren Sohn zu besuchen. Alle paar Wochen kam auch Jim von Mississippi nach Texas, gelegentlich brachte Beverly Kay den Jungen nach Dumas in die Cedar Street, doch bei all diesen Besuchen mußte der Junge nachts im Zimmer seiner Tante und seines Onkels Arlen schlafen.

Wenn sie herumfuhren, war Beverly Kay regelmäßig in Tränen aufgelöst. Es war unwürdig, daß Tonto und ihr Sohn so leben mußten. Michael streichelte seine Mutter und küßte sie auf die Wange, und Tanya drückte ihn, las ihm vor, sang für ihn, zog ihn an.

Aber niemals war sie dabei allein mit ihm.

Eines Tages bettelte Tanya ihre große Schwester an, daß sie den Jungen baden dürfte, und Beverly Kay stimmte zu. Sie kam sich schrecklich albern vor, als sie die ganze Zeit über im Bad saß. Tanya würde dem Jungen niemals etwas Schlimmes antun!

Der Anblick der beiden rührte sie zutiefst.

Eine wutschnaubende Jan Buck teilte Paul Houston am Telefon mit, welches Gerücht ihr im Jugendgericht zu Ohren gekommen war. Tanya Reid hatte nicht nur in einem Krankenhaus in Amarillo eine Stelle bekommen – sie arbeitete auch noch auf der Säuglingsstation!

Paul rief in Amarillo an und wollte mit einem der leitenden Angestellten sprechen.

»Wissen Sie, wessen Tanya Reid hier in Iowa angeklagt wird? Haben Sie verstanden, wie schwerwiegend die Beschuldigungen sind?«

»Ihr habt euch da wohl in etwas verrannt!« erwiderte seine Gesprächspartnerin in einem Ton, den er später als ›rotzig‹ bezeichnete.

»Die Beweise sind kaum zu widerlegen, Madam!«

»Ich dachte immer, in Amerika gelte man als unschuldig, solange das Gegenteil nicht bewiesen ist!«

Damit war das Gespräch beendet.

Paul Houston hätte es wissen müssen. Er hatte doch schon mit so vielen Leuten in Texas gesprochen, mit Freunden der Reids, mit den Mitarbeitern der Anklagebehörde in Deaf Smith County. Die Reaktion war immer die gleiche gewesen.

Warum kümmert ihr in Iowa euch eigentlich nicht um eure eigenen Angelegenheiten, statt euch in etwas hier einzumischen, was euch nichts angeht?

Tanya widmete sich weiter der Säuglingsbetreuung.

Endlich wurde der Termin für die Hauptverhandlung festgesetzt – sie sollte am 27. Februar 1989 eröffnet werden. Mehr als ein Jahr, nachdem die Ärzte des Blank Hospital den Verdacht auf Kindesmißhandlung gemeldet hatten.

Tanya behauptete in den Wochen vor dem Verfahren immer wieder, daß sie nicht schuldig sei, daß sie ihren Sohn zurückbekommen würde, genau wie ihren Ehemann, daß sie ihr altes Leben wieder aufnehmen würde. Nach außen hin gab sie sich optimistisch, doch ihre Gefühle waren in konstantem Aufruhr, was sie durch noch mehr Essen zu kompensieren versucht hatte. Sie wog nun fast 190 Pfund, gut dreißig mehr als früher.

Ihr Mann dagegen hatte abgenommen, und wenn er zu seinen seltenen Besuchen kam, trug er seinen Ehering nicht mehr. Es verletzte Tanya. Dieser Ring war das Symbol dafür, daß sie ein Paar waren, daß sie zusammenhielten.

»Dieser Ring zeigte, daß er mir gehörte«, sagte Tanya später.

Die Geschichte, die sie dann erzählte, nannte Jim später erfunden. Tanya behauptete, sie hätte schließlich ihren Mut zusammengenommen und Jim gefragt. Seine Antwort hätte wie eine Ausrede geklungen. Weil er so abgenommen hätte, sei ihm der Ring immer vom Finger gerutscht. Aber es hätte auch noch einen anderen Grund gegeben.

»Du weißt«, hätte er gesagt, »mit Aids und so denken alle Frauen, ein verheirateter Mann wäre sicherer, und stellen ihm nach. Wenn sie aber glauben, man wäre ein Single, lassen sie die Finger von einem.«

»Oh«, hätte sie nur geantwortet. »Aber zur Verhandlung wirst du ihn doch wieder tragen, oder?«

»Natürlich.«

»Ich war dumm genug, ihm glauben zu wollen«, sagte sie Jahre später. »Und er *hatte* ziemlich abgenommen, das stimmte.«

Über diese Aids-Sache konnte Jim später nur lachen.

»Wer hat sich denn damals schon viele Gedanken über Aids gemacht? Ich will damit nicht leugnen, daß ich meinen Ehering nicht mehr trug, aber ich kann versichern, daß ich in all den Jahren unserer Ehe Tanya niemals untreu geworden bin.«

Um ihren elften Hochzeitstag zu feiern, gingen Jim und Tanya zum Essen und Tanzen in Amarillo aus. In dieser Nacht schliefen sie zusammen, und in Jims Armen hatte Tanya das Gefühl, daß alles wieder gut werden würde. Sie wollte es so gern glauben.

In jener Wochen begann Michael mit einer Sprachtherapie in Hereford. Niemand konnte leugnen, daß er sich viel besser entwickelte. Beverly Kay führte es darauf zurück, daß er bei seinen Verwandten lebte – nicht bei irgendeiner Pflegefamilie, für die er nur ein Fremder war. Nicht einmal kam Tanyas älteste Schwester auf die Idee, daß die Verbesserungen etwas damit zu tun hatten, daß der Junge nicht mehr bei seiner Mutter war.

Michael liebte seine Mutter, und damit basta!

Es wäre verlockend gewesen, Weihnachtseinkäufe zu machen, doch Melodee Hanes und Candis Juckette waren am 22. Dezember aus einem anderen Grund nach New York gekommen. Mark Pennington und ein Gerichtsschreiber waren ebenfalls anwesend, als Carol Rosen unter Eid aussagen sollte.

Die Staatsanwältin hatte ein luxuriöses Haus erwartet – schließlich waren beide Rosens Ärzte –, doch ihr Heim war gemütlich und bescheiden, entsprach ganz der Persönlichkeit der Frau, die sie bisher nur vom Telefonieren kannte.

Carol Rosens Aussage war sachlich, doch man spürte die Emotionen unter der Oberfläche, und als sie geendet hatte, sagte sie in fast entschuldigendem Ton: »Ich habe versucht, es zu verhindern. Ich habe sie angerufen. Ich habe Mrs. Reid angerufen ...«

Als der Eröffnungstermin immer näher kam, wurde der Verteidigung ein vernichtender Schlag erteilt. Ein Richter am Polk County District Court entschied, daß die Aussagen von Dr. Rosen und dem medizinischen Gutachter Bennett über Morgans Krankenhausaufenthalt und ihren Tod als grundlegende Information für die Beweisführung der Anklage zulässig waren, daß die Beschuldigte ihren Sohn zu ersticken versucht hatte.

Mark Pennington drängte seine Mandantin, sich auf das Angebot der Anklagevertretung einzulassen, sich der vorsätzlichen Vernachlässigung eines Minderjährigen schuldig zu bekennen. Dies hätte eine Chance auf Bewährungsfrist bedeutet.

Tanya erzählte ihren Eltern von diesem Angebot.

»Ich will mich aber nicht darauf einlassen. Schließlich habe ich nichts Schlimmes getan.«

Melodee zeigte eine gewisse Erleichterung, als sie erfuhr, daß die Verteidigung das Angebot zurückgewiesen hatte.

Nun mußte sie diesen Fall durchziehen.

Tanyas Eltern waren überrascht, als ihre Tochter ihnen erzählte, was Mark Pennington als nächstes vorgeschlagen hatte. Er wollte keinen Geschworenenprozeß, sondern einen Richterprozeß.

Wanda Thaxton hielt diese Strategie für ein bißchen merkwürdig. Schließlich saßen in einer Jury zwölf Leute – und wenn auch nur einer glaubte, daß ihre Tochter unschuldig sei, dann wäre Tanya frei. Es erschien ihr viel sicherer.

Tanya erklärte, daß Mark glaubte, die Anschuldigung als solche würde schon genügen, um die Jury gegen sie einzunehmen – noch bevor sie irgendwelche Beweise gehört hätten.

»Außerdem scheint der Richter, den wir zu bekommen hoffen, zu glauben, daß zuviel Aufhebens um Kindesmißhandlungen gemacht wird«, fuhr sie fort.

Da niemand in der Familie je einen Anwalt gebraucht hatte und sie glaubten, daß dieser Verteidiger in Iowa schon wüßte, was er tat, stimmten sie zu.

Aber auch Melodee Hanes war nicht unbedingt begeistert von diesem Schachzug der Verteidigung, den Prozeß nur von einem Richter und ohne Jury führen zu lassen. Sie hatte mehr Prozesse vor einem Richter als vor Geschworenen verloren, da erging es ihr nicht anders als den meisten Staatsanwälten. Und nichts haßte Melodee Hanes mehr, als zu verlieren!

40

Manchmal kann das, was man unmittelbar vor einem Prozeß noch zusammenstellt, den Unterschied zwischen Verurteilung und Freispruch ausmachen, und so legten Melodee, Candis und Paul noch einen Schritt bei ihren Vorbereitungen zu.

Candis und Paul telefonierten sich fast die Finger wund, als sie mit allen möglichen Leuten Verbindung aufnahmen, die in irgendeiner Weise mit der Beschuldigten und ihrer Familie zu tun hatten. Meistens blieben diese Anrufe ohne Ergebnis, manche halfen weiter.

Doch nur selten hatte einer eine so verblüffende Wirkung wie jener Anruf, den sie aus Potter County, Texas, bekamen. Eine Welt von Iowa entfernt, traf sich Staatsanwalt Mike Meredith, der für eine der Anklagebehörden im Panhandle arbeitete, zu einem Abendessen mit seinen Eltern in deren Haus in Amarillo.

An diesem Nachmittag hatte einer der Sonderermittler von Potter County Mike angesprochen und gefragt, ob er irgend etwas über eine gewisse Tanya Thaxton Reid wüßte. Sie stammte aus Dumas und sei von den Behörden in Iowa der Kindesmißhandlung angeklagt worden. Schließlich hätte Mikes Vater doch bis vor zwei Jahren in Dumas als Arzt praktiziert. Mike hatte den Kopf geschüttelt, obwohl ihm der Name Thaxton vage bekannt vorgekommen war. Nun ja, Mike war schließlich in Dumas aufgewachsen und hatte achteinhalb Jahre als Anwalt in Moore County gearbeitet, bevor er die jetzige Stelle bei der Anklagevertretung von Potter County übernommen hatte.

Während des Essens erzählte er seinen Eltern von jenem Prozeß in Des Moines, in dem sich alles um das Münchhausen-Syndrom by Proxy drehte. Daß diese Frau rund achtzehnmal versucht haben sollte, ihren Sohn zu ersticken, damit sie sich in all der Aufmerksamkeit sonnen konnte. Ein merkwürdiger Fall – und die Frau stammte auch noch aus Dumas!

»Ihr Mädchenname ist Thaxton«, sagte er. »Tanya Thaxton.«

»Ach du lieber Himmel!« rief Janie Meredith aus und ließ vor lauter Verblüffung das Besteck fallen. Und dann erinnerten sich auch die anderen.

Am nächsten Morgen rief Mike einen alten Kumpel an – einen Ermittler, der für die Staatsanwaltschaft von Moore County arbeitete. Er berichtete ihm von dem Fall in Iowa und fragte ihn, ob er sich auch an jene Geschichte von Tanya Thaxton erinnerte.

»Na klar«, erwiderte sein Freund. »Irgendwo müßte es auch noch einen Zeitungsbericht darüber geben!«

Diese Bemerkung frischte die Erinnerung des Staatsanwalts weiter auf. Ihm fiel wieder ein, welcher Wirbel damals um Tanya Thaxton gemacht worden war. Sein Freund versprach ihm, ins Archiv der *Moore County News Press* zu gehen und zu sehen, was er dort ausgraben konnte.

Am nächsten Tag wurde ein Umschlag an das Büro der Anklagevertretung in Des Moines, Iowa, geschickt.

BUCH VIER

MUTTER GEGEN MUTTER

41

Mit jeder neuen Information, die sie erhielten, gerieten sie in ein Dilemma. Die Prozeßordnung in Iowa verlangte, daß der Staatsanwalt bis zehn Tage vor Prozeßbeginn alle Beweise vorlegen mußte, auf denen seine Anklage fußte.

Und sie hatten keine zehn Tage mehr.

Wenn sie den Beweis dennoch vorlegen wollten, dann würde man der Verteidigung eine Vertagung gewähren, damit dieser neue Beweis überprüft werden konnte – und so gewann sie Zeit, einen Plan zu entwickeln, den Schaden möglichst gering zu halten.

Es gab nur eine einzige andere Möglichkeit, und Melodee wußte, daß sie sich damit auf ein riskantes Spiel einlassen würde. Nur wenn Tanya Reid zu ihrer eigenen Verteidigung in den Zeugenstand trat – und nur dann! –, würde sich die Tür zu ihrer Vergangenheit öffnen lassen.

Melodee war sich bewußt, daß Mike auch hingehen und dem Richter sagen könnte, es gäbe von seiten der Staatsanwaltschaft nicht genug Beweise. So konnte er ein schnelles Urteil erreichen und seine Mandantin aus dem Zeugenstand halten.

Doch Randy Alexander, der Münchhausen-Experte, versicherte Melodee, daß sie sich keine Sorgen zu machen brauchte. Nichts würde Tanya Reid davon abhalten, im Zeugenstand auszusagen.

»Diese Frauen verleugnen ihre Verbrechen so stark, daß sie selbst vor den Kongreß treten und alles ableugnen würden. Sie lieben es, Aufmerksamkeit zu bekommen, und im Zeugenstand ist die ihnen sicher. Melodee, sie wird es genießen, im Licht der Öffentlichkeit zu stehen.«

»Himmel, ich kann nur hoffen, daß Sie recht haben«, antwortete sie ihm.

Am Abend vor Prozeßbeginn legte Melodee ihr schwarzes Sweaterkleid heraus. Sie war in manchen Dingen abergläubisch, und dieses auffallende Kleid gehörte dazu. Sie glaubte, es würde ihr Glück bringen, wenn sie dieses Kleid bei einer Prozeßeröffnung trug. Und bei diesem Prozeß konnte sie alles Glück dieser Welt gebrauchen!

In dieser Nacht schlief sie nicht viel.

Und am nächsten Morgen vollführte sie ihr anderes ›Erster-Prozeßtag-Ritual‹ – sie verbrachte mehr Zeit als sonst vor dem Spiegel und versuchte, die Spuren der Müdigkeit durch ein geschicktes Make-up zu verbergen.

Sie hatte Lampenfieber, aber das hatte sie vor jedem Prozeß, und sie hatte gelernt, es zu verdrängen. Sie hatte sich beigebracht, wie sie mit dem Streß umgehen konnte, denn der kam unweigerlich, wenn man entschlossen war, einen Prozeß zu gewinnen.

Es war eine unausgesprochene Übereinkunft zwischen ihr und ihrem Vater, der ihr größter Bewunderer war und zu jedem ihrer Prozesse kam, daß er am ersten Tag zu Hause blieb und abwartete, bis sie alles in Gang gebracht hatte.

»Weißt du eigentlich, daß du gerade zum fünfzehnten Mal heute morgen geseufzt hast?« fragte Joe seine Frau.

Melodee sah ihn verwirrt an.

»Nein danke.«

Und schon war sie fort.

Melodee war eine ungewöhnliche Frau. Sie triumphierte auf einem Gebiet, in dem normalerweise die Männer die Besten waren. Wenn man in Des Moines von einem ›wirklich guten Juristen‹ sprach, dann meinte man eigentlich immer einen Mann damit.

Die ehemalige Ballettänzerin tat ihr Bestes, diese Männerdomäne ein bißchen durcheinanderzuwirbeln. Und dieser Prozeß würde endgültig zeigen, ob sie nur eine Eintagsfliege oder ein Erfolg war, eine Schaumschlägerin oder eine engagierte Anwältin für die Rechte der Kinder.

Das Urteil würde die Antwort geben.

Am anderen Ende der Stadt hatten Jim und Tanya Reid die Nacht in einem Motel verbracht. Sie hatten am Abend ins Kino gehen und sich *Rain Man* ansehen wollen, aber dann hatten sie sich doch nicht in der richtigen Stimmung für einen so ernsten, deprimierenden Film gefühlt. Sie hatten selbst genug eigene Sorgen.

Tanya tupfte ihre Tränen weg. Sie versicherte ihrem Mann noch einmal, daß sie unschuldig wäre und daß sie sicher sei, daß sie dies beweisen könne.

»Ich werde gewinnen.«

Jim drückte seine Zigarette aus und nahm seine Frau in die Arme. Er sagte, er glaube auch, daß sie gewinnen würde.

Er trug wieder seinen Ring.

42

Melodee hieb mit der Faust auf den Tisch.

»Wo sind sie? *Wo?*«

Der Streß, sich nicht verplappern zu dürfen, was jenes Geheimnis Tanyas betraf, und die Furcht, daß Tanya doch nicht in den Zeugenstand treten könnte, machten sich bei der sonst so gelassenen Melodee bemerkbar. Jeder sah es. Melodee war ungehalten. Es war der 27. Februar 1989 und der erste Tag im Prozeß *Der Staat Iowa gegen Tanya Thaxton Reid*. Und offensichtlich hatte ein Gerichtsdiener die Zeugen aus Illinois nicht am Flughafen abgeholt.

Zum ersten Mal in diesem Prozeß setzte Melodee ihre ›Mutterstimme‹ ein, jene durchdringende, laute Stimme, die selbst den Lärm eines Spielplatzes übertönen kann.

»Oh, ich glaube, ich habe sie vergessen.«

»Dann verschwinden Sie endlich!«

Melodee hätte ihn umbringen können. Wer hatte schon

jemals von einem Prozeß gehört, der ohne Zeugen begonnen worden wäre?

Oberrichter Harry Perkins hatte seinen Gerichtssaal vollkommen unter Kontrolle. Er war ein fairer Mann, den jeder respektierte und der niemals in den Verdacht geriet, den Staatsanwalt oder den Verteidiger zu bevorzugen. Niemals erhob er die Stimme, und doch konnte ein Wort von ihm genügen, um einen hochbezahlten Anwalt oder einen von sich selbst überzeugten Staatsanwalt in seinem Designeranzug ins Schwitzen zu bringen. Jeder, der ihm jemals im Gerichtssaal begegnet war, kannte das Alarmsignal: Das Gesicht des Richters lief tiefrot an, wenn er wütend wurde, und dann – aufgepaßt! Glücklicherweise kam das nicht oft vor. Für Richter Harry Perkins, der eine beachtliche juristische Karriere hinter sich hatte, war dies ein besonderer Prozeß. Seine Abschiedsparty war schon geplant. Dies war das letzte Verfahren, das er leitete.

Der Prozeß fing auf die gleiche Weise an wie so viele andere Prozesse auch. Der Verteidiger versuchte einen Vorteil für sich herauszuholen.

Mit Tanya an seiner Seite stellte Mark Pennington sich noch einmal der Staatsanwaltschaft entgegen. Er bat den Richter, noch einmal die Entscheidung zu überdenken, jene Aussagen, die Morgan Reid betrafen, als beweiskräftig für diesen Prozeß zuzulassen. Er erinnerte das Gericht daran, daß es hier um Mißhandlungen an Brandon Michael Reid ging, und er glaube nicht, daß die Aussagen des Medical Examiner zum Shaken Baby Syndrom relevant für die Anschuldigungen in diesem Prozeß seien.

Richter Perkins lehnte den Antrag schnell ab. Die Aussagen würde gehört werden.

Tanya saß neben ihrem Anwalt, stopfte sich ein TicTac nach dem anderen in den Mund, die sie aus ihrer vollgestopften Handtasche hervorholte – genau, wie sie es auch an allen anderen Tagen des Prozesse machen würde. Das Kleid, das sie trug, hatte sie von ihrer Schwester geborgt. Sie hatte bereitwillig erzählt, daß sie kaum Kleider hatte, die für diesen Anlaß geeignet waren.

Die Eröffnungsplädoyers waren kurz. Die Staatsanwältin zeigte das Muster auf, das beweisen sollte, daß die Beklagte ihren Sohn mißhandelt hatte und daß sie die Ärzte und Schwestern getäuscht hatte, die versuchten, ihm zu helfen. Die Verteidigung hielt dagegen, daß medizinische und genetische Gründe für die Probleme des Jungen verantwortlich waren.

Tanya zeigte einen stoischen Gesichtsausdruck, während Melodee sprach, sie nickte beifällig, als Mark Pennington redete. Sie schien auf den Zeitpunkt zu warten, an dem sie Melodee Hanes und der Welt erzählen konnte, was wirklich passiert war.

Dr. Shashikant Kudchadker war Melodees erster Zeuge. Immer, wenn der Kinderarzt sprach, beugte er sich ein wenig zu dem Mikrofon vor. Sein Ton war ernst und höflich.

Er erzählte von Morgans erster Atemstillstandsepisode am 8. August 1983, davon, daß es zuvor über die Behandlung eines Ausschlags Uneinigkeit gegeben hatte. Und obwohl zu jenem Zeitpunkt schon Dr. Jerry Skurka Morgans Kinderarzt war, hatte man ihm, Dr. Kudchadker, noch Kopien aller Krankenhausberichte geschickt. Berichte über zahllose Untersuchungen, die man vorgenommen hatte und die alle bestätigten, daß Morgan ein normales, gesundes Kind war. Die schrecklichen Symptome paßten nicht zum gleichzeitigen Erscheinungsbild des Kindes.

Die Episode vom 20. August war ein perfektes Beispiel dafür.

»Als ich in die Notaufnahme kam und das Kind untersuchte, war es vollkommen normal, reagierte normal, lächelte mich sogar an.«

Dr. Kudchadker blätterte in seinen Akten, damit er dem Gericht einen besseren Überblick über die schwindelerregende Häufigkeit der Anfälle im September und Oktober 1983 geben konnte.

Die Zuschauer, die hinter der Familie saßen, begannen, unruhig hin und her zu rutschen. Manche betrachteten Tanya nachdenklich, als sie sich umdrehte. *Was mochte sie denken?*

Der Zeuge berichtete, wie er drei Tage, nachdem Morgan erneut als Patientin wieder zu ihm gebracht worden war – diesmal wegen einer Erkältung –, von der Notaufnahme benachrichtigt worden war, daß es eine weitere schlimme Apnoe-Episode gegeben hätte. Aus irgendeinem Grund hatte Tanya Reid aufgehört, Dr. Skurka zu konsultieren.

»Doktor, sie hatten direkt mit zwei Krankenhausaufenthalten Morgans – eigentlich sogar drei – zu tun, und über die anderen hat man Ihnen Berichte zukommen lassen. Haben Sie jemals eine medizinische Ursache für Morgans Probleme gefunden?«

Der Arzt schüttelte den Kopf.

»Nein, ich war – wir alle waren völlig verwirrt, und es zerriß einem das Herz, wenn man zusehen mußte, was die Kleine alles durchmachen mußte. Sie war ein so hübsches, ein so normales Baby, und ich weiß nicht, wie oft ich im Children's Memorial Hospital angerufen habe, weil wir alle versuchten, die Ursache zu finden, damit wir ihr helfen konnten.«

Dann kam Brandon Michael Reids umfangreiche Krankengeschichte zur Sprache. So wie seine tote Schwester hatte auch er oft aufgehört zu atmen.

28. Mai 1985

... körperliche Untersuchung ohne Ergebnis ...

17. Juni 1985

Sie wechselte dem Kind gerade die Kleidung ... als sie plötzlich feststellte, daß es nicht mehr atmete ...

Der Zeuge las seine Eintragungen bezüglich zweier Episoden am 24. Mai und 13. Juni vor – angebliche Episoden, bei denen Tanya Reid keine Hilfe in Anspruch genommen hatte.

Shashikant Kudchadker erzählte, daß er den Jungen das nächste Mal am 10. Juli sah, als die Mutter in seiner Praxis anrief und sagte, daß der Junge zu Hause mehrmals aufgehört hätte zu atmen.

Melodee stellte mehrere Fragen zu diesem Vorfall, als der Arzt gesehen hatte, wie Tanya den Jungen in einem der Untersuchungszimmer beatmet hatte.

»Doktor, haben Sie den Anfall von Anfang an miterlebt?«

»Nein, ich habe nie einen Anfall miterlebt.«

Im folgenden Monat wurden dem Jungen noch mehr Medikamente verschrieben, die Schlafüberwachung durchgeführt, ein weiteres EEG gemacht. Eine Chromosomenanalyse im Children's Memorial ließ keine Anomalien erkennen, kein Fragile-X-Syndrom.

Dr. Kudchadker las eine Eintragung über Michaels Einlieferung am 31. August ins Krankenhaus vor:

... Mutter führte Mund-zu-Mund-Beatmung durch ... Er schrie, als ob er Schmerzen hätte oder wütend wäre ...

Ja, fuhr der Zeuge fort, es war offensichtlich, daß die verschriebenen Medikamente, zu denen inzwischen auch Dilantin gehörte, nicht halfen – denn Michael wurde am 2. Dezember erneut wegen eines Atemstillstands auf die Intensivstation gebracht. Dem Krankenhausaufenthalt folgte ein Besuch Tanyas in seiner Praxis, bei dem sie ihm erzählte, daß Michael an vier Tagen vier Anfälle gehabt hätte.

»Und nachdem sie meine Praxis verlassen hatte, hatte er laut Aussage seiner Mutter zwei weitere Anfälle ... Er wurde deshalb in die Notaufnahme gebracht und im Krankenhaus behalten.«

Der Arzt berichtete, wie sich unter dem medizinischen Personal nach Michaels neuntem und zehntem Anfall im Januar und Februar 1986 starkes Unbehagen breitgemacht hätte.

»Ärzte und Schwestern in der Notaufnahme waren nervös, weil sie Angst hatten, Michael könnte das gleiche Schicksal erleiden wie seine Schwester. Die Ärzte hatten Angst, ihn nach Hause zu schicken.«

Melodee fragte ihn nach den Vorfällen am 17. April und 18. Mai 1986.

Dr. Kudchadker berichtete zunächst von den Ereignissen im April.

»Diesmal berichtete die Mutter, daß er wahrscheinlich einen Anfall gehabt hatte. Er wurde ganz steif und reagierte nicht. Fragen tauchten auf, wie die Eltern bemerkt hatten, daß er Gleichgewichtsstörungen hatte, ein oder zwei Tage vor diesem Anfall ...«

Der Zeuge berichtete, daß der Vater gesehen hätte, wie der Junge das Bewußtsein verlor.

Doch von einem Atemstillstand war diesmal nicht die Rede gewesen. Der Zeuge glaubte, daß dies die Reaktion auf das Dilantin und den Entzug von Phenobarbital gewesen sei.

Auch der Vorfall im Mai war merkwürdig, wahrscheinlich ebenfalls den Medikamenten zuzuschreiben. Die Beklagte hatte keine Wiederbelebung durchzuführen brauchen.

Die Staatsanwältin gestattete dem Arzt, der als einziger sowohl Morgan als auch Michael behandelt hatte, seine Befürchtungen wegen der gesundheitlichen Probleme sowohl des Bruders als auch der Schwester zusammenzufassen.

»Michael war ein völlig normales Kind. Was mir bei beiden so zu schaffen machte, war, daß wir bei diesen ausgesprochen hübschen Kindern nicht herausfinden konnten, was all dies verursachte.«

»Und das frustrierte Sie?«

»Absolut!«

Melodee wollte von dem Zeugen wissen, wie seine Beziehung zu den Reids gewesen wäre.

»Wir haben oft in der Cafeteria zusammengesessen, und ich habe die Eltern gefragt, wie sie mit dieser schrecklichen Situation zurechtkämen. Wir haben uns oft, sehr oft unterhalten. Bei Michael war alles noch schlimmer, da wir ja wußten, was mit Morgan passiert war.«

Mark Pennington begann sein Kreuzverhör damit, daß er sich bestätigen ließ, daß es bisher keinen Test gab, bei dem man feststellen könnte, daß ein Kind in Gefahr sei, den plötzlichen Kindstod zu sterben, und daß Ärzte und Wissenschaftler nicht verstanden, weshalb offensichtlich gesunde Kinder einfach so starben.

Der Verteidiger ereiferte sich und wurde vom Richter ermahnt, als er immer und immer wieder mit Dr. Kudchadker darüber stritt, ob Apnoe den plötzlichen Kindstod verursachen konnte.

Der Kinderarzt bestand darauf, daß Apnoe immer nur ein Symptom sei, keine Diagnose eines Grundes für den plötzlichen Kindstod.

Im weiteren Kreuzverhör gab der Arzt zu, daß er niemals MSBP als Grund für die Probleme der Reid-Kinder vermutet hatte.

Dr. Kudchadker verneinte schließlich ausdrücklich, daß er jemals Zeuge eines Anfalls geworden sei. Und auch Carolyn sei nicht dabeigewesen. Es hatte nur Tanya gegeben, die Mund-zu-Mund-Beatmung durchführte.

»Dennoch könnte man behaupten, daß Sie dabei waren, als der Anfall stattfand, nicht wahr?«

Wieder beugte der Arzt sich zu dem Mikrofon vor.

»Nein!«

43

Sie wirkte haargenau wie die nette junge Frau von nebenan, die Plätzchen backte und sich bereitwillig um die Post kümmerte, während der Nachbar in Urlaub war. Niemand, nicht einmal die Staatsanwältin, hätte behauptet, daß Tanya wie eine Frau wirkte, die versucht hatte, den eigenen Sohn zu ersticken. Sie hätte niemals einer Fliege etwas zuleide tun können. Sie wollte kranken Menschen helfen. Sie sah wie eine typische Mutter aus. Sie wirkte so nett mit all den Rüschen.

Der zweite Zeuge der Verteidigung war Dr. Jerry Skurka. Tanya schenkte ihm kaum einen Blick. Melodee führte den Arzt durch eine betäubende Auflistung aller Anfälle Morgans und der sich daran anschließenden Krankenhausaufenthalte in der Dreyer Clinic, doch er hatte dem, was Dr. Kudchadker gesagt hatte, wenig hinzuzufügen.

Da sie wußte, daß die Verteidigung danach fragen würde, bat sie den Arzt, aus einem Krankenhausbericht vorzulesen, in dem drei Untersuchungen bezüglich des gastroösophagealen Refluxes festgehalten waren, die auf die Atemstillstandsepisode folgten, wegen der Morgan am 20. August 1983 ins Krankenhaus eingeliefert worden war.

»Ein Test deutete darauf hin, daß ein Problem vorhanden sein könnte, die anderen beiden waren normal, so daß man keine spezielle Diagnose erstellen konnte, als Morgan nach Hause entlassen wurde.«

Keine spezielle Diagnose.

Tanya schüttelte leicht den Kopf, wie sie es während der Zeugenaussagen immer wieder machen würde, wenn diese ihrer Behauptung eines genetischen Defekts widersprachen.

Im Zeugenstand berichtete Dr. Skurka, wie diese unerklärlichen Anfälle ihm immer größere Sorge bereitet hatten.

Melodee hakte nach.

»Und was genau befürchteten Sie?«

»Nun, ich konnte mir einfach nicht erklären, warum ich bei den Untersuchungen nichts finden konnte. Morgan wirkte stets vollkommen normal. Ich war besorgt, Mrs. Jachimek, eine Nachbarin und enge Freundin der Familie, hatte mir erzählt, daß es Streß bei den Reids gab. Der Vater war oft fort.«

Am nächsten Tag kam ein Anruf von der Notaufnahme: Morgan hatte ihren sechsten Atemstillstand erlitten.

»Und können Sie mir sagen, was in Ihren Unterlagen zu diesem Vorfall vermerkt ist?«

»Mir fiel auf, daß Morgan immer nur dann zu atmen aufhörte, wenn sie mit der Mutter allein zu Hause war oder niemand dabei war, der sie beobachten konnte.«

Weil er die Patientin bei dieser Episode nicht im Krankenhaus gesehen hatte, mußte er sich auf die Notizen beziehen, die andere gemacht hatten. Er erzählte von den Anfällen am 26. Oktober und den beiden am 9. November 1983. Er berichtete auch, daß er mit Kollegen über jenen Anfall diskutiert hatte, der hinter zugezogenen Vorhängen im Krankenhaus stattgefunden hatte.

Der Zeuge sah die Beschuldigte am 23. November im Krankenhaus.

»Und haben Sie ihr gesagt, was Ihnen bei diesen Anfällen Kopfzerbrechen bereitete?«

»Ja. Mich beschäftigte immer noch dieser nicht bezeugte Anfall im Krankenhaus. Wie ich schon sagte, noch Augenblicke vorher waren die Vorhänge offen gewesen, dann waren sie plötzlich zu, und Morgan bekam einen Anfall. Insgesamt ist das Kind bis dahin ungefähr zwanzig Tage im Krankenhaus gewesen, und nicht einmal hatte sie während jener Aufenthalte einen Anfall bekommen.«

»Doktor, haben Sie auch gesagt, wie merkwürdig es Ihnen vorkam, daß niemand außer der Mutter je Zeuge eines Anfalls war?«

»Ja. Offensichtlich hatte es niemals einen Anfall nachts gegeben, niemals, wenn jemand dabei war, niemals, wenn jemand anderer sich um Morgan kümmerte. Und was mich ebenfalls verwunderte, war die Gelassenheit, mit der die Mutter die Anfälle hinnahm. Wenn ihr Kind unter Atemstillstand gelitten hatte, nahm sie es einfach so aus der Notaufnahme wieder mit nach Hause. Das war irgendwie nicht nachzuvollziehen.«

Er sagte, er hätte mit Tanya darüber gesprochen, hätte ihr geraten, sich einer Therapie zu unterziehen.

»Welchen Verdacht hatten Sie, Doktor?«

»Nun, ich vermutete, daß die Mutter für die Probleme des Babys verantwortlich war.«

»Gibt es eine medizinische Bezeichnung für ein solches Verhalten?«

»Nun, zu jenem Zeitpunkt wußte ich nichts davon, aber es gibt eine Bezeichnung dafür: Münchhausen-Syndrom by Proxy.«

Dr. Skurka sagte, er hätte es nur deshalb nicht gemeldet, weil er keine Beweise dafür hatte. Melodee wollte von dem Zeugen wissen, ob er bei Morgans nächstem Anfall am 4. Dezember 1983 hinzugezogen worden wäre – zwei Wochen, nachdem er Tanya geraten hatte, sich behandeln zu lassen.

»Nein.«

Er hätte Tanya Reid niemals wiedergesehen.

Mark Pennington stand auf, um mit dem Kreuzverhör zu beginnen. Er wollte wissen, wo in Dr. Skurkas Akten sich ein Hinweis darauf befand, daß er Tanya zu einer Therapie geraten hätte.

Dr. Skurka konnte ihm darauf nur antworten, daß er sich offensichtlich keine Notiz darüber gemacht hätte.

»Dann gibt es wohl auch woanders keinen Hinweis darauf, daß Tanya Reid die Hilfe eines Psychiaters brauchte?«

Doch, der Arzt wies darauf hin, daß dem Entlassungsbericht vom 20. September der Hinweis angefügt sei, daß Tanya eine Therapie angeraten wurde.

Dr. Skurka behauptete, daß er guten Grund dafür gehabt hätte, seinen Verdacht, daß Mrs. Reid ihr Kind verletzte, nicht schriftlich festzuhalten. Er hätte ihre Tochter als Patientin verloren, wenn Tanya mißtrauisch geworden wäre.

»Ich hatte gehofft, falls dies ein psychisches Problem gewesen wäre, dann hätten wir sie vielleicht dazu bekommen, sich uns anzuvertrauen, zu gestehen oder damit aufzuhören.«

Der Doktor bestätigte, daß er gesetzlich und moralisch verpflichtet wäre, eine Kindesmißhandlung zu melden.

»Ich hatte den Verdacht, und ich ging so weit, wie ich gehen konnte.«

»Aber offensichtlich war Ihr Verdacht nicht so groß, daß Sie ihn den Behörden gemeldet hätten. Das haben Sie doch nicht getan, oder?«

»Nein, weil man mehr Beweise dafür braucht. Statt dessen habe ich mit den Kollegen im Children's Hospital gesprochen und sie auf meine Befürchtungen aufmerksam gemacht. Sie versprachen, noch achtsamer zu sein.«

44

Nach einem eilig eingenommenen Lunch waren die Reids auf dem Weg zum Büro ihres Anwalts, als sie dem Trio aus Illinois begegneten. Niemand sagte etwas. Die beiden Ärzte gingen weiter, und Lynn Jachimek trat auf die Straße, um ihre früheren Nachbarn vorbeizulassen. Tanya versuchte Lynns Blick zu erhaschen, die an diesem Nachmittag als erste Zeugin auftreten sollte, doch Lynn schaute sie nicht an.

Lynn hielt ein Taschentuch in der Hand, während sie von jenem Nachmittag berichtete, den sie mit den Reids am See verbracht hatten.

Sie erzählte, wie verärgert Tanya gewesen war, weil Jim sie nicht hatte mitnehmen wollen. Am nächsten Tag hatte Morgan dann den ersten von vielen Anfällen gehabt.

»Haben Sie sich Sorgen gemacht, als diese Anfälle immer wieder auftraten?«

»Nein, anfangs nicht. Ich meine, natürlich fand ich es schlimm, daß das Baby diese Anfälle hatte, aber ich habe mir nichts dabei gedacht.«

»Haben Sie jemals Dr. Skurka gegenüber die Vermutung geäußert, daß ...«

»Nein.«

»Daß Tanya Reid diese Anfälle verursachen könnte?«

»Nein.«

Lynn erzählte, wie sie sich bereit erklärt hatte, auf Morgan aufzupassen, allerdings nur unter der Voraussetzung, daß Tanya den Monitor mitbrachte und ihr Telefonnummern für den Notfall gab.

»Und als sie an jenem Abend zu uns kam, hat sie mir nur den Windelkarton in die Hand gedrückt, dann ging sie. Sie hat mir sonst nichts gegeben oder gezeigt.«

Als sie dann gefragt wurde, ob es jemals einen Streit

zwischen ihnen gegeben hätte, wie die Beklagte angedeutet habe, schaute Lynn verständnislos drein.

Dieser Streit war genau das, worauf Mark Pennington in seinem Kreuzverhör hatte eingehen wollen. Lynn wußte nichts davon, daß sie sich über eine Zurückweisung wegen einer Party geärgert haben sollte.

»Und Sie haben den gesellschaftlichen Kontakt zu Jim und Tanya Reid abgebrochen.«

»Ich weiß nichts von einer Party.«

Der Verteidiger fuhr fort, offensichtlich mit dem Ziel, ihre Aussagen zu entschärfen.

»Es ist sicher nichts Ungewöhnliches, daß eine Frau sich darüber ärgert, wenn ihr Mann oft abwesend ist, nicht wahr, Mrs. Jachimek.«

»Ich denke nicht.«

Und sie stimmte zu, daß es sicher auch nicht ungewöhnlich wäre, wenn eine Mutter es als stressig empfindet, daß ihr Kind häufig Koliken hat.

»Sie sind sich bewußt, daß Sie die einzige Zeugin der Staatsanwaltschaft sind, die impliziert hat, daß Tanya auch Carolyn etwas hätte zufügen können?«

Lynn war offensichtlich verlegen. »Das habe ich niemals behauptet!«

»Aber Sie sind extra von Chicago hierhergekommen – dabei hatten Sie noch nicht einmal eine Vorladung –, um dem Gericht von Ihrer guten Freundin Tanya Reid zu erzählen und daß sie vielleicht auch Carolyn körperlichen Schaden zufügen könnte?«

»Wenn Sie es so ausdrücken wollen …«

»Sie hätten jederzeit ablehnen können, aber Sie haben sich dennoch entschlossen zu kommen, nicht wahr?«

»Ich war der Meinung, daß ich das Morgan schuldig sei.«

Das Videoband, das ihr Sohn damals aufgenommen

hatte, wurde abgespielt, doch nur aus einem Grund: damit das Gericht sich ein Bild von Morgan machen konnte.

Martha Raney, die Lehrerin, die für Heartland arbeitete, jene staatliche Institution, die sich um in der Entwicklung zurückgebliebener Kinder kümmerte und sie zu Hause förderte, war die nächste Zeugin. Sie war Tanya Reid zum ersten Mal im September 1987 begegnet, als Tanya um Hilfe für ihren Sohn nachsuchte. Die speziell ausgebildete Lehrerin hatte zwar festgestellt, daß Michael in seiner Sprachentwicklung zurückgeblieben war, daß er ansonsten jedoch keine besondere Förderung brauchte.

Tanya Reid, so erzählte sie, war die endgültige Entscheidung am 7. Oktober mitgeteilt worden.

Melodee zeigte auf, an welchen Tagen und zu welcher Zeit sich die sieben Anfälle Michaels in der Zeit in Iowa abgespielt hatten, immer wieder hatten die Rettungssanitäter zum Haus der Reids kommen müssen. Der erste Anfall hatte sich zwei Tage, nachdem Heartland die Entscheidung bekanntgegeben hatte, Michael nicht zu fördern, ereignet. Der Rettungssanitäter Tony Collins erinnerte sich daran, wie er bei jener Episode am 20. Oktober 1987 Tanya hatte wegstupsen müssen, die eigensinnig und völlig unnötigerweise mit der Mund-zu-Mund-Beatmung fortgefahren war.

»Kaum hatte sie aufgehört, ich meine, ich habe doch sofort übernommen, da atmete er.«

»Also gab es keinen Grund für die Beatmung?«

»Nein, zu diesem Zeitpunkt nicht.«

Die Staatsanwältin fragte nach Tanyas Verhalten.

»Nun, sie war ganz ruhig, konnte alle Fragen von uns und von der Polizei beantworten. Sie war wirklich gelassen, daran kann ich mich erinnern.«

Mark Pennington konzentrierte sich im Kreuzverhör auf jene Episode, als Tanya nur widerstrebend den Jungen dem Sanitäter überlassen hatte.

»Wenn ich richtig verstanden habe, dann war sie ein wenig erregt, als sie die Mund-zu-Mund-Beatmung durchgeführt hat?«

»Nein, erregt schien sie nicht zu sein.«

»Aber irgendwelche Gefühle hat sie doch wohl gezeigt, oder?«

»Stimmt.«

Die Aussagen, die folgten, brachten nicht viel Neues und waren eigentlich nur eine weitere Bestätigung des Musters, in dem Michaels Anfälle abliefen. Tanya hatte gegen diese Aussagen auch nicht viel einzuwenden, über Lynn jedoch empörte sie sich.

»Die lügt, sobald sie nur den Mund aufmacht«, behauptete sie. Lynns Geschichte mache doch überhaupt keinen Sinn. Sie seien nicht am Tag vor Jims Abreise am See gewesen.

»Ich hätte dann den Tag doch gar nicht mit ihnen verbracht! Ich wäre zu Hause geblieben, hätte seine Sachen gewaschen und gebügelt und gepackt!«

Entweder log Lynn, oder sie brachte da etwas durcheinander – manchmal ließ Tanya diese Möglichkeit offen.

»Wir *fuhren* zum See, aber das war vor ihrem Anfall. Ihre Tochter und ein anderes Mädchen haben alles beobachtet – aber hier macht sich keiner die Mühe, danach zu fragen!«

Tanya leugnete auch, daß Lynns Aussage stimmte, sie, Tanya, hätte Morgan nur mit den Windeln bei den Jachimeks abgegeben. Sie konnte sich an den Vorfall nicht mehr erinnern, behauptete aber dennoch, daß er nicht stimmen könne.

»Ich habe immer einen Schwestern-Service in Anspruch genommen. Das sind Profis. Die haben immer jemanden, den sie schicken können. Ich kann mich nicht erinnern, daß ich Morgan bei ihr gelassen hätte – und warum hätte ich ihr den Monitor nicht geben sollen?«

Die Reids hielten es sogar für möglich, daß Lynn aus ihrer Aussage einen Gewinn gezogen hätte.

»Damals war sie nur Labortechnikerin – jetzt leitet sie das Büro. Sie hat zur Belohnung eine Beförderung gekommen!«

Tanya regte sich noch den ganzen Abend über Lynns Aussage auf.

Vor Gericht behauptete sie dann, daß es einen Grund für Lynns verleumderische Aussage gäbe: Lynn wollte ihr eins auswischen. Als sie wieder nach Woodridge zurückgekehrt waren, hatten sie zur Einweihung ihres neuen Hauses eine Party geben wollen.

»Wir hatten mit den Jachimeks und den Cariks Karten gespielt, und ich erwähnte die Party. ›Ich will, daß ihr alle kommt‹, sagte ich, und sie stimmten zu. Nun, wir haben ziemlich viel an solchen Abenden getrunken – ich nicht, weil ich schwanger war –, und die anderen waren ganz schön angeheitert.«

Später, als Tanya Diane Carik traf, bat sie sie, die Jachimeks noch einmal an die Party zu erinnern.

»Ich habe sie deswegen nicht noch einmal extra angerufen. Ich traf sie am Tag der Party, und sie wollten nicht kommen; sie sagten, sie wüßten nichts davon. Ich weiß nicht, ob es deswegen war, jedenfalls sahen wir sie danach niemals wieder.«

45

Jim und Tanya standen im Gang, nahe der Doppeltüren, die in den Gerichtssaal führten. Jim machte einen letzten Zug an seiner Zigarette. Es war der Morgen des zweiten Verhandlungstages, und Tanya fühlte sich besser; sicher würde sie bald von aller Schuld reingewaschen sein.

Ein gut angezogener Mann, den sie nicht kannten, näherte sich ihnen und lächelte sie an.

»Ist dies der Saal, in dem der Prozeß gegen Tanya Reid stattfindet?« wollte er wissen.

Es war Randy Alexander.

»Ja, das ist er«, erwiderte Tanya freundlich.

Später, als sie erfuhr, wer er war, wurde sie wütend. Man hätte nicht erlauben sollen, daß er aussagte. Das war ein schlechter Witz. Und für Tanya ein weiterer Beweis dafür, wie Melodee Hanes und ihre verlogenen Kumpel von der Presse das Recht beugten, um ihren Kindesmißhandlung-Kreuzzug durchzuführen.

Sie sagte ihrer Familie, daß das alles Betrug wäre.

»Wie kann dieser Dr. Alexander sich über mich eine Meinung bilden, wenn er nicht einmal mit mir gesprochen hat? Wie will er da irgend etwas wissen?«

Die Verhandlung an diesem Morgen begann damit, daß der Richter die Aussage von Melodees wichtigster Zeugin in Empfang nahm. Dr. Rosens sechsunddreißigseitige Aussage wurde als Beweismittel zugelassen, genau wie Morgans Krankenhausberichte aus dem Texas Children's Hospital in Houston. Der Richter würde diese Unterlagen lesen, wenn er den Fall betrachtete.

Tanya wandte sich um und streckte die Hand nach ihrem Mann aus. Und obwohl sie mehr denn je wog, war sie nicht unattraktiv. Ihre dunklen Augen blickten ausdrucksvoll, um ihren Mund spielte ein liebes Lächeln. Sie wollte dem Richter deutlich machen, daß Jim zu ihr hielt.

Wie die meisten Experten, so sagte auch Dr. Randy Alexander bereitwillig aus. Melodee befragte ihn nach seiner Karriere, die ziemlich eindrucksvoll war, und er erzählte, daß er bisher mit circa fünfzehn Fällen von MSBP zu tun gehabt hatte. Und obwohl dies eine seltene Form der Kindesmißhandlung sei, sei sie eindeutig diagnostizierbar.

»Doktor, diese Diagnose, von der Sie gerade gesprochen haben, bezieht sich die auf die Mutter oder auf das Kind?«

»Auf das Kind. Natürlich ist die Mutter involviert, aber es ist eine Diagnose des Kindes.«

Gut, das war klar.

»Ist es eine psychiatrische oder eine pädiatrische Diagnose, also eine aus der Kinderheilkunde?«

»Eine pädiatrische.«

Mit Hilfe des Zeugen zeigte Melodee die für MSBP charakteristischen Umstände auf.

- Krankheiten, die sich nicht erklären lassen, immer wieder auftreten und so ungewöhnlich sind, daß auch erfahrene Ärzte sagen, daß sie so etwas noch nicht gesehen hätten
- Symptome, die nicht stimmig sind, nicht passen oder die nur dann auftreten, wenn der Täter dabei ist
- Behandlungen, die nicht greifen oder das Kind in Gefahr bringen
- Kinder, die angeblich allergisch sind oder bestimmte Nahrungsmittel nicht vertragen
- Mütter, die in Gefahrensituationen ganz gelassen bleiben und glücklich wirken, wenn sie sich im Krankenhaus aufhalten, und engen Kontakt zum medizinischen Personal suchen
- Familien, in denen Kinder aus nicht erklärbaren Gründen gestorben sind
- Wenn psychologische Untersuchungen keine Störungen beim Täter ergeben
- Ärzte, die das Kind behandeln, werden oft durch das Verhalten des Täters verwirrt oder getäuscht
- Medizinischer Hintergrund oder eine entsprechende Ausbildung des Täters

Diesen letzten Punkt erklärte Dr. Alexander näher. »Sie wirken sehr engagiert, benutzen die entsprechenden

Fachausdrücke, wirken gebildet, und ihre Angaben erscheinen dem Arzt zunächst hilfreich. Es erleichtert die Eintragungen, die man in die Akten macht.«

Die Staatsanwältin wollte wissen, ob die Mütter auch selbst am Münchhausen-Syndrom leiden.

Der Doktor nickte. Einige ja. Er zitierte Beispiele, in denen die Täterinnen auch für sich selbst Krankheitssymptome fabriziert hatten.

Melodee Hanes begann ein anderes Thema anzusteuern. Sie wollte wissen, ob es eine Verbindung zwischen Atemstillständen bei Kindern und MSBP gäbe.

Der Arzt erklärte, daß vor allem solche Fälle von plötzlichem Kindstod verdächtig wären, wenn es vorher etliche Wiederbelebungen gegeben hätte – durch die Mutter, die glücklicherweise stets gerade noch das Leben des Kindes hätte retten können.

Für besonders besorgniserregend hielt er Atemstillstandsanfälle, die im Krankenhaus auftraten.

»Es scheint, als ob die Mütter dort besonders viel Energie darauf verwenden, die Symptome hervorzurufen, damit sie den Ärzten um so überzeugender vorführen können, wie ihr Kind leidet.«

Verdächtig seien auch Apnoe-Episoden, wenn trotz der berichteten Symptome keine Funktionsstörungen zu finden seien.

»Wenn solche Kinder eingeliefert werden, dann scheinen sie wirklich krank zu sein, zumindest für eine Weile. Doch wenn man die entsprechenden Untersuchungen durchführt, findet man keine Erklärung für ihre Atmungsprobleme – außer einer Hand oder einem Kissen auf dem Gesicht. Allerdings können nach einer Weile diese Apnoe-Anfälle tatsächlich zu bestimmten Veränderungen im Gehirn führen.«

»Was würde denn zum Beispiel mit den Ventrikeln, den Hirnkammern, passieren?«

»Die Ventrikel wären vergrößert.«

Diese Antwort war wichtig. Die Verteidigung hatte vor dem Jugendgericht angeführt, daß die vergrößerten Ventrikel der *Grund* für die Atemstillstandsanfälle wären – Dr. Alexander jedoch sagte, sie seien die *Folge* des Sauerstoffmangels.

Melodee wollte mehr über das psychologische Profil der Täterinnen wissen.

»Liegt eine Persönlichkeitsstörung oder etwas Ähnliches zugrunde?«

»Nein, es ist keine Störung der Persönlichkeit, der Psyche. Tests zeigen in dieser Hinsicht kein Ergebnis. Es ist kein Verhalten, das durch individuelle Charakterzüge der Täterin bewirkt wird. Die Täterin ist so etwas wie eine soziopathische Persönlichkeit, das heißt, sie zeigt eine bestimmte Gewissenlosigkeit in ihrer Beziehung zu anderen. Es ist eine Person, die entschlossen ist, ihr Kind zu benutzen und zu manipulieren, um einen persönlichen Gewinn für sich zu erreichen, der es dabei völlig egal ist, ob die Gesundheit oder gar das Leben ihres Kindes in Gefahr gerät.«

Auf weitere Fragen Melodees antwortete der Arzt aus Iowa, daß die Täterinnen grundsätzlich alles leugneten – oft selbst dann noch, nachdem sie durch Videoaufnahmen überführt worden seien. Und solange sie leugneten, sei auch das Kind in Gefahr.

»Und welche indirekten Wirkungen zeigen sich bei den Kindern?«

»Wie bei allen Formen von Mißhandlung wird das Selbstbewußtsein schwer geschädigt; daneben gibt es Entwicklungsstörungen, die ihre Lernfähigkeit, ihre Gefühle und ihre Psyche betreffen.«

Melodee trat nahe vor den Zeugenstand. »Doktor, welche Diagnose trifft Ihre Ansicht nach auf Brandon Michael Reid zu?«

»Daß er ein Opfer von MSBP ist.«

Er erklärte, daß er das Kind nicht zu kennen brauchte,

um diese Diagnose zu erstellen – eine solche Diagnose könne nicht durch körperliche Untersuchungen festgestellt werden. Unleugbare Hinweise darauf seien die vielen Untersuchungen – alle ohne Ergebnis, die Art der Episoden, das Alter des Kindes. In neunzig Prozent aller Fälle hörten ›normale‹ Atemstillstände auf, wenn das Kind ein halbes Jahr alt ist.

»Und hier handelt es sich um ein Kind, das wesentlich älter ist – die Anfälle, die zu einem späteren Zeitpunkt auftraten, passen nicht zum Bild der normalen Apnoe.«

All das, was er aufgeführt hatte, paßte zum Fall Tanya Reids und bildete die Grundlage für seine Diagnose.

Das Kind, das immer wieder von seiner Mutter wiederbelebt wird.

Der medizinische Hintergrund der Mutter.

Ein weiteres Kind in der Familie mit ähnlichen Problemen.

Die unerklärlichen Ohnmachtsanfälle der Mutter, während sie mit Michael schwanger war.

Melodee wollte wissen, was es wohl bedeuten konnte, daß Michaels Anfälle fast immer nur an bestimmten Tagen und zu bestimmten Uhrzeiten stattgefunden hatten.

Der Zeuge erklärte, daß diese Anfälle ein sehr regelmäßiges, zu regelmäßiges Muster zeigten. Es wäre auffallend, daß sie niemals nachts aufgetreten seien – der plötzliche Kindstod trat meistens nachts ein.

Seine Diagnose für Morgan Reid war die gleiche.

»Sie ist ebenfalls ein MSBP-Opfer. Zusätzlich hat sie ein Trauma, eine Gewalteinwirkung, erlitten, das zu ihrem Tod geführt hat.«

Um seine Überzeugung zu untermauern, daß Morgan am Shaken Baby Syndrom gestorben war, durch die Hände ihrer Mutter, verwies er auf die Eintragungen, die die Krankenschwestern im Texas Children's Hospital gemacht hatten und die darauf hinwiesen, daß die Mutter Probleme hatte, ihren Ärger und ihren Frust zu beherrschen.

»Sie hat sie angeschrien ... die Hände zu Fäusten geballt ...«

Mark Pennington blieben bei diesem Zeugen nicht viele Möglichkeiten. Er konnte nur versuchen, eine Beurteilung, die auf Jahre alten Krankenberichten beruhte, unglaubwürdig erscheinen zu lassen.

»Meinen Sie nicht, die Krankenschwester, die damals anwesend war und Mutter und Kind beobachtet hat, könne sich ein besseres Urteil über Tanya Reids Verhalten bilden als Sie?«

»Ich denke, das hängt von der Krankenschwester ab.«

Eine solche Antwort war typisch für Dr. Alexander. Er pflegte bei seinen Aussagen zu bleiben – und seine Erwiderungen waren stets sehr höflich und überzeugend.

Der Verteidiger wollte wissen, ob die Krankenschwestern je einen Verdacht auf Kindesmißhandlung geäußert hätten.

»Nun, das kann ich nicht wissen, nicht wahr? In den Aufzeichnungen der Schwestern steht nichts darüber.«

Und mit diesem Hin und Her ging es weiter. Der Arzt gab zu, daß er niemals mit einer der Krankenschwestern gesprochen hätte, aber das würde an seiner Diagnose nicht das geringste ändern. Der Verteidiger versuchte, den Zeugen in Bedrängnis zu bringen – wieso glaubte er eigentlich, daß er mehr Grund hätte zu behaupten, Tanya Reid habe ihren Sohn körperlich mißhandelt, wenn selbst die Krankenschwestern keinen Verdacht geäußert, geschweige denn ihn den Behörden gemeldet hätten?

»Ich glaube, ich habe niemals behauptet, daß es sich hier um rein körperliche, um äußerlich sichtbare Mißhandlungen handelt.«

»Doktor, sind Sie sich bewußt, daß körperlicher Mißbrauch nicht zu dem paßt, was Sie als typisch für das Münchhausen-Syndrom by Proxy beschrieben haben?«

»Das einzige Problem dabei ist, daß körperliche Mißhandlungen bei MSBP in sehr subtiler Form durchgeführt werden, daß sie nicht wie Mißhandlungen erscheinen, sondern wie Symptome einer Krankheit.«

»Ich spreche hier von ›normalen‹ Mißhandlungen, von Schlägen und ähnlichem – das ist doch nicht typisch für MSBP, oder?«

Der Zeuge stimmte zu.

Dann konzentrierte der Verteidiger sich auf Widersprüche in der Literatur, was das psychologische Profil der Täterinnen betraf, anschließend las er aus Dr. Linders Bericht über die vierundzwanzigstündige Schlafüberwachung Michaels vor, bei der im Schlaflabor anormales Verhalten von Spikes, einer bestimmten Art von Gehirnwellen, festgestellt worden war. Diese Spikes wiesen auf erhöhte zerebrale Krampfbereitschaft hin.

Der Verteidiger fragte, ob Dr. Alexander wohl glaubte, daß man im neurophysiologischen Labor von Dallas nicht in der Lage sei, korrekte Ergebnisse zu erhalten.

Dr. Alexander beugte sich vor und antwortete, ohne zu zögern: »Ich glaube, daß sie genau das beschrieben haben, was sie gesehen haben.«

Und daß diese Ergebnisse nichts änderten. Daß seine Diagnose die gleiche bliebe. Daß nichts sie ändern könne.

Während sich Tanya über die Zeugenaussagen von Lynn Jachimek und den Ärzten aus Illinois geärgert hatte, war es die Aussage Dr. Alexanders, die Mark Pennington die größte Sorge breitete. Was der Arzt über MSBP berichtet hatte, traf haargenau auf Tanya Reid zu. Und während einer Verhandlungspause sagte er zu Tanya, daß es im Moment nicht gut für sie aussähe. Falls sie zustimmte, dann würde er der Anklagevertreterin erneut einen Handel vorschlagen, um eine Strafmilderung zu erreichen.

Es bestand die Möglichkeit, daß sie eine Strafe auf Bewährung bekäme.

Es war aber genausogut möglich, daß Melodee Hanes nicht bereit war, sich zu diesem Zeitpunkt auf einen Deal einzulassen.

Doch Tanya wollte überhaupt nichts davon hören.

»Warum soll ich mich schuldig bekennen, wenn ich doch überhaupt nichts getan habe? Vorsätzliche Vernachlässigung eines Kindes ist ebenfalls ein schweres Verbrechen ... Da kann ich auch weiterkämpfen.«

Wie üblich hielt Jim Reid sich zurück.

»Tun Sie, was immer Sie für das Beste halten.«

Ähnliches hörte Tanya auch von ihrer Familie.

»Sie hatten leicht reden«, meinte sie. »Nicht *sie* würden ins Gefängnis wandern, wenn man mich verurteilte. *Ich* würde im Gefängnis sitzen, und es wäre ganz allein mein Problem!«

46

Der Arzt, der als elfter Zeuge der Staatsanwaltschaft auftrat, hatte schon praktiziert, bevor Tanya überhaupt geboren war. Er hatte in seiner langen Zeit als Arzt ungefähr fünfzig Kinder mit Atemstillständen behandelt und viele, viele andere kleine Patienten, die unter Anfällen litten.

Der Arzt erzählte, daß er den Jungen zum ersten Mal gesehen hätte, als er am 27. Juli 1987 ins Blank Children's Hospital eingeliefert worden sei. Eine gründliche neurologische Untersuchung hätte ergeben, daß bei dem Jungen alles in Ordnung sei. Die einzige Ausnahme betraf seine Sprachentwicklung.

»Wenn wir mit ihm geredet haben, schien er das meiste zu verstehen, doch er selbst sagte niemals irgendwelche Sätze oder Wörter, wenn wir ihn beobachteten.«

Dann erklärte der Zeuge den Unterschied zwischen Atemstillstand und einem tonisch-klonischen Anfall, wie die Mutter mehrere berichtet hätte. Bei einem tonisch-klonischen Anfall zuckt der Körper, die Gliedmaßen werden steif, der Patient wird ohnmächtig. Bei einem Atemstillstand hört der Patient auf zu atmen.

»Besteht nach Ihrer Erfahrung eine Beziehung zwischen Atemstillständen und einem tonisch-klonischen Anfall?«

»Es kann sein, daß der Betreffende aufhört zu atmen, und wenn, dann fängt er in der Regel von allein wieder damit an. Ein Atemstillstand kann aus den unterschiedlichsten Gründen eintreten, normalerweise hat dies nichts mit einem solchen Anfall zu tun.«

Dr. Kelly erzählte, daß er nach jenem Anfall am 9. Oktober, als Michael einen Wutanfall bekommen hatte, geglaubt hätte, das Kind hielte den Atem an. Doch Tanya Reid hatte nichts davon hören wollen, als er ihr geraten hatte, einfach abzuwarten, bis das Kind wieder von selbst anfinge zu atmen.

Doch das Bild, das sich ihm am 20. Oktober bot, als Michael auf der Intensivstation lag, war ein ganz anderes.

»Dies war kein Kind, das weinte oder Schmerzen gehabt hätte und deshalb den Atem anhielt. Es war ein liebes, glückliches Kind, verspielt, das dann ganz unvermittelt keinen Herzschlag und keine Atmung mehr gezeigt hatte.«

Er sah den Sohn der Beklagten ein weiteres Mal nach der Episode am 13. November, dann noch einmal zwei Wochen später in seiner Praxis. Danach kehrte Tanya Reid nicht mehr zurück.

Er erzählte dem Gericht, wie er einen Anruf von Dr. Steven Linder aus Dallas bekommen hätte, der der Meinung war, das Kind hätte ›irgendeine neurologische Krankheit‹, und darauf hinwies, daß eine pH-Probe ergeben hätte, daß Magensäure in großer Menge in die Speiseröhre zurückfließen würde.

Dr. Kelly hatte den Jungen noch einmal untersucht, als dieser im Zusammenhang mit der Aberkennung des Sorgerechts auf Anweisung des Gerichts ins Krankenhaus eingewiesen worden sei.

Melodee fragte den Arzt, ob sich seine Diagnose geändert hätte.

»Ja. Zu diesem Zeitpunkt waren wir uns alle ganz sicher, daß Michael ein MSBP-Opfer war.«

Nachdem der Junge in Pflege gegeben worden war, hatte Dr. Kelly ihn noch mehrere Male untersucht. Michael hatte, seit er seiner Mutter fortgenommen worden war, nicht einen einzigen Atemstillstand mehr gehabt.

Die Art, wie Mark Pennington Dr. Kelly ins Kreuzverhör nahm, zielte darauf ab, den Arzt aus Iowa genau wie dessen Kollegen als bei weitem nicht so kompetent erscheinen zu lassen wie Dr. Linder, den er als Koryphäe auf dem Gebiet der Neurologie und als seinen Starzeugen präsentieren wollte.

Wieder, wie schon bei Dr. Alexander, zitierte er aus dem Bericht Dr. Linders, wies auf das auffällige Vorkommen der Spikes hin.

»Dieses Ergebnis hat doch nichts mit dem zu tun, was Tanya Reid über die Krankengeschichte ihres Sohnes erzählt hat.«

»Nein.«

Dann war da das Reflux-Problem. Mark Pennington las aus dem Bericht über die Untersuchung eines Kinderfacharztes für Magen- und Darmleiden vor, die Dr. Linder ebenfalls angeordnet hatte. Jener Arzt, Dr. Strickland, hatte aufgrund der im Labor festgestellten erhöhten Werte ein Problem beim gastro-ösophagealen Reflux diagnostiziert.

»Wenn Dr. Linder behaupten würde, daß ein solcher Rückfluß in Verbindung zu einem Atemstillstand stünde, würden Sie das für möglich halten?«

»Ja.«

Melodee blickte auf ihre Notizen. Der Verteidiger hatte damit sein Kreuzverhör beendet, und nun war es Zeit für ein wenig Schadensbegrenzung.

Erneut trat sie zur Vernehmung Dr. Kellys an.

»Dr. Kelly, würden Sie dem Richter bitte erklären, warum diese Testergebnisse Ihre Diagnose auf Münchhausen-Syndrom by Proxy dennoch nicht beeinflußt haben?«

»Natürlich zeigen diese Tests Abweichungen vom Normalen, aber es hat sich gezeigt, daß sie in keiner Verbindung zu den Symptomen stehen, die der Patient bei einem Anfall zeigt.«

Und obwohl Mark Pennington sich bemühte, gelang es ihm nicht, den verlorenen Boden wieder zurückzugewinnen. Dr. Kellys Erklärung hatte ihren Eindruck hinterlassen. Es kam nicht darauf an, was Dr. Linders Team behauptete. Er war immer noch fest davon überzeugt, daß Tanya Reid absichtlich versucht hatte, ihren Sohn zu ersticken.

Der Kinderarzt Dr. Colman vom Blank Children's Hospital folgte Dr. Kelly in den Zeugenstand.

Er berichtete dem Gericht, daß es ihn neugierig und besorgt gemacht hatte, daß die Mutter anscheinend stets mit dem Kind allein gewesen war, wenn ein Anfall auftrat. Sämtliche Umstände hätten ihn an einen Fall von MSBP erinnert, mit dem er in London zu tun gehabt hatte. Hätte sich jedoch nachweisen lassen, daß es auch andere Zeugen gab, wäre MSBP natürlich nicht als Diagnose in Frage gekommen.

Er hatte in seinen Unterlagen festgehalten, daß die Mutter ihm erklärt hatte, Großmutter und Vater sowie ein Arzt in Naperville, Illinois – Dr. Kudchadker – wären bei einzelnen Anfällen anwesend gewesen.

Die Staatsanwältin befragte ihn weiter, ob ihm etwas am Verhalten der Mutter aufgefallen wäre, und Dr. Colman erklärte, daß er es ausgesprochen merkwürdig gefunden hätte, daß die Mutter stets eine solche Gelassenheit gezeigt hätte, obwohl ihr Kind doch immer wieder in Lebensgefahr gewesen sei.

Melodee beendete ihr Kreuzverhör damit, daß sie den Kinderarzt nach seinem Eindruck von Jim Reid fragte.

»Es war stets die Mutter, die die Informationen über den Verlauf des Anfalls und den medizinischen Hintergrund gab. Der Vater war verschlossen.«

Diese Antwort schien dem Verteidiger nicht gefallen zu haben. »Dr. Colman, wollen Sie damit andeuten, daß das Verhalten des Vaters der Situation nicht angebracht gewesen wäre?«

»Nein.«

»Könnte es nicht sein, daß die Sorge um seinen Sohn, der wieder einmal ins Krankenhaus mußte, ihn so verschlossen wirken ließ?«

»Das könnte sein.«

»Wußten Sie, daß Dr. Kudchadker gesehen hatte, wie Tanya Reid bei ihrem Kind Mund-zu-Mund-Beatmung durchgeführt hat? In seiner Praxis?«

»Ich habe es später erfahren.«

»Und sie hat Ihnen auch den Namen von Dr. Linder in Dallas, Texas, genannt. Haben Sie je mit ihm gesprochen?«

»Nein.«

»Nachdem Tanya Reid Ihnen die Namen dreier Leute genannt hatte, haben Sie sich da die Mühe gemacht, *mit einem davon zu sprechen*, zum Beispiel mit Jim Reid?«

Dr. Colman schüttelte den Kopf.

»Ich hatte einen anderen Arzt, der auch mit diesem Fall zu tun hatte, gebeten, Kontakt mit diesen Personen aufzunehmen. Bis der Patient entlassen wurde, hatte er es jedoch noch nicht getan.«

»Also haben Sie Ihre Diagnose auf MSBP gestellt, ohne mit jenen Personen, speziell Jim Reid, zu sprechen, was eventuell diese Diagnose hätte zunichte machen können? Ist das richtig?«

»Ja, das ist richtig.«

47

»Rufen Sie Dr. Thomas McAuliff herein!«

Der Arzt, der Michael am 13. November im Blank Hospital behandelt hatte, trat in den Zeugenstand. Er berichtete, wie auch ihm der Verdacht auf MSBP gekommen war, daß er mit seinen Kollegen öfter darüber diskutiert hatte. Er hatte diesen Verdacht auch schriftlich in seinen Unterlagen festgehalten.

Die Staatsanwältin wollte wissen, warum er sich nicht an die Kinderschutzbehörde gewandt hatte.

Dafür gäbe es zwei Gründe, erklärte der Zeuge. Einmal, daß das Kind nicht in unmittelbarer Gefahr gewesen zu sein schien. Außerdem hätte er mehr Informationen haben wollen, vor allem über vorangegangene Krankenhausaufenthalte des Kindes.

»Ich denke, wenn ich mehr Hinweise gehabt hätte, dann hätte ich stärker darauf gedrängt, die Kinderschutzbehörde einzuschalten!«

Mark Penningtons Kreuzverhör dauerte nicht lange. Dann konnte der Arzt den Zeugenstand verlassen.

Es erschien wie ein Ärztetreffen. Als nächster Zeuge trat Dr. Richard Perez auf, Kinderarzt am Blank Children's Hospital. Er hatte Michael untersucht, als dieser zum ersten Mal ins Krankenhaus eingeliefert worden war. Elf Tage später sah er den Jungen erneut.

»Und wie lautete Ihre Diagnose diesmal?«

»Daß er den Atem angehalten hatte – aber das hatte man auch schon vermutet, als er zuvor entlassen worden war.«

Auch ihm war dann aufgefallen, daß die Mutter stets die einzige zu sein schien, die bei den Anfällen anwesend war. Michaels Fall wurde bei den morgendlichen Treffen besprochen, und eine der Vermutungen, die ausgesprochen wurden, war der Verdacht auf MSBP.

»Wenn Ärzte der Meinung sind, daß MSBP zutreffen könnte, wird dann sofort eine Meldung an die Kinderschutzbehörde gemacht?«

Dr. Perez schüttelte den Kopf. Zuerst versuche man, alle medizinischen Ursachen auszuschließen. Die Tests, die bei Michael durchgeführt wurden, zeigten alle normale Ergebnisse. Man war der Meinung, daß man zunächst nichts anderes tun könne, als den Fall des Jungen aufmerksam zu verfolgen.

Dr. Perez sah den Jungen erneut am 19. Januar 1989. Zu dem Zeitpunkt war er diensttuender Arzt auf der Kinder-Intensivstation.

»Es war nicht einfach, ihn zu untersuchen, weil er sich gegen uns wehrte.«

Dr. Perez erzählte, daß er seinen Verdacht auf MSBP sowohl mit Dr. Kelly als auch mit Dr. Gangeness, dem Kinderarzt des Jungen, besprochen hätte. Auch mit einem Polizeibeamten des Reviers in Urbandale, und daß er ihn gebeten hätte, ihm nähere Informationen zu geben, wenn der Rettungsdienst erneut zu den Reids gerufen wurde. Zum Beispiel über das Verhalten der Mutter und ob es weitere Zeugen der Anfälle gegeben hätte.

»Hat er sich jemals bei Ihnen gemeldet?« fragte die Staatsanwältin, die die Antwort natürlich schon kannte.

»Nein. Er hat mich nie angerufen.«

Allan Herberer, der Arzt aus dem Mercy Hospital, wurde nun in den Zeugenstand gerufen. Er hatte den Jungen untersucht, nachdem dieser – laut Mutter – einen Anfall und einen Atemstillstand gehabt hatte. Seine Untersuchungen hätten nichts Auffälliges erbracht. Anschließend hatte er mit Dr. Gangeness telefoniert.

»Und haben Sie dem Arzt gesagt, was Sie für das Beste für den Jungen hielten?«

»Ja. Einweisung ins Krankenhaus.«

»Blieb der Junge im Krankenhaus?«

»Ich war der Meinung, daß er bei uns sei, doch als ich die Akte durchging, um die Einweisung schreiben zu können, mußte ich feststellen, daß Michaels Kinderarzt telefonisch die Entlassung des Jungen verfügt hatte, nachdem mein Dienst beendet war.«

»Doktor, hat Mrs. Reid Ihnen erzählt, daß das Kind vorher bereits sechsmal aus dem gleichen Grund ins Blank Hospital gebracht worden war?«

»Ich kann mich nicht daran erinnern. Ich habe es auch nicht in der Krankenakte notiert.«

»Hat sie Ihnen erzählt, daß man, nachdem das Kind das letzte Mal im Blank Children's Hospital gewesen war, eine Untersuchung wegen Kindesmißhandlung gegen sie eingeleitet hatte?«

»Daran kann ich mich überhaupt nicht erinnern.«

Da der Zeuge entlassen wurde, ohne daß er von der Verteidigung ins Kreuzverhör genommen wurde, geriet Melodees Zeitplan durcheinander. Sie machte sich auf, um ihre nächste Zeugin zu holen, Callie Jo Sandquist. Ein paar Minuten später konnte die Krankenschwester vereidigt werden.

Es waren jene Kratzer in Michaels Gesicht, die Melodee am meisten interessierten.

»War irgend etwas Besonderes an diesen Kratzern?« wollte sie wissen.

»Nein, sie sahen aus wie normale Kratzer. Die Mutter behauptete, der Junge hätte sie sich zugefügt, als er einen Anfall gehabt hatte.«

Die Staatsanwältin wollte mehr über diese Unterhaltung wissen.

»Sie hatte gesagt, Michael hätte sich während des Anfalls gekratzt, und sie erzählte, daß sie schon eins ihrer

Kinder wegen solcher Anfälle verloren hätte. Und daß sie auch einen Kratzer am Finger hätte.«

»Hat sie Ihnen gesagt, wie dieser Kratzer entstanden sei?«

»Sie hätte ihn ebenfalls bei Michaels Anfall bekommen.«

Die Krankenschwester erzählte weiter, daß sie in all den Dienstjahren Hunderte von Kindern erlebt hätte, die unter Anfällen litten.

»Würden Sie dem Gericht bitte sagen, ob darunter ein Kind gewesen ist, das sich während eines Anfalls gekratzt hätte?«

»Nein. Keins.«

Die Schwester erklärte, daß jemand, der einen Anfall hat, normalerweise die Hände zu Fäusten ballt oder steif wird. Hinterher wäre der Patient schläfrig, oft auch verwirrt.

Bei Tanyas Sohn sei dies nicht der Fall gewesen.

»Nun, er verhielt sich nicht wie ein Kind, das gerade einen Anfall überstanden hatte. Und auch die Mutter unterschied sich in ihrem Verhalten. Sie war nicht nervös, sie war nicht aufgeregt, sie weinte nicht. Wissen Sie, wenn das Schlimmste vorbei und die Gefahr gebannt ist, dann brechen die Eltern meistens zusammen. Sie nahm das alles völlig gelassen. Kam zu mir und fragte, ob ich ihr für diesen winzigen Kratzer ein Pflaster geben könnte.«

Es war deutlich, was mit dieser Aussage über die Kratzer impliziert werden sollte – daß der Sohn gegen seine Mutter gekämpft hatte. Daß er um sein Leben gekämpft hatte. Oder doch nicht?

Mark Pennington stand auf, um mit seinem Kreuzverhör zu beginnen.

Wollte sie vielleicht behaupten, daß es medizinisch unmöglich wäre, daß ein Kind sich während eines Anfalls Kratzer im Gesicht zufügt?

»Nein. Ich habe damit lediglich gesagt, daß ich es noch nie miterlebt habe.«

»Nun, sicher haben Sie nicht jeden Anfall, den es je gegeben hat, gesehen, oder?«

»Natürlich nicht.«

»Und ich nehme an, daß Sie diese Sache hier zur Sprache gebracht haben, bedeutet, daß Sie glauben, daß die Mutter die Täterin ist.«

»Ja, das glaube ich.«

Der Tag war endlich vorbei. Die Zeugenaussagen hatten ein niederschmetterndes Bild von Tanya entworfen. Sie hatte nicht Taschentücher genug, um ihre Tränen zu trocknen.

»Aber du glaubst mir doch?« fragte sie Jim, der sie in seinen Armen hielt.

»Natürlich. Wenn ich es nicht täte, würde ich für die Staatsanwaltschaft aussagen.«

Tanya weinte daraufhin nur noch heftiger, näßte mit ihren Tränen Jims Hemd.

»Er hat mich getröstet«, erzählte Tanya später. »Er war für mich da, so wie früher, wenn etwas mit den Kindern war. Dann hat er mich auch immer ganz fest in seinen Armen gehalten.«

48

Cindy Erquhart trug ihre Schwesternuniform, als sie vor Gericht erschien. Sie war Tanya und deren Sohn oft genug im Krankenhaus begegnet. Sie beschrieb Tanya als eine nette junge Frau, die sich stets um die Bedürfnisse ihres Sohnes kümmerte.

»Oft kam sie auch zu uns ins Schwesternzimmer und unterhielt sich mit uns. Oder sie saß da und hörte unseren Gesprächen zu.«

Melodee wollte wissen, wie oft Tanya im Schnitt ins Schwesternzimmer gekommen wäre.

»Oh, während meiner Acht-Stunden-Schicht schwankte es zwischen drei- bis sieben- oder achtmal am Abend.«

Und obwohl sie erzählte, daß Tanya stets sehr hilfsbereit gewesen sei, waren ihr doch einige Dinge als merkwürdig aufgefallen. Einmal hatte sie gehört, wie Tanya sich beschwerte, daß ihr Sohn auf die normale Station gebracht worden sei – sie hätte ihn lieber in der Intensivstation gehabt.

Das andere Mal war, wie sie gesehen hatte, daß Tanya lächelnd auf der fahrbaren Trage saß – Michael war an einen Monitor angeschlossen, sollte in die Intensivstation gebracht werden.

»Und weshalb fanden Sie das ungewöhnlich?«

»Ein Kind kommt doch nur dann auf die Intensivstation, wenn sein Zustand kritisch ist. Ich kann mir nicht vorstellen, daß dies eine Situation ist, in der eine Mutter lächelt.«

Mark Pennington unterstellte Cindy im Kreuzverhör, daß sie Tanyas Verhalten falsch interpretiert hätte. Viele Mütter, deren Kinder krank sind, helfen den Schwestern oder unterhalten sich mit ihnen. Das sei doch nichts Ungewöhnliches.

Dann sprach er sie auf das Lächeln an.

»Sie wissen natürlich nicht, was diesem Lächeln vorausgegangen ist.«

Natürlich wußte sie das nicht.

»Es ist doch möglich, daß sie an etwas Angenehmes gedacht hat, um sich abzulenken, oder?«

»Das ist möglich.«

Die Verteidigung mußte die Reihenfolge ihrer Zeugen neu ordnen. Der Psychologe Todd Hines war wegen eines familiären Notfalls verhindert, und Mark sagte Tanya, daß Carolyn an diesem Nachmittag aussagen sollte. Tanya rief im Hotel an, doch die Großeltern waren mit dem Mädchen ausgegangen, und sie hinterließ ihnen die Nachricht, daß sie Carolyn bis zum Mittag ins Gericht bringen sollten.

Später gab Tanya zu, daß sie dieser Aussage nicht ohne Bange entgegengesehen hätte. »Ich hatte Angst, daß mein kleines Mädchen einiges durcheinanderbringen würde«, gab sie zu.

Während ihr Mann eine Zigarette rauchte, machte Tanya ihrem Unmut über einige der Zeugenaussagen Luft. Mißverständnisse waren das! Manches war reine Erfindung!

»Alles erstunken und erlogen!«

Und sie ärgerte sich auch ein bißchen über ihren Anwalt. Warum nahm er die Zeugen nicht mehr in die Zange? Immer wieder schob sie ihm Notizen hin, bis er ihr klarmachte, daß sie das lassen sollte. Es brachte nichts, wenn man den Richter mit Kleinkram von den wichtigen Fakten ablenkte.

Lügen, nichts als Lügen seien Cindy Erquharts Aussagen gewesen, tobte sie.

»Ich habe die Krankenschwestern niemals *besucht*! Ich habe mich immer nur um Michael gekümmert! Ich war diejenige, die ihn jeden Abend gebadet hat, weil sie ja keine Zeit für ihn hatten!«

Doch, ein einziges Mal sei sie bei den Schwestern gewesen, aber da habe sie mitgeholfen, ein Kind zu versorgen, das schwere Verbrennungen erlitten hatte. Sie hätte an der Tür gesessen und das kleine Mädchen in ihren Armen gewiegt, während sie ein Auge auf ihren Sohn hielt.

49

Melodee hob sich das Beste für den Schluß auf. Ihr letzter Zeuge war Tom Bennett, der Medical Examiner des Staates Iowa, ein Mann von höchster Qualifikation. Ein Mann, der in anderen Prozessen die weiblichen Geschworenen mit seinem Lächeln verzaubern konnte.

Nun, ein Lächeln interessierte Richter Perkins nicht, und sei es noch so nett, ihn interessierten allein Fakten.

Doch auch die konnte Tom Bennett ihm bieten.

Melodee bat ihn zu erklären, was eigentlich das ›Shaken Baby Syndrom‹ war.

»Man spricht davon, wenn man einen bestimmten Symptomenkomplex feststellt – subdurale Hämatome, das sind Blutungen im Bereich unter der harten Hirnhaut, der Dura, und Netzhautblutungen – und wenn es für diese Blutungen keine andere Erklärungen gibt wie zum Beispiel direkte äußere Gewalteinwirkungen auf den Schädel.«

»Das heißt also, das Kind hat keine äußere Kopfverletzung, sondern wird geschüttelt, so heftig, daß bestimmte Adern, die sogenannten Brückenvenen, reißen. Die Blutungen, die dadurch entstehen, üben Druck auf das Gehirn aus, blockieren sozusagen bestimmte Funktionsbereiche, und entweder stirbt das Kind, oder es erleidet schwere Folgeschäden.«

Dr. Bennett erklärte, daß man dieses Syndrom erst vor kurzem erkannt und benannt hatte. Einige Pathologen sprachen auch vom Slammed Baby Syndrom, denn wenn man ein Kind mit dem Kopf gegen ein Bett oder den Boden schlug, konnten die gleichen Schäden entstehen.

Eine Tafel wurde aufgestellt, damit der Medical Examiner seine Erklärungen anhand einer Skizze verdeutlichen konnte. Grob skizzierte der Arzt das Gehirn und erklärte, wie es sich im Schädel verschiebt, wenn ein Kind geschüttelt oder geschlagen wird.

»Winzige Blutgefäße verbinden das Gehirn mit den drei Hüllen, den Meningen, von denen es umgeben ist. Das Gehirn, das bei einem Baby relativ kleiner ist als der Schädel, wird aufgrund seiner Masse und seiner Trägheit nach hinten und dann nach vorn geschoben, wenn durch heftiges Schütteln der Kopf erst nach vorn fällt und dann nach zurück. Und dabei reißen eben diese Blutgefäße.«

Blutansammlungen im Subduralraum bewirken Hirntod.

Dr. Bennett verglich die Kraft, die nötig ist, um einem Kind solche Verletzungen zuzufügen, mit einem Peitschenschlag.

»Es ist kein normaler Aufprall oder Stoß, sondern ein gewaltsames Schütteln, mit aller Kraft durchgeführt.«

Melodee nahm Morgans Autopsiebericht in die Hand, und Dr. Bennett las daraus vor. Akute subdurale Hämatome, also Blutungen am Gehirn, waren festgestellt worden; ein anexischer Gehirnschaden, das hieß, ein Schaden, der durch Sauerstoffmangel bedingt war; eine Lungenentzündung. Es war erwähnt, daß Wiederbelebungsversuche durchgeführt worden waren.

»Bezieht sich irgendein Satz in diesem Bericht darauf, daß man Hinweise auf Kindesmißhandlungen gefunden hat?«

»Die erste Seite des Berichts endet mit Dr. Birketts Feststellung: Kein Hinweis auf Kindesmißhandlungen.«

»Ist das auch Ihre Meinung?«

»Nein. Für mich steht fest, daß Morgan Reid keines natürlichen Todes gestorben ist. Ich glaube, daß ihr Tod die Folge des Shaken Baby Syndroms ist.«

Auf Melodees Fragen hin erklärte er, daß seine Ansicht vor allem darauf basierte, daß sich keine äußeren Schädelverletzungen feststellen ließen. Und nur das eine oder das andere konnte der Grund für diese Blutungen sein.

Tanya wischte sich ihre Tränen weg. Auch Beverly Kay

weinte, denn sie sah wieder das kleine Mädchen vor sich, wie es in der Trauerhalle aufgebahrt gelegen hatte.

Daß keine Netzhautblutungen festgestellt worden waren, lag nach Dr. Bennetts Ansicht daran, daß man nicht danach gesucht hatte. Und außerdem kämen sie nicht jedesmal vor.

Bei den Hunderten von Autopsien, die er überwacht hatte, waren nicht ein einziges Mal subdurale Hämatome durch Herz-Lungen-Wiederbelebung bewirkt worden.

Der Verteidiger versuchte, Mängel in der Argumentation des Zeugen aufzuzeigen. Schließlich sei der Arzt nicht bei der Autopsie anwesend gewesen, hätte nicht mit Dr. Birkett gesprochen oder Morgans letzte Stunden miterlebt.

Doch der Zeuge bestand darauf, daß das keinen Einfluß auf seine Diagnose gehabt hätte.

Mark Pennington wies Dr. Bennett auf das hin, was auf dem Totenschein vermerkt war: ›Unmittelbare Ursache‹ sei ›Hirntod als Folge von Herz-Lungen-Stillstand‹ gewesen, ›Ursache unbekannt‹.

»Also geht daraus hervor, daß die Todesursache nicht bekannt war, stimmt das?«

»Demjenigen, der den Totenschein ausgestellt hat, war sie nicht bekannt – das stimmt.«

Der Verteidiger las den Namen des Arztes vor, der den Totenschein unterschrieben hatte: Dr. Rolf Habersang. Ein anderer Arzt als derjenige, der die Autopsie durchgeführt hatte.

»Wissen Sie, Dr. Bennett, daß Dr. Habersang während Morgans letzter Stunden anwesend war?«

»Ja.«

»Wissen Sie auch, daß er als einer der führenden Experten von Texas für das Shaken Baby Syndrom gilt?«

»Ja.«

Mark Pennington wandte sich wieder Dr. Birketts

Bemerkung ›Kein Hinweis auf Kindesmißhandlung‹ zu. Indem er eben diese Formulierung gewählt hatte, schloß er alle anderen Möglichkeiten aus. Diese Bemerkung sei absolut eindeutig, nicht wahr?

Dr. Bennett stimmte dem zu, obwohl er wußte, worauf der Verteidiger hinaus wollte: Mark Pennington wollte zeigen, daß zwei Pathologen durchaus verschiedener Meinung über einen Fall sein konnten – und sollte man nicht eher demjenigen glauben, der die Autopsie durchgeführt hatte, statt dem, der sich lediglich durch einen viele Jahre alten Bericht gewühlt hatte?

Doch Dr. Bennett ließ sich nicht darauf ein.

Bei seinen nächsten Fragen konfrontierte der Verteidiger Dr. Bennett mit Behauptungen seines Hauptzeugen Dr. Linder, und er formulierte seine Fragen absichtlich so, daß Dr. Bennett nur mit Ja oder Nein antworten konnte, was den medizinischen Gutachter in eine Richtung zwang, die er nicht einschlagen wollte, denn so hatte es den Anschein, als müßte er Dr. Linder recht geben – dem Arzt, der niemals daran gezweifelt hatte, daß Morgan eines natürlichen Todes gestorben war, und die Möglichkeit von MSBP stets weit von sich gewiesen hatte.

Melodee korrigierte diesen Eindruck umgehend in ihrer Vernehmung nach dem Kreuzverhör und gab Dr. Bennett die Möglichkeit, das auszusprechen, was er hatte aussagen wollen.

Und dann stellte sie dem Gutachter eine Frage, die den sofortigen heftigen Einspruch des Verteidigers hervorrief. Sie wollte wissen, ob Dr. Bennett jemals mit Dr. Rolf Habersang über den Fall der kleinen Morgan Reid gesprochen hatte.

Richter Perkins jedoch ließ diese Frage zu – obwohl der Arzt aus Amarillo nicht für ein Kreuzverhör zur Verfügung stehen würde.

Dr. Bennett bestätigte, daß er in der Tat mit Dr. Habersang gesprochen hatte.

»Und können Sie guten Gewissens behaupten, daß er nun vielleicht eine andere Meinung vertritt, ohne uns diese zu nennen?«

»Ja.«

Es war Melodees letzte Frage an Dr. Bennett.

Tanya Reid war von Dr. Bennetts Aussage nicht überrascht und nahm sie gelassen hin. Er hätte doch, genau wie alle anderen, keine Ahnung von dem, worüber er redete. Bei ihm sei doch fast jedes Kind, an dem er eine Autopsie durchführte, am Shaken Baby Syndrom gestorben.

Genau wie Melodee Hanes sei er ein Schaumschläger. Sie alle hätten sich zur Hexenjagd auf sie zusammengetan.

50

Der erste Zeuge der Verteidigung schien sich ziemlich elend zu fühlen. Jim Reid konnte es nicht verbergen. Seine Familie war auseinandergerissen, sein Privatleben ins Licht der Öffentlichkeit gezerrt worden. Er wollte nur noch, daß diese Qual bald vorbei war.

Er schenkte seiner Frau ein schwaches Lächeln, als er am Vormittag des 1. März in den Zeugenstand trat. Er trug seinen Ehering aus demselben Grund, aus dem Nurse Erquhart ihre Uniform angelegt hatte.

Es machte einen besseren Eindruck.

Jim gab eine kurze Übersicht über sein Leben, seine Arbeit, seine Heirat mit Tanya, Carolyns Geburt.

Carolyn hätte als Baby oft unter Koliken gelitten, und das sei manchmal schon sehr stressig gewesen, vor allem, da Tanya zu dieser Zeit ihre Ausbildung begonnen hatte.

Doch niemals hätte Tanya bei ihr eine ungewöhnliche medizinische Behandlung durchführen lassen.

Der Verteidiger wollte wissen, was sich zugetragen hatte, bevor Morgan zum ersten Mal unter einem Atemstillstand gelitten hatte.

»War die Beziehung zwischen Ihnen und Ihrer Frau glücklich?«

»Ja. Sehr glücklich. Wir hatten endlich keine finanziellen Sorgen mehr.«

Jim wies Lynn Jachimeks Aussage zurück, daß er eine Dienstreise angetreten hätte, als Morgan ihren ersten Anfall hatte. Er sei in seinem Büro gewesen, als man ihn verständigt hatte.

Die nächste Frage war überaus wichtig.

»Haben Sie jemals von Anfang an eine der Atemstillstandsepisoden Morgans miterlebt?«

»Nein, Sir. Nicht von Anfang an.«

»Und wie lange hat es gedauert, bis Sie dazukamen?«

»So lange halt, wie man braucht, um von einem Zimmer ins andere zu kommen oder von der Garage ins Haus.«

Dann beschrieb er einen Vorfall. »Als sie nach mir rief, bin ich ins Wohnzimmer gerannt. Morgan lag auf dem Boden, sie war ganz blau, ihre Haut fühlte sich klamm an. Sie zitterte ein bißchen, und sie atmete nicht.

Tanya machte Mund-zu-Mund-Beatmung, und nach ein paar Sekunden, da – da regte sie sich und schnappte nach Luft. Dann fing sie an zu schreien.«

Jim erzählte voller Sympathie von Dr. Kudchadker. Nachdem Morgan den zweiten Anfall gehabt hatte, hatte er sie zu einem Gespräch gebeten.

»Wir trafen uns in der Cafeteria oder so, und Dr. Kudchadker sagte uns, wir müßten rund um die Uhr auf die Kleine aufpassen, wir dürften sie nicht allein lassen. Irgendwann würde sie sicherlich aus diesen Anfällen ›herauswachsen‹.«

Mark Pennington kam noch einmal auf Lynn Jachimeks Aussage zurück.

»Lynn Jachimek hat doch behauptet, jenes eine Mal, als sie auf Morgan aufgepaßt hat, hätte man ihr nur den Windelkarton in die Hand gedrückt, ihr jedoch keine Instruktionen gegeben. Stimmt das?«

Jim schüttelte den Kopf. Er konnte sich nicht daran erinnern, daß Lynn jemals auf Morgan aufgepaßt hätte. Basta.

Der Verteidiger bat Jim, Tanyas Beziehung zu ihren Kindern zu beschreiben.

»Sie sind die wichtigsten Personen in ihrem Leben, und ich habe niemals gesehen, wie sie einem von ihnen weh getan hätte. Ich habe nie gesehen, wie sie die Beherrschung verloren hätte. Natürlich hat sie sich manchmal über sie geärgert, aber ich ärgere mich auch schon mal über die Kinder. Sie sind nie für irgend etwas hart bestraft worden. Wir haben versucht, ihnen gutes Benehmen beizubringen, und uns immer um sie gekümmert. Wir beide haben sie immer beschützt.«

Mark wollte wissen, ob Tanya sich unter dem Druck der immer schlimmer werdenden gesundheitlichen Probleme Morgans geändert hätte.

»Sie hat sich ihre Gefühle nie so anmerken lassen«, erzählte Jim dem Gericht. »Sie verbirgt sie lieber, zieht sich zurück, wenn sie weinen will. Aber sie hat auch oft geweint, wenn wir zwei allein waren; manchmal habe ich sie die halbe Nacht gehalten.«

Jim zeigte erstmals eine Regung, als er von Morgans Tod sprach. Man hatte ihn in der Fabrik angerufen. Er hatte seine weinende Frau in der Notaufnahme gesehen.

»Wir wissen nicht, ob wir sie werden retten können«, hatte ihm ein Arzt gesagt.

Die Worte taten immer noch weh.

Morgan wurde mit einem Krankenwagen ins Northwest Texas Hospital nach Amarillo gebracht.

»… Dr. Habersang kam zu mir und erzählte, daß sie ein EEG gemacht hätten, doch es würden sich keine Gehirnwellen mehr feststellen lassen und daß der Gehirnstamm … Ich meine, es funktionierte nicht mehr – wie auch immer das passiert sein mochte.«

Sie warteten auf die Thaxtons, bevor die Maschinen abgestellt wurden.

»… Aber sie starb noch nicht, sie atmete weiter. Es wird so gegen fünf oder sechs Uhr gewesen sein … Erst am nächsten Morgen, irgendwann gegen elf, starb sie dann.«

Nicht einer der Ärzte hätte etwas von einem Verdacht auf Kindesmißhandlung gesagt. Er und Tanya, *sie* hätten eine Autopsie gefordert.

Nach der Mittagspause wandte Mark Pennington sich dem Thema Michael zu.

Jim sagte, er und Tanya hätten sich während ihrer Schwangerschaft viele Sorgen um ihre Gesundheit und das Baby gemacht.

»Es gab eine Zeit, da hatte Tanya wirklich Gesundheitsprobleme, sie wurde ohnmächtig, und dann haben sie sie ins Krankenhaus gesteckt und festgestellt, daß ihr Zucker zu niedrig war. Aber danach hatte sie keine Probleme mehr.«

Der Zeuge erklärte, diese Ohnmachtsanfälle wären überhaupt nicht geheimnisvoll oder ohne Erklärung gewesen. Es lag am Zucker, und mit einer Diät wurde alles wieder in Ordnung gebracht.

Dann begann der Verteidiger, Fragen zu Michaels Anfällen zu stellen.

Die Episode am 17. April 1986 war kritisch für die Verteidigung. Jim erinnerte sich daran, daß er den Rettungssanitätern gesagt hätte, er hätte gesehen, wie Michael steif geworden wäre und das Bewußtsein verloren hätte.

»Wir waren im Bett, und ich hörte Michael – meinte ihn

zu hören – er stöhnte ein bißchen, und ich ging in sein Zimmer und fand ihn in seinem Bettchen, und er war – nun ja, er war steif, die Arme zurück, die Beine zitterten. Er hatte Schwierigkeiten zu atmen.«

»Wo befand sich Tanya?«

»Sie lag im Bett und schlief.«

»Und war sie vorher bei dem Kind gewesen?«

»Nein, Sir.«

Auch er hatte ›fünfzehn- oder zwanzigmal‹ die medizinische Geschichte seines Sohnes erzählt. Doch er hatte nur einen Anfall von Anfang an miterlebt.

»Mr. Reid, hat irgendein Arzt Sie jemals beschuldigt, Ihr Kind ersticken zu wollen, damit es wegen eines Atemstillstands behandelt werden kann?«

»Nein, Sir.«

»Die Experten sind der Meinung, daß Sie hinters Licht geführt worden sind und daß Ihre Frau hinter Ihrem Rücken Ihre Kinder zu ersticken versucht hat. Glauben Sie, daß das stimmt?«

Jim hielt zu seiner Frau. Sie liebte ihre Kinder. Sie würde ihnen niemals etwas antun. Wenn er das glauben würde, hätte er sie schon längst verlassen.

»Nicht im geringsten. Wie hätte sie mich über einen so langen Zeitraum hinweg täuschen können? Ich meine, von der Geburt unserer zweiten Tochter an waren das doch vier oder fünf Jahre!«

Melodee Hanes war an der Reihe, Tanya Reids Ehemann ins Kreuzverhör zu nehmen. Monatelang hatte sie darüber nachgedacht, auf welche Weise sie vorgehen sollte. Zumindest theoretisch bestand die Möglichkeit, daß jemand, der der Beklagten nahestand, seine Meinung änderte.

Die Staatsanwältin bat Jim, sich an die Aussage zu erinnern, die er vor dem Jugendgericht gemacht hatte.

»Mr. Reid, der einzige Anfall, den Sie miterlebt haben, war der, als Michael elf Monate alt war, stimmt das?«

»Das stimmt.«

»Und stimmt es, daß Sie vor dem Jugendgericht ausgesagt haben, daß der einzige Anfall, dessen Zeuge Sie waren, sich ereignet hat, als Ihr Sohn vier Monate alt war? Stimmt das?«

»Das stimmt.«

»Erinnern Sie sich auch noch daran, wie Sie sich mit Mark Gillespie am 7. Februar 1988 im Krankenhaus unterhalten haben?«

Ja. Jim erinnerte sich daran, daß auch der Ermittler ihn gefragt hatte, ob er jemals einen Anfall von Anfang an miterlebt hätte.

»Und erinnern Sie sich auch daran, daß Sie ihm geantwortet haben: ›Nicht daß ich wüßte. Ich habe ihn gesehen – ich meine, ich habe ihn im Bett gefunden, dieses eine Mal, von dem ich Ihnen erzählt habe, und ein paarmal, als Tanya mich gerufen hat – aber von Anfang an, nein, nicht.‹ Haben Sie das gesagt?«

»Nein, habe ich nicht. Ich meine, ich will nicht leugnen, daß ich das gesagt habe, aber ich stand ziemlich unter Druck, als er mich befragt hat.«

»Also könnten Sie damals gesagt haben, daß Sie niemals einen Anfall von Anfang an gesehen haben. Hier und heute haben Sie ausgesagt, daß Sie etwas von Anfang an gesehen haben, aber als Sie in sein Zimmer kamen, hatte er den Anfall bereits. Ist das korrekt?«

»Ich hätte damals alles zu Mark Gillespie gesagt haben können.«

Melodee Hanes stellte einige Fragen zum Hintergrund der Reids, dann wandte sie sich wieder einem besonderen Punkt in seiner Aussage zu.

Sein Arbeitsplan in Des Moines umfaßte die Schicht zwischen ein Uhr mittags und ein Uhr nachts.

Er hatte erzählt, daß Tanyas Ohnmachtsanfälle zwischen dem dritten und dem vierten Monat ihrer Schwangerschaft aufgetreten waren. Es war drei- oder viermal passiert, genau wußte er das nicht mehr, und jedesmal war der Rettungsdienst alarmiert worden.

»Ist es möglich, daß sie diese Ohnmachten am 15., 17. und 22. Oktober und am 22. November 1984 gehabt hatte?«

»Das könnte hinkommen.«

»Und sie hatte ebenfalls eine im neunten Monat, nicht wahr?«

»Daran kann ich mich nicht erinnern.«

Melodee war von dieser Antwort überrascht.

»Haben Sie den Rettungsdienst am 7. April 1985 gegen 11 Uhr 12 gerufen? Woraufhin die Sanitäter Ihre Frau ohnmächtig auf dem Boden liegend gefunden haben?«

»Wenn das im Bericht steht, dann war das wohl so. Sie hat ja schlecht anrufen können, wenn sie ohnmächtig war.«

»Stimmt es, daß Sie niemals beobachtet haben, wie Michael aus einem normalen Zustand heraus einen Anfall bekommen hat?«

»Ich habe den einen Anfall gesehen, den ich vorhin beschrieben habe.«

Die Staatsanwältin wiederholte ihre Frage.

Widerstrebend mußte Jim zugeben, daß das stimmte.

»Und stimmt es, daß Ihre Frau bei jedem Anfall in der Nähe war?«

Und wieder konnte Jim nur zustimmen.

Der Ehemann der Beschuldigten würde in seiner Meinung nicht weichen. Er würde auch weiterhin der Welt zeigen, daß er zu Tanya stand. Sie war nicht das Monster, zu dem Melodee Hanes sie machen wollte.

Sie war unschuldig.

»Ich werde niemals glauben, daß sie schuldig ist«,

erklärte er später. »Wie könnte jemand einerseits so liebevoll und andererseits so bösartig sein? Der wäre doch krank!«

Und genauso lächerlich war es zu behaupten, Tanyas Ohnmachtsanfälle wären nur gespielt gewesen und typisch für eine Münchhausen-Täterin!

Nein, er war nicht von einer Ehefrau getäuscht worden, die sich verzweifelt nach Aufmerksamkeit sehnte. Es war zu wirklich, um nur eine Täuschung zu sein.

Niemals hatte Jim Reid daran gedacht, eine Verbindung zu jenen Ohnmachtsanfällen zu ziehen, die Tanya zu Anfang ihrer Ehe gehabt hatte.

»Das war doch nur ein paarmal. Und nicht so schlimm. Als man ihr eine andere Pille verschrieben hatte, war wieder alles in Ordnung.«

51

Wieder einmal machte Beverly Kay sich auf, ihrer kleinen Schwester zu helfen. Sie als einzige von den Thaxton-Schwestern würde in den Zeugenstand treten. Sie hatte sich ihr ›Anwalts-Kostüm‹ angezogen, wie sie es nannte, einen schwarzen Rock und die passende Jacke. Und sie hatte sich vorbereitet.

Sie hatte sich mit Mark Pennington in dessen Büro getroffen und ihm einen Ordner gezeigt, in dem sich Artikel befanden, die sie über Kindesmißbrauch geschrieben hatte. Und sie hatte ihre Zeugnisse mitgebracht, daß man sie als Beraterin in häuslichen Krisenfällen ausgebildet hatte.

»Ich will dem Richter zeigen, daß ich nicht ›nur die Schwester‹ bin«, sagte sie. »Das könnte meiner Aussage ein wenig mehr Glaubwürdigkeit verleihen.«

Der Anwalt bat sie, diese Unterlagen mit ins Gericht zu nehmen; wenn es ihm zweckmäßig schiene, würde er sich darauf berufen.

Im Zeugenstand erzählte Beverly Kay dann, daß sie und ihre Schwestern ein gutes Zuhause gehabt hatten, ohne Drogen, ohne Alkohol, sie seien auch nicht mißhandelt worden.

»Gab es irgendein ungewöhnliches Problem bei Ihnen oder einer Ihrer Schwestern, speziell Tanya?«

»Nein, Sir.«

Als sie nach Michael gefragt wurde, war offensichtlich, daß er für sie wie ein eigener Sohn war.

»Sie wollen Michael nicht verlieren, nicht wahr?«

»Nein, Sir.«

Sie hatte niemals etwas bemerkt, was darauf hingewiesen hätte, daß ihr Neffe mißhandelt worden wäre. Sie hatte nicht bemerkt, daß er sich gewehrt hätte, wenn man ihm an Mund oder Nase ging, was ein Zeichen dafür hätte sein können, daß man versucht hätte, ihn mit Hand oder Kissen zu ersticken.

»Haben Sie irgend etwas Ungewöhnliches an Michael bemerkt?«

»Manchmal macht Michael irgend etwas und bricht dann mittendrin ab. Er sitzt einfach und starrt vor sich hin. So, als ob er … als ob er nicht da wäre. Wenn man ihm in die Augen schaut, dann … dann erkennt man, daß er nichts wahrnimmt.«

Sie erzählte, einmal hätte dies drei Minuten angehalten. Probleme mit dem Atmen hätte er dabei jedoch nicht gehabt. Seiner Vorschullehrerin sei das auch aufgefallen. Sie hatte es ›jenen merkwürdigen Ausdruck in seinen Augen‹ genannt.

Melodee und Candis waren verblüfft. Das war ja etwas ganz Neues – warum erfuhren sie erst jetzt davon?

Auf die nächste Fragen des Verteidigers antwortete Beverly Kay, daß sie Michael erst dann ärztlich behandeln lassen konnte, wenn sie die Erlaubnis des Jugendrichters hatte.

Tanyas große Schwester mußte zugeben, daß sie auch gar nicht um diese Erlaubnis nachgesucht hatte.

Mark Pennington bat sie, dem Richter jenes Bild von Morgan zu zeigen, das sie in ihrer Brieftasche stecken hatte, und sie tat es.

»Haben Sie jemals – schließlich sind Sie ja auch Mutter – etwas Ungewöhnliches an Morgan bemerkt?« wollte er dann wissen.

Beverly Kay nickte. Sie erzählte, wie sie das Baby gehalten und gefühlt hatte, wie weich der Kopf war. Und daß er ungewöhnlich groß war. Auch hätte Morgan Probleme mit der Muskelspannung gehabt.

»Sie hielt zwar den Kopf hoch, aber man konnte keinen Muskelstrang spüren. Wenn man sie hochhob, war es, als – nein, ich will nicht sagen, als wenn man einen Sack hochgehoben hätte, aber genauso fühlte es sich an ... Sie hat nie gelernt, sich von allein hinzusetzen.«

Arme Beverly Kay. Sie hatte ihrer Schwester doch nur helfen wollen, indem sie die Wahrheit sagte. Und nun griff Melodee Hanes an – und mit gutem Grund. Die Schwester der Beklagten hatte erst vor Gericht erzählt, daß Michael minutenlang andauernde Absencen hatte.

»Seit Oktober hat Michael nicht einen einzigen Atemstillstand mehr gehabt, ist das richtig?«

»Außer diesem Starren. Nein, es hat keine Apnoe-Episode mehr gegeben.«

»Wollen Sie das Starren eine Apnoe nennen?«

»Nun, ich weiß nicht, wie ich es nennen soll. Es ist eine Unterbrechung.«

»Nun, wenn Sie der Meinung waren, das sei so etwas wie ein Anfall, dann hätten Sie es dem Jugendgericht in Des Moines melden müssen, nicht wahr?«

»Ja, aber ich habe es nicht getan.«

»Hielten Sie es nicht für wichtig genug, um es zu melden?«

Beverly Kay saß in der Falle, und sie wußte es.

»Ich habe es niemandem gemeldet, weil ich in einer widersprüchlichen Situation war: Wenn ich es gemeldet und um medizinische Hilfe gebeten hätte, dann hätte man mir ein Verbrechen vorgeworfen und mich wegen Münchhausen belangt ...«

Melodee zerriß die Frau in Fetzen.

Die Zeugin war die vom Gericht bestellte Pflegemutter des Kindes, und sie hatte sich nicht getraut, diese Absencen zu melden, weil sie Angst gehabt hatte, man würde sie wegen wer weiß was anklagen. Durfte eine Frau, die sich so verhielt, wirklich weiter für das Kind Sorge tragen?

Obwohl sie besorgt war, obwohl sie noch eine Woche vor dem Prozeß mit dem Jugendrichter gesprochen hatte, hatte sie keinen Ton gesagt. Der Richter hatte sie zwar nicht nach speziellen Problemen Michaels gefragt, er hatte nur wissen wollen, ob er einmal bei einem Arzt gewesen wäre – was nicht der Fall war.

Mark Pennington erhob gegen die folgende Frage der Staatsanwältin Einspruch, aber der Richter ließ sie trotzdem zu.

»Glauben Sie, daß Brandon Michael Reid Opfer einer Kindesmißhandlung war?«

»Ich habe nicht das Gefühl ... daß Brandon Michael Reid Opfer von Kindesmißhandlungen war.«

»Haben Sie damals vor dem Jugendgericht, als Sie sich im Oktober 1988 darum bemüht haben, das Sorgerecht für Michael zu bekommen, nicht etwas ganz anderes gesagt?«

»Seitdem hat sich eine ganze Menge geändert, und ich bin nicht ganz sicher, worauf Sie sich beziehen.«

»Haben Sie dem Jugendrichter damals nicht gesagt, daß Sie keine Meinung dazu hätten und sich nicht sicher sein könnten ...«

»Doch, Madam.«

»Entschuldigen Sie, lassen Sie mich ausreden – daß Sie sich nicht sicher sein könnten, ob es nicht doch passiert ist? Stimmt das?«

»Ja, das habe ich damals gesagt.«

»Und nun erzählen Sie uns etwas ganz anderes?«

»Ja, das stimmt, aber damals ...«

Melodee schnitt ihr das Wort ab. Sie hatte keine Fragen mehr.

Carolyn Reid, gerade acht Jahre alt, betrat den Zeugenstand, um für ihre Mutter auszusagen. Sie war ein hübsches Mädchen. Sie trug ein dunkelblaues Kleid mit weißen Blümchen am Saum und weiße Strümpfe dazu. Das Kleid war ein Geburtstagsgeschenk gewesen, und sie hatte es zu einer besonderen Gelegenheit tragen wollen.

Sie erzählte dem Gericht, daß sie den Unterschied zwischen einer Lüge und der Wahrheit kannte.

»Was empfindet deine Mutter für Michael?«

»Sie hat ihn sehr lieb.«

»Und was empfindet sie für dich?«

»Mich hat sie genauso lieb.«

»Woher weißt du das?«

»Sie hat es gesagt.«

»Hast du jemals gesehen, wie deine Mutter Michael weh getan hat?«

»Nein, Sir.«

»Hat sie jemals versucht, dir weh zu tun?«

»Nein, Sir.«

Es war Zeit, jene Episode in Dr. Kudchadkers Praxis zu klären.

»Einmal war ich im selben Zimmer«, erzählte das kleine Mädchen und blickte zu Richter Perkins hoch. »Und er wurde ganz blau und so.«

»Und wo war deine Mom, als das passierte?«

»Wir waren in Dr. Kudchadkers Praxis, und Mom hat so gemacht, mit seinen Haaren, hat sie weggestrichen«, antwortete sie und strich sich ihr Haar zur Seite.

»War ihre Hand dabei nahe an seinem Mund?«

»Nein, Sir.«

»Hat sie versucht, ihn wieder zum Atmen zu bringen?«

»Ja, Sir.«

»Und wo warst du?«

»In einem Sessel in der Ecke.«

Carolyn versicherte, daß sie die Wahrheit gesagt hatte.

Niemand nimmt ein achtjähriges Kind gern ins Kreuzverhör, schon gar nicht eins, das um seine Mutter kämpft. Melodee behandelte Carolyn Reid ganz sanft. Sie sagte dem Mädchen, sie brauchte seine Hilfe dabei, die Vorgänge in Dr. Kudchadkers Praxis besser zu verstehen.

Carolyn sagte, sie hätte in der Ecke gesessen und der Doktor am Ende des Untersuchungstisches gestanden. Ihre Mutter hatte mit Michaels Haar gespielt, als ihr Bruder blau angelaufen wäre.

»Und Dr. Kudchadker war da, als du das bemerkt hast?«

»Ja, Madam.«

Auch in der Vernehmung nach dem Kreuzverhör blieb das Mädchen dabei, daß Dr. Kudchadker von Anfang an anwesend gewesen wäre.

»Hat deine Mutter dir gesagt, du sollst das aussagen?«

»Nein, Sir.«

»Hat sie dir erzählt, daß Dr. Kudchadker dort gewesen wäre?«

»Nein, Sir.«

Melodee hatte keine zusätzlichen Fragen mehr. Sie bedankte sich bei dem Mädchen.

»Carolyn, du hast das sehr gut gemacht!«

John Thaxton, der Vater der Beklagten, sagte aus, daß seine Töchter eine sorgenfreie und glückliche Kindheit gehabt hätten.

»Was unsere Kinder betraf, so hatten wir niemals ein ernsthaftes Problem. Meine Frau und ich, wir haben zusammen die Regeln festgesetzt, nach denen unsere Kinder erzogen werden sollten. Wir mögen manchmal uneins darüber gewesen sein, wie man ein Ziel erreichen sollte, aber niemals über das Ziel selbst.«

Sie waren brave Mädchen gewesen. Und ja, er und seine Frau hatten Respekt verlangt. Und alle seine Töchter waren gute Mütter. Sie waren alle richtig erzogen worden.

Melodee Hanes hatte keine Fragen an John Thaxton.

Nachdem die offizielle Befragung beendet war, plauderte Tanyas Vater noch ein wenig mit dem Richter. Über Kinder und wie man sie bestrafen sollte. Es war ein freundliches Gespräch.

Tanya war aufgeregt. Sie war stolz. Sie dachte, wenn der Richter sich so mit ihrem Vater unterhielt, dann würde er erkennen, daß sie aus einer guten Familie kam. Daß es gar nicht möglich war, daß sie all die schlimmen Dinge getan hatte, die Melodee Hanes ihr nachzuweisen versuchte.

Wenn er ihrem Vater zuhörte, dann würde er vielleicht auch ihr zuhören. Am nächsten Tag würde sie ihre Chance bekommen.

52

Wahrheit. Rechtfertigung. Richtigstellung. Diese Worte gingen Tanya Reid durch den Kopf, als sie sich am Morgen des 2. März fertigmachte, sich anzog, einen Hauch ihres Lieblingsparfüms auflegte.

Nichts hätte Tanya daran hindern können, in den Zeugenstand zu treten und ihre Geschichte zu erzählen. Sie hatte vor ihrer Familie behauptet, daß sie alle Mißverständnisse klären könnten, wenn Melodee Hanes ihr doch nur zuhören würde. Beide waren sie Mütter. Beide liebten sie Kinder. Da mußte man doch eine Lösung finden!

Man würde ihr zuhören!

Tanya hatte sich das hübscheste Kleid ihrer Schwester für den Tag aufgehoben, an dem sie aussagen würde. An ihrem rechten Ringfinger trug sie ihren ›Muttertags-Ring‹ mit vier glitzernden Steinen: einen für sie selbst, einen für Jim, einen für Carolyn, einen für Michael.

Für ihr Baby, das in Dumas begraben war, gab es keinen Stein.

Um fünf nach neun begann Tanya ihre Geschichte zu erzählen. Ihr Verteidiger stellte ihr einige Fragen zu ihrer Ehe und zu Carolyns Geburt. Tanya sagte, genau wie ihr Mann, daß Carolyn viele Koliken gehabt hätte und daß es sehr anstrengend gewesen wäre.

»Ich war ja auch noch in der Ausbildung – und manchmal war Carolyn einfach schrecklich.«

Der Verteidiger brachte die Sprache auf Morgan, darauf, daß die Geburt des Kindes ziemlich schwierig gewesen sei, weil zwischendurch die Herztöne nachgelassen hätten.

Tanya bestritt, daß Jim nach Morgans Geburt häufiger auf Dienstreise gewesen sei.

Der Verteidiger fragte nach Morgans erstem Anfall.

Wieder einmal erzählte Tanya die Geschichte, wie das Baby wach geworden war, sie es gefüttert und dann die Post geholt hatte. Als sie dreißig Sekunden später zurückgekommen war, war das Baby ganz blau gewesen. Sie hatte die Nase und den Mund überprüft, den Rettungsdienst alarmiert und mit Mund-zu-Mund-Beatmung begonnen.

Tanyas Stimme brach, ihre Augen füllten sich mit Tränen.

Sie machte ein paar tiefe Atemzüge und fing dann an zu weinen.

»Dann kamen die Sanitäter und brachten Morgan in den Rettungswagen, versorgten sie. Nach ein paar Minuten kamen sie wieder rein und sagten mir, alles wäre gut. Und ob ich sie ... ob ich zum Krankenwagen gehen und sie sehen wollte.«

Der Verteidiger wollte von Tanya, der angeblichen Münchhausen-Täterin, wissen, was sie davon hatte, daß ihr Baby wiederbelebt werden mußte.

»Sind Sie dadurch in den Mittelpunkt der Aufmerksamkeit geraten? War das etwas, was Sie vorher nie bekommen hatten?«

Die Beklagte war beleidigt. »Natürlich nicht. Es hat sich doch alles um Morgan gedreht.«

Es war eine große Belastung für ihre Familie. Wahrscheinlich stritten sie und ihr Mann sich deshalb auch häufiger. Ihre Mutter mußte dauernd aus Texas kommen, um ihr zu helfen. Carolyn hatte Alpträume.

»Überhaupt nichts Positives ist dabei herausgekommen.«

Schließlich gab sie ihre Version von dem, was sich vor Morgans Tod ereignet hatte.

»... Sie wachte an jenem Morgen auf und aß nicht gut ... Ich konnte sie nicht dazu bringen, ihr Fläschchen zu trinken ... Ich setzte sie in ihre Laufhilfe. Ich hatte Carolyn in die Tagesstätte gebracht.

Morgan war quengelig und müde. Ich dachte, ich sollte ihr vielleicht ... na ja, sie sollte vielleicht etwas essen, bevor sie einschlief. Ich ging in die Küche und machte die Flasche in der Mikrowelle warm. Und als ich die Flasche holen wollte, war Morgan plötzlich ganz still.

Sie hing über dem Rand ihrer Laufhilfe. Ich legte sie auf den Boden und untersuchte sie wie gewöhnlich. Sie atmete nicht, und so ging ich zum Telefon und alarmierte den Notdienst. Dann begann ich mit einer kompletten

Herz-Lungen-Wiederbelebung. Sie hatte keinen Herzschlag und keine Atmung mehr.

Ich weiß nicht, wieso ... ich kann es nicht erklären ... aber ich wußte, daß es diesmal anders war. Normalerweise bekam ich immer ziemlich schnell eine Reaktion von ihr, aber diesmal kam überhaupt nichts.«

Und dann erzählte sie, wie sie ins Krankenhaus fuhr und wie Dr. Habersang ihnen sagte, daß es keine Hoffnung mehr gäbe.

Ungefähr fünfzehn Stunden später starb Morgan in Tanyas Armen.

Der Verteidiger fragte sie, ob sie ihre Tochter geliebt hätte.

»Natürlich. Sie hat mir alles bedeutet. Ich weiß nicht, wie jemand ein Kind nicht lieben könnte.«

»Haben Sie sie getötet?«

»Nein, Sir, ganz bestimmt nicht.«

»Haben Sie sie zu Tode geschüttelt?«

»Nein, Sir.«

»Haben Sie diese Anfälle hervorgerufen?«

»Nein, Sir.«

»Gab es irgendeinen Grund, warum Sie so etwas hätten tun wollen, Tanya?«

»Warum denn? Das ist doch sinnlos. Es hat uns nichts als Kummer und Sorgen gebracht. Ich kann wirklich nicht verstehen, warum es irgendeinen Grund hätte geben sollen, so etwas zu tun.«

Tanya erzählte dem Gericht, daß sie und ihr Mann um eine Autopsie gebeten hätten, sonst wäre keine durchgeführt worden.

Man hatte ihnen erzählt, daß Morgan am plötzlichen Kindstod gestorben wäre und daß das Fragile-X-Syndrom irgendeine Rolle gespielt hätte.

Sie erzählte auch, wieviel Angst sie und Jim gehabt hätten, als sie mit Michael schwanger war. Sie hatte gefürchtet, wieder ein Kind mit solchen Gesundheitsproblemen zu bekommen. Als der kleine Junge geboren war, hätte man ihnen sofort einen Monitor gegeben – auf Anweisung Dr. Kudchadkers.

Sie beschrieb den ersten Anfall ihres Sohnes.

»Er wachte auf, und ich brachte ihn nach unten, um seine Windel zu wechseln. Ich legte ihn auf die Couch und wollte seine Flasche warm machen, und plötzlich wurde er ganz still. Er war ziemlich hungrig. Wissen Sie, Babys schreien, wenn sie Hunger haben. Ich lief zurück und sah, daß er ganz schlaff dalag. Seine Lippen waren blau. Er atmete nicht.«

Daraufhin rief Tanya den Rettungsdienst und begann mit Mund-zu-Mund-Beatmung.

Sie hatte schreckliche Angst, daß er genau wie Morgan sterben könnte.

Mark Pennington wollte dann eine Beschreibung der Beziehung zwischen Mutter und Sohn haben.

»Sie war sehr liebevoll. Er war so lieb, machte keine Probleme. Man kann diese Verbindung schlecht mit Worten beschreiben, aber jeder, der ein Kind hat, weiß, was ich meine. Er war ein glückliches Kind. Ich ...«

»Haben Sie jemals versucht, Michael zu ersticken, bis er das Bewußtsein verloren hat?«

»Nein!«

Mark Pennington ließ sie erklären, warum sie so gelassen war, wenn sie die medizinische Vorgeschichte ihres Sohnes erzählte.

»Ich mußte sie immer und immer wieder wiederholen. Jeder Arzt, jede Schwester wollte sie wissen. Wann immer wir in einem Krankenhaus waren, mußten wir sie bestimmt fünf-, sechsmal wiederholen.«

Und auch dafür, daß sie so ruhig war, hatte sie eine Erklärung. »Wenn ich in Panik geraten und hysterisch geworden wäre, hätte ich den Kindern doch nicht helfen können. Allein schon deshalb mußte ich ruhig bleiben. Hinterher bin ich immer zusammengebrochen.«

Nicht vor Fremden, fügte sie hinzu. Sie hätte ihre wirklichen Gefühle nur in der Familie gezeigt.

Sie beharrte darauf, daß die drei Zeugen, die sie genannt hatte, die Anfälle auch wirklich miterlebt hätten.

Als ihr Verteidiger sie auf Dr. Kudchadker ansprach, antwortete sie, daß sie nicht genau wüßte, was er gesehen hätte. Schließlich wäre sie damit beschäftigt gewesen, ihr Kind wiederzubeleben.

»Glauben Sie, daß Ihre Mutter einen der Anfälle miterlebt hat?«

»Ja, Sir.«

»Können Sie uns mehr über diesen Anfall erzählen?«

»Michael wachte auf, ich war oben und wollte ihn umziehen. Er hörte auf zu atmen. Meine Mutter war da, und sie verständigte den Rettungsdienst, während ich Michael beatmete.«

»Hat sie den Anfall von Anfang an miterlebt?«

»Ob es wirklich ganz von Anfang war, kann ich nicht sagen. Ich weiß nur, daß sie dabei war, als er den Anfall hatte.«

Mark Pennington beendete sein Kreuzverhör damit, daß er sie nach jenen Ohnmachtsanfällen während ihrer Schwangerschaft fragte.

»Und sonst hat es niemals irgendwelche ungewöhnlichen Vorfälle gegeben, bei denen Sie ohnmächtig wurden?«

»Nein, Sir.«

Melodee traf Steven Linder während der Verhandlungspause, er begrüßte sie mit einem Lächeln und schüttelte ihr die Hand, als wäre sie eine lang vermißte und endlich wiedergefundene Freundin. Er erklärte Melodee, daß er für seinen Auftritt als Experte kein Geld verlangen würde – was sehr ungewöhnlich war.

Als Melodee dies Candis erzählte, meinte diese nur: »Offensichtlich glaubt er Tanya immer noch.«

Melodee war immer freundlich zu einem Zeugen der Verteidigung – bis sie ihn ins Kreuzverhör nahm.

Und auf kein Kreuzverhör hatte sie sich mehr gefreut als auf das, was ihr nun bevorstand. Sie wollte Tanya Reid in die dunklen Augen schauen.

53

Jeder Jurist hat schon halb gewonnen, wenn es ihm gelingt, die Glaubwürdigkeit eines Zeugen zu erschüttern. Für die Staatsanwältin konnte es manchmal den Unterschied zwischen gewinnen und verlieren ausmachen, ob es ihr gelang, einen Zeugen festzunageln.

Melodee versteckte die Fotokopien der Zeitungsartikel aus Moore County zwischen ihren Unterlagen, so daß niemand sie sehen konnte.

Sie begann ihr Kreuzverhör damit, daß sie Tanya nach den Absencen fragte, von denen Beverly Kay berichtet hatte.

»Nein – sie hat sie erwähnt, aber nichts Genaueres erzählt.«

»Und natürlich haben Sie sofort das Jugendgericht darüber informiert?«

»Nein, weil ich doch nicht mehr das Sorgerecht über Michael habe. Ich kann doch nicht …«

Melodee ließ nicht locker. Was hätte sie wohl empfunden, wenn Michael Anfälle gehabt hätte, während er in der ersten Pflegefamilie war und niemand etwas davon gesagt hätte?

Tanya sagte, sie wäre wütend gewesen, aber solange es nichts Lebensgefährliches gewesen wäre, wäre es nicht so schlimm gewesen.

Als sie gefragt wurde, was sie tat, wenn sie ihre Kinder

bestrafte, erklärte Tanya, daß sie sie meistens in ihr Zimmer geschickt hätte.

»Haben Sie Michael jemals heftig geschüttelt?«

»Nein, niemals.«

»Haben Sie das jemals außerhalb der Clive Elementary getan?«

Tanya schaute verwirrt drein.

»Ihn geschüttelt? Nein.«

»Michael leidet nicht an Epilepsie?«

»Ich weiß nicht. Nein.«

»Ihnen hat niemals jemand gesagt, daß er Epilepsie hätte?«

»Nein, nicht direkt Epilepsie. Dr. Linder erwähnte einmal, daß jeder Anfall eine Art Epilepsie ist, aber daß man diese Bezeichnung heute nicht mehr so gern verwenden würde.«

»Nach so vielen Untersuchungen, nach dreizehn Krankenhausaufenthalten, nachdem er achtzehnmal mit dem Rettungswagen in die Notaufnahme gebracht worden war, wäre doch sicherlich Epilepsie festgestellt worden, wenn er sie gehabt hätte?«

»Das nehme ich an.«

Melodee hatte dafür gesorgt, daß Tanyas Behauptung, auch andere wären Zeuge der Anfälle geworden, zerpflückt wurde – und sie hatte darauf geachtet, daß es dem Richter nicht entgangen war.

Wanda Thaxton war nicht in den Zeugenstand getreten, weil ihre Familie der Meinung war, die Belastung wäre zu groß für sie, doch sie hatte bereits früher vor Jan Buck zugegeben, daß sie den Anfall nicht von Anfang an miterlebt hatte. Die anderen Zeugen hatten ausgesagt, und sie hatten Tanyas Behauptung nicht stützen können.

Die Beklagte wurde immer gereizter.

»Ich habe niemals behauptet, sie hätten sie *von Anfang*

an miterlebt. Ich habe nur gesagt, sie wären dabeigewesen.«

Dann wies Melodee auf die Ähnlichkeiten bei den Anfällen der Kinder hin. War es nicht ein unglaublicher Zufall, daß die Symptome gleich waren? Die Umstände? Morgans Anfälle hatten meistens begonnen, nachdem sie aufgewacht war, und das traf auch auf die Hälfte der Anfälle bei Michael zu.

»Was, glauben Sie, stimmte nicht mit Ihren Kindern?«

»Ich weiß es nicht. Deshalb bin ich ja mit ihnen zu den Ärzten gegangen. Man hat uns immer gesagt, sie hätten Anfälle. Und Apnoe gehörte zu diesen Anfällen.«

»Und Sie glauben, daß es ein seltenes und unerkanntes Anfallsleiden ist?«

»Ja.«

»Und Sie glauben auch, daß es genetische Ursachen haben könnte?«

»Ja.«

»Ist es nicht schrecklich ungewöhnlich, daß jemand ein Kind aus dem gleichen Grund neunzehnmal wiederbelebt?«

»Wenn Sie das sagen – ja.«

»Und Michael mußten Sie achtzehnmal wiederbeleben?«

»Weil ich in der Nähe war.«

Die Staatsanwältin nahm Morgans Autopsiebericht in die Hand.

»Sie haben gehört, wie Dr. Bennett erklärte, daß ein subdurales Hämatom nicht von allein entsteht?«

»Ja, Madam.«

»Nun, Sie haben uns erzählt, daß Morgan bei ihrem letzten Anfall einfach über dem Rand der Laufhilfe zusammengesunken ist. Mrs. Reid, wieso hatte sie dann Blutungen im Gehirn?«

»Ich weiß nicht – man hat mir gesagt, das könnte auch durch Wiederbelebungsmaßnahmen kommen.«

Die Antwort war nicht stichhaltig. Noch einmal erinnerte Melodee die Beklagte an die Aussage des medizinischen Gutachters, daß er erklärt hatte, einen solchen Zusammenhang hätte er noch nie erlebt.

»Sollte er sich geirrt haben, Mrs. Reid?«

»Ich weiß nicht. Ich weiß nicht, wie gut Dr. Bennett ist ... Ich kann nicht ...«

»Also könnte er mit seiner Diagnose recht haben, daß Morgan zu Tode geschüttelt wurde?«

»Nein.«

›Zufällig‹ schien Melodees Lieblingswort geworden zu sein.

Ist es nicht schrecklich zufällig, daß Sie zwei Kinder haben, die das gleiche Problem haben, nicht wahr?

Und ist es nicht schrecklich zufällig, daß Morgans Anfälle hauptsächlich nachmittags auftraten, wenn Ihr Mann zur Arbeit war?

Und was für ein Zufall, daß Morgan nie zu atmen aufhörte, nachts oder morgens, wenn Jim bei dem Kind war!

Ist es nicht ein unglaublicher Zufall, daß der Rettungsdienst für Michael fast immer am Spätnachmittag gerufen wurde, wenn Ihr Mann in der Fabrik war?

Und ist es nicht ein ganz schrecklich großer Zufall, daß Michael keinen Atemstillstand mehr hatte, nachdem man Ihnen im März 1988 das Sorgerecht entzogen hatte?

Immer wieder versuchte Tanya, der Staatsanwältin zu widersprechen, doch meistens blieb ihr nichts anderes übrig, als Melodee zuzustimmen.

»Wie Sie vorhin schon sagten, Sie glauben also, daß es sich bei Morgan und Michael um ein sehr seltenes Anfallsleiden handelt, um eins, wie es vorher noch nirgendwo aufgetreten ist? Von dem die Ärzte die Ursachen nicht kennen?«

»Es könnte sein, ja.«

»Finden Sie dann nicht auch, daß es ein unglaublich großer Zufall wäre, daß ein anderes Kind, das nicht mit Ihren Kindern verwandt ist, das gleiche Problem hatte?«

»Das wäre es – wobei ich natürlich nicht weiß, ob es ein Zufall ist.«

»Ist Ihnen ein solches Kind schon einmal begegnet?«

»Nicht daß ich wüßte.«

»Sie hatten niemals ein anderes Kind in Ihrer Obhut, das ein ähnliches Problem hatte?«

»Nicht daß ich mich erinnern könnte.«

Die Staatsanwältin zog etwas aus ihren Unterlagen heraus und bat um Erlaubnis, der Beklagten dies geben zu dürfen.

»Mrs. Reid, würden Sie dem Gericht bitte erzählen, warum man Ihnen 1974 den ›Good Neighbor Award‹ verliehen hat – einen Preis für vorbildliche Nachbarschaftshilfe? Ich zeige Ihnen die Beweisstücke 14 und 15 des Staates.«

Man konnte Jim Reid »O Scheiße!« vor sich hin murmeln hören. Er wußte, was Melodee ausgegraben hatte. Auch die Thaxtons wußten es. Die Zuschauer im Gerichtssaal begannen zu flüstern.

Selbst der Gerichtsdiener blickte dumm drein.

Tanyas Gesicht erstarrte, als ihr Blick auf die Kopien fiel.

»Das war vor so vielen Jahren. Ich hatte es vergessen.«

»Würden Sie dem Gericht bitte erzählen, wofür Sie den Preis bekommen haben?«

»Für schnelles Handeln in einem Notfall.«

»Und um was für einen Notfall handelte es sich?«

»Ich habe als Babysitter auf Scott Simmons aufgepaßt, und plötzlich hörte der Junge auf zu atmen.«

Es hatte sich in jener Nacht vor zweiundzwanzig Jahren abgespielt – und Tanya hatte es nicht vergessen. Auch die Eltern des Jungen würden es niemals vergessen.

An jenem Dienstag, dem 29. Oktober 1974, war es kurz nach sieben Uhr, als die siebzehnjährige Tanya mit einem Stapel Hausaufgaben zum Haus der Simmons kam. Tanya sollte auf den vier Monate alten Scotty aufpassen, während Randy und Judy, seine Eltern, zu einem Bibeltreffen in der Kirche gingen. Tanya hatte schon ein paarmal vorher auf den Jungen aufgepaßt.

Es war gegen halb zehn, und Wanda Thaxton lag gerade in der Badewanne, als ihre Tochter Leslie, die gerade zu Besuch war, ihr das Telefon brachte. Am anderen Ende der Leitung war eine extrem aufgeregte Tanya. Sie sagte, daß Scotty schwer atmen würde, wahrscheinlich wegen einer Erkältung. Wanda schlug vor, Tanya sollte Judy anrufen und fragen, ob der Junge irgendwelche Medikamente brauchte. Dieser Rat schien Tanya zu beruhigen.

Wanda konnte nicht wissen, daß etwas Schreckliches passieren würde. Nur ein paar Minuten später griff Tanya erneut zum Telefon, sagte der Vermittlung, daß sie Hilfe in einem Notfall brauchte. Dann wählte sie die Nummer, die Judy Simmons ihr gegeben hatte

»Mrs. Simmons!« Tanyas Stimme klang erregt. »Scotty hat aufgehört zu atmen! Ich habe schon den Rettungsdienst alarmiert!«

Judy und ihr Mann eilten nach Hause.

Norman Neece, Patrol Officer in Dumas, befand sich zufällig ganz in der Nähe, als der Notruf kam. Innerhalb von Sekunden war er da, und Tanya ließ ihn herein. Das blau angelaufene Baby lag auf der Couch. Als die Simmons ins Haus stürmten, war der Officer gerade dabei, Mund-zu-Mund-Beatmung durchzuführen.

Für Judy und Randy war es ein entsetzlicher Alptraum.

Nur Tanyas schneller Reaktion war es zu verdanken, daß das Baby überlebte. Einen Monat später verlieh man ihr den ›Good Neighbor Award‹, der ihr feierlich im Kona Kai Restaurant überreicht wurde.

Doch Scotty hatte diesen Vorfall nicht unbeschadet

überstanden. Er blieb nachhaltig in seiner Entwicklung gestört, und nur, weil er eine Kämpfernatur war, gelang es ihm später, trotz seiner körperliche Behinderung einen glänzenden High-School-Abschluß zu machen.

Melodee Hanes' Herz klopfte so heftig, daß sie fürchtete, jeder könnte es bemerken. Sie trat näher an Tanya heran und bat sie zu erklären, worum es in den beiden Zeitungsartikeln ging. Tanya stotterte, dann begann sie, aus den Artikeln vorzulesen, als brauchte sie deren Worte, um sich zu erinnern.

»Ich kann mich wirklich nicht erinnern. Ich – ›Tanya Thaxton wurde Anerkennung dafür ausgesprochen, daß sie in einem Notfall so schnell reagiert hat. Allein dieser Tatsache ist zu verdanken, daß ein Police Officer dem vier Monate alten Scott Simmons durch Mund-zu-Mund-Beatmung das Leben retten konnte.‹«

Die Staatsanwältin wollte mehr hören, und so las Tanya weiter vor:

»›Nachdem das Kind aufgewacht war, spielte Tanya mit ihm, doch dann merkte sie, daß es Schwierigkeiten beim Atmen hatte. ... Sie rief ihre Mutter an ... Als sie zu dem Kind zurückkehrte, merkte sie, daß es zu atmen aufgehört hatte ...‹«

Tanya blickte von dem Artikel auf.

»Mrs. Reid, ist es nicht ein unglaublich großer Zufall, daß Scotty gerade aufgewacht war – genau wie es bei Morgan und Michael auch so oft der Fall gewesen war –, und dann aufhörte zu atmen?«

»Ich weiß es nicht. Ich denke schon.«

»Und ist es nicht auch ein gewaltiger Zufall, daß Sie bis jetzt drei Kinder erlebt haben, die diese ungewöhnliche Störung haben?«

»Ja, aber Scotty hat erst später Anfälle bekommen.«

»Mrs. Reid, wie hoch schätzen Sie die Wahrscheinlichkeit ein, daß jemand in seinem Leben drei Menschen begegnet, bei denen er Wiederbelebungsversuche machen muß?«

»Ziemlich niedrig. Aber bei Scotty habe ich keine Wiederbelebungsversuche gemacht.«

»Es ist eher unwahrscheinlich, nicht wahr?«

»Das weiß ich nicht.«

Melodee hatte keine weiteren Fragen.

Die Zeitungsartikel wurden vom Richter als weitere Beweismittel zugelassen, obwohl ein niedergeschlagener Mark Pennington heftig Einspruch dagegen erhob. Im Gerichtssaal wurde es ganz still, als Mark Pennington sich erhob, um in der Wiedervernehmung zu retten, was noch zu retten war. Tanya starrte blicklos vor sich hin. Die Reporter machten sich eifrig Notizen. Egal, was der Verteidiger sagen würde, sie hatten ihre Schlagzeilen.

»War dieser Preis das Wichtigste in Ihrem Leben?« wollte er von Tanya wissen.

»Ja, Sir. Neben den Geburten meiner Kinder und meiner Hochzeit.«

»Ist es etwas, was Sie wiederholen wollten? Glaubten Sie, Sie würden wieder einen Preis gewinnen, wenn Sie wieder einem Kind das Leben retteten?«

»Natürlich nicht!« antwortete Tanya und schüttelte heftig den Kopf.

»Haben Sie geglaubt, wenn Sie die Anfälle bei Ihren Kindern hervorriefen, würden Sie etwas vom Ruhm vergangener Tage zurückgewinnen?«

»Das stimmt nicht. Es war schrecklich damals, als Scotty diesen Anfall hatte. Ich hatte Angst.«

Danach war noch einmal Melodee an der Reihe.

»Mrs. Reid, wenn es eines der wichtigsten Ereignisse in Ihrem Leben war, warum konnten Sie sich dann nicht daran erinnern?«

»Es ist doch schließlich schon fast zwanzig Jahre her!«

»Sie haben bei Scotty Mund-zu-Mund-Beatmung durchgeführt, nicht wahr?«

Tanya schüttelte den Kopf. Sie weigerte sich, dies zu bejahen.

»Haben Sie nicht behauptet: ›Ich habe Bilder davon gesehen, aber ich habe keine Erfahrung darin, schon gar nicht bei einem Baby.‹?«

»Ich habe niemals gesagt, daß ich sie *durchgeführt* hätte. Ich wußte doch gar nicht, wie das ging. Deshalb habe ich ja auch den Rettungsdienst alarmiert.«

Melodee hatte keine weiteren Fragen. Tanya atmete tief aus und verließ den Zeugenstand. Einmal in ihrem Leben war sie froh darüber, daß sie nicht mehr zu reden brauchte. Sie war froh, daß eine Verhandlungspause folgte.

Wanda hatte sich draußen auf dem Gerichtsflur um Carolyn gekümmert, und als sie erfuhr, daß die Staatsanwältin das Thema ›Scotty‹ zur Sprache gebracht hatte, wurde sie wütend. Es war doch albern, zwischen diesem Vorfall und den Anschuldigungen gegen Tanya eine Verbindung ziehen zu wollen.

Und auch Tanya wehrte sich dagegen, daß sie Scotty absichtlich etwas zugefügt hätte, nur um Aufmerksamkeit zu erlangen. »Wie hätte ich denn vorher wissen sollen, daß man mir den Preis verleihen würde? Ich durfte ihn noch nicht einmal behalten, nach einem Monat wurde er weitergegeben. Ich habe keine Trophäe bei mir zu Hause stehen!«

Wanda würde sich ihr Leben lang dagegen wehren, wenn jemand behauptete, ihre Tochter hätte dem Simmons-Baby schaden wollen. Und Tanya beharrte darauf, daß die Simmons ihr nie Vorwürfe deswegen gemacht hätten.

»Warum sonst hätte Scotty mir später zu Weihnachten einen Weihnachtsstern schenken sollen? Die Karte, die er mir dazu geschrieben hat, habe ich noch heute: *Für meine Lieblings-Babysitterin*!«

54

Der Zeuge, der Tanyas größte Hoffnung war, wurde am 2. März 1989 vereidigt. Als Dr. Steven Linder den Gerichtssaal betrat, trug er einen teuren Anzug, der – genau wie seine Praxis in Dallas – allen verriet, daß er Geld hatte und ein erfolgreicher Mann war.

Mark Pennington führte auf, welche beeindruckenden Qualifikationen sein Zeuge hatte, dann wollte er wissen, welche Behandlungsmöglichkeiten dem Arzt zur Verfügung stünden. In seiner Antwort ließ Dr. Linder einfließen, daß die Krankenhäuser in Dallas besser ausgerüstet seien und bessere Ärzte hätten als die in Iowa.

Des Moines sei dagegen Provinz.

Die Überzeugung, daß alle anderen unrecht hätten und er als einziger recht, fand sich in jedem Satz, den er aussagte. Es war ein Glück für die Verteidigung, daß dies ein Richter- und kein Geschworenenprozeß war.

Dr. Linder erzählte, er hätte bisher vielleicht fünfzig oder sechzig Fälle von Shaken Baby Syndrom gesehen, und stets hätte es Netzhautblutungen gegeben. In Morgans Autopsiebericht waren keine solchen Blutungen erwähnt. Es waren überhaupt keine Bemerkungen über Morgans Augen gemacht worden.

Dr. Linder war auch nicht der Meinung, daß subdurale Hämatome schlüssige Hinweise auf Shaken Baby Syndrom seien.

»Und warum nicht, Doktor?«

»Weil dann noch andere Hinweise vorliegen müßten, zum Beispiel eine Schwellung des Hirns und petechiale – flohstichartige – Blutungen. Davon wurde im Autopsiebericht nichts erwähnt. Wenn man die Maschinen abstellt, dann sterben die Kinder sehr schnell.«

Es sei von extremer Bedeutung, betonte er, daß Morgan noch so lange weitergelebt habe.

Er sei der Überzeugung, daß Morgan nicht am Shaken Baby Syndrom gestorben sei.

»Das heißt also, Sie stimmen dem Schluß zu, den auch der Arzt gezogen hat, der Morgans Autopsie durchführte: *Kein Hinweis auf Kindesmißhandlung.*«

»Ja, dem stimme ich zu.«

Der Zeuge erklärte, er glaube, die Geschwister hätten an einem nicht diagnostizierten, genetisch bedingten Anfallsleiden gelitten. Es sei nicht nur ein Zufall, wie die Staatsanwältin zu zeigen versucht hätte. Er würde ständig Fällen begegnen, in denen man nicht herausfinden könnte, welche Ursache ein bestimmtes neurologisches Problem hätte.

Beide Reid-Kinder hätten das gleiche Leiden gehabt.

»Weil sie beide das gleiche Problem hatten, machte man bei beiden die gleichen Untersuchungen, stellte man bei beiden anormalen Reflux fest, deshalb hatten sie ähnliche Krankengeschichten. – Wenn eine Mutter ihr Kind schlägt, dann ist dies nicht schuld daran, daß es ungewöhnliche Ergebnisse bei der Computertomographie gibt. Eine Mutter, die ihr Kind schlägt, kann damit keinen anormalen gastro-ösophagealen Reflux hervorrufen. Das hat man, oder das hat man nicht.«

Er erklärte auch, daß es eine Verbindung zwischen Apnoe und Reflux gäbe.

»Das ist der Grund dafür, daß wir bei Kindern, die solche Probleme wie Morgan und Michael haben, den Reflux testen, den Kopf, das Herz und die Lungen untersuchen.« Dann las er aus einem Artikel vor, in dem stand, daß Apnoe verschwinden würde, wenn man den Reflux behandelte. Er wies darauf hin, wie ungewöhnlich Michaels Werte bei der Reflux-Untersuchung gewesen seien – so hohe Werte hätte er noch nie gesehen.

Und indem er das Ergebnis einer Magnetresonanztomographie zitierte, die man bei Michael durchgeführt hatte, wies er darauf hin, daß Michaels Gehirn nicht normal gewesen sei. Es gab keine Möglichkeit, wie Tanya Reid dies hätte bewirken können, selbst nicht durch wiederholte Erstickungsversuche.

»Warum nicht?«

»Nun, wenn Sie ein Kind zu ersticken versuchen und wenn dabei durch den Sauerstoffmangel Schäden entstehen, dann können Sie die Hinweise darauf bei einer Magnetresonanztomographie erkennen. Es ist in der Literatur gut beschrieben, welche Schäden dies sind. Michael hatte jedoch eine vererbte Deformation des Gehirns.«

Bruder und Schwester hatten beide anormale Gehirne. Ihre Probleme seien genetischer Art.

Dann sprach der Arzt über das Vierundzwanzig-Stunden-EEG, das bei Michael gemacht worden war. Es hätten sich einige anormale Wellenformen gezeigt – seiner Ansicht nach ein Hinweis auf ein Anfallsleiden.

»Dr. Kelly hat ausgesagt, daß diese Veränderungen keine Bedeutung hätten, weil sie zu einem Zeitpunkt gemessen worden seien, an dem es keinen Anfall gegeben hätte.«

»Nun, das ist ...«

»Stimmen Sie mit ihm überein?«

»Nein, das ist lächerlich. Das Kind selbst ist doch der beste Beweis dafür – schließlich hat er über längere Zeit hinweg keine Anfälle gehabt.«

Die Absencen, die Beverly Kay bemerkt hatte, könnten spezielle epileptische Anfallsformen sein, die im Kindesalter auftreten.

Zum Schluß sagte er noch einmal, daß er nicht glaube, Tanya hätte die Atemstillstände bewirkt; dennoch könne er MSBP nicht ausschließen.

Das könne man niemals ausschließen.

Als Dr. Linder sie wie eine alte Freundin begrüßt hatte, hatte Melodee sein Lächeln erwidert – doch nun, als sie zum Kreuzverhör antrat, lächelte sie nicht mehr.

Während ihres Kreuzverhörs änderte sich Dr. Linders Haltung auffällig. Während er vorher zuversichtlich und anmaßend aufgetreten war, den Richter während seiner Aussagen direkt angeschaut hatte, wirkte er nun verteidigend und weniger sicher.

»Doktor, lassen Sie uns kurz über Michaels Krankengeschichte reden. Sie haben eben erwähnt, daß er über einen längeren Zeitraum hinweg anfallsfrei war, nicht wahr?«

»Ja, es müssen zwischen vierzehn und sechzehn Monaten gewesen sein.«

»Also zwischen Juli 86 und Oktober 87?«

»Ja, ich denke.«

Melodee erinnerte den Arzt an jene Episode im Januar 1987 in Amarillo.

»Also war er in jener Zeit doch nicht ganz ohne Probleme?«

»Ja, er hatte diese eine Episode, Madam.«

»Und hatte er danach dann nicht noch ein paar merkwürdige Episoden?«

»Nun ja, die im Januar war ein richtiger Anfall. Und ...«

»Das heißt also, daß er nur sechs Monate anfallsfrei war, dann gab es einige merkwürdige Vorfälle.«

Dr. Linder, der nervös geworden war, versuchte schnell nachzurechnen. Ja, das stimme, sagte er, sechs Monate auf der einen und acht oder zehn auf der anderen Seite.

»Doktor, erinnern Sie sich daran, daß Sie in einem Brief an Dr. McCue geschrieben haben, daß Sie nach einem Gespräch mit der Mutter besorgt gewesen wären, weil Michael immer wieder Probleme mit Tegretol und merkwürdige Episoden gehabt hätte, die sich nicht genau bestimmen ließen?«

An die Sache mit dem Tegretol konnte sich Dr. Linder erinnern; überhaupt hätte der Junge immer wieder Probleme mit den Medikamenten gehabt.

»Erinnern Sie sich daran, daß Dr. McCue gesagt hat, Michael sei so mit Medikamenten vollgepumpt, daß seine

Entwicklung beeinträchtigt sei – seiner Meinung nach sei dies eine Form von Kindesmißhandlung?«

Der Verteidigungsschild ging wieder hoch.

»Nein, ich kann mich nicht daran erinnern, aber unsere kleinen Patienten haben öfter Probleme mit den Medikamenten.«

Melodee brachte die Rede auf die Befunde des EEG – die Spikes, jene Wellen, die auf eine erhöhte Krampfbereitschaft hinweisen – seien in den Anfangsphasen von Michaels Schlaf aufgetreten. Ob das stimmte?

»Ja.«

»Hat Tanya Reid Ihnen jemals von einem Anfall berichtet, der aufgetreten sei, während Michael schlief?«

»Nein.«

Und was den Reflux anginge, fuhr die Staatsanwältin fort, so gäbe es in der Literatur zwar Verbindungen zwischen Reflux und Apnoe, aber nicht zwischen Reflux und Anfällen.

»Und, Doktor, Sie haben vor diesem Gericht erklärt, daß Michael nicht von MSBP betroffen war, stimmt das?«

»Ja.«

»Es war Ihnen sehr wichtig zu erklären, warum man das ausschließen müsse.«

»Ja. Wissen Sie, wenn es solche ›merkwürdigen Episoden‹ gibt, dann hat jeder eine andere Meinung.«

»Was wir haben, Dr. Linder, sind fünf Ärzte, die sicher sind oder vermuten, daß es sich um MSBP handelt, während Sie sagen: ›Ich will nicht behaupten, daß es MSBP ist, ich will aber auch nicht behaupten, daß es das nicht ist.‹«

»Nun, aber Sie dürfen auch nicht vergessen, was für Ärzte das sind. Ich bin ja heute extra hierhergekommen, um ...«

Melodee war in Fahrt.

Sie sprach noch einmal die subduralen Hämatome an, die in Morgans Autopsiebericht erwähnt wurden, und der Arzt erklärte schließlich, daß seiner Meinung nach diese

Blutungen bei den Wiederbelebungsversuchen entstanden seien.

»Doktor, wie viele Autopsien wegen plötzlichem Kindstod haben Sie durchgeführt?«

»Ich bin kein Pathologe.«

»Doktor, Sie wissen doch sicher, daß subdurale Hämatome nicht bei plötzlichem Kindstod auftreten?«

»Ja.«

Als Melodee fragte, ob es möglich wäre, daß Morgans Gehirnschwellung wieder abgeklungen wäre, weil sie an ein Beatmungsgerät angeschlossen war, verneinte der Arzt.

Dr. Linder stand mit seiner Meinung allein da.

»Aus dem Autopsiebericht geht nicht hervor, ob man Morgans Augen untersucht hat oder nicht, stimmt das?«

»Das stimmt.«

»Und derjenige, der es eigentlich wissen müßte, ist Dr. Habersang, nicht wahr?«

»Ja.«

Am 6. März 1989 trat als letzter Zeuge der Verteidigung der Psychologe Todd Hines in den Zeugenstand. Er bestätigte, daß ›Münchhausen Syndrom by Proxy‹ ihm bekannt sei.

Mark Pennington wollte von ihm wissen, ob MSBP ein psychologisches oder ein medizinisches Problem sei.

Der Arzt bestand darauf, es sei ein psychologisches.

Todd Hines zitierte ein Lehrbuch, in dem es hieß, daß MSBP *immer* eine schwere Psychopathologie einschließen würde. Meistens eine Persönlichkeitsstörung.

Er hatte die Beklagte viermal untersucht und alle möglichen Tests mit ihr gemacht, von Rorschach bis MMPI*. Sie hätten jedoch keine Hinweise auf eine Psychose, eine

* Minnesota Multiphasic Personality Index

Neurose oder eine Störung des normalen Empfindens gegeben. Keinen Hinweis auf eine Persönlichkeitsstörung. Sämtliche Ergebnisse waren im normalen Bereich.

Der Verteidiger stellte seine weiteren Fragen so, daß durch die Antworten darauf Tanya Reid als hingebungsvolle Mutter beschrieben wurde.

»Gibt es irgendeinen Grund anzunehmen, Tanya Reid sei gefühlsarm?«

»Nein, im Gegenteil, sie ist ein sehr emotionaler Mensch, das hat sich durch viele ihrer Antworten gezeigt.«

Melodee Hanes hielt ihr Kreuzverhör kurz.

Der Zeuge konnte nur zustimmen, als sie sagte, viele Münchhausen-Täterinnen hätten ein völlig normales psychologisches Profil und daß dies der erste MSBP-Fall sei, dem er in seiner zweiundzwanzigjährigen Praxis begegnet sei.

Dennoch blieb Dr. Hines bei seiner Meinung.

Als einzigen Gegenzeugen zu den Zeugen der Verteidigung bot Melodee Dr. Habersang auf, jenen Arzt aus Amarillo, der bei Morgans Tod anwesend war. Er würde seine Aussage telefonisch machen.

Um Viertel nach zehn erklang Dr. Habersangs Stimme über Lautsprecher, als er von Morgan Reids letzten Momenten erzählte.

Er berichtete dem Gericht, wie Morgan auf die Intensivstation des Texas Northwest Hospital gebracht worden sei. Ihre Pupillen hatten sich zusammengezogen; in Hereford hatte man noch festgestellt, daß sie erweitert waren. Das hatte es unmöglich gemacht, in den Fundus zu sehen – den Augenhintergrund.

»Doktor, das heißt also, daß es nicht möglich war, Netzhautblutungen zu erkennen.«

»Ja, Madam.«

Auf Melodees Fragen hin erklärte der Arzt, daß seiner Erfahrung nach in der Hälfte aller Fälle von Shaken Baby Syndrom Netzhautblutungen erkannt werden können: Bei erweiterten Pupillen kann man sie sehen, bei zusammengezogenen nicht.

Die Staatsanwältin wollte mehr über die Autopsie wissen.

Dr. Habersang hatte der Autopsie beigewohnt. Man hatte die Augen des kleinen Mädchens tatsächlich nicht untersucht.

»Dr. Habersang, haben Sie dem Pathologen gegenüber in irgendeiner Form geäußert, welche Vermutungen Sie zu den Ursachen von Morgans Tod hatten?«

»Da wir nicht die geringste Ahnung hatten, wie es zu dem Atemstillstand gekommen sein könnte, bat ich den Pathologen, dem Gehirn besondere Aufmerksamkeit zu schenken, und tatsächlich hat er zwei subdurale Hämatome festgestellt, jeweils hinten an einer Seite. Ich sagte ihm, daß bilaterale subdurale Blutungen ein Hinweis auf Kindesmißhandlung seien, auf Shaken Baby Syndrom. Nachdem er das Gehirn und den Schädel noch einmal untersucht hatte, teilte er mir mit, daß dies nicht der Fall sein könne. Seiner Meinung nach wäre dies kein Hinweis auf Kindesmißhandlung; es gäbe auch keine anderen Hinweise darauf.«

Dann begann Mark Pennington mit seiner Befragung.

Dr. Birkett habe die Autopsie sehr sorgfältig durchgeführt und sei zu der Meinung gekommen, daß keine Kindesmißhandlung vorläge. Und als Dr. Habersang den Totenschein ausgefüllt habe, habe er Shaken Baby Syndrom nicht erwähnt.

»Doktor, haben Sie jemals den Versuch gemacht, die Todesursache zu ändern?«

»Nein.«

Dann war noch einmal Melodee an der Reihe, und sie begann mit einer Frage, bei der die Verteidigung sofort

Einspruch erhob. Sie hatte wissen wollen, ob Dr. Habersang Morgans Fall anders beurteilt hätte, hätte er damals schon über sein jetziges Wissen verfügt. Und nachdem sie sie ein paarmal neu formuliert hatte, wurde ihr die Frage erlaubt.

Der Zeuge erwiderte, daß er den Fall dann anders beurteilt hätte.

Melodee fragte, ob er glaube, Morgan sei am plötzlichen Kindstod gestorben.

»Nein.«

Die Befragungen waren beendet.

Es war vorbei.

Melodee erhob sich, um zum Ausgang zu gehen. Sie war erschöpft.

In den Schlußplädoyers bemühten sich die Kontrahenten, ihre Argumente und Beweise noch einmal so klar wie möglich darzustellen. Tanya Reid saß still da und hörte aufmerksam zu, die Hände gefaltet.

Wie ein braves Mädchen.

Bei einer eilig einberufenen Anhörung vor dem Jugendgericht entschied der Richter, Beverly Kay weiterhin das Sorgerecht zu überlassen, obwohl sie Michaels Absencen nicht gemeldet hatte.

Die Entscheidung stimmte Tanya und Jim zuversichtlich.

An jenem Abend fuhr Jim nach Mississippi, Tanya kehrte in den Panhandle zurück, um dort das Urteil abzuwarten. Richter Harry Perkins wollte seine Entscheidung am 28. April 1989 verkünden.

55

Tanya Reid und ihr Mann verbrachten die Nacht vor der Urteilsverkündung in einem Hotel. Sie schliefen miteinander. Würde es das letzte Mal sein, daß Tanya ihrem Mann so nahe war und er sie in den Armen hielt?

»Du glaubst mir doch, Jim, nicht wahr? Warum sollte ich unsere Kinder verletzen?« fragte sie weinend.

Er sagte nicht viel, hielt Tanya einfach fest.

In Dumas zog Carolyn sich einen Küchen-Barhocker neben das Telefon und wartete. Ihre Beine reichten nicht bis auf den Boden. John und Wanda hatten sie in der Obhut alter Freunde gelassen und ihr gesagt, wenn sie zurückkehrten, dann brächten sie hoffentlich ihre Mom wieder mit.

»Carolyn, Liebes, was machst du da?« wollte Mrs. Bagwell wissen.

»Ich warte darauf, daß Mama anruft.« Die Kleine hatte begonnen, ihre Großeltern Mama und Papa zu nennen.

Doch Wanda rief nicht an.

Die Vergangenheit hatte Tanya endlich eingeholt.

Richter Perkins befand sie des schweren Verbrechens der versuchten Kindestötung für schuldig, und Tanya brach in einen Tränenstrom aus.

Tanya sollte ihre Strafe erst in sechs Wochen antreten, doch die Hoffnung darauf, noch einige Zeit in Freiheit zu verbringen, verging, als der Richter die Kaution auf zehntausend Dollar festsetzte. Ein verbitterter Jim erklärte dem Anwalt, daß er das Geld nicht hätte und auch keine Möglichkeit, es zusammenzubringen.

Melodee blickte Tanya hinterher, als diese über die Straße hinweg ins Polk County Jail begleitet wurde. Tanya trug ein blau-weiß gestreiftes Kleid, einen passenden blauen Gürtel und blaue Schuhe. Sie hatte dieses Kleid gewählt, weil sie an einen Sieg geglaubt hatte. Sie hatte nicht erwartet, ins Gefängnis zu müssen.

Sie drehte sich noch einmal um und warf einen letzten Blick auf Melodee Hanes, und später erinnerte sie sich: »Sie hat gegrinst wie eine Cheshire-Katze. Sie war ganz offensichtlich glücklich.«

Jim Reid litt. Nicht nur unter dem Prozeß, sondern auch unter dessen Nachwirkungen. Seine Familie war zerstört. Nun mußte er sich darangeben, die Scherben zusammenzukehren und sich ein neues Leben aufzubauen.

Noch Jahre später brachte Jim es nicht fertig, offen auszusprechen, daß Tanya schuldig sein könnte. Er trug schwer daran, daß er, wenn auch völlig unwissend und ohne jede Absicht, eine solche Rolle in diesem Drama gespielt hatte.

»Wenn sie es getan hat und wenn sie es getan hat, weil sie Aufmerksamkeit wollte – dann hat sie dies alles einem unschuldigen Kind angetan, um *meine* Aufmerksamkeit zu bekommen.«

Und es erfüllte ihn mit Entsetzen, wenn er sich fragte, was sich abgespielt haben mochte, bevor der Rettungsdienst gerufen wurde, welche Last seine Tochter auf ihren schmalen Schultern tragen mochte.

»Nur zwei Menschen wissen, was wirklich passiert ist – Tanya und Carolyn«, sagte er. »Ich glaube, Carolyn weiß viel mehr, als sie zugegeben hat. Sie war so oft mit Tanya zu Hause. Ich glaube, sie hat es verdrängt, aber irgendwie ist es ihr dennoch bewußt.«

Als das Strafmaß festgesetzt wurde, beharrte Melodee auf einer harten Bestrafung, und der Richter stimmte ihr zu. Er setzte das Strafmaß auf zehn Jahre fest, und eine vorzeitige Entlassung gäbe es nur dann, wenn Tanya gestünde und sich einer Behandlung unterziehen würde. Doch das hielt niemand für wahrscheinlich.

Epilog

Jim hörte endgültig auf, seinen Ehering zu tragen, und kurz nach dem Prozeß ließ er sich von Tanya scheiden. Er bekam das Sorgerecht für Carolyn und Michael zurück, doch beide Kinder waren in therapeutischer Behandlung, die ihnen dabei helfen sollte, mit der Tatsache fertig zu werden, daß ihre Mutter im Gefängnis war.

Und warum sie dort war.

John Thaxton starb an einem Herzanfall, was Wanda zwang, ihren Anteil am Geschäft zu verkaufen. John wurde neben seiner Enkeltochter begraben, und Wanda erklärte Tanyas Abwesenheit bei der Beerdigung damit, daß ihre jüngste Tochter schwer krank sei, aber die Gerüchte ließen sich nicht vermeiden.

Wanda hielt den Kopf hoch, doch in einer so kleinen Stadt wie Dumas war es schwer, dem Gerede zu entkommen, dem sie überall begegnete.

Sie gab ihrer Tochter alle Unterstützung, die sie aufbringen konnte, moralisch wie finanziell. Als Jim wieder heiratete, erzählte Wanda ihren Freunden, daß sie sich für ihre Enkel freute. Jims neue Frau war nett und mochte die Kinder. Aber natürlich würde sie niemals Tontos Platz einnehmen können.

Michael entwickelte sich zu einem gesunden und glücklichen Jungen. Und niemals mehr litt er unter einem Apnoe-Anfall.

»Er ist aus den Problemen rausgewachsen«, beharrte Tanya.

Es war reiner Zufall, daß Gene Gerringer, neuer Oberster Ermittler von Deaf Smith County für Schwerverbrechen, auf den Fall Tanya Reid stieß. An einem Januarnachmittag 1993 saß er in seinem Büro und langweilte sich zu Tode.

Staatsanwalt Roland Saul riet ihm, sich doch einmal die Kiste mit etlichen alten Fällen vorzunehmen – und so stieß er auf den Fall von Tanya Reid und dem Baby, das in ihren Armen gestorben war. Investigator Gerringer war mit dem Begriff Münchhausen-Syndrom by Proxy vertraut, er hatte schon an mehreren Fällen mitgearbeitet, in denen MSBP juristisch verfolgt worden war.

Mit Zustimmung des Staatsanwaltes begann der Ermittler, Beweise gegen Tanya Reid zusammenzustellen. Melodee Hanes schickte ihm ihre Unterlagen, die sie ihm, wenn nötig, sogar persönlich und zu Fuß vorbeigebracht hätte.

Im März 1993 wurde von der Deaf Smith County Grand Jury, der Anklagekammer, eine Anklage wegen Mordes und schwerer Körperverletzung an einem Kind gegen Tanya Reid zugelassen.

In mancher Beziehung war die Hauptverhandlung im Dezember 1993 eine Wiederholung des Prozesses in Iowa – auch wenn der Einsatz viel höher war.

Tanya hatte nun andere Verteidiger, aber die Zeugen waren fast alle dieselben – die Ärzte aus Illinois, Lynn Jachimek, die Krankenschwestern, die Ärzte aus Iowa, selbst Dr. Linder. Zusätzlich sagten Judy Simmons, Wanda Thaxton, Dr. Carol Rosen sowie Leslie und Rodena aus. Man hatte sogar Morgans Leichnam exhumiert, aber nichts Neues über ihre Todesursache herausgefunden.

Genau wie im ersten Prozeß trat Tanya auch diesmal in den Zeugenstand.

Die beiden Frauen, die schon damals in Des Moines Gegnerinnen gewesen waren, trafen auch diesmal wieder aufeinander.

Die Beklagte drehte sich nicht um, als Melodee Hanes den Gerichtssaal betrat und im Zuschauerraum Platz nahm. Wanda Thaxton stieß Leslie und Rodena an, machte sie auf die Staatsanwältin aus Iowa aufmerksam und flüsterte ihnen etwas zu. Beverly Kay verzog das Gesicht. Sie wußte, warum Melodee gekommen war.

Staatsanwalt Saul wollte, daß Melodee in der wichtigsten Phase der Entscheidung über Schuld oder Unschuld als einzige Zeugin des Staates in den Zeugenstand trat.

Wanda lehnte sich vor und berichtete Esther Egglestone Haywar, Tanyas Verteidigerin, daß die Staatsanwältin aus Iowa gekommen sei, und sicherlich hatte Tanya das auch gehört.

Melodee war zufrieden, daß man auf sie aufmerksam geworden war. Sie wollte, daß die Beschuldigte wußte, daß sie gekommen war.

Tanyas Mutter war ein Wrack. Sie lebte nun allein in Dumas und befand sich in finanziellen Schwierigkeiten, nachdem sie mit dem Geld aus der Lebensversicherung ihres Mannes die Anwaltskosten beglichen hatte. Sie hatte Freunden anvertraut, daß sie nicht wüßte, wie es weitergehen sollte, daß sie jedoch auf Gott vertraue.

Rodena, Beverly Kay und Leslie hielten unerschütterlich zu ihrer kleinen Schwester. In ihren Augen war und blieb Tanya unschuldig.

Beverly Kay erklärte im Gerichtssaal einer Freundin, daß die Welt eine viel bessere wäre, wenn manche Leute nicht so abgebrüht und voller Vorurteile wären.

»Es gibt eine Erklärung für alles, was Tanya getan hat. Alles in meiner Familie hat eine Erklärung. Natürlich gibt es ein Opfer – aber dieses Opfer ist Tanya.«

Tränen standen in ihren Augen.

»Bis an mein Lebensende werde ich allen verkünden, daß meine Schwester unschuldig ist. Es ist schlimm, sie jede Woche zu sehen und sie nicht berühren zu können. Sie ist doch meine kleine Schwester, der ich früher die Windeln gewickelt habe.«

Roland Saul war seit zehneinhalb Jahren Staatsanwalt in Deaf Smith County. Die Leute kannten und vertrauten ihm. Er war einer von ihnen. Tanya und ihre Anwälte waren Fremde. Er wirkte überzeugend, als er vor der Jury stand, sieben Frauen und fünf Männer, und um einen Schuldspruch bat.

Als der Tag sich dem Abend näherte, flüsterten sich die Leute im Gerichtssaal zu, daß die Jury zu einem Urteil gekommen sei.

Als die Geschworenen den Saal wieder betraten, schniefte Tanya und wischte sich mit einem spitzenbesetzten Taschentuch die Tränen weg. Sie rutschte unruhig auf ihrem Platz hin und her und suchte in den Gesichtern der zwölf Männer und Frauen zu lesen.

Das einzige Geräusch, das zu hören war, war das Summen der Neonröhren an der Decke.

Das Urteil wurde am 13. Dezember 1993 um 20 Uhr 24 verkündet.

Schuldig des Mordes!

Tanya begann zu weinen, hielt sich die Hand vor den Mund. Entsetzlicher Schmerz zeichnete sich auf Wanda Thaxtons Gesicht ab, das nach dem Kummer der letzten Jahre verhärmt und erschöpft wirkte. Fest klammerte sie die Hände zusammen.

Melodee Hanes wurde von einem Wirbel der Gefühle erfaßt. Sie verließ den Gerichtssaal, um Jan Buck und Paul Houston in Iowa anzurufen und ihnen von dem Urteil zu erzählen. Sie glaubte, daß endlich alles vorbei sei.

Spät am Nachmittag des nächsten Tages gab die Jury das Strafmaß bekannt: Tanya Reid wurde zu zweiundsechzig Jahren Gefängnis und einer Geldstrafe von zehntausend Dollar verurteilt. Doch der schlimmste Schlag für die Thaxtons war, daß man zu der Meinung gekommen war, daß Tanyas Hände eine tödliche Waffe waren. Erst wenn sie wenigstens zwanzig Jahre abgesessen hatte, könnte über eine vorzeitige Entlassung entschieden werden.

Richter Gulley schloß die Unterlagen und reichte sie dem Gerichtsdiener.

Tanya erklärte, daß sie in Berufung gehen würde.

Endlich, im Februar 1995, wandte Tanyas Lage sich zum Besseren. Ein Berufungsgericht hatte ihre Verurteilung wegen Mordes für nichtig erklärt. Das Gericht war zu dem Schluß gekommen, daß die Staatsanwaltschaft nicht schlüssig hatte nachweisen können, daß Tanya ihre Hände benutzt hatte, um ihre Tochter zu töten. Weiterhin hätte Richter Gulley es versäumt, einem Antrag der Verteidigung auf einen Wechsel des Gerichtsorts nachzukommen.

Tanya Thaxton Reid würde freikommen. Die Verurteilung in Texas war aufgehoben, die Strafe in Iowa abgesessen.

Die Thaxtons waren glücklich, doch ihre Freude war nur von grausam kurzer Dauer. Roland Saul versprach, sich persönlich dafür einzusetzen, den Fall erneut verhandeln zu lassen, wenn die von der Deaf Smith County eingelegte Berufung von einem höheren Gericht zurückgewiesen werden sollte.

»Das hier«, sagte er in seinem leicht näselnden texanischen Tonfall, »ist noch lange nicht vorbei!«

Als diese Neuigkeit die Staatsanwaltschaft in Des Moines erreichte, blickte Melodee Hanes unwillkürlich auf den Kalender.

Es war Morgans elfter Todestag.

Der Panhandle verändert sich, er bleibt gleich.

Auf Morgan Reids Grab zeichnet sich deutlich ein rechteckiges Stück ab; die Erde ist eingesackt, und obwohl es schon Jahre her ist, daß der kleine Körper exhumiert wurde, will das Gras dort einfach nicht anwachsen, widersteht es dem Versuch, die Male der Schaufel zu tilgen.

Während die Spottdrossel ihr Lied in den Wacholderbüschen singt, liegt in der Zelle eines texanischen Gefängnisses eine Mutter auf ihrer Pritsche. Sie überlegt, ob sie noch einmal eine Gelegenheit bekommen wird, einer Jury ihre Geschichte zu erzählen. Freispruch? Verurteilung? Sie denkt daran, wie sehr dies alles ihre Mutter ausgelaugt, ihre Kinder verängstigt hat.

Sie denkt an das kleine Mädchen, das in Dumas begraben ist.

In Iowa denkt eine andere Mutter an dasselbe kleine Mädchen. Auf ihrem Schreibtisch stapeln sich die Akten, jede erzählt die tragische Geschichte eines mißhandelten Kindes, eines toten Kindes. Ihre eigene Tochter, Kate, hat einen Bruder bekommen, Joey, der nach seinem Vater benannt ist.

Die Mutter in Iowa fragt sich, ob jene andere Mutter in Texas jemals zugeben wird, was sie ihrem Sohn angetan hat, und sei es auch nur vor sich selbst. Und während die Jahre vergehen, wird weiterhin eine trennende Linie zwischen den beiden Müttern bleiben. Eine Linie aus Stahl.

Danksagung und Bemerkungen

Ein Sachbuch entsteht stets aus der Zusammenarbeit vieler. Ohne die Hilfe so vieler anderer wäre es mir unmöglich gewesen, die Geschichte auf eine verantwortungsvolle Weise zu schreiben. Viele, viele Leute haben mir bereitwillig ihre Informationen zukommen lassen und mir Einblick in die Niederschriften hunderter Befragungen gewährt, während ich das Material für dieses Buch zusammentrug. Es sind zu viele Menschen, um sie alle aufzuzählen, aber einige muß ich erwähnen.

In Iowa gilt mein größter Dank Melodee Hanes und den anderen Mitarbeitern des Trauma Teams – jenen Männern und Frauen, die sich so hingebungsvoll dem Kampf gegen Kindesmißhandlung widmen. Polk County, Iowa, hat die Maßstäbe für diesen Kampf gesetzt – andere Gerichte täten gut daran, diesem Beispiel zu folgen.

In Texas möchte ich mich bei Roland Saul, Gene Geringer, Donna Flenniken und Georgia Tyler bedanken, die mich an so vielem haben teilhaben lassen, während der Prozeß stattfand.

Tanyas Familie – und sie alle sind gute, rechtschaffene Menschen – möchte ich noch einmal versichern, daß ich verstehe, daß sie die Tochter und Schwester lieben. In meinem Herzen fühle ich Mitleid für sie – denn auch sie sind Opfer.

Und Jim Reid möchte ich sagen, daß ich seine Aufrichtigkeit zu schätzen weiß und daß ich möchte, daß meine Leser erfahren, wie aufopfernd er sich um seine Kinder kümmert, wie fest er entschlossen ist, ihnen über all dies hinwegzuhelfen. Jim, ich bin froh, daß Sie sich endlich mit dem auseinandersetzen können, was passiert ist – denn es war niemals Ihre Schuld. Das Unglaubliche nicht zu sehen ist kein Verbrechen.

Was Tanya Reid betrifft, so bin ich in einem Zwiespalt.

Sie ist eine Frau, die Hilfe braucht, aber sich selbst nicht erlauben will, darum zu bitten.

Als sie zu zittern begann, als das Urteil in Deaf Smith County verkündet wurde, sah ich echte Tränen in ihren Augen. Und was auch immer an jenem Tag in Hereford geschehen sein mag, ich sagte ihr, daß ich nicht glaubte, daß sie ihre Tochter absichtlich getötet hätte.

Ich empfand solchen Kummer, ich wollte ihr sagen, wie leid mir das alles tat. Für ihre Familie und ihre Kinder, besonders für ihre Kinder.

Ich verdanke auch sehr viel Mauro DiPreta, meinem verständnisvollen Lektor bei Warner Books, Lec Fruchter von der David Black Literary Agency, Redakteurin Sara Schwager, Paula Bates, Eve Burton, Steve Hosick, Tina Marie Schichtenberg, June Lodjic und wie immer meiner mit einer wahren Engelsgeduld ausgestatteten Frau Claudia, meinen Töchtern Morgan und Marta.

Ich habe mir erlaubt, die Vornamen der überlebenden Kinder Tanyas zu ändern, ebenso wie die Vornamen zweier anderer, die in diesem Buch vorkommen. Ich habe jedoch keine Tatsachen geändert, nur um die Privatsphäre einer Person zu schützen.

G.O.
Januar 1995
Olalla, Washington

Nachwort

Die meisten Eltern lieben ihre Kinder, kümmern sich um sie, mißhandeln sie nicht. Einige verhalten sich anders. Das Münchhausen-Syndrom by Proxy genau wie das Shaken-Baby-Syndrom kommen immer wieder vor – wenn auch selten –, in Iowa genau wie anderswo. Es ist schwer, genaue Zahlen zu nennen, aber Schätzungen belaufen sich auf ungefähr 250 MSBP- und circa 750 Shaken-Baby-Syndrom-Fälle jedes Jahr in den USA. Sicherlich ist die Dunkelziffer höher.

Den Geschworenen fällt es immer wieder schwer zu glauben, daß diese ›netten‹ Eltern so etwas Häßliches tun könnten. Manchmal ist es schwer, herauszufinden, wer der Täter ist, obwohl die medizinischen Hinweise ziemlich eindeutig sind. Kinder wollen es nicht erzählen, Kleinkinder können es nicht; bei Opfern, die gestorben sind, können höchstens Ärzte, die genug Erfahrung haben und darin geübt sind, solche Mißhandlungen zu erkennen, das Geheimnis enthüllen.

MSBP ist eine der schockierendsten und verwirrendsten Formen von Kindesmißhandlung. Die meisten Ärzte sehen in ihrer Praxis höchstens einen Fall, wenn überhaupt. Wir Ärzte lieben Kinder, wir mögen ihre Eltern und vertrauen ihnen – und wir sind leichte Opfer für diejenigen, die einen gefährlichen, tödlichen Betrug mit ihren Kindern treiben. In jedem MSBP-Fall wird es zunächst einmal eine bestimmte medizinische Diagnose geben. Erst wenn sich ein bestimmtes Muster abzuzeichnen beginnt, wenn medizinische Behandlungen nicht greifen oder das, was uns berichtet wird, vom Krankheitsverlauf abweicht, dann beginnen wir MSBP zu vermuten. Man muß gehörig umdenken, wenn man zunächst einen wenn auch nicht leicht zu entdeckenden organischen Grund für die Probleme des Kindes verantwortlich gemacht hat. Und nicht jeder wird bereit sein, den Verdacht auf MSBP zu teilen. Hat man jedoch einmal MSBP festgestellt und das Kind in Sicherheit gebracht, dann ist es einfach, sich darüber aufzuregen, wie man getäuscht wurde.

Innerhalb der letzten Jahre hat es auch Fälle gegeben, in denen Väter MSBP bewirkt haben. Dennoch sind es überwiegend Mütter, die diese Art der Kindesmißhandlung begehen. Ärzte, Juristen, Vertreter der Presse – sie alle können sich immer noch täuschen lassen und die Geschichte der Täter glauben, und manchmal beginnen sie mit größter Vehemenz einen Feldzug, um diese ›ungerechtfertigt Angeklagte‹ oder mißverstandene Frau zu verteidigen. Diese Mütter leugnen extrem hartnäckig, manchmal selbst dann noch, wenn es überwältigende Beweise für ihre Handlungen gibt. Wir wissen immer noch nicht, was jemanden dazu bringt, diese Form von Mißhandlung zu begehen, auch wenn wir manchmal ein Motiv erkennen können.

Oft fragen Richter, welche Therapie man einsetzen könnte, um diesen Tätern zu helfen, doch das weiß niemand. Bis jetzt gibt es keinen Hinweis auf erfolgreiche Behandlung, und die Experten sind in dieser Beziehung auch höchst pessimistisch. Gäbe es eine Therapie, dann könnte sie sicher nur dann wirken, wenn die Täterin ihre Handlungsweise gestanden hätte, wenn sie sich bewußt gemacht hätte, welche Motive und Gründe sie hatte, wenn sie bereit wäre, sich einer Behandlung zu unterziehen und Strategien zu entwickeln, ein solches Verhalten künftig zu vermeiden. Danach müßte das Kind für eine gewisse Zeit wieder nach Hause gebracht werden, damit man sehen kann, ob erneut etwas passiert – oder nicht. Aber welcher Richter wäre schon bereit, ein solches Risiko einzugehen?

Seit damals die Ärzte in Iowa Verdacht geschöpft haben, hat es viele neue Entwicklungen gegeben. Noch vor fünf oder zehn Jahren hatten die meisten Ärzte noch nie von MSBP oder dem Shaken Baby Syndrom gehört;

heute wissen glücklicherweise die meisten Bescheid. Denn was man nicht kennt, kann man nicht diagnostizieren. Viele Ärzte kennen Fälle, in denen man im nachhinein, hätte man mehr darüber gewußt, sicher MSBP angenommen hätte. Auch die Juristen haben dazugelernt, und immer häufiger bringen Staatsanwälte solche Fälle zur Anklage.

In der Zukunft wird es sicher noch mehr Möglichkeiten geben. Hat man medizinische Daten in den Versicherungen auf Computer gespeichert, so ist es wesentlich leichter, nachzuprüfen, wie viele Ärzte eine Mutter aufgesucht hat, wie viele Apotheken. Vielleicht könnte man ein Programm entwickeln, bei dem Alarm gegeben wird, wenn ein Kind zu oft im Krankenhaus liegt, zu oft die Ärzte gewechselt, zu oft Medikamente verabreicht werden.

Wir wissen so wenig darüber, wie MSBP beginnt, daß man kein Präventionsprogramm erstellen kann. Unleugbar sind fast nur Frauen die Täterinnen – warum aber sind niemals Ärztinnen darunter? Und bis all diese Fragen gelöst sind, werden weiter Ärzte getäuscht werden und einige Kinder sterben.

Randall C. Alexander, M. D., Ph. D.
Professor an der Universität
von Iowa

ENDE